BIRGIT JASMUND

Der Duft des Teufels

atb aufbau taschenbuch

BIRGIT JASMUND, geboren 1967, stammt aus der Nähe von Hamburg. Nach dem Studium der Rechtswissenschaften in Kiel hat das Leben sie nach Dresden verschlagen.
Im Aufbau Taschenbuch Verlag sind von ihr bereits der historische Roman »Die Tochter von Rungholt« und »Luther und der Pesttote« sowie bei Rütten & Loening die Liebesgeschichte »Krabbenfang« erschienen.

Im Köln des Jahres 1695 lebt die junge Kathrina Obladen, die als Hebamme und Schneiderin ein mühsames Dasein fristet. Dann wird sie von einem eifersüchtigen Verehrer beschuldigt, mit dem Teufel im Bunde zu stecken. Mit Hilfe eines Duftwassers soll sie unbescholtene Jungfrauen willenlos gemacht und in seine Arme getrieben haben. Plötzlich häufen sich die Anschuldigungen, und Kathrina wird in eine Intrige verstrickt, die immer größere Kreise zieht. Fanatische Dominikanermönche rufen schließlich zur Verfolgung auf und Kathrina ist ihres Lebens nicht mehr sicher. Wird es ihr gelingen, ihre Unschuld zu beweisen? Bald schon ist ihr klar, dass ihr dabei nur einer helfen kann: ihr Geliebter, der Kaufmannssohn Daniel.

BIRGIT JASMUND

Der Duft des Teufels

HISTORISCHER ROMAN

atb aufbau taschenbuch

MIX
Papier aus verantwortungsvollen Quellen
FSC® C083411

ISBN 978-3-7466-3295-7

Aufbau Taschenbuch ist eine Marke
der Aufbau Verlag GmbH & Co. KG

1. Auflage 2017

Umschlaggestaltung www.buerosued.de
unter Verwendung von Motiven von © Malgorzata Maj / arcangel und © Clarkson Stanfield/akg-images
Satz Greiner & Reichel, Köln
Druck und Binden CPI books GmbH, Leck, Germany
Printed in Germany

www.aufbau-verlag.de

KAPITEL 1

Vor dem Portal der Kirche Klein St. Martin drängten sich Menschen, als der italienische Kramhändler Giovanni Paolo Feminis die Martinsgasse betrat, die am Gotteshaus vorbeiführte. Er kam vom Rheinhafen, wo er Glasperlen, verschiedene Knöpfe, Zitronen- und Portugalöl abgeholt hatte, die er bei einem Geschäftsfreund in Antwerpen bestellt hatte. Feminis und seine Familie gehörten der Gemeinde Klein St. Martin an, und seine Frau Sophia hatte an diesem Morgen zur Beichte gehen wollen. Warum ihm der Gedanke kam, dass der Auflauf vor der Kirche etwas mit ihr zu tun haben könnte, wusste er nicht; jedenfalls strebte er eilig der Menge zu. Er blickte in betroffene und fassungslose Gesichter. Eine Frau mit weit aufgerissenen Augen keuchte und musste gestützt werden. Sie sah aus, als hätte sie in den Schlund der Hölle geblickt. Feminis erkannte eine Nachbarin aus der Sternengasse.

»Was ist passiert, per amor di Dio?«, fragte er mit italienischem Akzent.

Die Frau war ungefähr eine Handbreit größer als er und neigte sich zu ihm. Hinter vorgehaltener Hand und mit gesenkter Stimme erzählte sie: »In der Kirche ist etwas passiert.«

»Hat es einen Unfall gegeben?« Er hatte von einem Fall aus seiner Heimat gehört, wo ein mannshoher gekreuzigter Jesus von der Wand gefallen war und eine davor betende Frau erschlagen hatte. Madre di Dio, lass so etwas nicht mit Sophia passiert sein!

»Kein Unfall«, flüsterte die Frau. »Die Kirche wurde geschändet.«

»Madonna Mia!« Feminis bekreuzigte sich. Er war entsetzt und erleichtert zugleich. »Wer macht so etwas?« In seinem Kopf wirbelten die Gedanken, und er fand die deutschen Worte nur mit Mühe.

»Das Böse geht um.« Auch die Nachbarin bekreuzigte sich.

»Das Böse?« Er wartete ihre Antwort nicht ab. »Meine Frau wollte zur Beichte gehen. Habt Ihr sie gesehen?«

Die Frau schüttelte den Kopf, und in der Menschenmenge stand Sophia auch nicht. Feminis drängte sich weiter nach vorne zum Portal. Dort verwehrten einige Älteste des Kirchspiels den Zugang.

Jemand erkannte ihn und flüsterte den anderen etwas zu, sie ließen ihn durch. Eine Hand winkte ihn Richtung Altar. War ihm vorher flau gewesen im Magen, begann er nun, sich richtig schlecht zu fühlen. Feminis eilte durch das leere Kirchenschiff, seine Schritte hallten auf dem Steinboden. Je näher er dem Altar kam, desto mehr fiel ihm ein eigenartiger Geruch auf: vergossener Rotwein, etwas wie Fäkalien oder Jauche und darunter ganz schwach der Geruch trockenen Brotes. Links hinter dem Altar befand sich die Sakristei, die Tür stand offen. Als Nächstes hörte er ein Schluchzen und erblickte den jungen Diakon von Klein St. Martin, der kreidebleich und mit bebenden Schultern an der Wand lehnte. Halb hinter einer Säule verborgen, in der Nähe der Tür, saß der Priester auf einem Stuhl. Er war ein kurzgewachsener feister Mann mit rundem Gesicht und grauem Haarkranz. Im Moment waren nur sein breiter Rücken und ein Teil des Hinterkopfs zu sehen. Neben ihm stand Sophia. Feminis seufzte erleichtert auf – was immer geschehen war, seiner Frau schien es gutzugehen.

Sie hatte sich zu dem Priester heruntergebeugt und redete auf ihn ein. Feminis näherte sich der Sakristei, und immer mehr Kleinigkeiten fielen ihm auf. Etwa, dass das stets rot angehauchte Gesicht des Priesters an diesem Tag die Farbe eines gekochten Krebses aufwies. Den Mund hatte der Mann geöffnet, als wollte er einen Schrei ausstoßen, der nicht über seine Lippen kam.

»Pater«, sagte seine Frau mit einer Stimme, als ob sie alles versucht hätte und nun nicht mehr weiterwusste. »Christus hat Euch nicht verlassen. So etwas dürft Ihr nicht einmal denken.«

Feminis trat leise zu seiner Frau und berührte sie am Arm. Sie schaute zu ihm auf. Erleichterung breitete sich auf ihrem Gesicht aus.

»Dem Himmel sei Dank, dass Ihr gekommen seid«, flüsterte sie. »Es ist schrecklich. In der Sakristei …«

Der Geruch von dort war so stark, dass Feminis beinahe würgen musste. An seiner Frau vorbei ging er zu der offenen Tür und warf einen Blick in den Raum, dessen Betreten den einfachen Gemeindemitgliedern verboten war. Er musste auch nicht weiter hineingehen, um das ganze Ausmaß zu erkennen: Auf dem Boden schwamm eine Weinlache, darin eine breiige Masse und etwas, das nur menschliche Fäkalien sein konnten. Feminis schüttelte sich, diesmal nicht nur wegen des Geruchs. Die Kirche war geschändet, und das einen Tag vor Mariä Lichtmess und dem Beginn des Karnevals.

Er schaute seine Frau fragend an.

»Jemand muss in der Nacht in die Sakristei eingedrungen sein und sie verwüstet haben. Das ist der Abendmahlswein da auf dem Boden. Darin schwimmen die Hostien, und das andere muss ich nicht erklären. Aus dem Kelch wurden die Edelsteine herausgebrochen, und man hat ihn in eine Ecke geworfen. Den Abendmahlsteller ebenso. Ich habe den Geruch bemerkt, als ich zur Beichte in die Kirche gekommen bin. Außer mir war niemand da, aber die Tür zur Sakristei stand offen. Ich habe gleich den guten Pater und den Diakon geholt«, erklärte Sophia leise. »Ihnen ist der Schreck in die Glieder gefahren und mir auch. Wer macht so etwas?«

»Ein im Geiste verwirrter Mensch.«

»So wirr kann er nicht gewesen sein, denn immerhin muss er an den Schlüssel des Paters gelangt sein.« Sophia deutete auf die Tür der Sakristei, und Feminis sah den Schlüssel im Schloss stecken.

»Es ist nicht an uns, Vermutungen anzustellen.« Er griff nach der Hand seiner Frau, die eiskalt war. Beruhigend streichelte er mit dem Daumen ihren Handrücken. Seine Sophia hatte sich tapfer verhalten. Er kannte eine Reihe Frauen – viele davon seine Kundinnen – die bei einem derartigen Fund schreiend aus der Kirche gelaufen wären und für den Rest des Tages kein vernünftiges Wort mehr herausgebracht hätten.

Behutsam zog er Sophia ein paar Schritte von dem Priester fort und bedeutete ihr, dass es am besten wäre, nach Hause zu gehen. Was jetzt getan werden musste, lag in der Hand der Gemeindeältesten und des Priesters, nicht mehr in ihrer. Sophia ließ sich von ihm den Mittelgang des Kirchenschiffs entlangführen.

»Das kann kein Mensch sein, der so etwas macht«, murmelte sie vor sich hin.

Die Frage nach dem Täter stellten sich auch die Menschen vor der Kirche, und ihre Antwort darauf lautete: Etwas Böses war nach Köln gekommen.

Klein St. Martin war geschändet, und bis die Kirche neu geweiht war, galt sie nicht als Gotteshaus. Der Priester, dem ein Glas Wein wieder zu klaren Gedanken verholfen hatte, schloss sie ab und schlurfte über die Gasse zu seiner Wohnung.

In seiner Studierstube setzte er sich an den Schreibtisch. Sorgfältig spitzte er eine Feder an und legte einen Bogen Papier vor sich. Er hatte den schwersten Brief seines Lebens zu schreiben: Der Erzbischof musste von dieser Schandtat erfahren.

Bis zur Neuweihung konnten in der Kirche weder Messen gelesen noch die Beichte abgenommen oder

Sakramente gespendet werden. Die Mitglieder seiner Gemeinde würden sonntags die umliegenden Gotteshäuser aufsuchen müssen, und er musste mit deren Priestern sprechen, damit sie ihm Zeit in ihren Beichtstühlen einräumten, bis der Erzbischof in einem feierlichen Hochamt Klein St. Martin neu geweiht hatte.

Der Erzbischof war ein Wittelsbacher, der jüngere Bruder des bayerischen Kurfürsten, und hielt sich meist an dessen Hof in München auf. Die Amtsgeschäfte überließ er seiner erzbischöflichen Kanzlei in Bonn.

Normalerweise war es dem Priester am liebsten, wenn der Erzbischof sich so weit weg wie möglich aufhielt. Seine Einsetzung durch den Papst im Jahr 1688 war ein Anlass für den Krieg gewesen, der vor sieben Jahren zwischen dem französischen König und Kaiser Leopold I. ausgebrochen war. Es ging um Macht und Einfluss. Daran hatte er als einfacher Priester einer Stadtkirche kein Interesse. Er wollte nichts anderes, als dass Köln von den französischen Soldaten verschont blieb. Dass sie nicht vor den Mauern auftauchten, die Stadt mit Kanonen beschossen und sie am Ende eroberten – wie es Bonn 1689 ergangen war. Und nun musste er den Erzbischof herlocken, selbst wenn es Monate dauern mochte, bis er aus München angereist kam, und das lenkte die Aufmerksamkeit des französischen Königs auf die Freie Reichsstadt am Rhein. Deren Bürgermeister und Stadträte hatten es bisher klug vermieden, sich auf eine Seite der beiden Kriegsparteien zu schlagen. So sollte es auch bleiben.

Was dem Pater mindestens so viel Kopfzerbrechen bereitete wie der Brief an den Erzbischof, war die Frage, wie jemand in die Sakristei hatte eindringen können. Gestern Abend hatte er die Türen nach der letzten Andacht abgeschlossen, da war er sich sicher. Den Schlüssel trug er immer in einer Tasche seiner Soutane. Auch gestern – er hatte hineingegriffen und nachgefühlt, ehe er das Kleidungsstück in den Schrank neben der Eingangstür seiner Wohnung gehängt hatte.

Aber auf seiner Türschwelle hatte ein Krug mit Wein gestanden. Er ahnte, dass er ihn nicht hätte mit ins Haus nehmen und trinken sollen. Er hatte jedoch vermutet, einer der Ältesten seines Kirchspiels habe ihm den Wein vor die Tür gestellt, weil er ihm ein Geschenk versprochen hatte. Er hatte bemerkt, dass mit dem Wein etwas nicht stimmen konnte, als er beim zweiten Glas müde geworden war. Eine so geringe Menge machte ihm normalerweise nichts aus, da brauchte es schon mehr als einen Krug, ehe sein Kopf auf die Tischplatte sank.

Es half alles nichts: Er hatte es dem Frevler leicht gemacht, den Schlüssel zu entwenden. Darüber ärgerte er sich und seine Hand krampfte sich um die Feder, die sich durchbog. Bevor sie zerbrach, löste er seinen Griff. Nichts änderte etwas daran, dass er jetzt seiner Pflicht folgen musste. Entschlossen tauchte der Priester die Feder in die Tinte und schrieb die Anrede auf den Papierbogen. Seine übliche schön geschwungene Handschrift sah zittrig aus.

Das Ehepaar Feminis ging nach Hause. Sophia hatte sich bei ihm untergehakt und er seine Schritte den ihren angepasst.

»Ich habe zunächst gedacht, es wäre Blut«, sagte sie auf einmal, als sie bereits das Haus in der Sternengasse sehen konnten, in dem sie zur Miete wohnten. »Eine riesige Lache auf dem Boden. Ich habe jeden Moment erwartet, einen Toten zu finden. Unser guter Pater stand neben mir und wurde kreidebleich, er hat wohl das Gleiche gedacht.«

»Es war doch bereits an der Kirchentür zu riechen, dass kein Blut vergossen wurde, sondern Wein.«

»Nicht jeder hat Eure feine Nase. Ihr habt wahrscheinlich auch gerochen, aus welcher Gegend der Wein stammte. Burgund, Chianti oder Venetien?«

»Ich gebe zu, der Fäkaliengestank hat den des Weins überlagert und mir die Bestimmung der Herkunft unmöglich gemacht.« Sonst gelang es Feminis durchaus, am Geruch zu erkennen, woher ein Wein stammte. Verschiedene Male hatte ihm das in einem Wirtshaus die Bewunderung der anderen Gäste und einige Freigetränke eingebracht. Seine Nase war feiner als die gewöhnlicher Menschen.

»Es war trotzdem ein Schreck«, begann Sophia wieder, »und ich froh über Euer unerwartetes Erscheinen. Wo kamt Ihr auf einmal her? Ich wähnte Euch längst mit dem Kramkarren unterwegs.«

Sein Handel mit französisch Kram warf nicht genug ab, damit er ein Ladengeschäft in einem der besseren

Stadtviertel mieten konnte. Denn dort wohnten die Kunden für den modischen Putz, den er verkaufte, und dort zog er mit einem Handkarren durch die Straßen.

»Ich habe im Hafen eine Sendung abgeholt. Ein Paket aus Antwerpen, Knöpfe, Perlen, Seidenstrümpfe.«

Madre di Dios – das Paket! Feminis trug es nicht mehr bei sich. Er musste es in der Kirche liegengelassen haben. Es war zu groß, um es in eine Rocktasche zu stecken, dennoch durchwühlte er sie.

Sophia versicherte ihm, sie könne alleine nach Hause gehen, und als er sich davon überzeugt hatte, verabschiedete er sich und eilte zurück nach Klein St. Martin.

Es kostete ihn eine Portion Überredungskunst, den Diakon zu veranlassen, die geschändete Kirche aufzuschließen und ihn nach dem Paket suchen zu lassen. Es lag in einer der Kirchenbänke. Feminis drückte es an seine Brust. Der Verlust an Knöpfen und Flitter hätte sein Geschäft nicht zum Erliegen gebracht, aber wenn er die ätherischen Öle verloren hätte, wäre er bei der Entwicklung eines Aqua mirabilis weit zurückgeworfen worden. Feminis war nicht nur Kramhändler, sondern auch Parfümeur. In seinem Besitz war das Geheimrezept für ein Aqua mirabilis, das Geist und Körper erfrischen und mit Schönheit segnen sollte. Bisher war es ihm nur noch nicht gelungen, alles daraus zu entziffern. Die Zubereitung des Duftwassers glich einem Fischen im Trüben.

KAPITEL 2

In der Zeit des Kölner Karnevals erklang überall in der Stadt Musik. Die Gesellen trugen ihre Trachten, verbargen die Gesichter hinter Masken und zogen durch die Gassen. Wer kein Instrument beherrschte, klatschte im Takt und sang aus voller Kehle. In den Häusern der Wohlhabenden dauerten die Maskenbälle die ganze Nacht, die Gaffeln veranstalteten Festessen für ihre Mitglieder.

Selbst für Arme und Kranke bedeutete der Karneval eine Woche voller Feste. Kaum ein Kölner ließ es sich nehmen, Körbe mit Essen und Getränken in die Armenhäuser und Hospitäler zu schicken. Den Bettlern gaben sie reichlich, ebenso den Huren. Die Wirte hatten ihre Lager bis unters Dach mit Bier, Wein und Branntwein gefüllt und kamen kaum nach, ihren Gästen einzuschenken. Die Taschendiebe machten ebenfalls die besten Geschäfte des Jahres.

Dem tollen Treiben verschloss sich nicht einmal die Geistlichkeit: Einige Priester und etliche Domherren vergnügten sich auf privaten Feiern.

Dem Dominikanermönch Bruder Martin waren Lachen, Tanzen und Singen dagegen ein Dorn im Auge und nach seiner Meinung einem Christenmenschen unziemlich. Der Karneval war vom Teufel gesandt, um die Menschen zu Sünde zu verführen, und in den Kölnern fand der Leibhaftige leichte Opfer. Wie fest der Teufel die Stadt im Griff hielt, sah man ja daran, dass einen Tag vor dem Karneval Klein St. Martin geschändet worden war. Statt innezuhalten und umzukehren auf dem Weg der Sünde, trieben die Kölner es nur umso doller.

Bruder Martin ging mit finsterem Gesicht durch die Stadt, stellte sich auch auf den Altermarkt und versuchte, den Leuten ins Gewissen zu reden. Außer einigen Bettlern, die gerade nichts anderes zu tun hatten, hörte ihm niemand zu. Er nahm sich die Priester vor, die mit rotgeränderten Augen Gottesdienste abhielten und dabei die Predigten nicht selten auf einen Satz verkürzten, ehe sie die Gläubigen sofort wieder in die heidnische Tollerei auf den Gassen entließen.

»Die Menschen hören mir in der Woche des Karnevals nicht zu. Was soll ich tun?«, verteidigte sich ein Priester, als Bruder Martin ihm Vorhaltungen machte.

»Ihnen ins Gewissen reden.« Der Dominikaner roch den Wein im Atem des Geistlichen und musste an sich halten, ihn nicht bei der Soutane zu packen und zu schütteln.

»Sie laufen einfach aus der Kirche, wenn ich ihnen zu lange predige.«

»Verschließe die Türen!«

»Die Leute in der Kirche einsperren?«

»Ihre Seelen retten!«

»Das werden sie nicht dulden.« Der Priester gähnte und wandte sich ab. Er ließ Bruder Martin stehen, ohne sich zu verabschieden.

Ein anderer Priester verließ seine Kirche, bevor der Dominikaner ihn ansprechen konnte. Gottloses Pack!

All dem setzte der Priester von St. Kolumba die Krone auf: Der stemmte Bruder Martin die Hand vor die Brust und schob ihn aus der Kirche hinaus. Er war ein großer, kräftiger Mann, der nicht nur einen mächtigen Brustkasten, sondern auch einen ebensolchen Bauch besaß, dem Bruder Martin sich nicht entgegenzustemmen vermochte. Danach schlug der Priester die Tür krachend zu.

Bruder Martin wäre nicht erstaunt gewesen, käme ihm der Teufel persönlich in einer Gasse entgegen. Wenigstens stand er noch zwischen der Stadt und dem Leibhaftigen.

Auch die Hebamme Kathrina Obladen verspürte wenig Freude an den tollen Tagen. Es war der erste Karneval, den sie als Witwe verbrachte. Ihr Mann war der Handlungsgehilfe Joseph Obladen gewesen und im vergangenen Jahr an einem Bienenstich gestorben. Ein harmloser Bienenstich hatte seinen Hals schneller zuschwellen lassen, als sie ihn mit Wasser kühlen konnte. Er hatte ihm die Luft abgedrückt, bis er elend erstickt war. Ihre Trauer um den fünfzehn Jahre älteren Mann hielt sich in Grenzen, ihre Ehe war eine Zweckheirat gewesen. Trotzdem hatte sein Tod ihr Leben mehr verändert, als sie je geglaubt hatte.

Seit seinem Tod rief sie niemand mehr, damit sie einem Kind auf die Welt half. In den Augen der katholischen Kölner war sie eine Protestantische, da ihr Mann dieser Glaubensrichtung angehört und für den protestantischen Großhändler Johann Camp gearbeitet hatte. Dabei hatte sie den katholischen Glauben nie aufgegeben. Sie hatte die Kinder der protestantischen Familien auf die Welt gebracht, aber nachdem ihr Ehemann als Bindeglied weggefallen war, galt sie ihnen als die Katholische, und sie hatten sich nach einer anderen Hebamme umgesehen. Kathrina saß zwischen allen Stühlen und wusste nicht, wie sie diesen Übelstand beenden sollte. Ihre Barschaft schmolz dahin, und sie verdiente sich ein paar Groschen, indem sie Flickarbeiten für die Nachbarn übernahm.

Fest in ihren Umhang und einen dicken Schal gehüllt, verließ sie die Kirche St. Severin in der Nähe des Severinstors. Die Messe war erfreulich kurz gewesen, dennoch war ihr die feuchte Februarkälte erst unter die Röcke und dann in den Leib gekrochen. Sie wollte möglichst schnell nach Hause und hoffte, dass in der Zwischenzeit das Feuer im Ofen nicht ausgegangen war. Kathrina zog sich das eine Ende des Tuches über den Kopf und blinzelte kurz in den trüben Himmel. Alles grau in grau, nirgendwo ein Fleckchen Blau zu sehen.

Ein alter Mann mit einem Buckel, der ihm nicht mehr erlaubte, halbwegs aufrecht zu gehen, streckte ihr seine Bettelschale entgegen.

»Eine milde Gabe«, bat er.

Kathrina suchte in ihrem Beutel nach Kleingeld und ließ einen Kreuzer in die Schale fallen.

»Gott segne dich, gute Frau«, schnarrte er, klaubte die Münze hastig aus der Schale und prüfte ihre Güte, indem er darauf biss.

Als sie sich abwandte, stand ihr jemand im Weg. Jemand, der größer war als sie und von dem sie zunächst nur ein unordentlich gebundenes Halstuch und ein schmuddeliges Hemd unter einem dunklen Gehrock sah.

»Frau Kathrina, mildtätig wie immer.« Die Stimme gehörte dem Weber Fritz Haan.

Kathrina trat einen Schritt zurück und schaute ihm ins blasse, längliche Gesicht. Wie sie gehörte auch er zur Kirchgemeinde von St. Severin. Mehrere Wochen lang hatte er ihr während der Messen Blicke zugeworfen, bis er es nun wagte, sie anzusprechen.

»Ich habe dich aus der Kirche kommen sehen und wollte nicht versäumen, dich zu grüßen und mich nach deinem Befinden zu erkundigen.« Es klang wie auswendig gelernt.

Sein Eifer entlockte ihr ein Lächeln. Deshalb nickte sie, als Fritz Haan fragte, ob er sie begleiten dürfe.

Der Weber war ein schweigsamer Mann, mit großen Händen, die immer ein wenig ungelenk an seinen Seiten herunterhingen. Er galt in der Kirchgemeinde als fleißig und strebsam. Sie erreichten Kathrinas kleines Haus, das sie von ihrer Tante geerbt hatte; bei ihr war sie aufgewachsen und von ihr hatte sie den Hebammenberuf erlernt. Im Gegensatz zu den dreistöckigen Nachbarhäusern, in denen jeweils mehrere Familien wohnten, war ihr Haus sehr schmal, nur ein Fenster gab es neben der Tür, und es besaß nur zwei Stockwerke, dahinter einen tischtuchgroßen Garten. Sie lebte allein darin.

Fritz Haan machte keine Anstalten, sich zu verabschieden. Er drehte seine Filzkappe in den Händen und fragte sie schließlich, ob er ins Haus kommen dürfe. Die niedrige Stube direkt hinter dem Eingang schien mit seiner Anwesenheit überfüllt. Nachdem der Weber sich aufgerichtet hatte, passte zwischen seinen Kopf und die Decke gerade mal eine Handbreit. Kathrina schluckte und bereute es, ihn hereingebeten zu haben. Seine Begleitung hatte sie noch als angenehm gefunden, aber nun bedachte er sie mit einem gar zu brennenden Blick.

Sie bot ihm keinen Platz und keine Erfrischung an, sondern blieb mit vor dem Leib verschränkten Armen vor ihm stehen.

»Ich habe dich gut kennengelernt in den letzten Wochen, und ich schätze dich sehr. Das weißt du?«

»Danke für deine Worte.« Noch bevor sie darüber nachgedacht hatte, war der Dank über ihre Lippen gekommen. »Du bist ein guter Mann und ein fleißiger Weber. Das sagen alle in der Kirchgemeinde.«

Sein Blick auf sie wurde womöglich noch brennender.

»Wenn du so über mich denkst, darf ich mir wohl Hoffnungen machen.«

Sie wollte den Kopf schütteln, aber Fritz Haan sprach schnell weiter: »Ich will dich um deine Hand fragen, damit wir fortan gemeinsam durchs Leben gehen. Ich bin ein guter Weber und kann eine Frau ernähren. Meine

Tuche gehören zu den besten, die du in Köln findest, sie wurden noch nie beanstandet. Du bist nicht nur Hebamme, sondern auch Flickschneiderin. Das passt gut zu einem Weber. Wenn wir zusammenarbeiten, steht der Webstuhl nicht mehr still, und wir werden ein gutes Leben haben. Du hast ja auch ein Haus, das du mit in die Ehe bringen kannst. Das reicht mir als Mitgift.«

»Wie stellst du dir das vor? Ich bin erst seit ein paar Monaten Witwe.«

»Wir müssen die Verlobung nicht sofort von der Kanzel verlesen lassen, und mit der Hochzeit können wir ein paar Wochen warten.« Mit jedem Wort klang Fritz Haan zuversichtlicher. »Wir machen alles so, wie es sich gehört.«

»Nein!«

»Du willst nicht warten? Aber hast du nicht eben …? Wir können auch sofort unsere Verlobung bekanntgeben und in drei Wochen Mann und Frau sein.«

»Nein, das können wir nicht. Ich bin keine Frau, der man die Ehe anbietet, nur weil sie ein Haus besitzt.«

Fritz Haans Stirn umwölkte sich.

»Ich meine«, fuhr Kathrina schnell fort, »dass wir nicht zusammenpassen. Wir könnten keine glückliche Ehe führen. Du brauchst ein junges Mädchen, das du erwecken kannst, keine Witwe, die jahrelang verheiratet war und ihrem Ehemann kein Kind geboren hat, dafür aber ein Übermaß an Widerspruchsgeist besitzt.«

»Was meinst du?«

»Ich bin so eine Frau. Ich würde mir ewig Vorwürfe machen, dass du mit mir unglücklich geworden bist, wenn ich dich heirate. Vor Gott und den Menschen will ich derartige Schuld nicht auf mich laden. Lieber bleibe ich allein und wünsche dir eine bessere Frau. Fritz, ich muss dich bitten, zu gehen.« Kathrina ergriff den Weber am Arm und schob ihn in Richtung Tür. Fritz Haan stolperte in den grauen Februartag hinaus.

Hinter ihm atmete Kathrina auf und verriegelte die Tür. Sie lehnte sich dagegen und brauchte eine Weile, ehe sich ihr Zittern beruhigte.

Warum war sie wochenlang so eitel gewesen, sich seine Schmeicheleien gefallen zu lassen? Sie hatte doch gewusst, wohin das führen mochte, schließlich war sie mit siebenundzwanzig Jahren kein unerfahrenes Ding mehr. Sein letzter Blick hatte ihr nicht gefallen; nicht nur Enttäuschung las sie darin, sondern auch Zorn. Sie nahm sich in Zukunft besser vor ihm in Acht.

Fritz Haan fand sich unversehens auf der feuchtkalten Gasse wieder und wusste nicht recht, wie ihm geschehen war. Aus einem nahen Gasthaus drangen Musik und Gelächter heraus, als wollte man ihn verhöhnen. Er wischte sich mit der Hand über das Gesicht und strich sich die Haare zurück. In seine Gedanken sickerte allmählich die Erkenntnis, dass sie seinen Antrag abgelehnt hatte.

Mit der Erkenntnis kam die Wut. Ein ehrbarer Weber hatte einer nicht so gut beleumdeten Hebamme einen Antrag gemacht und war abgelehnt worden. Abgelehnt! Das Wort hämmerte in seinem Schädel, verhöhnte ihn.

Fritz Haan stürzte in die Wirtschaft und rief nach einem Glas Branntwein. Zwischen den fröhlichen Gästen wirkte er wie ein Fremdkörper. Zu finster schaute er sich um, als dass ihn jemand in eine gut gelaunte Runde einlud.

In einem Zug stürzte er den Branntwein hinunter und rief gleich nach einem zweiten Glas. Nachdem er auch das getrunken hatte und der scharfe Alkohol in seinen Eingeweiden brannte, wurden seine Gedanken ruhiger. Seine Wut auf Kathrina verflog jedoch nicht.

Als katholische Frau war sie mit einem Protestanten verheiratet gewesen, da sollte sie froh sein, dass er bereit gewesen war, sie zu nehmen. Er war ein ganzer Kerl, der einer Frau was bieten konnte. Bei diesem Gedanken fasste er sich unter dem Tisch in den Schritt und stellte sich vor, wie Kathrina vor ihm hockte, sein Ding im Mund, und zu ihm aufsah, Kummer und Verzweiflung im Blick. In seiner Vorstellung tat sie alles, um ihn zufriedenzustellen. Ganz am Ende kam die Bitte über ihre Lippen, er möge sie heiraten und zu einer ehrbaren Frau zu machen. Honigsüße Worte, aber er würde sie kalt lächelnd in den Dreck zurückschicken, aus dem sie gekrochen war. Der Gedanke gefiel ihm: er als Herr über Kathrina Obladens Schicksal.

»Noch ein Glas?«, sprach die Schankmagd ihn an und schwenkte eine Flasche Branntwein.

Fritz Haan nahm die Hand aus dem Schritt und

schüttelte den Kopf. Er warf ein paar Münzen auf den Tisch und verließ das Gasthaus, beim Gehen schwankte er leicht. Auf der Gasse fühlte er sich, als habe sich sein Hirn in ungesponnene Wolle verwandelt. Seine Füße trugen ihn ganz von selbst zu Kathrina Obladens Haus zurück.

Er ging daran vorbei, blieb an der nächsten Ecke stehen und lehnte sich gegen die Hausmauer. So konnte er die Tür beobachten und würde sehen, wenn sie das Haus verließ. Ihm wurde allmählich kalt, ohne dass etwas anderes passiert war, als dass ein streunender Hund an seinen Stiefeln geschnüffelt hatte.

Mit hochgezogenen Schultern kehrte Fritz Haan schließlich in seine Wohnung im Weberhof zurück. Sie bestand aus einem winzigen Flur und einem Zimmer, in dem ein Ofen, ein Bett und sein Webstuhl standen, und damit blieb kaum noch Platz. Die Küche musste er sich mit den anderen Bewohnern des Hauses teilen. Das Haus bildete mit anderen ein Geviert, in dem überwiegend Weber lebten, die dem Weberhof zu seinem Namen verholfen hatten.

Wie angenehm wäre das Leben als Herr eines Hauses und mit einer Ehefrau, die kocht, putzt, wäscht und das Bett wärmt.

KAPITEL 3

Ein Tag bei Kerzenlicht auf einem dreibeinigen Schemel ließ das Kreuz schmerzen und die Augen tränen. Kathrina streckte sich und rieb sich über das Gesicht. Stunde um Stunde hatte sie Stoffstreifen an einen Kinderkittel angesetzt, um ihn an das gewachsene Kind anzupassen. Danach hatte sie mit kleinen und gleichmäßigen Stichen einen langen Riss im Ärmel eines Hemdes geflickt, dass man ihn kaum sah. Ein paar Kreuzer wären ihr Lohn dafür. Das Leben war nicht leicht, aber Kathrina war viel zu energisch gegen sich und andere, um sich dem Kummer hinzugeben. Gott gab es den Seinen, und auf schlechte Zeiten folgten auch wieder bessere, daran wollte sie fest glauben.

Ein zaghaftes Klopfen an der Tür unterbrach ihre Gedanken. Es hörte gar nicht wieder auf. Sie sprang auf. Wurde sie als Hebamme gebraucht? Endlich wieder? Ihr Blick flog zu der Tasche, die alles enthielt, was bei einer Geburt nötig werden konnte: saubere Tücher, eine Geburtszange und verschiedene Kräuter, um Schmerzen zu lindern, Blutungen zu stillen, eine Schlinge, um das Kind im Mutterleib in die richtige Lage zu drehen.

Vor der Tür stand eine junge Frau, beinahe noch ein Kind. Gegen die Februarkälte hatte sie sich in mehrere fadenscheinige Kleider übereinander gehüllt und in verschiedene Tücher gewickelt. Die Kleidung bestand aus grober Wolle, war vom vielen Waschen verfilzt und ausgebleicht, so dass sich kaum sagen ließ, welche Farbe sie ursprünglich einmal gehabt hatte. Rotgefrorene Hände krallten sich in einen der Schals. Sie stand auf der Schwelle, als wüsste sie nicht, ob sie hereinkommen oder fliehen sollte.

Kathrina bat sie ins Haus. »Gott zum Gruß, Mädchen. Komm aus dem Wind, bevor er dich wegweht.«

Allenfalls ein sanfter Wind strich durch die Kölner Gassen, aber die Worte brachten die Besucherin dazu, ins Haus zu treten. Hinter ihr verriegelte Kathrina die Tür.

Die Frau blieb in der Mitte des Zimmers stehen. Sie verschränkte die Hände ineinander und sah sich misstrauisch um.

»Bei welchem Leiden der Frauen soll ich dir helfen?« Außer Schwangeren kamen auch manchmal Frauen mit anderen Krankheiten zu ihr, wenn sie sich keinen Arzt leisten konnten.

Kathrina betrachtete im Schein der Lampe das Gesicht ihrer Besucherin genauer. Sie war jung – der erste Schein hatte nicht getrogen –, sah aber verhärmt aus, als hätte sie täglich schwere Arbeit zu verrichten.

Das Mädchen knetete ihre Hände weiterhin so fest, dass die Knöchel weiß hervortraten. »Da ist was Kleines in meinem Bauch. Das muss weg.« Sie legte die Hände auf ihren Leib, als müsse sie schützen, was sie nicht wollte.

»Du erwartest ein Kind?«

Sie nickte.

»Wer ist der Vater?«

»Dem Herrn Johann Moers sein ältester Sohn«, flüsterte sie beinahe unhörbar. »Ich arbeite in seinem Haus als Magd.«

»Hat der junge Moers sich an dir vergriffen?«

Wieder schüttelte sie den Kopf.

»Aber er hat dir was versprochen?«

»Er hat gesagt, er liebt mich. Aber jetzt ist im Haus die Rede davon, dass er sich mit einer anderen verloben wird. Er kommt nicht mehr zu mir und dreht sich weg, wenn ich mit ihm sprechen will. Du musst mir helfen! Wenn sie erst sehen, dass ich was Kleines erwarte, jagen sie mich davon. Und wo soll ich hin mit einem Kind und keinem Vater.« Sie wischte sich eine Träne aus dem Augenwinkel.

Kathrina tat die junge Frau leid. »Hast du keine Familie, zu der du gehen kannst?«

»Sie werden mich nicht aufnehmen, weil ich Schande über sie bringe. Du musst mir was geben, dass alles wieder in Ordnung kommt!«

Der hoffnungsvolle Blick der Frau tat Kathrina in der Seele weh. »In dir ist ein Kind. Da wächst neues Leben in deinem Bauch, das kannst du nicht einfach loswerden wollen wie löchrige Schuhe. Ich kann etwas einfädeln für dich. Tatsächlich weiß ich eine Frau, die selbst keine Kinder bekommen kann, die ehrbare Frau eines Gürtelmachers. Vielleicht wären sie bereit, dein Kind aufzunehmen. Nur diese Frau wüsste die Wahrheit, für alle anderen wäre es ein Waisenkind, das sie zu Gottes

Wohlgefallen in ihren Haushalt aufgenommen hat.« Dabei verschwieg Kathrina, dass es sich bei der Familie um Lutheraner handelte, die auf der anderen Rheinseite in Deutz lebten und von denen sie seit dem Tode ihres Mannes – also seit einem halben Jahr – nichts mehr gehört hatte.

»Und es wird niemand etwas erfahren?« Die Verzweiflung war aus der Miene der jungen Frau verschwunden. Sie legte die Hände auf den Bauch.

»Niemand.«

»Aber ich muss das Kind bekommen?«

»Die Frau würde sehr gut für dein Kind sorgen.«

»Ich muss einen dicken Bauch bekommen und jeder wird sehen, dass ich was Kleines erwarte, und dann wird kein Kind da sein. Der ehrenwerte Johann Moers jagt mich davon.«

»Du brauchst einen Platz, wo du dein Kind in Ruhe bekommen kannst«, erklärte Kathrina. »Am besten an einem Ort, wo dich niemand kennt. Es gibt Geburtshäuser für Frauen in deiner Lage.«

Ihre junge Besucherin überlegte eine Weile. Kathrina beobachtete in dieser Zeit gespannt, wie die Frau die Stirn runzelte und einen Finger an die Lippen legte. Dann verdüsterte sich ihre Miene.

»Ich will kein Kleines haben. Du musst es wegmachen! Ich kann nicht mit einem dicken Bauch herumlaufen, und ich will kein Kind bei fremden Leuten haben.«

Kathrina kannte Kräuter und Tränke, die ein Kind

aus dem Mutterleib austrieben. Dennoch gab es nach ihrer Überzeugung für dieses Ansinnen nur eine Antwort.

»Ich kann dir nicht geben, was du verlangst. Wir begehen eine Todsünde und werden bis an unser Lebensende verdammt sein. Ich werde dir in der Schwangerschaft beistehen, und du musst mit dem Vater sprechen, damit sie dich das Kind in Ruhe bekommen lassen und dir danach deine Arbeit wiedergeben.«

Kathrinas Besucherin schüttelte heftig den Kopf. Sie rieb sich eine weitere Träne aus dem Augenwinkel, und ihre Stimme zitterte. »Er will nichts mehr mit mir zu tun haben. Er hat mir gesagt, wenn ich noch einmal mit ihm spreche, sorgt er dafür, dass ich das Haus verlassen muss.«

»Von dem Kind weiß er nichts?«

»Er darf es nie erfahren!«

»Es ist ein Leben, das in dir heranwächst. Ich kann dir nichts geben, das es wegmacht.«

»Du musst!«, rief die Frau nun lauter und mit besorgter Stimme. »Es gibt Mittel, die ein Kind wegmachen, ich weiß das, du musst sie mir geben! Bitte!«

»Nein! Ich mache das nicht, du bist bei mir falsch. Ich helfe Kindern auf die Welt und treibe sie nicht aus den Leibern ihrer Mütter aus.«

»Ich kann bezahlen.«

»Nein!«

Die junge Frau fiel vor ihr auf die Knie. »Dann kann ich nur noch in den Rhein gehen.«

Am Ende ließ Kathrina sich überreden. Sie ging in das hintere Zimmer und suchte die jungen Triebe des Sadebaums, Myrrhe und Beifuß, legte alles in einen Mörser und begann, es zu einem grünen Brei zu zerstampfen. Während sie rhythmisch den Stößel bewegte, kam ihr eine Idee.

Sie ließ den Stößel sinken und betrachtete den halb zerstampften Brei. Mit den Fingern wischte sie ihn aus dem Mörser und er klatschte auf die Tischplatte. Aus verschiedenen Tontöpfen nahm Kathrina andere Kräuter: Frauenmantel, Ringelblume, Hopfen und Baldrian. Sie waren alle getrocknet, und nachdem sie sie zerstampft hatte, erhielt sie ein grünbräunliches Pulver, das sie in einen Tonbecher schüttete. Die Öffnung verschloss sie mit einem Lederlappen, den sie mit einem Stück Schnur festband.

Das reichte sie ihrer Besucherin. »Du musst es an drei Tagen hintereinander mit Wasser, Bier oder Milch einnehmen, immer zwei Löffel. Es muss etwas Kaltes sein, keine Suppe oder Mus. Hast du mich verstanden?«

»Ich danke dir, ich danke dir so sehr!. Du hast mein Leben gerettet.« Den Becher mit dem Pulver verstaute die junge Frau sorgfältig in einer Tasche, die zwischen den Falten ihrer Röcke verschwand. Anschließend wollte sie Kathrina etliche Kreuzer in die Hand drücken, etwa zwei Dutzend, schätzte sie. Die Münzen hatte die Magd sich wahrscheinlich jahrelang zusammengespart. Das Geld konnte Kathrina nicht nehmen, nicht nachdem sie … Sie schüttelte den Kopf und fragte sanft: »Hast du verstanden, wie du das Pulver einnehmen sollst?«

»Ja, ja. Drei Tage lang mit Wasser oder Dünnbier einnehmen.«

»Zwei Löffel davon in einen Becher. Nicht mehr und auch nur einmal am Tag. Falls etwas übrigbleibt, hebe es eine Woche auf und nimm es dann, bis es aufgebraucht ist.«

»Ja, ja.«

»Es kann sein, dass du Leibschmerzen bekommst und dir übel wird. Das musst du aushalten. Du wirst eine Blutung bekommen wie deine Regel, mit der die Leibesfrucht abgeht. Du musst dich ausruhen und darfst in dieser Zeit keine schwere Arbeit verrichten. Bete, damit alles gut wird.«

Wieder streckte die junge Frau ihr das Geld entgegen.

»Nein, behalte deine Ersparnisse.« Kathrina schloss die Hand des Mädchens um die Münzen. »Du musst auch wissen, dass die Kräuter nicht immer so wirken, wie wir es uns vorstellen. Manche Frauen behalten ihre Leibesfrucht, obwohl sie Mittel zum Austreiben eingenommen haben. Die Kinder klammern sich ans Leben. Das ist Gottes Wille.«

»Deine Mittel wirken, wird erzählt.« Die junge Frau steckte die Münzen wieder in die Tasche, und griff nach Kathrinas Händen, um sie zu küssen, als wären es die eines Geistlichen. Hastig verbarg Kathrina sie hinter dem Rücken und atmete auf, als ihre Besucherin aus dem Haus geschlüpft war. Sorgfältig verriegelte sie die Tür hinter ihr.

In ihrer Schlafkammer kniete sie sich vor den hölzernen Heiland und faltete die Hände zum Gebet.

»Gütiger Jesus, Heilige Jungfrau«, flüsterte sie, »haltet die Hände über dieses arme Ding und wendet die Blicke nicht von ihr. Seht mir auch diese Lüge nach, ich wusste mir keinen anderen Rat, sie von ihrem sündigen Weg abzubringen. Als Sühne zünde ich eine Kerze zu deinen Ehren an.«

KAPITEL 4

Du musst leise sein und darfst deinen Papa nicht stören«, ermahnte Sophia Feminis ihre dreijährige Tochter Anna Maria, die neben ihr auf der Bank saß. Sie legte einen Finger an ihre Lippen und das Summen des Kindes verstummte.

Dafür spitzte eine kleine Zunge zwischen den Lippen des Mädchens hervor, als sie eifrig eine Nadel durch ein Stück Stoff zog. Sie machte es ihrer Mutter nach. Sophia säumte Taschentücher mit Spitzenborte, die ihr Mann später zum Verkauf anbot. Anna Marias Nadel bestand allerdings aus einem Kälberknochen so dick wie ihr kleiner Finger, besaß weder eine Spitze noch Faden, und sie zog sie durch Löcher in einem Stofffetzen, die ihre Mutter zuvor hineingeschnitten hatte. Bis sie die feinen, gleichmäßigen Stiche ihrer Mutter beherrschte, würde es noch etliche Jahre dauern.

In einem Korb zu Sophias Füßen lagen eingekuschelt in weiche Decken die Zwillinge Johann Anton und Sophia Maria, die noch kein Jahr alt waren und schliefen. Zum Glück, denn wenn sie aufwachten und gestillt werden wollten, war es mit der Ruhe vorbei.

Die junge Mutter warf einen Blick auf ihren Mann. Feminis saß in der Mitte des Raumes am Tisch und hatte vor sich eine Reihe kleiner Flaschen mit ätherischen Ölen stehen. Dort standen auch zwei größere Flaschen mit einem durchsichtigen Inhalt, und ein Chaos an Papieren bevölkerte die restliche freie Fläche des Tisches. Über diese Papiere saß Feminis gebeugt, schrieb eilig und konzentriert. Er arbeitete an der Entwicklung seines Duftwassers.

Sophia war stolz auf ihren Mann und gleichzeitig besorgt. Die Wasserherstellung verschlang viel Zeit und Geld; Zeit, in der ihr Mann mit seinem Kramhandel nichts verdiente. Schon die Herstellung des Weingeistes durch Destillation aus Wein war ein komplizierter Vorgang, den sie nicht verstand und der ihren Mann für Stunden beschäftigte. Der Destillierapparat wurde aus seiner Ecke hervorgeholt, angefeuert und dann dampfte und zischte es, als hätte die Hölle ihre Pforten geöffnet. Sophia berührte die Maschine nur mit äußerster Vorsicht, und nur, um den Staub von der Oberfläche zu wischen.

Der Weingeist wurde mit Wasser, allerlei Essenzen

und Kräutern versetzt und wochenlang stehen gelassen, bevor er erneut destilliert wurde. Wenn hier ein Fehler passierte, eine falsche Essenz, eine falsche Menge, war er später nicht wiedergutzumachen, hatte Giovanni Paolo ihr erklärt. Das immerhin konnte sie sich vorstellen, denn was einmal in dem zweifach destillierten Weingeist enthalten war, bekam man dort nicht wieder heraus.

Danach begann die eigentliche Arbeit des Parfümeurs an seinem Aqua mirabilis. Die ätherischen Öle wurden Tropfen für Tropfen hinzugefügt, um sich mit dem Weingeist zu einem harmonischen Ganzen zu verbinden. Sie nannte es Zauberei, ihr Ehemann Alchemie, und man brauchte nicht nur eine gute Nase, sondern auch umfassende Vorstellungen von den Eigenschaften und Wirkungen der Elemente.

Giovanni Paolo hatte genaue Vorstellungen davon, wie sein Aqua mirabilis riechen sollte, und er war auch im Besitz eines Rezeptes für dessen Herstellung. Es stammte aus dem Erbe seines Großvaters väterlicherseits und erwies sich als komplizierter als alles, was sie je in ihrem Leben gesehen hatte. Mit der Sprache fing es an. Es befand sich darin kein einziges deutsches Wort, Teile waren auf Latein, andere auf Griechisch und sogar auf Persisch verfasst. Giovanni Paolo hatte es übersetzen lassen ins Italienische und ins Deutsche, und sie hatten beide nächtelang über den Texten gesessen und versucht, einen Sinn hineinzubekommen. Sophia hatte das als eine schöne Zeit empfunden, in der sie sich sehr nahe gewesen waren. Die Zwillinge waren dabei entstanden.

Das Rezept ähnelte in nichts dem, was sie kannte, wenn sie ihrer Nachbarin die Zubereitung der Zitronensuppe erklärte, die ihr Mann aus seiner Heimat mitgebracht hatte und die er so liebte. Die Kunst der Alchemie war kompliziert und voller Geheimnisse, und deshalb war es Giovanni Paolo bisher nicht gelungen, alle Zutaten und ihre Mengen einwandfrei zu identifizieren. Sophias Nase war nicht fein genug, um ihm dabei zu helfen. Die Kopf- und die Herznote eines Aqua mirabilis waren für sie nicht mehr als Begriffe.

Saß Giovanni Paolo noch lange so vornübergebeugt und verkrampft über seinen Papieren, hätte er am Abend nur wieder verspannte Schultern und Kopfschmerzen. Ihn daran zu erinnern war zwecklos, denn sobald er sich einmal in eine Sache verbissen hatte, gab er nicht auf. So war es gewesen, als er um sie geworben hatte, und nun war es eben sein Aqua mirabilis.

Anna Maria bohrte entschlossen ihre Knochennadel an einer Stelle in den Stofffetzen, an der kein Loch hineingeschnitten war und sie sich deshalb nicht durchschieben ließ. Das forderte ihre kindliche Wut heraus, und sie trommelte mit den Füßen gegen die Bank. Erneut ermahnte Sophia sie zur Ruhe, strenger diesmal, und sie half dem Mädchen, ein Loch für die Nadel zu finden, damit sie weiter nähen konnte.

Giovanni Paolo Feminis riss sich kurz von seinen Berechnungen los und warf seiner Familie einen Blick zu. Einen wohlwollenden, er wusste, was er seinen Lieben zumutete und dass es einer aufweckten Dreijährigen wie Anna Maria nicht leichtfiel, lange stillzusitzen. Außer diesem Raum, in dem gekocht, gegessen, genäht und sich aufgehalten wurde, verfügte die Familie nur noch über ein Schlafzimmer. Dieses konnte nicht geheizt werden, deshalb war es dort eiskalt, und weder Sophia und den Kindern, noch sich konnte er zumuten, sich dort außer zum Schlafen aufzuhalten.

Mit Daumen und Zeigefinger rieb er sich die Nasenwurzel. Obwohl er mehrere Bögen Papier mit Berechnungen bedeckt hatte und am Ende eine neue Liste der möglichen Zutaten und ihrer Mengen aufgeschrieben hatte, fühlte er sich nicht so, als wäre er der Lösung einen Schritt näher gekommen. Letztlich war nur eine weitere beliebige Liste entstanden, wie er bereits mehr als ein dutzend Mal eine geschrieben hatte. Mit keinem der daraus entwickelten Duftwässer war er zufrieden gewesen. Der Ansatz war richtig, davon war er überzeugt, aber der Weg bis zum perfekten Aqua mirabilis steiniger als der Weg von Mailand nach Köln.

Obwohl er von der Richtigkeit seiner Liste nicht überzeugt war, maß er eine genau berechnete Menge des vorbereiteten Weingeistes ab und goss ihn in eine flache Schale. Danach griff er nach den ätherischen Ölen, zuerst zum Zitronenöl, danach zum Lavendel, dann folgten das kostbare Neroliöl und zum Schluss Rosmarin. Mit einem Glasstäbchen rührte er die Lösung um, aber bevor er sich die Duftnote in die Nase fächeln konnte, wurde die Tür der Wohnung aufgerissen.

Ein Schwall kalter Luft strömte aus dem Hausflur

herein. Sein Ältester, Carl Joseph, stampfte sich Feuchtigkeit und Schmutz von den Stiefeln, bevor er hereinkam. Sophia sprang auf und nahm den Jungen in Empfang. Sie schälte ihn aus Mantel, Tuch und Mütze. Seine Wangen waren gerötet und die Augen leuchteten.

»Du kommst spät«, schalt Sophia ihn milde. Der Unterricht in seiner Lateinschule war vor reichlich einer Stunde zu Ende gegangen, und kurz danach hätte der Junge zu Hause sein sollen.

»Ich wollte sehen, was in der Stadt los ist. Der Karneval ist einfach wunderbar. Alle Leute sind auf der Straße und niemand stört sich an der Kälte. Ich habe einen Zug der Weber gesehen und dann kamen die Schmiedegesellen. Das sind Männer mit Armen …« Er deutete einen Umfang an, der dem Oberschenkel eines Mannes näher kam als dessen Oberarm. »Überall gab es Musik. Ich bin eine Weile mit dem Zug mitgelaufen und die anderen Jungen auch.«

»Und bist dabei ganz kalt geworden.« Sophia zog ihren Sohn näher an den Ofen und rieb seine kalten Hände zwischen ihren. Carl Joseph entzog sich ihr wieder, er wollte nicht wie ein Kleinkind behandelt werden. Lieber sah er seinem Vater zu.

Feminis verkorkte die Flasche mit dem Rosmarinöl und strich dem Jungen über den Kopf.

»Das Rosmarinöl wird immer als Letztes zum Weingeist gegeben, das habt Ihr mir erklärt. Sorgt Euch nicht, Gott wird es Euch gelingen lassen, wenn es soweit ist«, sagte er leise und altklug.

Feminis fragte sich nicht zum ersten Mal, wie solche Gedanken in den Kopf eines Siebenjährigen kamen. Er nickte nur und rührte die Lösung in der flachen Schale um. Der Inhalt gluckerte, ein betörender Duft stieg auf. Feminis kräuselte die Nase, sog den Geruch tief ein und prüfte ihn mit allen Sinnen. Er wedelte ihn sich mit der Hand zu, tupfte sich endlich einen Tropfen auf die Haut und erschnüffelte, wie er sich mit der Zeit veränderte. Die Kopfnote, den Duft der Herznote würde er erst morgen richtig wahrnehmen können. Bisher konnte er nur ahnen, dass sie zu süß und zu schwer geraten war. Sein Sohn beobachtete ihn und tat ihm alles genau nach.

»Was sagst du zu diesem Geruch, figlio?«

»Es riecht ...«, Carl Joseph bohrte mit einem Finger in der Nase, während er nach der passenden Beschreibung suchte, »... gut«, sagte er schließlich lahm. »Sehr gut, mein Vater.«

»Das kannst du besser.«

»Wirklich sehr gut! Dieses letzte Öl hat gefehlt. Die vornehmen Damen werden es gerne kaufen.«

»Es taugt nichts. Ich habe es wieder nicht geschafft. Etwas fehlt immer.« Feminis machte eine Bewegung, als wollte er die Schale mit dem Aqua mirabilis vom Tisch wischen.

Sein Sohn nahm sie schnell an sich. »Ihr werdet es schaffen, mein Vater, eines Tages. Das weiß ich, und die Mutter weiß es auch. Sie sagt es mir jeden Abend, wenn sie mich zudeckt. Es wird uns reich machen, und jeder wird Euren Namen kennen.«

»Du bist ein guter Junge.«

»Darf ich Euch bei der Arbeit zusehen, mein Vater?«

»Ich mache Schluss für heute. Ich habe deine Mutter den ganzen Nachmittag nicht beachtet, das hat sie nicht verdient. Du darfst mir helfen, alles aufzuräumen.«

Carl Joseph war auch dazu bereit. Während Feminis seine Papiere ordnete, räumte der Junge die Flaschen auf das Wandbord zurück. Er musste dazu auf einen Stuhl steigen. Vor lauter Eifer schaute die Zungenspitze zwischen seinen Lippen hervor und verlieh ihm Ähnlichkeit mit seiner jüngeren Schwester.

Feminis seufzte. Der Stapel beschriebenen Papiers wurde immer höher und kam ihm immer nutzloser vor. Auf einmal stand Sophia hinter ihm. Sie legte ihm die Hände auf die Schultern.

»Ihr habt viel zu lange auf die Papiere geschaut, Eure Schultern sind ganz verkrampft. Ich helfe Euch.«

Ihre Fingerspitzen gruben sich kräftig in seine Nackenmuskeln, lockerten das verspannte Gewebe. Sie verschafften ihm Wohlbehagen. Sophia hatte ein besseres Leben verdient, er musste alles dafür tun, dass sie es auch bekam.

Nur hatten Italiener es in den deutschen Landen nicht leicht, aber zu Hause herrschte noch größere Armut. Ohne ein Aqua mirabilis, das außer ihm niemand feilbot, wäre er dazu verdammt, Jahr um Jahr mit einem Karren von Haus zu Haus zu ziehen und französisch Kram zu verkaufen. Federn, Knöpfe, Kunstblumen, Masken, Bänder, Strümpfe, Handschuhe, Taschen- und

Halstücher sowie Tabatieren gehörten zu seinem Sortiment, und auch ein Aqua mirabilis, das als Ungarisches Wasser bekannt war. Es erfrischte den Geist und verhalf zu einem langen glücklichen Leben.

Die ungarische Königin Elisabeth hatte das Destillat aus Weingeist und Rosmarinöl im vierzehnten Jahrhundert benutzt und es hatte ihre Schönheit bis ins hohe Alter bewahrt. Sie soll mit über sechzig Jahren noch so schön gewesen sein, dass sich ein nicht einmal halb so alter Mann in sie verliebt und um ihre Hand angehalten hatte.

Giovanni Paolo Feminis glaubte nicht daran. Nicht, wenn das Wasser der Königin Elisabeth so gerochen hat wie das, was im Jahr 1695 als Ungarisches Wasser angesehen wurde. Der Eigengeruch des Weingeistes tat dem Rosmarinöl nicht gut. Um diesen zu überdecken, wurde mehr von dem ätherischen Öl zugegeben. Das wiederum plagte die Nase, denn Rosmarinöl roch in zu hoher Konzentration streng. Schon der Gedanke daran ließ ihn das Gesicht verziehen. Wie konnten die Leute sich das auf die Haut tupfen und sich damit schön fühlen?

KAPITEL 5

Eine Hand legte sich schwer auf Kathrinas Schulter. Sie stieß einen Schrei aus und wirbelte herum – und stand Fritz Haan in seiner Webertracht gegenüber.

Er sah hohlwangig aus, mit Ringen unter den Augen wie die Söhne der Wohlhabenden am Aschermittwoch, nachdem sie von einem Karnevalsfest zum nächsten geeilt waren. Im Gegensatz zu ihnen zog Fritz Haan jedoch eine Miene, als herrsche Gewitter in seinen Gedanken. Sie roch Branntwein in seinem Atem.

»Was willst du?«, fuhr sie ihn an. »Zwischen uns ist alles gesagt.«

»Ich wollte dich sehen.«

»Das hast du nun.«

»Kathrina …«

»Nein!«

Sie wollte sich umdrehen und davoneilen, denn in seinen Augen las sie den gleichen Zorn wie vor einigen Tagen, aber sie blieb wie erstarrt stehen, als wäre sie unter dem Bann des Teufels gefangen.

»Bereust du deine Rede mir gegenüber?« Er spie die Worte aus wie verschimmeltes Brot.

»Kein einziges Wort!«

»Ich habe dich beobachtet.«

Das erklärte das eigenartige Gefühl im Nacken, das sie einige Male in den letzten Tagen gespürt hatte. Als wären unsichtbare Augen auf sie gerichtet.

»Da wirst du kaum etwas anderes gesehen haben, als dass ich zu Hause sitze und nähe, weil niemand meine Dienste als Hebamme in Anspruch nehmen will.« Sie schleuderte ihm die Worte entgegen in der Hoffnung, ihn zu beschämen.

»Ich habe genug gesehen.«

»Such dir ein Weib, das zu dir passt. Eine junge Frau, die deine Kinder bekommen will, und werde glücklich. Das wünsche ich dir wirklich.«

Es stimmte sogar.

»Wer sagt denn, dass ich dich noch will?«

»Warum schleichst du mir dann nach?«

»Weil ich dein armseliges Leben sehen will.« Fritz Haan hatte die Lippen von den Zähnen zurückgezogen und ließ sie sein Gebiss sehen. Sein Kopf ruckte plötzlich vor, als wolle er sie beißen wie ein Hund. Hatte er den Verstand verloren?

»Du schweigst, weil du weißt, dass ich recht habe. Tief in deinem Herzen bereust du, was du zu mir gesagt hast.«

Kathrina war sich sicher, dass mit dem Mann vor ihr etwas nicht stimmte und dass es nicht am Branntwein lag. Sie machte einen halben Schritt zurück, um aus seiner Reichweite zu kommen. Seine Rechte schnellte vor, umschloss ihr linkes Handgelenk und zog sie zu sich heran.

Sie stolperte auf ihn zu und fiel gegen seinen Körper. Mit einer geschickten Drehung drängte er sie gegen eine Hauswand. Kathrina wollte ihn wegstoßen, aber er war zu stark für sie, schob ein Knie zwischen ihre Beine und näherte seine Lippen ihrem Mund. Ihr schnürte sich das Herz zusammen und sie drehte den Kopf weg, wollte um Hilfe rufen. Doch bevor sie einen Laut ausstoßen konnte, klatschte ihr der Weber die Rechte ins Gesicht. Ihr Kopf schlug gegen die Wand und sie starrte ihn entsetzt an.

»Hast du geglaubt, ich will dich küssen?«, flüsterte er nahe an ihrem Ohr. »Ich will mich nicht an einer wie dir vergiften.«

Sie wollte ihn fragen, was er von ihr wollte, doch seine Hand hatte sich über ihren Mund gelegt und presste sie gegen die Wand.

»Du wirst noch bedauern, was du zu mir gesagt hast. Jedes Wort!«

Ich bedauere es, dachte Kathrina, dass ich je mit dir geredet habe und freundlich zu dir gewesen bin. Mehr als einen unartikulierten Laut brachte sie jedoch nicht heraus. Sie bekam nicht einmal die Zähne auseinander, um Fritz Haan in den Finger zu beißen. Die Hauswand drückte schmerzhaft gegen ihren Hinterkopf, ihr Herz hämmerte gegen die Rippen, und sie wollte tiefer Luft holen, als ihr Mieder es ihr erlaubte. Sie merkte, dass ihr bald die Sinne schwinden würden.

Auf einmal wurde Fritz Haan am Kragen zurückgezogen. Es reichte nicht, dass er sie losließ, aber ihr Mund kam frei, und sie konnte wieder richtig atmen. Gierig sog sie die frische Luft ein.

»Belästigst du gerade eine Frau?«, wollte der junge Mann wissen, der den Weber gepackt hielt.

Kathrina sah von seinem Kopf nicht mehr als ein Ohr und dunkles, schulterlanges Haar. Den oberen Teil des Gesichts verdeckte eine Maske, und darunter erkannte sie ein markantes Kinn und zornig zusammengepresste Lippen. Seinem Auftreten und seiner Sprechweise nach musste er einer höheren Gesellschaftsschicht angehören. Die gute Wolle seines Mantels bestätigte das. Er trug einen Hut mit wippender Feder und in der freien Hand tatsächlich einen Stock. Kein Handwerker führte so einen Gegenstand auf den Straßen mit sich.

»Das geht dich nichts an!« Fritz Haan trat nach dem jungen Mann. Der wich geschickt aus.

Kathrina wurde weiter gegen die Wand gedrückt, aber das Knie war zwischen ihren Beinen verschwunden. Ihre Bewegungsfreiheit nutzte sie, um den Weber zu treten. Er verzog das Gesicht, ließ sie jedoch nicht los.

»Belästigt er Euch, Madame?«

So hatte sie noch niemand genannt.

»Sag ihm die Wahrheit über dich, Latsch«, knurrte Fritz Haan sie an.

»Er belästigt mich.«

»Lass sie sofort los!«, forderte der junge Mann.

»Wieso sollte ich?«

»Sonst bekommst du es mit mir zu tun!« Ihr Retter reckte kämpferisch das Kinn vor.

»Da habe ich aber Angst!« Fritz Haan lachte höhnisch.

»Ich kann Avschuum wie dich nicht leiden. Jemand, der sich bei Frauen traut, und dem vor Angst die Knie schlottern, sobald er einem richtigen Mann gegenübersteht.«

»Und dieser Mann willst du sein? Du glaubst, ich traue mich nicht bei dir?« Fritz Haan ließ Kathrina los und stürzte sich mit erhobenen Fäusten auf den jungen Herrn.

Er rannte dabei jedoch genau in dessen Stock, der blitzschnell auf seine Hüfte niedersauste. Dennoch landete auch er einen Fausthieb gegen die Schulter seines Gegners. Der junge Herr wollte erneut mit dem Stock zuschlagen, doch diesmal griff Fritz Haan danach und zog ihn zu sich heran, wand ihm den Stock aus der Hand und warf ihn fort. Kathrina eilte zu der Stelle, an der er gefallen war, hob ihn auf und hielt ihn schlagbereit.

Die Männer prügelten mit Fäusten aufeinander ein. Sie standen nicht einen Wimpernschlag still, mal war ihr der eine, mal der andere näher. Sie war bereit, mit dem Stock zuzuschlagen, fürchtete aber, den Falschen zu treffen. Kathrina umrundete die Männer, während sie auf die Gelegenheit zum Schlag lauerte.

Die beiden Kämpfer gingen zu Boden, aber noch immer ließen sie nicht voneinander ab. Ihre Gesichter und Halstücher waren blutverschmiert, die Mäntel dreckig. An Fritz Haans Jacke war eine Naht aufgerissen, und er hatte seinem Gegner die Maske vom Gesicht gewischt. Darunter kam das Gesicht eines gutaussehenden jungen Mannes zum Vorschein.

Der Weber hatte gerade die Oberhand im Kampf gewonnen, saß halb auf dem jungen Herrn und schlug mit Fäusten auf ihn ein. Sein Rücken war ungeschützt, und Kathrina nutzte die Chance, ließ blitzschnell und mit aller Kraft den Stock niedersausen.

Ein unangenehmes Knacken ertönte. Sie konnte nicht sehen, ob es der Stock war oder etwas in Fritz Haans Rücken. Der Schlag ließ ihn kurz innehalten und sich zu ihr umdrehen. Er schaute sie hasserfüllt an. Da schlug Kathrina ein zweites Mal zu und traf sein Gesicht und die Schulter. Wieder knackte es, nun kam es eindeutig vom Stock. Etwas darin schien sich zu lösen, und plötzlich glitt ein Degen heraus. Die lange dünne Klinge vibrierte in ihrer Hand. Sie starrte darauf, Fritz Haan ebenfalls.

Seinem Gegner genügte dieser Moment der Unachtsamkeit. Er stieß den Weber von sich und sprang auf die Füße.

»Madame, Ihr gestattet!« Trotz seines ramponierten Zustandes gelang ihm eine kleine Verbeugung, als er Kathrina den Degen aus der Hand nahm.

Fritz Haan lag nun am Boden und sah sich auf einmal der Waffe gegenüber. Er rutschte auf der Straße rückwärts, brachte sich außer Reichweite des Degens und rappelte sich mühsam auf.

»Das wirst du bereuen, Latsch!«, rief er, ehe er die Flucht ergriff und die Dämmerung ihn verschluckte.

Der junge Herr bückte sich, hob das Teil seines Degens auf, das Kathrina für einen Stock gehalten hatte, und schob die Klinge hinein. Danach sah er sich nach seinem Hut um. Er lag im Schmutz, die Feder geknickt. Prüfend wog er die Kopfbedeckung in der Hand.

»Habt Dank, edler Herr«, sagte Kathrina. Ihre Stimme klang zittrig. Sie streckte eine Hand nach dem Hut aus. »Gebt ihn mir, ich reinige ihn, und den Mantel auch. Bei der Feder ist nichts mehr zu machen, fürchte ich.«

»Ach das.« Der junge Herr betrachtete den Hut noch einmal kritisch, dann setzte er ihn sich schwungvoll auf die Locken. Mit einem Taschentuch aus einer Tasche seines Mantels reinigte er sich das Gesicht, betastete die Nase, die aufgeschlagene Lippe und das Jochbein unter seinem rechten Auge.

Kathrina betrachtete ihn dabei. Er war wirklich ein schöner Mann mit strahlend grauen Augen. Daran änderten auch die Kampfspuren in seinem Gesicht nichts. Kathrinas Herz hämmerte schnell gegen ihre Rippen. Ob es nur am überstandenen Schrecken lag oder auch an ihrem Retter, vermochte sie nicht zu entscheiden.

Er steckte das Tuch wieder weg. »Ihr habt da noch etwas.« Sie zog ihr eigenes, sehr viel kleineres Tuch aus dem Ärmel ihres Kleides und wischte eine letzte Blutschliere von seiner rechten Wange.

»Danke.« Sein Lächeln geriet wegen der gesprungenen Lippe verzerrt. Er zog wieder den Hut vom Kopf und deutete eine Verbeugung an. »Wenn Ihr gestattet: Daniel Mensing, Sohn des Hermann Mensing, seines Zeichens Getreidehändler in Köln, auch Kommissionär und Spediteur.«

»Sprecht mich doch nicht an, als wäre ich eine hochgestellte Person. Das macht mich verlegen. Ich bin einfach nur Kathrina Obladen, Hebamme und Witwe. Außerdem verdiene ich mir ein wenig Geld als Flickschneiderin.«

»Frau einfach nur Kathrina Obladen.« Daniel folgte mit einem Finger zart der Linie ihres Kinns.

Seine Berührung brachte eine Seite in ihr zum Klingen, von der sie bisher nichts gewusst hatte. Die Haut in ihrem Gesicht begann zu prickeln, und unbewusst hatte sie die Lippen einen Spalt geöffnet, während sie zu ihm aufsah, als erwarte sie einen Kuss.

Er zog die Hand wieder zurück und ein verlegenes Schweigen hüllte sie ein. Eigentlich war alles gesagt, sie konnten sich verabschieden, nur verspürten beide keine Neigung dazu. Schließlich deutete Kathrina auf den Stock in Daniels Hand. »Warum prügelt Ihr Euch, obwohl Ihr einen Stockdegen bei Euch tragt?«

»Ein Degen ist für so einen Strolch viel zu schade. Schläge müssen ihm reichen.«

»Er hätte Euch aber nicht so zusetzen können.« Kathrina deutete auf seine aufgeplatzte Lippe und die geschwollene Nase, die inzwischen in einem satten Rotton glühte.

»Einen wie den erledige ich mit links«, sagte Daniel im Brustton der Überzeugung. »Mir kam nur meine Wut dazwischen, weil ich Männer nicht leiden kann, die sich einer Frau aufdrängen. Wut wirkt sich leider verheerend auf meine Technik aus. Was hat eine Frau wie du mit so einem Kerl zu schaffen?«

Sie bemerkte den Wechsel zur vertraulichen Anrede und seinen forschenden Blick, unter dem ihr Herz zu flattern begann.

»Er wollte mich heiraten.«

»Eine reizende Art, das zu zeigen.«

»Ich habe seinen Antrag abgelehnt.«

»Gratulation! Mit ihm hättest du nur unglücklich werden können.«

»Das habe ich ihm auch gesagt«, stimmte Kathrina zu. »Er wäre mit mir nicht glücklich geworden, weil ich viel zu eigensinnig für sein Gemüt bin.«

»Eigensinn hebt eine Frau aus der Masse ihrer Geschlechtsgenossinnen hinaus. Ich schätze das als Zeichen von Geist und Witz. Zum Glück war ich rechtzeitig zur Stelle.«

»Für mich auf jeden Fall.«

»Der Kerl wird sich nichts mehr herausnehmen. Er weiß nun, dass ich schützend meine Hand über dich halte.«

Kathrina wollte es gern glauben, aber sie hatte auch eine böse Seite von Fritz Haan kennengelernt. Sie fand jedoch keine Worte, Daniel über ihn ins Bild zu setzen. Dafür versank sie viel zu sehr in dem Blick aus seinen grauen Augen.

»Deine Lippe blutet wieder.« Sie musste sich zurückhalten, nicht mit dem Finger über die Wunde zu streichen. »Ich habe zu Hause ein paar Kräuter, die dagegen helfen.«

»Du bist also auch Heilerin.«

»Bei Geburten fließt Blut, deshalb muss ich als Hebamme wissen, wie es zu stillen ist.«

Er schüttelte den Kopf. »Keine Kräuter für meine Lippe. Damit kann ich mich nirgends sehen lassen, ohne Spott auf mich zu ziehen, dass ich so weich wäre wie die verzärtelten Hände eines Patriziertöchterleins.«

Es war Unsinn, was Daniel redete. Niemand würde auf den Gedanken kommen, ihn für verzärtelt zu halten. Aber Kathrina bedeutete ohnehin der Klang seiner Stimme mehr als der Inhalt seiner Worte. Sie hätte ihm ewig zuhören, in seinem Tonfall versinken können. Seine Stimme war so warm, und er schaute sie an, als wäre sie nicht eine arme Hebamme, sondern die Tochter eines reichen Kaufmannes im schönsten Festtagsstaat.

»Ich bringe dich nach Hause.« Daniel bot ihr den Arm.

Sie ging an seiner Seite und fühlte sich dabei wie eine vornehme Dame am Arm ihres Kavaliers. Daniel ging forschen Schrittes und schwenkte den Spazierstock. Ihre Nachbarn beobachteten aus den Fenstern, wie er sich vor ihrem Haus verabschiedete.

Die dunkle Gestalt, die im Schatten einer Hofeinfahrt stand, einen Unterarm vor den Mund gepresst, und sie mit einem flammenden Blick anstarrte, bemerkte sie nicht. Erst als Kathrinas Haustür geschlossen und hinter dem Fenster Kerzenschein zu erblicken war, verließ Fritz Haan seinen Beobachtungsposten und machte sich auf den Weg zum Weberhof.

KAPITEL 6

Zur gleichen Zeit saß im Haus des vermögenden Kölner Tuchverlegers Otto Scheepers dessen Tochter Rotrud in einem Sessel. Das blonde lockige Haar trug sie sorgfältig hochgesteckt. Ihr grünes Seidenkleid war mit Efeublättern bestickt, an Ärmeln und Halsausschnitt üppig mit weißer Spitze verziert. Ein viel zu feines Kleid, selbst für Aschermittwoch. Im Gegensatz zu dem feinen Kleid zerknüllte Rotrud mit den Händen ein Taschentuch, ihre Wangen waren gerötet und brannten. Tränen stürzten aus ihren Augen, tropften aufs Seidenkleid und hinterließen dort unschöne Flecken. Ihr entfuhren Schluchzer, zwischendurch zog sie undamenhaft die Nase hoch.

Neben dem Sessel stand ihre Mutter Gerlinde Scheepers, eine rundliche Matrone, deren enges dunkelrotes Kleid einer jüngeren und schlankeren Frau besser gestanden hätte. Sie hatte sich zu ihrer Tochter heruntergebeugt und einen Arm um deren Schultern gelegt. Mit der freien Hand reichte sie ihr ein neues Taschentuch. Rotrud drückte es gegen ihre Augen und zog wieder die Nase hoch.

»Mein armes Lämmchen. Du wirst sehen, alles wird wieder gut«, versuchte die Mutter zu trösten.

Als Dritter hielt sich ein ebenfalls beleibter Mann im Raum auf. Er stand etwas unbeholfen an der Tür und schwitzte unter seinem engen Kragen. Sein Gesicht war rot angelaufen, ob wegen der Wärme oder vor Ärger war nicht erkennbar. Jedenfalls warf er seiner Gattin einen empörten Blick zu. Bei ihm handelte es sich um Otto Scheepers, Ehemann und Vater der Damen.

»Es hilft nichts, um die Dinge herumzureden. Es ist, wie es ist, meine Liebe«, sagte er streng zu seiner Frau. »Der Mann ist tot, bei einem Duell getötet. Dass es ausgerechnet während des Karnevals sein musste … Nun, er hätte sich besser eine andere Zeit gesucht. Immerhin wird seine Familie mehr Scherereien damit haben als wir.«

Auf diese Worte hin schluchzte Rotrud heftiger. Wie Fluten stürzten die Tränen aus ihren Augen. Gerlinde Scheepers zog ihre Tochter näher an sich.

»Da seht Ihr, was Ihr angerichtet habt, mein lieber Mann! Rotrud war mit ihm verlobt, sein Tod betrübt sie unendlich. Da benötigt sie nicht auch noch Eure herzlosen Worte!«

»Ein Verlobter, der sich bei einem Duell töten lässt, ist wirklich niemand, über den man viele Tränen vergießen muss. Sie sollte sich lieber fragen, ob er der Mann gewesen wäre, an dessen Seite sie hätte glücklich werden können.«

»Müsst Ihr den Dolch in der Wunde ihres Herzens noch herumdrehen? Sie hat ihn geliebt! Da darf sie Tränen vergießen, jedes empfindsame junge Mädchen täte das.«

»Das sind keine Tränen, das ist ein ganzer Sturzbach.«

»Eure Redeweise ist so bar jeden Gefühls. Ich möchte nicht wissen, was Ihr machen werdet, wenn ich dieses irdische Jammertal verlasse.«

»Das lässt sich nicht miteinander vergleichen.«

Die Tochter hatte während dieses Gesprächs nicht einen Augenblick ihr Schluchzen unterbrochen. Gesicht und Hals waren von einem fleckigen Rot überzogen, und ihr Weinen näherte sich der Hysterie.

»Mein Lämmchen«, tröstete die Mutter, »mein armes Lämmchen.«

Otto Scheepers verdrehte die Augen. Als einer der reichsten Tuchverleger Kölns hatte er früh lernen müssen, Dinge, die nicht mehr zu ändern waren, hinzunehmen und einen anderen Weg zum Ziel zu suchen. Mit seinen Geschäften würde es nicht zum Besten stehen, hätte er nur am Herkömmlichen festgehalten. Dann säße er selbst am Webstuhl, statt Dutzende Weber für sich arbeiten zu lassen.

Frauen waren anders. Sie klagten und klagten, bis sie alle Welt von dem himmelschreienden Leid überzeugt hatten, das ihnen widerfahren war. Einem Mann blieb nichts übrig, als es zu ertragen, obwohl er am liebsten den Raum verlassen hätte. Allerdings wusste Otto Scheepers genau, dass dann später die Vorwürfe seiner Frau heftiger ausfallen würden als alles, was er zu ertragen bereit war. Deshalb blieb er.

»Es ist doch … es war doch …«, stieß Rotrud zwischen einzelnen Schluchzern kaum verständlich hervor. »Ich … ich habe ihn geliebt! Und nun kommt sein

Freund, um zu sagen, er ist bei einem … Das ganze Blut, das da gewesen sein muss.« Ihr Weinen steigerte sich zu einem Tremolo.

»Lämmchen, Lämmchen.« Gerlinde Scheepers drückte das Mädchen fest an sich und warf über deren Kopf hinweg ihrem Ehemann einen strafenden Blick zu.

Was wollte sie, dass er tat? Sollte er auch wie ein aufgescheuchtes Huhn um das Kind herumflattern und es vollends verrückt machen? Er machte sich viel eher Sorgen darüber, was dieser Tod für den Ruf seiner Tochter bedeutete. Schließlich hatte es über den Mann schon zuvor Gerede in der Stadt gegeben: Dass er sich zwar mit Rotrud verlobt, aber gleichzeitig auch ein Auge auf eine Sängerin am Theater geworfen hätte. Und wenn er sich wegen dieser Tänzerin duelliert hatte …? Seiner Angetrauten schienen diese Gedanken nicht in den Sinn gekommen zu sein, was ihn verwunderte, denn Frauen kannten sich mit gesellschaftlichen Fallstricken besser aus als die Männer – und Gerlinde Scheepers war darin eine der Besten.

Sie flüsterte unentwegt auf Rotrud ein, streichelte ihre Schultern. »Nun … nun …« Seine Angetraute brach ab und blickte ihn auffordernd an.

»Es war wirklich rücksichtslos von dem Mann, sich bei einem Duell töten zu lassen. Es hätte gereicht, wenn er nur verwundet worden wäre«, machte Otto Scheepers einen Versuch.

Dass es die falsche Antwort gewesen war, erkannte er

gleich an den nächsten Worten seiner Frau. »Höre nicht auf deinen Vater, mein Lämmchen. Wir finden einen anderen Mann für dich. Einen, der deine Schönheit zu schätzen weiß und sich nicht umbringen lässt.«

»Ich will keinen anderen Mann!« Rotrud klang verzweifelt und trotzig zugleich.

»Aber, aber, wer wird denn so reden. In ein paar Tagen sieht alles wieder anders aus. Du trägst Halbtrauer für einen oder zwei Monate. Mehr kann man nun wirklich nicht von dir erwarten. Du kannst private Einladungen annehmen, nur in der Öffentlichkeit solltest du dich nicht zeigen, also keine Theaterbesuche oder Ausflüge.«

»Wie könnt Ihr so reden, Mama?« Eine neue Tränenflut stürzte aus Rotruds Augen.

»Weil es sich so gehört, Lämmchen.«

Das Mädchen richtete sich kerzengerade im Sessel auf, das völlig durchweinte Taschentuch warf sie zu Boden.

»Ich werde nie wieder einen anderen Mann lieben können.« Die Wirkung dieser Worte wurde geschmälert, weil Rotrud sich in Ermangelung eines Taschentuches die Tränen mit den Händen aus den Augen wischen musste. Sie sackte wieder in sich zusammen und lag mehr im Sessel, als dass sie saß.

Gerlinde Scheepers gab sich alle Mühe, ihre Tochter zu trösten. Sie redete beruhigend auf das Mädchen ein, stellte ihr eine glänzende Zukunft an der Seite eines viel liebenswürdigeren Mannes in Aussicht und warf das bessere mütterliche Urteilsvermögen über das Glück des Kindes in die Waagschale. Den Erfolg dieser Maßnahmen bekam Otto Scheepers nicht mehr mit, denn es war ihm in einem unbeobachteten Moment gelungen, den Raum zu verlassen. Er zog sich in sein Rauchkabinett zurück.

Dort stöberte ihn seine Angetraute einige Zeit später auf. Ihre Anwesenheit war in seinem ureigenen Reich nicht erwünscht und an normalen Tagen respektierte sie dies. Heute blieb sie an der Tür stehen. Er bat sie nicht weiter herein und bot ihr keinen Platz an, sondern paffte seine Tonpfeife, als braue sich nicht gerade ein Unwetter über ihm zusammen.

»Ihr liebt unsere Tochter nicht«, lautete die dramatische Eröffnung. »Ihr Glück liegt Euch nicht am Herzen.«

Es war nicht einfach, darauf nichts zu erwidern, aber es gelang ihm. Es erfüllte ihn mit einigem Stolz.

»Eure Grausamkeit hat sie beinahe umgebracht.«

Das war nun doch zu viel. »Ihr redet Unsinn, meine Beste. Der Mann ist tot, niemand von uns kann daran etwas ändern.« Otto Scheepers paffte einen Rauchkringel in die Luft.

»Wer Euch hört, glaubt nicht, dass wir über Eure Tochter reden«, giftete Gerlinde Scheepers.

»Was macht sie überhaupt?« Er glaubte nicht, dass seine Angetraute die schluchzende Rotrud einfach so allein gelassen hätte. Er war sich gewisser Defizite in der Erziehung seiner Tochter bewusst, an denen er nicht unschuldig war. In der Kindheit hätte er sich mehr um das Mädchen kümmern müssen, statt alles seiner Angetrauten zu überlassen. Nun musste er mit dem Ergebnis leben und Rotrud auch.

»Sie hat sich hingelegt und ruht. Das arme Ding ist völlig erschöpft von der Aufregung. Ich habe ihre Stirn mit Ungarischem Wasser gekühlt und ihr ein paar Tropfen in ein Glas Wein gemischt. Das hat sie beruhigt und ihren Mut gestärkt. Jemand muss sich ja um das arme Mädchen kümmern.«

Er hörte den unausgesprochenen Vorwurf und legte die Pfeife auf den Tisch, ehe er sich seiner Angetrauten zuwandte. »Was sind Eure Pläne, meine Liebe?«

»Sie wird einen anderen Mann heiraten.« Durch die Aufmerksamkeit ihres Gatten ermutigt, bewegte Gerlinde Scheepers sich zwei Schritte in das Rauchkabinett hinein. Sie stand vor seinem Sessel, und er musste zu ihr hochsehen.

»Weiß sie es schon?«

»Ich weiß jedenfalls, wie es weitergeht und wohin ich meine Fühler ausstrecken muss.«

Er tat ihr nicht den Gefallen, genauer nachzufragen.

»Gleich morgen werde ich Besuche machen und Rotrud wird mich begleiten. Ich werde es nicht zulassen, dass in der Stadt über unsere Tochter geklatscht wird, weil ihr der Verlobte weggestorben ist. Sie muss den Kopf hochtragen, so schwer es ihr auch fällt.«

»Wen wollt Ihr besuchen?« Er konnte sich einige Familien vorstellen. Als die Tochter eines wohlhabenden

Tuchverlegers konnte Rotrud einen Mann von Stand heiraten. Verschlossen blieben ihnen aber wohl die Türen der Kölner Ratsfamilien. Unter ihnen galt Otto Scheepers als Emporkömmling. Sein Vater hatte noch am Webstuhl gestanden, aber mit unbeugsamem Willen und einem glücklichen Händchen fürs Geschäftliche hatte er den Sprung zum Tuchverleger geschafft. Otto schlug ihm nach und hatte die Geschäfte beträchtlich ausgeweitet. Bei den Ratsfamilien half sein Reichtum nicht, sie klüngelten seit Jahrzehnten oder Jahrhunderten untereinander, teilten sich Posten, Einfluss und Heiraten auf. Bis man die Scheepers vollends zu den respektablen Familien zählte, konnte es gut noch hundert Jahre dauern.

»Elisabeth Mensing. Sie hat einen Sohn, der gut zu unserer Rotrud passt.«

Das war ein hochgestecktes Ziel. Elisabeth Mensing, die Frau eines Getreidehändlers, war die Schwester des Ratsherrn Johann Theisen. Er kannte ihren Sohn Daniel vom Sehen. Die Verbindung mit dem Ratsherren wäre ein Gewinn für ihn und seine Geschäfte, obwohl die Mensings ihre besten Zeiten hinter sich hatten. In der Stadt hörte man jedenfalls, die Geschäfte hätten nachgelassen und die Familie sei dabei, ihr Vermögen aufzuzehren. Das machte es vielleicht leichter, den jungen Mensing für Rotrud einzufangen. Seine Angetraute hatte gut gewählt. Otto Scheepers nickte langsam.

»Und unsere Tochter? Wie steht sie dazu?«

»Sie wird ein Muster an Tugend und Gehorsam sein. Sie wird Daniel Mensing dazu bringen, sich in sie zu verlieben. Wenn er sie sieht, kann er nicht anders.«

»Euer Wort in Gottes Ohr, meine Liebe.«

Das Ehepaar Scheepers bekreuzigte sich bei diesen Worten. Beide sahen zufrieden aus. Der Tuchverleger griff nach seiner Pfeife, die inzwischen ausgegangen war. Mit einem Fidibus zündete er sie umständlich wieder an.

»Dieses stinkende Kraut«, empörte sich die Gattin.

»Das heißt Tabak.« Er saugte am Mundstück und beobachtete die im Pfeifenkopf aufleuchtende Glut. Der Rauch füllte seinen Mund. Er saugte so viel ein, wie er konnte, bevor er ihn ins Zimmer entließ. Seine Angetraute schüttelte den Kopf, trat wieder zurück an die Tür. Die Frauen verstanden nicht, was für eine Befriedigung das Tabakrauchen darstellte. Er fühlte sich vollkommen mit sich im Reinen, als er hörte, wie sich die Tür seines Rauchkabinetts von außen schloss.

Gerlinde Scheepers setzte einmal gefasste Pläne ohne Zögern in die Tat um. Am nächsten Morgen saß sie deshalb im Salon der Getreidehändlergattin Elisabeth Mensing auf einem zierlichen Stuhl. Vor ihr auf dem Tisch stand eine winzige Tasse mit heißer Schokolade. Kaum ein Fingerhut des kostbaren Getränks fand darin Platz und die Frau des Tuchverlegers hatte daran nur genippt. Es war nicht gesüßt und nur schwer zu genießen. Im Hause Scheepers wurde das Schokoladengetränk nur gesüßt serviert – eines der vielen Zeichen ihres Reichtums.

Beide Damen Scheepers trugen einfache Morgenkleider; Rotrud aus einem blau-grau gestreiften Stoff, der ihre Zartheit betonte, außerdem ein schwarzes Trauerband am rechten Oberarm, und die Mutter ein dunkelblaues Gewand, in dem ihr mächtiger Busen wogte. Rotrud hatte keine Wahl gehabt, als sich den Wünschen ihrer Mutter zu beugen. Blass, aber gefasst saß sie neben ihr auf einem zierlichen Stuhl. Auf dem Sofa auf der anderen Seite des Tisches hatte Elisabeth Mensing Platz genommen, ihre Schokolade hatte sie bisher nicht angerührt.

Die Begrüßung und die Versicherung gegenseitiger Freude über den Besuch hatten sie hinter sich gebracht, und Gerlinde Scheepers leckte sich die Lippen. Wie sollte sie ihr Vorhaben beginnen? Elisabeth Mensing mochte den Zweck des Besuches erraten, aber sie würde ihr bestimmt nicht den Gefallen tun, das heikle Thema anzusprechen. Bevor ein unangenehmes Schweigen sich ausbreiten konnte, öffnete sich die Tür des Morgensalons, und ein junger Mann betrat den Raum.

Es konnte niemand anderes als der junge Herr des Hauses sein, Rotruds zukünftiger Bräutigam. Er schien überrascht über den Besuch, aber die Höflichkeit gebot nun, dass man sich einander vorstellte und er wenigstens einige Minuten neben seiner Mutter auf dem Sofa Platz nahm. Das bemühte Gespräch drehte sich um Belanglosigkeiten, und Rotrud, das schüchterne Ding, beteiligte sich mit keinem Wort an der Unterhaltung. Sie hielt die Augen sittsam gesenkt. Kaum war eine angemessene Zeit verstrichen, als Daniel Mensing wieder aufsprang und verkündete, auf ihn warte Arbeit. Er verabschiedete sich artig von den Damen, und Gerlinde Scheepers war sicher, dass er seinen Blick dabei einen winzigen Moment länger als nötig auf ihrem Augenstern ruhen ließ.

»Ihr könnt stolz sein auf Euren Sohn«, eröffnete sie danach das Gespräch. »Er ist so ein angenehmer junger Mensch und so gewissenhaft.«

»Ich bin stolz auf ihn. Welche Mutter fühlt nicht so für ihr Kind? Besonders, wenn es das einzige ist.« Elisabeth Mensing schaute ihre Besucherin herausfordernd an.

»Die jungen Damen sind bestimmt hingerissen von ihm?«

Rotruds Wangen überzog bei diesen Worten eine leichte Röte. Bisher hatte sie eisern geschwiegen. Solange Daniel Mensing neben seiner Mutter auf dem Sofa saß, hatte sie ihm wenigstens verstohlene Blicke zugeworfen. Ihre Mutter nahm das als ein ermutigendes Zeichen, dass ihr der junge Mann gefiel. Sie hatten auch ein schönes Bild zusammen abgegeben, als er neben ihrem Sessel stand, um sie zu begrüßen und sich dann viel zu schnell wieder zu verabschieden.

»Es gibt bestimmt einige.« Daniels Mutter beugte sich vor. »Bisher hat er zu keiner jungen Frau eine Neigung erkennen lassen, dabei wird es Zeit. Viele junge Männer unserer Kreise sind in seinem Alter seit etlichen Jahren verheiratet.«

Gerlinde Scheepers wagte sich vor. »Haben die beiden nicht ein schönes Bild abgegeben? Ein blonder und ein dunkler Schopf.«

»Das kann man so sehen.« Elisabeth Mensing beugte sich noch weiter vor und sprach leise: »Die arme Rotrud wurde ja vom Pech verfolgt. Es ist zu ärgerlich, was manche Männer sich herausnehmen.«

»Sie trägt es mit Fassung.« Gerlinde Scheepers sprach genauso leise. »Natürlich hat es sie sehr getroffen, und ich musste all meine Überredungskunst aufbieten, damit sie sich nicht von der Welt abwendet und ein Leben im Kloster wählt.« Diese Notlüge hielt sie für verzeihlich, galt es doch, ihre Tochter in einem günstigen Licht dazustellen.

»Nein wirklich!«

»Sie hat so ein empfindsames Gemüt.«

»Und Ihr meint, mein Sohn könnte sie den Wunsch nach einem Kloster vergessen lassen?«

»Davon bin ich überzeugt.« Innerlich jubelte Gerlinde Scheepers. Das war besser gelaufen, als sie in ihren kühnsten Träumen zu hoffen gewagt hatte. Der Heiratskandidat war ihr gewissermaßen auf dem Silbertablett serviert worden. Sie leerte ihre winzige Tasse und verabschiedete sich. Es war nie gut, einen ersten Besuch zu lange auszudehnen.

Vom Rhein zog feuchte Luft herauf. Der Schneeregen hatte zwar nachgelassen, die Kälte kroch dennoch in die

Knochen. Daniel zog den Ausschnitt seines Mantels aus gefilzter Wolle am Hals enger zusammen und passte seine langen Schritte den kürzeren seines Vaters an. Unter dem trüben Himmel lagen einige Schiffe im Hafen. Eines wurde gerade entladen. Einige Träger rollten in großer Eile Fässer über den Kai ins Lager und wurden dabei von einem Aufseher angetrieben. Das Lager und die Ladung dieses Schiffes waren auch Daniel und Hermann Mensings Ziel.

Alle Schiffe, die rheinauf- oder abwärts unterwegs waren, mussten seit dem Jahr 1259 in Köln vor Anker gehen, ihre Waren ausladen, und sie wurden in der Stadt für einige Tage zum Verkauf angeboten, bevor sie auf ein anderes Schiff umgeladen und ihrem Bestimmungsort entgegengebracht werden durften. Dieses Stapelrecht hatte Köln in der Vergangenheit reich gemacht und bescherte der freien Stadt auch in der Gegenwart gute Geschäfte.

Im Lager stapelten sich Fässer mit Bier aus Einbeck, sie wurden gewogen und gezählt, damit danach die vom Besitzer zu zahlende Abgabe festgelegt werden konnte. Die städtischen Bediensteten waren bei der Arbeit, aber sie kannten Hermann und Daniel Mensing und hinderten sie nicht daran, sich die Ware anzusehen. Seit es mit dem Getreidehandel bergab ging, hatten sie mit dem Speditions- und Kommissionsgeschäft begonnen. Das Stapelrecht verlangte, dass die Ware in Köln an einen Kaufmann übergeben wurde, der für sie verantwortlich war, solange sie sich in der Stadt befand. Dieser wickelte alle Geschäfte ab, während sie in der Stadt auf Stapel lag, und beauftragte danach einen Frachtführer mit dem Weitertransport. Für Geschäftsfreunde aus anderen Städten übernahmen die Mensings diese Aufgabe – gegen klingende Münze. Der Umfang dieser Geschäfte nahm stetig zu. Das Bier, das sie heute übernahmen, war zum Beispiel für Zürich bestimmt.

Köln verfügte über genügend eigene Brauereien, so dass bestimmt niemand etwas davon kaufen würde, dennoch mussten die Fässer für mehrere Tage angeboten werden. Nachdem alle gezählt und ihre Größen bestimmt waren, unterschrieb Daniel die entsprechende Empfangsquittung, während sein Vater die fällige Abgabe entrichtete. Die Menge der Bierfässer stimmte mit der überein, die ihnen angekündigt worden war.

Kaum waren sie fertig, betrat ein Gastwirt die Lagerhalle, begleitet von zwei Knechten. Er wollte ein Dutzend Bierfässer erwerben. Der Karneval hätte seine Lager geleert, und das Bier aus Einbeck sei das beste weit und breit, und wann immer es in Köln angelandet wurde, kaufte er etwas davon. Der Handel wurde abgeschlossen, und die Knechte begannen sogleich, die Fässer aus dem Lagerhaus zu rollen. Vater und Sohn Mensing sahen ihnen dabei zu.

»Verkehren wir mit der Familie Otto Scheepers?«, fragte Daniel.

»Warum willst du das wissen?«

»Weil seine Frau und seine Tochter im Morgensalon saßen und sich mit der Mutter unterhalten haben.«

Hermann Mensing überlegte mit gerunzelter Stirn. »Das ist nicht weiter verwunderlich«, sagte er endlich.

»Weshalb?«

»Wo hast du deine Augen, Sohn? In der Stadt weiß jeder, dass Rotrud mit dem jungen von Widenfels verlobt war. Nach seinem Tod bei einem Duell ist sie wieder auf dem Heiratsmarkt. Die Mutter will anscheinend keine Zeit verlieren.«

Daniel konnte sich nicht erinnern, von diesem Duell gehört zu haben. Und es interessierte ihn auch nicht. Über die Familie Scheepers wusste er nur, dass sie mit Tuchhandel reich geworden waren.

»Sie wird jemand anderen finden«, antwortete er zerstreut.

»Hier kommt unsere Familie ins Spiel. Wir sind ebenfalls Händler, nicht so vermögend wie Otto Scheepers, aber alteingesessen, das wiegt vieles auf.«

»Wie meint Ihr, mein Vater?«

»Du bist niemandem versprochen, das Scheepers-Mädchen auch nicht mehr. Kannst du dir nicht denken, was das bedeutet?«

Daniel verstand endlich und fühlte sich, als hätte ihm jemand eine Faust ins Gesicht geschlagen. Er und diese Rotrud. Sie war so nichtssagend gewesen, dass er sich ihr Gesicht nicht mehr vor Augen rufen konnte. Ganz im Gegensatz zu Kathrina Obladen, die ihm seit ihrem Kennenlernen nicht mehr aus dem Sinn ging.

»Du verstehst mich also.«

»Was ist das für eine Frau? Ich meine die Mutter. Die

Verlobung kommt nicht zustande, der Verlobte stirbt, und einen Tag später hält sie Ausschau nach einem neuen Verehrer für ihre Tochter? Das ist abstoßend.«

»So ist das mit Töchtern. Die Eltern müssen danach trachten, sie gut zu verheiraten.«

»Ihr meint, die Frau Mama …?«

»Vielleicht nicht nach einem Tag, aber allzu viel Zeit hätte auch sie sich nicht gelassen. Es ist nicht einfach, eine Tochter gut unter die Haube zu bringen.«

»Wie gut, dass ich keine Tochter bin.«

Hermann Mensing lachte auf. »Auch bei Söhnen müssen die Eltern ein Auge auf die richtige Brautwahl haben.«

Mühsam brachte Daniel heraus: »Ihr haltet das für richtig?«

»Du bist alt genug, eine Frau nach Hause zu bringen und für ein paar Enkel zu sorgen. Eine Verbindung mit der Familie Scheepers … nun ja, ein Mann kann es schlechter treffen.«

Daniel schnappte nach Luft. Sein Vater konnte doch keine derartigen Pläne hegen.

»Du bist überrascht? So eilig wie die gute Frau Scheepers haben wir es nicht. Lerne das Mädchen kennen! Verbringe Zeit mit ihr und sorge dafür, dass sie eine Neigung zu dir entwickelt.«

»Ich habe sie an diesem Morgen zum ersten Mal gesehen, und Ihr tut so, als wäre die Heirat beschlossene Sache«, empörte sich Daniel. »Wir wissen kaum etwas über die Familie.«

»Ich kenne die Geschäfte ihres Vaters ebenso wie ihn. Das reicht mir, um die Tochter zumindest in Erwägung zu ziehen.«

»Das ist Euer Ernst, Vater?«

»Otto Scheepers ist ein guter Kaufmann. Überlege es dir.«

»Habt Ihr das Mädchen einmal gesehen?«

»Das muss ich nicht. Sie muss dir gefallen, nicht mir. Ich bin mir jedoch sicher, wenn du gebührend darüber nachdenkst, wirst du die Vorzüge einer Verbindung mit der Familie Scheepers erkennen.«

Das Dutzend Fässer war aus dem Lager gerollt worden, und Hermann Mensing wandte sich zum Gehen. Daniel starrte ihm hinterher.

Der Ältere drehte sich um. »Kommst du?«

KAPITEL 7

Am Rosenmontag, einen Tag nach dem Kennenlernen, hatte Daniel zum ersten Mal vor Kathrinas Tür gestanden und bewiesen, dass er seine Versprechen einzuhalten pflegte. Ausreden ließ er nicht gelten, und er bot ihr strahlend eine Halbmaske an. Sie war mit Federn und Glassteinen besetzt und das Schönste, was Kathrina je besessen hatte. Außerdem schenkte er ihr einen passenden Fächer.

So verkleidet führte er sie in ein Gasthaus am Hafen, in dem Kaufleute und Frachtführer verkehrten, wo ein Orchester aus vier Leuten mehr laut als schön aufspielte, wo Essen und Getränke reichlich und die Stimmung ausgelassen waren.

Anfangs war Kathrina unsicher, ob es sich ziemte, mit Daniel gesehen zu werden, aber er wischte ihre Bedenken beiseite. Schließlich waren alle maskiert und niemand konnte wissen, wer ihm gerade gegenüberstand. Kathrina ließ sich anstecken von der heiteren Stimmung und von Daniels Gegenwart. Bald lachte und plauderte sie und setzte ihren Fächer ein, als hätte sie nie etwas anderes gemacht. Übermütig trank sie aus Daniels Weinglas und ließ es zu, dass er sie mit Krebsschwänzen fütterte. Seine Fingerspitzen berührten dabei ihre Lippen und das schickte heiße Pfeile durch ihren Leib. Im Verlauf des Abends lehnte sie sich an ihn und fühlte sich geborgen. Er war schön, jemanden an ihrer Seite zu haben, der ihr seine ganze Aufmerksamkeit widmete. Wenn er mit ihr lachte, ihr etwas ins Ohr flüsterte, ihre Hand hielt oder später am Abend einen Arm um ihre Schultern legte, verursachte ihr das ein Prickeln im Körper, das ihr neu war. Neu und erregend.

Daniel wahrte die Schicklichkeit, tat nichts, was nicht mit seiner und ihrer Ehre vereinbar war. Es gab andere Paare im Gasthaus, die sich leidenschaftlich küssten, wo der Mann die Frau auf seinen Schoß gezogen hatte, eine Hand in ihrem Dekolletee verschwinden ließ. Sie war froh, dass Daniel sie nicht für eine so freizügige Frau hielt. Worte waren kaum nötig zwischen ihnen, sie genossen einfach die Gegenwart des anderen.

Erst weit nach Mitternacht brachte er sie nach Hause, strich ihr über die Wange und verabschiedete sich mit einem Handkuss von ihr, als wäre sie eine hochgestellte Dame.

Der Abend wiederholte sich am Karnevalsdienstag in einem anderen Gasthaus. Daniel brachte ihr wie schon beim letzten Mal ein Geschenk mit und Kathrina fühlte sich wie eine vornehme Dame. Sie hatte schon lange nicht mehr so gut gegessen und getrunken wie in diesen beiden Tagen.

Am Aschermittwoch besuchte Kathrina am Morgen die heilige Messe in St. Severin und ließ sich mit geweihter Asche ein Kreuz auf die Stirn zeichnen. Es begann die vierzigtägige Fastenzeit. Bis Gründonnerstag aßen die Menschen kein Fleisch, tranken keinen Wein, begnügten sich mit einer Mahlzeit am Tag und nahmen nur dann und wann eine kleine Stärkung zu sich. Kathrina hatte vor, alle Regeln des Fastens in diesem Jahr besonders streng einzuhalten. So wollte sie allen zeigen, dass sie trotz ihrer Ehe mit einem Protestanten eine gute Katholikin war. Gleich am ersten Abend wurde ihre Willenskraft auf eine Probe gestellt, denn Daniel stand wieder vor ihrer Tür. Auf seiner Stirn waren noch die Reste des Aschekreuzes zu sehen. Auf ihrer auch, er berührte die Stelle vorsichtig mit dem Finger.

Sie besuchten kein Gasthaus, sondern schlenderten am Rhein entlang Richtung Süden. Dort befand sich in der Nähe der Stadtmauer ein überdachter Waschplatz mit einigen Bänken in der Mitte, auf denen die Waschfrauen warteten, bis sie an der Reihe waren. Auf eine der Bänke setzten sie sich. Daniel achtete sorgfältig auf einen gewissen Abstand zwischen ihnen.

»Ich möchte mir dir reden«, sagte Daniel leise. »Ich spüre, dass bei uns etwas beginnt. Ich weiß nicht genau, wohin es führen soll, aber ich fühle, dass da etwas zwischen uns ist. Geht es dir auch so?«

Kathrina hatte einen Kloß im Hals und brachte kein Wort heraus. Sie nickte nur kurz. Das Herz hämmerte gegen ihre Rippen und sie fühlte sich wie in Arkadien – das Paradies auf Erden, in dem alles möglich war. Sie nahmen einander an den Händen und redeten die halbe Nacht lang. Am nächsten Tag hielt in Köln wieder der Alltag Einzug. Im Kontor der Mensings fiel eine Menge Arbeit an, und Kathrina musste Flickarbeiten erledigen, die sie liegen gelassen hatte, um unbeschwerte Stunden mit Daniel zu genießen.

Bei ihrem nächsten Treffen standen Daniel und Kathrina vor einem Gartenzaun. An diesem Februartag verwöhnte das Wetter die Kölner mit Sonnenstrahlen. Die vornehmen Kölnerinnen hatten sofort die Sonnenschirme aufgespannt, um sich ihre blasse Haut zu bewahren.

Der Garten reichte bis an die Stadtmauer heran. In deren Schutz rankten Weinreben an Gestellen in die

Höhe. Weiter vorn befanden sich sorgfältig umgegrabene Beete, dazwischen mit Steinen eingefasste Wege. Auf der rechten Seite gab es einen von einer kniehohen Hecke umzäunten Blumengarten und einen Geräteschuppen. Jeder Garten wirkte im Februar trostlos, und dieser hier machte keine Ausnahme. Keine Blätter an Bäumen und Büschen, nur kahle Zweige reckten sich in den Himmel, die Rosen zeigten nichts außer Dornen und auf den Beeten sprossen nichts als Steine. Die mussten abgesammelt werden, bevor die erste Saat ausgebracht wurde.

»Du findest das lächerlich?«, fragte Daniel verlegen. Er zog einen großen Schlüssel mit Gebrauchsspuren aus einer Tasche seines Gehrocks. Wegen der Sonne hatte er auf einen Mantel verzichtet.

»Auf keinen Fall«, erwiderte Kathrina. »Mein Garten hinter dem Haus ist nicht einmal ein Viertel so groß wie dieser, ich will alles sehen.«

Am Aschermittwoch beim überdachten Waschplatz war ihm herausgerutscht, dass er einen Garten an der Stadtmauer bewirtschaftete. Sofort hatte Kathrina verlangt, den Garten zu sehen. Dass Daniel sich als Gärtner betätigte, erstaunte und überraschte sie gleichermaßen. Er kümmerte sich erst seit zwei Jahren um das kleine Stück Land, eigentlich gehörte es einem Bruder seines Vaters, aber der sei nach St. Augustin gezogen. Auf der anderen Seite – so merkwürdig war es auch wieder nicht. Viele Kölner Familien besaßen Gärten in der Stadt, auch die wohlhabenden. Nur hatten diese ihre Gärten meist verpachtet, jedenfalls hatte Kathrina nie einen betuchten Kaufmann oder Handwerksmeister mit dem Spaten in der Hand in einem Beet stehen sehen. Bei Daniel konnte sie es sich auch nicht richtig vorstellen.

Sie betraten den Garten. Hinter ihnen schloss Daniel die Pforte wieder und führte sie den Weg entlang zum Blumengarten. Dort rankte eine Rose an der Wand des Geräteschuppens empor, die im Sommer bestimmt prächtig aussehen musste. Im Augenblick erinnerten daran nur einige vertrocknete Hagebutten.

Kathrina strich mit der Hand über eine von ihnen. »Hier verbringst du also deine Zeit?«

»Manchmal. Oft.« Er lächelte.

»Ich habe deine Augen gesehen.« Sie drehte sich zu Daniel um.

»Was meinst du?«

»Sie blitzen, sobald du über diesen Garten sprichst. Deinen Stolz darauf kannst du nicht verbergen.«

Ihre Worte zauberten zunächst einen verlegenen Ausdruck auf sein Gesicht. Und in ihr erweckte das den Wunsch, seine Hände zu ergreifen und ihm zu versichern, wie wenig sie das störte. Sie traute sich jedoch nicht – fühlte sich mit Daniel nicht vertraut genug. Wie sollte das gehen? Sie stand weit unter ihm, wie viel Vertrautheit durfte es da geben? Sie musste froh sein mit dem, was er ihr gab, und die Zeit genießen, so lange sie eben dauern mochte. Mehr konnte eine Frau wie sie nicht erwarten. Der Gedanke tat weh und machte sie gleichzeitig entschlossen, ihr Glück festzuhalten.

»Stolz würde ich das nicht nennen«, widersprach Daniel nicht sehr überzeugend. »Viele Kölner Familien haben Gärten in der Nähe der Stadtmauer, das ist nichts Besonderes.«

»Wir sind aber in diesem Garten.« Kathrina drehte sich wieder um und ging den Weg entlang bis zur Hütte. Sie hörte, wie Daniel ihr folgte.

Vor dem Häuschen stand eine Bank, und Kathrina ließ sich darauf nieder.

»Ich hätte dir ein …« Daniel war vor ihr stehen geblieben und betrachtete sie mit komischer Verzweiflung, »… ein Kissen holen können.«

»Ich bin keine der Frauen, die sich nur auf etwas Gepolstertes setzen können.«

Mit einer einladenden Handbewegung winkte sie Daniel neben sich. Er setzte sich dicht neben ihr auf die Bank.

Kathrina ließ den Blick durch den Garten schweifen, über die zahlreichen Beete, und fragte sich, ob sie jemals so einen ihr Eigen nennen würde. Das meiste Gemüse und Obst könnte sie selbst ziehen, statt es auf dem Markt zu kaufen. Einen Garten mit Daniel zusammen zu bewirtschaften … Sie verlor sich in Tagträumen – viel zu schönen Tagträumen, als dass sie jemals wahr werden konnten.

»Was baust du alles an?«, wollte sie wissen.

»Bohnen, Erbsen, Kohl, Gurken und Kohlrabi. Dazu kommen noch Schwarzwurzeln und Rote Bete. Das da ist ein Apfelbaum und gleich daneben ein Birnbaum.«

Daniel deutete auf die entsprechenden Gehölze. »Wein natürlich und Johannisbeeren.«

»Baust du auch Kräuter an?«

Daniel schüttelte den Kopf. »Du meinst Heilkräuter?«

»Oder für die Küche.«

»Unsere Köchin hat einige in Töpfen in der Küche stehen. Damit kenne ich mich nicht aus.«

Er erwähnte die Köchin, als sei es das Natürlichste auf der Welt, und bemerkte nicht Kathrinas Unbehagen. Wieder einmal wurde ihr bewusst, wie groß der Standesunterschied zwischen ihnen war. Sie wäre nie gut genug für ihn. Aber trotzdem wollte sie ihn so sehr, dass ihr Herz schneller klopfte, wenn sie nur an ihn dachte.

Daniel sprang auf und kam gleich darauf mit einem verschrumpelten Apfel in der Hand zurück. Er gab ihn Kathrina. »Das ist der Einzige, der noch übrig ist von der letzten Ernte.«

Kathrina legte den Apfel in den Schoß. Sein süßer Duft stieg ihr in die Nase.

»Du machst dich heimlich lustig über mich.«

»Auf keinen Fall! Es gefällt mir, wenn ein Mann seinen Weg geht und seinen Leidenschaften folgt.«

»So siehst du mich?« Daniel kam ihr auf der Bank noch näher. Er legte eine Hand unter ihr Kinn, hob ihr Gesicht an und schaute ihr in die Augen.

Dann drückte er seine Lippen zart auf ihre. Kathrina erwiderte den Kuss. Eine Hand hatte sie um den Apfel gekrampft, die andere um Daniels Nacken geschlungen.

Als der Kuss endete, schlug Kathrina atemlos die Augen nieder. In ihrem Inneren tobte ein Aufruhr an Gefühlen. Bedeutete der Kuss die Erfüllung ihrer Wünsche? Oder war sie für ihn nur ein Vergnügen, solange es unkompliziert zu haben war?

Daniel ergriff ihre Hand. »Ich entschuldige mich in aller Form bei dir. Aber es hat mir gefallen.« Beim letzten Wort grinste er. »Ich würde es gerne noch einmal machen.«

Sie ließ sich in seine Arme ziehen und erneut küssen, öffnete ihre Lippen seiner forschenden Zunge. Sie strich über seine kräftigen Schultern, die sie vor Fritz Haan beschützt hatten. Am Ende des Kusses saß sie auf seinem Schoß, und sie umarmten einander, als wollten sie sich nie wieder loslassen. Vergessen war aller Kummer. Kathrina fühlte sich so lebendig, wie lange nicht mehr.

In ihrer Ehe war es um Sicherheit gegangen, darum eine respektable Frau zu sein, einen Platz im Leben zu finden. Bei Daniel ging es um den Herzschlag, sich begehrenswert zu fühlen und ganz wie eine Frau. Sie wünschte sich, dieser Moment würde nie zu Ende gehen, fühlte sich aber mit Daniel noch nicht vertraut genug, um ihm dies zu sagen. Ein Teil von ihr wünschte, er würde weiter gehen als bis zum Kuss, ein anderer wünschte, er würde sich so ehrenhaft verhalten, wie er es gerade tat. Keiner von beiden errang die Oberhand.

»Kathrina, Kathrina«, flüsterte Daniel. »Dein Name klingt wie ein Gedicht. Wie eine vortreffliche, schöne und tugendbegabte Jungfrau, um es mit Johann Georg Grefflinger zu sagen.«

»Ich war verheiratet. Jungfrau bin ich ganz gewiss nicht mehr«, gelang es Kathrina zu antworten.

»Taubenaugen, Sonnenblicke, schönes Mündlein von Korallen; Zähnlein, die wie Perlen fallen«, zitierte Daniel weiter.

Er konnte unmöglich über sie sprechen, dachte Kathrina, aber es fühlte sich so gut an. Er trug ihr auch noch den Rest des Gedichtes vor, verglich sie mit einem Schwanenhälslein und lebensvollem Alabaster.

Den Nachmittag verbrachten sie, indem sie über die Wege schlenderten. Kathrina ließ sich alles über den Garten und Daniels Arbeit erzählen. Er machte tatsächlich alles alleine.

Zwischendurch küssten sie sich immer wieder. Sie aß den Apfel, der kaum noch Saft hatte, dafür aber umso süßer war. Erst als die Sonne sich anschickte, hinter dem Horizont zu verschwinden, und die Temperatur um einiges gesunken war, verließen sie Hand in Hand den Garten. Auf einem anderen Weg, als sie gekommen waren, näherten sie sich dem Stadtzentrum. Sie gingen an anderen Gärten vorbei. Sie lagen umgegraben da und warteten auf den Frühling. Alles schien noch im Winterschlaf zu sein. Aber ein Garten erregte ihre Aufmerksamkeit, denn er passte nicht in die Reihe der übrigen. Nichts war umgegraben, auf den kaum noch zu erkennenden Beeten wucherten verwelkte und abgestorbene

Pflanzen. Eine baufällige Hütte stand in einer Ecke; vertrocknete Trauben hingen an den Reben und ein paar letzte ebenso trockene Äpfel am kahlen Baum.

Vor dem Gartentor blieb Daniel stehen und beäugte es misstrauisch.

»Was ist damit?«

Er betrachtete das Schloss genauer, tippte mit dem Finger gegen das Tor. »Der Garten wird nicht mehr bewirtschaftet, das Tor sieht jedoch so aus, als wäre es vor kurzem geöffnet worden.«

Kathrina konnte am Gartentor keine Spuren erkennen, dafür fiel ihr im Garten etwas auf: Es sah aus, als wäre jemand über die zugewucherten Wege gegangen. An einigen Stellen war das Gras niedergetreten. Sie machte Daniel darauf aufmerksam.

»Es könnte ein Tier gewesen sein. Ein Dachs oder ein Fuchs«, vermutete Daniel.

»Das Tier hat auch auf den Beeten gegraben?« Kathrina deutete mit der Hand auf die Stellen.

Die Hütte sah aus, als hätte jemand aufgeräumt und sie notdürftig instand gesetzt. Der Garten wirkte nicht so verlassen, wie es zu erwarten gewesen wäre. Sie konnten jedoch niemanden sehen. Schließlich zuckte Daniel mit den Schultern und sie gingen weiter.

Dass sie durch die Ritzen der Hüttenwand beobachtet wurden, bemerkten sie nicht.

KAPITEL 8

Das Haus der Wollenweber-Gaffel lag am Altermarkt. Im Rauchsalon hatte es sich der Tuchverleger Otto Scheepers in einer Ecke mit seiner Tonpfeife gemütlich gemacht. Er hatte in einem zierlichen Sessel Platz genommen, der für ihn zu klein schien. Neben ihm auf einem Tisch standen eine Karaffe Portwein und ein Glas. Auch ein aufgeschlagenes Buch lag dort. Nirgendwo in Köln wurde so guter Portwein serviert wie in der Wollenweber-Gaffel.

Er genoss es, in seinem Sessel zu sitzen, eine Tonpfeife zu rauchen, den besten Portwein Kölns zu trinken und manchmal in einem Buch zu lesen oder die Gedanken schweifen zu lassen. Und dabei zu wissen, dass seine Angetraute nicht hereinplatzen konnte, um von ihm die Lösung verschiedener Probleme zu fordern, die ohne sie überhaupt niemand hätte. Bei den Heiratsplänen für Rotrud machte sie ausnahmsweise einmal alles richtig. Daniel Mensing war ein geeigneter Kandidat. Er hatte sich den jungen Mann angesehen, ein zufälliges Zusammentreffen herbeigeführt, den Hut vor ihm gezogen und einen ebenso artigen Gruß empfangen. Sie hatten sich ein paar Minuten unterhalten, die kultivierte Sprechweise des jungen Mensing hinterließ einen günstigen Eindruck. Mit ihm könnte Rotrud glücklich werden.

Die Tür des Rauchsalons wurde geöffnet und das unterbrach Otto Scheepers Gedanken. Konrad Seiler betrat den Raum. Statt einer Pfeife trug er eine Dose in der Hand. Er war kein starker Raucher, deshalb sah man ihn hier nur selten. Zielstrebig trat er auf Otto Scheepers zu. Dem blieb nach der Begrüßung nichts anderes übrig, als dem Gaffelbruder einen Sessel und Portwein anzubieten. Unter Seiler wirkte der Stuhl nicht zu zierlich.

»Man sollte mal ein Fenster öffnen«, sagte der schmale Webermeister und hüstelte diskret hinter der Hand.

»Um den ganzen guten Geruch hinauszulassen? Auf keinen Fall.« Otto Scheepers zog an seiner Pfeife und blies gleich darauf den Rauch in die Luft.

Der andere kümmerte sich nicht darum, sondern öffnete ein Fenster, ehe er sich zu seinem Gaffelbruder setzte. Kühle Luft flutete den Raum und brachte die Geräusche der Gasse mit sich.

Konrad Seiler klappte dagegen seine Porzellandose auf und schüttete eine kleine Prise Schnupftabak auf den Handrücken. Er sog die Krümel durch die Nase ein, räusperte sich und hielt dem Tuchverleger die Dose hin.

»Versucht einmal diesen. Habe ich mir aus Antwerpen kommen lassen. Das ist etwas anderes als das Kraut, das sie hier verkaufen. Hat mich auch etliche Taler gekostet«, erklärte er dazu.

Otto Scheepers schüttelte den Kopf. »Ich bleibe bei meiner Tonpfeife. Ein Laster ist für einen Mann genug.«

Sein Gesprächspartner lehnte sich lachend zurück. »Ihr nennt es ein Laster, ich nenne es ein Elixier. Welches Vergnügen haben denn Männer wie wir sonst?«

»Da fällt mir einiges ein.«

Sie unterhielten sich eine Weile über ihre Geschäfte, die vergangenen Wahlen für einen Teil des Kölner Stadtrates. Sie hatten Weihnachten 1694 stattgefunden. Aus der Wollenweber-Gaffel waren zwei neue Mitglieder in den Rat nachgerückt. Es hieß zwar Wahl, aber mit dem Wortsinn hatte es nichts mehr zu tun. Es handelte sich um eine Ernennung von Männern, die nach zwei Jahren Wartezeit wieder an der Reihe waren, die Gaffel im Rat zu vertreten. Dem Kölner Rat konnte man nur alle drei Jahre für ein Jahr angehören. Im Laufe der Jahrhunderte hatte sich ein System herausgebildet, dass man ein Jahr dem Rat angehörte, danach zwei Jahre wartete und dann wieder an der Reihe war, gewählt zu werden.

Noch während sie über die richtige Politik gegenüber dem Erzbischof und dem Reich diskutierten, merkte Otto Scheepers auf, denn durch die geöffneten Fensterflügel hörte er den Namen seines zukünftigen Schwiegersohnes. Er wollte hören, was über Daniel geredet wurde, und mit einer Handbewegung brachte er Konrad Seiler zum Schweigen. Eine der Stimmen gehörte dem Gaffelbruder Johann Engelskirchen, die andere kannte er nicht.

»Der junge Mensing«, hörte er, »wandelt seit kurzem auf Freiersfüßen. Er streckt die Hand nach unserer Gaffel aus.«

»Kein Wunder, die Geschäfte im Getreidehandel gehen zurück, da kommt eine reiche Heirat gerade recht.«

»Ich würde ihm meine Tochter sofort geben. Da bräuchte ich nicht einmal eine Minute überlegen. Er soll ein angenehmer junger Mann sein.«

»Na ja, man will ihn auch mit einem anderen Frauenzimmer gesehen haben. Während des Karnevals soll er sich mit einer vergnügt haben, die ganz und gar nicht seinem Stand entspricht.«

»Junge Männer … Ach, wäre ich doch auch noch einmal in diesem galanten Alter. Zu meiner Zeit …« Johann Engelskirchen senkte die Stimme. Danach entfernten sich ihre Schritte.

Otto Scheepers hatte genug gehört. Diesen Daniel Mensing musste er sich noch einmal genauer anschauen. Er wollte unbedingt vermeiden, dass seine Rotrud unglücklich wurde. Aber welcher junge Mann hatte nicht hier und da ein Liebchen, um sich vor der Ehe die Hörner abzustoßen? Das gehörte sich so.

Er wollte sich von Konrad Seiler verabschieden, aber dieser verkündete, ebenfalls nach Hause gehen zu wollen.

Sie ließen sich von einem Diener Hüte und Mäntel geben und traten hinaus in die neblige Nacht. Mit einem warmen Händedruck verabschiedete sich der Weber von Otto Scheepers. »Hört nicht auf das Gerede. Jeder von denen hätte gerne eine Tochter wie Eure Rotrud, um sie mit Daniel Mensing zu verheiraten. Ich nehme mich da nicht aus«, erklärte er dazu.

Der Dunst waberte durch die Gassen und legte sich wie ein Schleier auf Otto Scheepers düstere Stimmung.

Die Hände tief in den Taschen seines Mantels vergraben, stapfte er seinem Zuhause entgegen, während Konrad Seiler in die andere Richtung ging.

Konrad Seilers Haus lag in der Hohlen Straße und vor der Tür hing eine brennende Laterne, ein einsames Licht im Nebel.

Im Haus verriegelte er die Tür wieder sorgfältig und suchte sich mit der Laterne in der Hand seinen Weg durch den Flur zur Treppe. Das Haus war alt, hatte bestimmt schon mehr als hundert Jahre auf dem Buckel, entsprechend eng war der Flur. Seiler schwankte von einer Seite zur anderen, dabei stieß er sich die Schultern an den Wänden. Die Laterne warf tanzende Schatten. Vielleicht hatte er ein Glas Portwein zu viel gehabt? Er hing seinen Mantel auf einen Haken, dann stutzte er.

Etwas war anders im Haus. Er lauschte in die Dunkelheit.

Alles war still, aber auf einmal strich etwas um seine Beine. Warm, weich, pelzig. Konrad Seiler fuhr zurück, hätte beinahe die Laterne fallen gelassen und erntete ein empörtes Fauchen.

»Brutus! Bei unserem Heiland und der Heiligen Jungfrau, hast du mich erschreckt! Alter Bangmächer!« Der angenehm weiche Portweinnebel war aus seinem Kopf verschwunden. Konrad Seiler bückte sich und streichelte den gestromten Kater, der misstrauisch zu ihm hochsah. Das zur Bürste aufgestellte Rückenfell glättete sich wieder und das Tier strich erneut um seine Beine.

Der Weber schickte sich an, die Treppe nach oben zu gehen. Nachdem er seinen Schreck überwunden hatte, fühlte er sich erschöpft und wollte eigentlich nur noch in sein Bett. Jedoch ließ ihn das Gefühl nicht los, im Haus habe sich etwas verändert. An Brutus konnte es nicht liegen. Der hatte sich auf seinen Schlafplatz in der Flurecke zurückgezogen, in der auf der anderen Seite der gemauerte Küchenherd stand und die Wand wärmte. Was jagte ihm also eine Gänsehaut über die Arme? Konrad Seiler schnüffelte, und da endlich wurde er sich des Geruchs bewusst, den er die ganze Zeit in der Nase gehabt haben musste.

Es war ein angenehmer Geruch, nicht der nach kaltem Fett, der sonst aus der Küche herüberwaberte. Es roch frisch und süß, nach Früchten, aber auch herb und geheimnisvoll. Ihm fehlten die Worte, um es zu beschreiben. In seiner Jackentasche tastete er nach der Dose Schnupftabak, seine Finger strichen über das glatte Porzellan, über den Verschluss. Vom Tabak konnte der Geruch keineswegs stammen, die Dose war fest verschlossen. Konrad Seiler war sich nicht sicher, ob er sich das alles nicht nur einbildete. Woher sollte in der Nacht ein derartiger Geruch kommen?

Er hob erneut die Laterne an, bis ihr Schein die Katze erreichte. Die lag auf ihrem Platz und zuckte nicht mit der Schwanzspitze. Der Webermeister machte sich entschlossen auf den Weg nach oben und ins Bett.

Das Schlafzimmer lag über der Küche. Vorsichtig öffnete er die Tür, um seine schlafende Frau nicht zu stören. Er wollte sich keine Predigt anhören, weil er so spät nach Hause kam und zu viel getrunken hatte. Wenn er leise war, wachte Margot vielleicht nicht auf. Er war nicht reich genug für ein Haus mit getrennten Schlafzimmern, nicht mit drei Söhnen, die alle auswärts in der Lehre waren, und mit einer unverheirateten Tochter in der Dachbodenkammer.

Das Schlafzimmer wurde von einem breiten Doppelbett beherrscht. Er fand Margot wach vor. Auf ihrer Seite des Bettes stand eine dicke Kerze in einem hüfthohen Ständer, die sein Weib in ein goldenes Licht tauchte. Im Kamin brannte ein ersterbendes Feuer, während Margot in einer Vielzahl von Kissen thronte.

Konrad Seiler prallte auf der Schwelle zurück, als wäre eine Faust unter seinem Kinn gelandet. Das hatte er nicht erwartet. Seine Frau sah aus, als hätte sie noch gar nicht geschlafen.

Statt ihm Vorwürfe zu machen, schenkte sie ihm ein Lächeln. Durch den dünnen Stoff des Nachthemdes schimmerte ihre Haut. Der betörende Duft, den er schon im Flur wahrgenommen hatte, kitzelte jetzt viel stärker seine Nase. Margot hatte in diesem Augenblick mehr Ähnlichkeit mit einem jungen Mädchen und weniger mit einer Mutter von vier beinahe erwachsenen Kindern.

»Margot«, stammelte er. »Ihr seid wach?«

»Schlafen kann ich lange genug, wenn ich tot bin. Ich habe auf Euch gewartet.«

Im Schlafzimmer war es warm, aber das allein war es

nicht, was ihn einen Finger unter sein Halstuch schieben ließ. Es war ihm auf einmal zu eng. Der unbekannte Duft umhüllte ihn sanft wie ein Seidentuch.

»Ich habe das nicht erwartet. Warum habt Ihr den Kamin angeheizt?«

»Damit wir es gemütlich haben. Ich möchte ein paar schöne Stunden mit Euch verbringen. Kommt her zu mir.« Margot klopfte auf die Matratze neben sich. Dabei beugte sie sich vor, der Ausschnitt ihres Nachthemdes rutschte über die Schulter und milchweiße Haut wurde sichtbar. Konrad konnte den Ansatz ihrer Brüste sehen. Er zerrte sich das Halstuch vom Leib und die Jacke. Bei den Stiefeln brauchte er Hilfe. Margot sorgte dafür, dass dabei der Ausschnitt ihres Hemdes noch weiter herunterrutschte und die dunklen Warzen ihrer Brüste zu sehen waren.

Viel zu lange hatte sie ihm diesen Anblick nicht mehr geboten. Er vergaß alle Bedenken und die Fastenzeit, konnte sich nicht schnell genug seiner Kleidung entledigen. Schließlich kroch er nackt zu ihr ins Bett. Ihre vollen Brüste quollen ihm entgegen, und sie half ihm dabei, ihr das Hemd auszuziehen. Alles an ihr roch verlockend, ihr Haar, ihre Haut, sie schien sogar anders zu schmecken, als er sie in Erinnerung hatte. Er küsste sie und leckte, konnte gar nicht genug bekommen. Margot dirigierte seinen Mund zu ihren empfindlichsten Stellen: die Kuhlen neben ihren Schlüsselbeinen, ihre Brüste, schließlich immer weiter ihren Bauch hinunter. Konrad war erregt und hatte es auf einmal eilig, zum Ziel zu kommen. Als sein Glied in ihre Scheide schlüpfte, entfuhr ihm ein Seufzer, danach waren nichts als Stöhnen und die Bewegungen nackter Körper zu hören.

Margot war erst zufrieden, als sie zweimal alles von ihm gefordert hatte. Danach lagen sie in den Kissen, beide hatten die Decke bis zum Kinn hochgezogen. Konrad Seiler war verlegen – so ein Ausbruch der Leidenschaft mit der eigenen Frau und in seinem Alter von beinahe fünfzig Jahren ... Er hielt es aber auch nicht aus, einfach neben ihr zu liegen, deshalb tastete er mit der Hand vorsichtig nach ihrer.

»Das hatten wir lange nicht mehr«, murmelte er außer Atem. »Für so viel Leidenschaft sind wir beinahe zu alt.«

»Wir sind doch nicht alt. Allenfalls haben wir ein paar Jahre hinter uns gebracht«, protestierte Margot. »Wenn Ihr so redet, bekomme ich gleich wieder Lust, Euch zu beweisen, wie jung wir sind.«

»Das wäre doch wirklich zu viel für unser Alter.« Aber der Gedanke, noch einmal zwischen den Schenkeln seiner Frau zu liegen, gefiel ihm. Nicht in dieser Nacht, aber sie hatten noch viele vor sich.

Margot verstand ihn und drehte sich von ihm weg. Innerlich atmete er auf und wollte sich auch gerade auf die Seite drehen, als sich ihr feuchter Finger auf seinen Hals legte. Margot tupfte ihm etwas auf die Haut. Der Duft stieg ihm in einer solchen Konzentration in die Nase, dass er beinahe niesen musste.

»Das erfrischt meinen müden Helden«, flüsterte sie ihm dabei ins Ohr.

»Was ist das?« Er drehte sich wieder auf den Rücken und beobachtete, wie sie den Finger mit einer Flüssigkeit aus einem tönernen Flakon benetzte, zwischen ihren Brüsten eine feuchte Spur zog und das Ganze dann auf seiner Brust wiederholte.

»Ein Aqua mirabilis. Es macht Euch stark und leidenschaftlich wie einen Hengst.« Erneut befeuchtete Margot den Finger und hielt ihn an seine Lippen.

Er konnte gar nicht anders, als ihn abzulecken. Der Geschmack hielt dem Duft nicht stand, aber bevor das Bittere auf der Zunge unangenehm wurde, war er schon wieder wie verzaubert.

»Ein fahrender Händler hat dieses Wunderwasser verkauft.«

»Dafür gebt Ihr unser schwer verdientes Geld aus«, stieß Konrad Seiler hervor. Wenn in seinen Worten überhaupt ein Tadel lag, war es ein milder, denn er konnte nur schwer einen klaren Gedanken fassen, wenn Margot mit ihren üppigen Rundungen neben ihm lag. Sie bewegte sich ohne Scham, hatte sich inzwischen von der Decke befreit und sich halb auf ihn geschoben.

»Das war die beste Investition der letzten Jahre«, hauchte sie ihm ins Ohr. »Das müsst Ihr zugeben. Ihr seid wieder stark wie ein Hengst.« Mit der Hand tastete sie unter der Bettdecke nach ihm und fand ihn bereit für einen neuen Ritt. Diesmal beanspruchte sie den Platz oben, und er fragte sich, was für einen Duft des Teufels dieser fahrende Händler verkauft hatte, der seine Frau in eine wilde Stute verwandelte.

In der Dachbodenkammer saß Antonia Seiler auf dem Bett und lauschte den Geräuschen aus dem Schlafzimmer der Eltern. Das Stöhnen, das Quietschen der Bettfedern, lange hatte sie das nicht mehr gehört. Sie war ein Mädchen von vierzehn Jahren, dennoch wusste sie genau, was dort unten vor sich ging. Mit ihren Freundinnen redete sie nur über Männer. Außerdem hatten sie alle schon einmal gesehen, wie es die Hunde machten – bei Menschen sei es so ähnlich, behauptete Sidonie, die Tochter des Schusters von nebenan. Die musste es wissen, immerhin war sie zwei Jahre älter.

Antonia zündete die Kerze wieder an, die einen goldenen Lichtkreis im Zimmer verbreitete, und fragte sich, was da unten genau passierte. So richtig konnte sie es sich doch nicht vorstellen, obwohl sie vor ihren Freundinnen etwas anderes behauptet hatte. Sie schob eine Hand unter ihr Nachthemd und streichelte ihre Brüste. Das mache man dabei, hatte Sidonie erklärt, um ihr anschließend kichernd ins Ohr zu flüstern, dass man auch etwas zwischen den Beinen machen müsse. Vor lauter Lachen war sie kaum zu verstehen gewesen, deshalb beschränkte Antonia sich nun darauf, ihre Brüste zu streicheln.

Bald wurden die Brustwarzen hart und richteten sich auf. Zuvor hatte sie sich erst einmal auf diese Weise berührt, und die Sache war ihr unheimlich geworden, als sie die Veränderung gespürt hatte. Diesmal hörte sie nicht auf und bald darauf durchfuhr ein warmes Prickeln ihren ganzen Körper. Es war angenehm, und sie fühlte sich verwegen. Noch verwegener wäre es vielleicht, wenn sie …?

Am Nachmittag hatte sie mitbekommen, wie ihre Mutter sich auf den Abend vorbereitet hatte. Sie hatte ihr das Haar waschen und vor dem Kamin so lange kämmen müssen, bis es getrocknet war. Glänzend fiel es ihrer Mutter in langen weichen Wellen über den Rücken. Zum Schluss holte die Mutter den Flakon hervor, den sie am Morgen bei einem fahrenden Händler erstanden hatte. Er enthalte ein Aqua mirabilis, das einen unwiderstehlich mache, flüsterte sie ihrer Tochter zu und rieb sich etwas davon hinter die Ohren. Ein schwerer verlockender Duft hatte sich im Raum ausgebreitet und Antonia gefangen genommen.

Unwiderstehlich wollte sie auch sein. Was könnte sie damit vor ihren Freundinnen prahlen! Ihre Mutter hatte ihr jedoch von dem Wunderwasser nichts geben wollen. Auf einmal war sie wieder das Kind und zu jung, obwohl sie sonst immer die Große sein sollte.

In einem unbeobachteten Moment war es ihr jedoch gelungen, eine winzige Menge des Aqua mirabilis in ein eigenes kleines Fläschchen umzufüllen. Sie hatte es erst in ihrem Mieder und dann unter ihrem Kopfkissen verborgen. Dort holte Antonia es nun hervor. Es enthielt nicht mehr als eine Daumenspitze voll, aber als sie den Korken aus dem Fläschchen zog, strömte ihr sofort der verlockende Duft entgegen. Sie nahm eine Nase voll und musste niesen.

Einen Moment hielt sie erschrocken inne und lauschte, ob sie bemerkt worden war. Aus dem Schlafzimmer ihrer Eltern drangen aber weiter nur deren Stöhnen und das Quietschen des Bettes. Beruhigt benetzte Antonia ihren rechten Zeigefinger mit einem Tropfen des Wunderwassers. Sie tupfte ihn sich in ihre Halsgrube. Einen zweiten rieb sie sich auf ihre Stirn und danach leckte sie noch einen vom Finger. Es schmeckte bitter, aber der Geruch übertönte den herben Geschmack, und schließlich kam es darauf an, nicht nur äußerlich, sondern auch inwendig unwiderstehlich zu sein.

Noch nie hatte Antonia es so sehr bedauert, wie in diesem Moment, keinen Spiegel zu besitzen. Was hätte sie dafür gegeben, sich zu sehen. Sie schaute zwar an sich herunter, aber das war nur ein schwacher Ersatz. Ihre nackten Füße hatten sich nicht verändert, und sie waren es sicherlich auch nicht, was einen Mann an ihr am meisten interessierte.

Er wollte bestimmt andere Stellen ihres Körpers sehen. Bei dem Gedanken daran wurde Antonia heiß. Sie streichelte wieder ihre Brüste und zog dann sogar das Nachthemd aus. Nackt stand sie neben dem Bett und kam sich verrucht vor, auch wenn nur die Kerze sie beobachtete. Antonia drehte sich und tanzte in dem schmalen Gang zwischen Bett und Wand. Die nackten Füße tappten auf den Dielen, und die im Raum herrschende Kälte spürte sie nicht.

Das musste sie ihren Freundinnen erzählen. Die würden Augen machen. Erschöpft ließ sie sich auf das Bett fallen und kontrollierte, ob von dem Aqua mirabilis noch etwas übrig war. Ein kleiner Rest befand sich im Flakon. Antonia verkorkte ihn sorgfältig und versteckte ihn unter dem Kopfkissen. Aus dem Schlafzimmer ihrer Eltern hörte sie gerade nichts, aber dieser Zustand dauerte nicht lange an, dann begann wieder das Bett zu quietschen.

Schließlich kuschelte sie sich unter ihre Bettdecke, immer noch nackt und immer noch kam sie sich verrucht vor. Das warme, prickelnde Gefühl holte sie sich noch einmal zurück, indem sie ihre Brustwarzen streichelte und auch vorsichtig hineinkniff. Dabei stellte sie sich vor, es würde ein Mann mit ihr machen. Der Ehemann, den sie eines Tages haben würde. Sie wagte sich sogar weiter vor, denn eine Hand wanderte über ihren Bauch. Als Antonia aber ihr krauses Haar berührte, verließ sie der Mut. Es konnte sich für ein anständiges Mädchen nicht gehören, sich dort unten zu berühren. Was wollte Sidonie schon wissen? Das Wunderwasser hatte schließlich sie, Antonia Seiler, entdeckt.

Sie lauschte noch den Geräuschen ihrer Eltern, aber als es dort unten ruhig wurde, schlief sie bald ein.

KAPITEL 9

»Du musst dir ein bisschen mehr Mühe geben«, verlangte Gerlinde Scheepers von ihrer Tochter.

Die beiden saßen im Morgensalon des Scheeperschen

Hauses zusammen. Rotrud säumte Taschentücher, während ihre Mutter so tat, als besticke sie den Stoff für ein Täschchen mit Rosenblüten. In Wirklichkeit waren Gerlinde Scheepers Augen nicht mehr gut genug für feine gleichmäßige Stiche. Sich eine dieser monströsen Brillen aufzusetzen, wie Männer sie bisweilen trugen, kam für sie nicht infrage, nicht einmal zu Hause, wenn nur ihre Tochter sie sah. Das Sticken war sowieso eine hausfrauliche Tätigkeit, die überbewertet wurde. Kein Mann ehelichte eine Frau, weil sie schöne gleichmäßige Stiche machte. Eine Frau, die einen krossen Braten auf den Tisch stellen konnte, begeisterte sie mehr, und da machte Gerlinde Scheepers so leicht niemand etwas vor.

Das änderte jedoch nichts an ihrem gegenwärtigen Problem. Die Sache zwischen Rotrud und Daniel Mensing kam nicht recht voran. Zwar hatte seine Mutter dem Scheeperschen Haus bereits zweimal einen Besuch abgestattet, aber ihr Sohn ließ sich nicht blicken.

»Was soll ich denn tun, liebe Mutter?«, fragte Rotrud und schaute verbissen auf ihre Näharbeit. Ihre Stimme klang schon wieder so, als wollte sie in Tränen ausbrechen.

»Schau ihn an, rede mit ihm und lass ihn sehen, was für ein hübsches Ding du bist.«

»Wie denn, wenn wir ihn nicht zu Gesicht bekommen?«

Die Frage war berechtigt, aber Gerlinde Scheepers stand gerade nicht der Sinn nach Gerechtigkeit.

»Du musst dir Mühe geben! Andere Mädchen schaffen es doch auch, sich einen Mann zu angeln.«

Das war zu viel für Rotrud. Die Tränen begannen zu fließen, und sie tupfte sie mit dem noch nicht fertig gesäumten Taschentuch ab.

»Das ist doch kein Grund für Tränen!«, fuhr Gerlinde ihre Tochter an.

Diese flossen nur umso stärker und erweichten das mütterliche Herz. Gerlinde ließ ihre Stickarbeit fallen, stand auf und drückte ihre Tochter an ihren üppigen Busen. Rotrud schniefte und befeuchtete das Kleid ihrer Mutter mit Tränen, bevor ihr die Zuneigung zu viel wurde und sie sich aus der Umarmung befreite. Sie schnäuzte sich nun in das halb gesäumte Taschentuch und bemühte sich redlich, die Tränen zurückzuhalten. So ganz wollte ihr das nicht gelingen, die Augen schwammen weiterhin, liefen aber nicht mehr über.

Sie wollte dem Blick ihrer Mutter nicht länger ausgesetzt sein und stand deshalb auf, schlenderte zum Fenster und schaute auf die Straße hinaus. Gerade noch rechtzeitig, um eine Frau im Alter ihrer Mutter zu erblicken, die gemeinsam mit einem jüngeren Mann auf das Haus zukam. Rotrud musste erst ein paar Tränen wegblinzeln, ehe sie Elisabeth Mensing und ihren Sohn erkannte. Ihr wurde abwechselnd heiß und kalt, und sie wünschte sich weit fort. Dennoch informierte sie ihre Mutter über den bevorstehenden Besuch.

Das brachte Gerlinde Scheepers auf die Füße. In einem Wirbel von Stoff eilte sie an die Seite ihrer Tochter und vergewisserte sich, dass tatsächlich Besuch im Anmarsch war.

»Komm, komm«, ermunterte sie Rotrud und zog sie zurück zum Tisch mit den Stühlen. »Wir dürfen nicht aussehen, als hätten wir sehnsüchtig gewartet. Nimm deine Näharbeit wieder.«

»Das Taschentuch?« Rotrud deutete fassungslos auf das zerknüllte Stoffstück.

»Besser nicht.« Gerlinde Scheepers ergriff es mit spitzen Fingern und warf es hinter das Sofa, wo es außer Sicht war. »Nimm das Stickzeug! Lass dich anschauen, du musst strahlend aussehen! Jetzt kommt es darauf an.« Sie hob das Kinn ihrer Tochter an und betrachtete sie kritisch. Sie begann mit einem spuckebenetzten Finger an Rotruds Augen herumzureiben.

»Mutter!«, wehrte sich diese und drehte das Gesicht weg.

»Du darfst nicht so aussehen, als hättest du gerade geweint.«

»Ich will auch nicht aussehen, als hättet Ihr mit Spucke mein Gesicht gesäubert.«

Das Gespräch fand sein Ende, denn eine Magd kündigte den Besuch an. Frau Mensing und ihr Sohn fanden die beiden Damen Scheepers einträchtig am Tisch sitzend vor. Rotrud tat so, als sticke sie; ihre Mutter begnügte sich damit, wichtig auszusehen.

Der Besuch wurde auf dem Sofa platziert und man bot Sherry an. Gerlinde schubste ihre Tochter sacht in Richtung des jungen Mannes. Das war die Gelegenheit, sich ihm gewogen zu machen. Wenn das Mädchen nur nicht so schüchtern wäre. Sie saß sehr gerade auf ihrem Stuhl und schaute über den Tisch. Daniel Mensing hatte sie noch nicht einen Blick geschenkt. Bei allen Heiligen, was wünschte Gerlinde Scheepers sich die alten Zeiten zurück, in denen die Eltern über die Hochzeit der Kinder verhandelten, ohne diese zu fragen. Mit Frau Mensing würde sie sich einig werden, daran bestand kein Zweifel.

»Euer Besuch ist ganz besonders nett, liebe Frau Mensing«, begann die Hausherrin überschwänglich. »Und dass Ihr Euren Sohn mitgebracht habt. Welcher junge Mann macht schon gerne Morgenbesuche mit seiner Mutter. Die jungen Herren haben doch alle ihren eigenen Kopf.«

»Ich werde im Kontor gebraucht, da habe ich eigentlich keine Zeit, um sie in den Morgensalons zu vergeuden«, warf der junge Mann ein.

Nicht sehr ermutigend, dachte Gerlinde Scheepers, nahm sich aber vor, seinen Panzer zu knacken wie den eines Krebses. Daniel Mensing kam ihr verstockt vor, bisher hatte er ihre Rotrud nicht angeschaut und auch nicht an seinem Sherry genippt. Über das allgemeine Befinden und das Wetter schleppte sich das Gespräch dahin. Gerlinde Scheepers hatte ihre Besucherin nicht einen Moment aus den Augen gelassen und jede Geste gedeutet. Frau Mensing schien über das Verhalten ihres Sohnes genauso unglücklich zu sein wie sie über das ihrer Tochter. Die Besucherin stieß Daniel mehrmals mit dem Ellenbogen an, aber er reagierte nur, indem er weiter von ihr wegrückte, bis er ganz in die Ecke des Sofas gedrückt saß.

»Meine Tochter fertigt ganz ausgezeichnete Handarbeiten an«, sagte Gerlinde Scheepers, bevor das Gespräch zu versiegen drohte. »Zeige doch einmal die Tasche, die du gerade bestickst, meine Liebe.«

»Frau Mutter, das ist doch … Das wird unseren Besuch bestimmt nicht interessieren.« Sie warf einen schüchternen Blick auf Daniel.

Der zeigte keine Reaktion, dafür griff seine Mutter den Gesprächsfaden auf. »Sticken ist die Zierde einer Frau. Lasst mich doch einmal sehen, Fräulein Rotrud.«

Weil sie so in die Enge getrieben wurde, blieb ihr nichts anderes übrig, als die Stickarbeit ihrer Mutter hervorzuholen und als ihre eigene auszugeben. Das war nicht einmal gelogen, denn sie hatte tatsächlich das Meiste der Stickerei ausgeführt, ihre Mutter nur wenige schiefe Stiche. Die hatte sie in unbeobachteten Augenblicken wieder aufgetrennt und ersetzt.

Die Frauen beugten sich interessiert über den Stoff, Frau Mensing strich über die gestickten Blüten und lobte deren Kunstfertigkeit. Es entspann sich eine kurze Diskussion über das verwendete Garn und danach war die Zeit, die ein Morgenbesuch mindestens dauern sollte, verstrichen.

Das nahm Daniel Mensing zum Anlass, seine Mutter daran zu erinnern, dass auf ihn im Kontor Arbeit warte.

»Aber Ihr werdet doch ein paar Minuten Zeit haben«, widersprach die Hausherrin, »um Rotruds Zeichnungen zu betrachten. Sie ist auch auf diesem Gebiet überaus talentiert. Nun geh schon und hole sie, Kind!«

»Frau Mutter!«, protestierte Rotrud. »Meine Zeichnungen sind lange nicht gut genug, um herumgezeigt zu werden. Das geht ...«

»Den Willen der Künstlerin sollten wir respektieren«, warf Daniel ein.

Auf diese Worte hin entschlüpfte Rotrud das erste Mal während dieses Besuches ein Lächeln. Und der junge Mann lächelte zurück. Gerlinde Scheepers wertete das als einen ersten kleinen Erfolg. Am Ende würde doch ein Paar aus den beiden werden.

Die Strecke zwischen den Häusern Mensing und Scheepers betrug nur ein paar Gehminuten, und Daniel tat alles, um die Zeit weiter zu verkürzen. Mit langen Schritten eilte er seiner Mutter voraus, bis sie ihn zurückrief und für seine Unhöflichkeit tadelte.

»Ich erwarte mehr Begeisterung, wenn du mich auf einem Morgenbesuch begleitest. Du hast die notwendige Höflichkeit vermissen lassen.« Elisabeth Mensing kniff die Lippen zu einem schmalen Strich zusammen.

»Weil Ihr mich gezwungen habt, Frau Mutter. Ich mache sonst keine Morgenbesuche, das – mit Verlaub – ist nur etwas für Frauen und alte Männer.«

»Es war für dich durchaus angebracht, mich zu begleiten.« Dem kühlen Tonfall war anzumerken, wie ärgerlich Elisabeth Mensing auf ihren Sohn war.

»Ich weiß nicht, warum Ihr diese schreckliche Frau besucht. Keines ihrer Worte muss man sich länger als einen Wimpernschlag merken.«

»Sie ist immer sehr gut informiert über alles, was in Köln vor sich geht.«

»Sie ist ein Klatschweib ersten Grades. Ihre Tochter kann einem leidtun. So auf dem Heiratsmarkt angepriesen zu werden, das arme Ding.«

»Mit Töchtern ist das nun einmal so. Es ist kein einfaches Geschäft, den richtigen Mann für sie zu finden. Mit Söhnen verhält sich das übrigens nicht anders.«

»Ich werde mir meine Zukünftige selbst aussuchen. Das habe ich schon Papa gesagt.« Daniel erinnerte sich an das Gespräch mit seinem Vater am Morgen des Aschermittwochs. Er hatte es nicht genau so formuliert, aber so gemeint. Er nahm sich vor, es auf jeden Fall nachzuholen und für klare Verhältnisse zu sorgen. »Und ich bin sicher, Ihr und Papa habt mich so gut erzogen, dass ich der Familie keine Schande mache.« Ein Gesicht mit blitzenden Augen, einer etwas zu spitzen Nase und braunem Haar tauchte in seinen Gedanken auf. Wer eine Frau wie Kathrina Obladen kannte, verschwendete keinen Gedanken an das ebenmäßig langweilige Gesicht Rotrud Scheepers.

Sie erreichten das Mensingsche Haus in der Gasse Unter Goldschmied, und Daniel wollte sich gleich ins Kontor zurückziehen.

»Das kommt nicht in Frage, mein Herr Sohn!«, bestimmte Elisabeth Mensing, während sie sich aus ihrem

Mantel schälte, den Hut abnahm und alles einem wartenden Mädchen reichte. »Du wirst vor einem Gespräch nicht einfach ins Kontor flüchten.«

»Was wollt Ihr mir sagen, Frau Mutter?«

»Dass es eine große Verantwortung vor Gott und den Menschen ist, seine Kinder gut zu verheiraten, damit sie ein glückliches Leben haben. Gerlinde Scheepers mag anstrengend sein, für ihr Kind wünscht sie sich nur das Beste.«

»Vielleicht sollte sie einfach fragen, was ihre Tochter für das Beste in ihrem eigenen Leben hält. So eine Kriemersch als Mutter. Am Ende muss ich das Mädchen heiraten, nur damit sie endlich aus diesem Haus rauskommt.« Er war selbst erschrocken über seine Worte. Nicht nur weil sie zynisch waren, sondern weil er sich wie ein Verräter vorkam. Ein Verräter an Kathrina Obladen.

»Eine Ehe wird nicht geschlossen, weil der Mann glaubt, ohne die Frau nicht leben zu können. Diese Art von Liebe gibt es nur in Ritterromanen.«

»Habt Ihr mir nun alles mitgeteilt, was Ihr mir zu sagen habt? Vater wird sich schon fragen, wo ich so lange bleibe.« Daniel verneigte sich kurz vor seiner Mutter und entwischte ihr in Richtung Kontor.

Auch Otto Scheepers war nicht untätig geblieben; um seine Zweifel hinsichtlich Daniel Mensings Lebenswandel zu beseitigen, hatte er dessen Vater in die Wollenweber-Gaffel eingeladen und ohne viel Federlesens

Klartext geredet. Ob der junge Mann ein Liebchen habe, hatte er wissen wollen. Hastig verneinte Hermann Mensing diese Frage. Seine offene und ehrliche Miene überzeugte den Tuchverleger.

»Mehr wollte ich gar nicht wissen«, beruhigte er seinen Gesprächspartner. »Bevor ich meine Rotrud in die Hände eines jungen Mannes gebe und ihn an meinen Geschäften teilhaben lasse, muss ich mir sicher sein, dass er ehrlich ist und sie ehrenhaft behandelt. Ich will auf keinen Fall, dass sie ein weiteres Mal enttäuscht wird.«

»Das wird sie nicht werden. Für die Ehre meines Sohnes verbürge ich mich.«

Otto Scheepers war zufrieden.

KAPITEL 10

Zuerst wurde nur hinter vorgehaltener Hand geredet und nur in wenigen Familien, wie ein Wispern im Nebel, das hier und da in die Gassen und über die Plätze schwebte. Ein fahrender Händler sei in der Stadt aufgetaucht, und er habe etwas im Angebot, das ... Das Flüstern wurde leiser, kaum noch verständlich. Auf einmal sei er da gewesen, niemand hatte ihn je zuvor in der Stadt gesehen, oder wusste, woher er stammte.

Und sie liefen hin auf die Gassen und Plätze Kölns,

um ihn zu suchen. Die Misstrauischen unter den Kölner Ehefrauen fragten sich, warum die Geschäfte in aller Heimlichkeit verdeckt hinter Büschen und Torbögen abgewickelt werden mussten? Wer etwas zu verkaufen hatte, der sollte sich mit seiner Ware auf den Altermarkt stellen. Bei vielen siegte aber die Neugierde über das Misstrauen. Von Tag zu Tag wurden es mehr, die den geheimnisvollen Händler suchten.

Auf einmal wollte es jeder haben. Ein Aqua mirabilis, das die Leidenschaft eines Mannes für seine Ehefrau weckte. Ehepaare, bei denen seit Jahren im Schlafzimmer nichts mehr passierte, entdeckten wieder ihre Liebe zueinander. Es dauerte nicht lange, und jeder kannte jemanden, bei dem das Aqua mirabilis gewirkt hatte. Margot Seiler etwa sprach mit ihrer Nachbarin über die neu erwachte Liebe ihres Mannes, nachdem sie ihr zuvor immer nur von dem Trauerspiel berichtet hatte, zu dem ihre Ehe im Laufe der Jahre geworden war. Die Nachbarin war skeptisch, aber nachdem ihr ein Tropfen des Aqua mirabilis auf den Finger geträufelt worden war, sie in dessen Duft gebadet und die Wirkung an sich selbst erprobt hatte, wollte sie es unbedingt ihrem Ehemann verabreichen. Sie gab ohne Zögern ihr Nadelgeld aus.

Ein Duft, der in der Lage war, die erkaltete Liebe der Männer erneut zu entfachen …

»Ein Deuvelswasser«, raunte man sich zu.

Die sehr Frommen oder sehr fromm Tuenden zuckten zusammen, aber bei den meisten Kölnerinnen siegte die Neugier über die Angst. Wen störte der Teufel, solange das Aqua mirabilis die Freuden des Schlafzimmers versprach?

Es dauerte nur eine Woche, bis das Aqua mirabilis in jeder Gasse der Stadt bekannt war.

Auch Sophia Feminis in der Sternengasse hörte davon. Ein Aqua mirabilis des Teufels – in ihren Gedanken läutete eine Alarmglocke. Sie verabschiedete sich von ihren Nachbarinnen, mit denen sie sich am Brunnen getroffen hatte, und schleppte ihre Wassereimer nach Hause. Sie ging so schnell, wie die schwere Last es zuließ. Ein Gutteil des Wassers schwappte über, und sie bemerkte es nicht einmal.

»Giovanni Paolo«, rief sie, kaum dass sie die Haustür geöffnet hatte.

Nur das Glucksen der Zwillinge, die in einer Ecke unter der Aufsicht ihres älteren Bruder auf einer Decke lagen, antwortete ihr. Ihr Mann war mit seinem Kramkarren unterwegs. Von Sonnenauf- bis Sonnenuntergang zog er dieser Tage durch die Kölner Gassen.

»Soll ich den Herrn Papa für Euch suchen?«, fragte der siebenjährige Carl Joseph.

»Nein, ich gehe selbst.«

Der ängstliche Ausdruck im Gesicht ihres Ältesten brachte sie dazu, ihm über das Haar zu streichen und ihm einen Kuss auf den Scheitel zu geben. »Es ist nichts passiert, du musst dir keine Sorgen machen.«

Aber sie machte sich Sorgen. Ihr Blick glitt über das Wandbord mit den Flaschen und dem Destillierapparat in der Ecke. Da ihm die Geschäfte tagsüber keine

Zeit ließen, arbeitete er nachts an seinem Aqua mirabilis, wenn sie und die Kinder längst schliefen. War er erfolgreich gewesen und dieses neue Teufelswasser …? Sie traute es ihm nicht zu, so etwas vor ihr zu verschweigen. Nur hatten sie in den letzten Dutzend Tagen mehr Reichstaler im Haus gehabt als in den Monaten zuvor. Das nährte ihren Verdacht.

Sophia Feminis zog ihren Mantel wieder über, wickelte sich einen Schal um den Kopf und verließ die Wohnung erneut. Sie eilte durch die schmalen Gassen Richtung Dom. Dort standen die Häuser der reichen Kölner Patrizier und dort fand ihr Mann die meisten seiner Kunden für Seidenwaren, Knöpfe, Federn oder anderen modischen Putz. Sie hörte keinen der Grüße, die ihr zugerufen wurden, und sie entging mehrfach nur knapp einem Zusammenstoß mit entgegenkommenden Passanten. Endlich erreichte sie außer Atem und mit Stechen in den Seiten das Domviertel. Die Gassen waren hier so belebt wie im übrigen Köln, aber die Menschen trugen feinere Kleider, es wühlten weniger Schweine im Dreck und es spielten keine halb nackten, blau gefrorenen Kinder vor den Türen. Sie sah dafür Jungen und Mädchen, die artig an der Hand ihrer Kinderfrau gingen. Dienstmädchen mit gestärkten Hauben schleppten schwere Körbe vom Markt heim oder brachen zu einem Botengang auf.

Mehrere Händler zogen mit Karren von Haus zu Haus, priesen lauthals ihre Waren an, aber ihren Mann erblickte sie nicht unter ihnen. Sophia hielt den Erstbesten an und fragte ihn nach Giovanni Paolo. Er konnte ihr nicht weiterhelfen, aber beim Nächsten hatte sie Glück. Der hatte ihren Mann am frühen Morgen in der Gasse Obermarspforten gesehen. Sofort eilte Sophia dorthin. Eine Magd, die eben einen Eimer Schmutzwasser in den Rinnstein leerte, bestätigte ihr, dass Giovanni Paolo Feminis in der Frühe bei ihrer Herrschaft gewesen war und das Haus Richtung Hafen verlassen hatte. Auf diese Weise folgte Sophia den Spuren ihres Gatten und fand ihn schließlich vor dem Haus des päpstlichen Nuntius in ein Gespräch mit dessen Leibdiener verwickelt. Sophia wartete an einer Hausecke. Seidenstrümpfe wechselten den Besitzer, und ihr Mann strich zufrieden einige Münzen ein. Er drehte sich um, griff nach der Deichsel seines Wagens und wollte sich wieder auf den Weg machen. Dabei entdeckte er sie. Im ersten Moment breitete sich ein Strahlen über sein Gesicht aus, um sodann von einem besorgten Ausdruck abgelöst zu werden.

Er eilte auf seine Frau zu. »Ist etwas passiert?«

»Das frage ich Euch.«

»Mit den Kindern, meine ich? Ist eines krank? Wenn es einen Arzt braucht, scheut Euch nicht, einen zu rufen, ich werde das Geld zusammenbringen.«

»Den Kindern geht es gut. Lasst uns an einen Ort gehen, wo es ruhiger ist.« Sie zog ihn in den stillen Domhof und dort im Schatten der mächtigen Stützpfeiler fragte sie ihren Mann leise: »Habt Ihr etwas mit dem Aqua mirabilis zu tun?«

»Das wisst Ihr doch. Es will mir einfach nicht gelingen, alles richtig zu machen.«

»Mit dem Wunderwasser, das in der Stadt verkauft wird. Ist das Euers?« Sie senkte die Stimme zu einem Flüstern. »Das Deuvelswasser?«

Dieses Wort im Schatten des Domes ausgesprochen brachte beide dazu, sich zu bekreuzigen. Erst dann begriff Feminis, was seine Frau von ihm wissen wollte.

Er nahm ihre kalten Hände und nach und nach erzählte sie ihm, was sie am Brunnen gehört hatte.

»Das Wasser ist nicht von mir. Ich schwöre es.« Er legte eine Hand auf sein Herz. »Bei Jesus, Maria und Josef und allen Heiligen! Damit habe ich nichts zu tun.«

Sophias Miene schwankte zwischen Erleichterung und Skepsis.

»Was glaubt Ihr von mir?« Feminis streichelte die Hände seiner Frau, um den ängstlichen Ausdruck aus ihrem Gesicht zu vertreiben. »Mein Aqua mirabilis ist nicht fertig, das kann ich niemandem anbieten. Ich verkaufe nur Ungarisches Wasser.« Er wühlte in den Fächern seines Karrens herum und förderte einen Flakon zutage, zog den Stöpsel heraus.

Sophia schnupperte daran. Der unverkennbare Duft des Ungarischen Wassers umspielte ihre Nase. Nachdem sie auf ihren Mann eingeredet hatte, versprach er ihr, vorsichtig zu sein. Mehr ließ er sich nicht abringen.

Keineswegs beruhigt verabschiedete sie sich. Tief in Gedanken versunken kehrte sie in ihre Wohnung und zu ihren Kindern zurück.

In ihren Augen war Giovanni Paolo leichtsinnig. Er sollte das Ungarische Wasser sofort wegschütten und aufhören, an seinem Aqua mirabilis zu forschen. Jedenfalls solange in Köln Gerüchte über ein Deuvelswasser umgingen.

KAPITEL 11

Keine neue Wolle und keine neue Arbeit mehr für dich, hatte Otto Scheepers' Aufseher zu ihm gesagt, als er ihm vor nicht einmal einer Stunde das fertig gewebte Tuch gebracht hatte. Auf einem langen Tisch im Lager hatte der Aufseher ein paar Ellen Stoff abgewickelt und auf den ersten Blick zwei Fehler entdeckt, wo er beim Weben einen Kettfaden ausgelassen und sich dadurch das ganze nachfolgende Gewebe verschoben hatte. Den einen Fehler hatte Fritz selbst bemerkt, als er eine Handbreit Stoff weitergewebt hatte. Alles wieder aufzumachen und neu zu weben, hätte ihn einen Tag Arbeit gekostet. Dabei befand er sich schon im Verzug. Es war ihm nichts anderes übrig geblieben, als zu hoffen, der Fehler bliebe unbemerkt. Und nun waren es gleich zwei. Bei genauem Hinsehen erkannte Fritz Haan auch seinen zweiten Schnitzer.

Er sei zu spät und mit schlechter Qualität gekommen, das könne man nicht zum vollen Preis verkaufen, hatte der Aufseher mit nach unten gezogenen Mundwinkeln gesagt. Faule Arbeiter könne Otto Scheepers nicht gebrauchen.

Das solle ihm der Herr selber sagen, verlangte Fritz Haan, bekam den Tuchverleger jedoch nicht zu Gesicht. Zwei kräftige Knechte packten ihn an den Oberarmen, schleiften ihn aus dem Lager, über den Hof und stießen ihn auf die Hohe Straße hinaus.

Deshalb stand er im Dreck, ohne Arbeit, ohne Geld, während am Horizont blutrot die Sonne unterging.

In Köln gab es mehr als einen Tuchverleger. Die anderen um Arbeit fragen? Aussichtslos! Jeder würde wissen wollen, warum er nicht mehr für Otto Scheepers webte und jeder würde sich als Antwort denken, dass es an der Qualität seiner Arbeit lag.

Ein paar Wochen könnte er von Ersparnissen leben. Fritz Haan setzte mechanisch einen Fuß vor den anderen. Er bemerkte erst, wohin er gegangen war, als er vor der Schenke Zum Postreiter stand. Sie lag nur ein paar Gehminuten vom Weberhof entfernt. Er trat ein.

Drinnen empfing ihn Wärme, dämmriges Licht, der Geruch nach Bier und Branntwein. An mehreren langen Tischen saßen Gäste, die Gläser und Krüge vor sich stehen hatten. Er suchte sich einen Platz etwas abseits der anderen am Ende einer Bank. Die Wärme des Kamins reichte kaum bis zu ihm.

Ein Krug Dünnbier wurde vor ihm abgestellt, kaum dass er sich hingesetzt hatte, und Fritz Haan nahm einen tiefen Zug. Den Schaum wischte er sich vom Mund. Nachdem er den ersten Krug geleert hatte, begann er, sich wieder wie ein Mann und nicht mehr wie einer mit Gemötskoller zu fühlen. Er orderte ein weiteres Bier, diesmal etwas Stärkeres, einen Kneebrecher. Mit dem Bier kam auch Hannes Wenzel an seinen Tisch, Weber wie er. Sie wohnten im gleichen Häusergeviert.

»Wieso sitzt du allein und trinkst? Das ist nicht gut für einen Mann.« Hannes Wenzel knallte seinen Steingutkrug auf den Tisch und ließ sich neben Fritz Haan auf die Bank fallen.

»Was willst du?«, brummte der nur. Ihm stand nicht der Sinn nach Reden, auch nicht mit Hannes, den er an besseren Tagen als Freund bezeichnete.

»Mit dir was trinken.«

Sie stießen an.

»Auf dass die schlechten Zeiten bald von guten abgelöst werden. Potz, Blitz und Donner, es kann nicht immer nur schlechter werden.«

Das entsprach so sehr Fritz Haans eigenem Gefühl, dass ihm Hannes' Gesellschaft langsam besser gefiel.

Der Freund redete weiter: »Der alte Scheepers hat mir am Nachmittag gesagt, dass er mir keine weiteren Tuche mehr abnimmt. Er hat mir auch kein Garn mehr gegeben.«

»Bei mir war's der Aufseher. Zu viele Fehler im Tuch und zu spät abgegeben. Kann man nicht verkaufen, hat er gesagt.«

»Ich weiß nicht, wie ich das meiner Draut beibringen soll.«

Hannes Wenzel hatte eine schwangere Frau zu Hause.

Das konnte einem Mann richtig zusetzen. Fritz Haan nickte.

»Wir werden wohl wegmüssen aus Köln, woanders unser Glück versuchen. Vielleicht bei den Preußen oder den Sachsen.«

»Himmelzackerment!«

Sie tranken das Bier aus und bestellten Nachschub. Die Schankmagd wollte erst Geld sehen. Voller Verachtung warf Fritz Haan die Fettmänche auf den Tisch. Der Kneebrecher klärte in seinem Geist allmählich die Gedanken.

»Ich weiß, wer schuld ist«, brummte er.

»Der alte Scheepers. Wer sonst? Der hat genug Tuch, kommt auf eins mehr oder weniger nicht an. Warum nimmt er da meins nicht?«

»Der ist es nicht.«

»Dann der Deuvel?« Das starke Bier ließ Hannes Wenzels Augen glasig und seine Stimmung trübselig werden.

Fritz Haans Augen wurden zwar auch glasig, aber in ihm flackerte eine Wut auf, dass er am liebsten die Hände um jemandes Hals gelegt hätte. Dabei wäre er vor dem Teufel nicht zurückgeschreckt, zur Not täte es auch Otto Scheepers Aufseher, aber eigentlich hatte er jemand anderen im Sinn.

»Der Deuvel auch«, murmelte er in seinen Bierkrug. Und Kathrina Obladen! Mit ihr hatte sein Unglück begonnen. Erst hatte sie nicht sein Weib werden wollen, jetzt streckte die Hexe die Arme aus, um ihm zu schaden. Nicht er war unachtsam gewesen, sie hatte die Fehler in sein Tuch gehext.

»Wer ist es?«, wollte Hannes Wenzel mit der Hartnäckigkeit eines Betrunkenen wissen.

»Die Zaubersche.«

»Hä?« Hannes Wenzel sah verständnislos drein.

Fritz Haan beachtete ihn nicht länger. Sein Bierkrug war leer, er stand ohne ein Wort auf und rannte aus der Schenke. Auf der Gasse schwankte er, als kalte Luft seinen benebelten Geist erreichte. Er wäre beinahe gestürzt, konnte sich gerade noch mit einer Hand am Fenstersims abstützen. Das lag nicht allein an dem Kneebrecher-Bier.

Es hatte zu schneien begonnen – im Februar. *Schnee nach dem Karneval und's Unglück kommt überall*, hieß es. Und es stimmte. Dicke Flocken fielen sanft zur Erde. Sie blieben nicht liegen, sondern verwandelten die Gassen in Schlammpfade. Der Dreck spritzte unter seinen Holzschuhen auf, als er in Richtung Waidmarkt schwankte. Er ließ den Weberhof links liegen, ging weiter zum Weißgerber Graben.

Dort erreichte er ein schmales Haus, das zwischen größeren eingezwängt stand, als wollten die es erdrücken.

Die Fensterläden waren geschlossen, kein Licht schimmerte zwischen ihnen heraus. Auch die Nachbarhäuser lagen im Dunkeln. Er hielt sich nicht damit auf, an die Tür zu klopfen, sondern griff nach der Klinke. Die Tür war verschlossen. Das fachte seine Wut weiter an.

Die Hexe verschanzte sich vor ihm. Er rüttelte an der Klinke, und als sich immer noch nichts rührte, trat er gegen das Schloss. Der erste Tritt hätte ihn beinahe zu Fall gebracht. Er ruderte mit den Armen, um den Stand wiederzufinden, und trat ein zweites Mal zu.

Diesmal sprang die Tür auf. Fritz Haan taumelte ins Haus und beinahe Kathrina in die Arme. Sie stand an die hintere Wand gedrückt und hatte eine Hand vor den Mund gepresst. In der anderen hielt sie eine Kerze, deren Flamme zitterte und flackerte.

»Zaubersche, hab ich dich«, grollte er. »Du entkommst mir nicht mehr.«

Auf dem Tisch standen Speisen und Getränke, es roch nach gebratenem Kapaun und einer würzigen Soße. Es war für zwei gedeckt. Bevor Fritz Haan begriff, was das bedeutete, krachte eine Faust in sein Gesicht. Gefolgt von ein paar Maulschellen, die Fritz Haans Ohren klingeln ließen. Ein Mann trat hinter der Tür hervor und drängte ihn aus dem Haus. Fritz Haan zog sich in die Gasse zurück.

»Pack dich, oder willst du wieder mit meinem Degen Bekanntschaft machen?«, rief der Mann ihm nach.

Am Ende des Weißgerber Grabens hielt Fritz Haan inne und drehte sich um. Er schüttelte die Faust gegen die Hexe und ihren Helfer und bedachte das kleine Haus mit einem hasserfüllten Blick.

Im Haus hatte Daniel die Arme um Kathrina gelegt. Sie barg das Gesicht an seiner breiten Brust. Ihr Herzschlag beruhigte sich nur langsam. Gleich beim ersten Klopfen war sie aufgesprungen und Daniel hatte sich hinter der Tür versteckt. Es war besser, man sah ihn nicht bei ihr. Bevor sie öffnen konnte, hatte auf einmal Fritz Haan im Raum gestanden und sie beschimpft.

»Das war doch dein verrückter Verehrer. Belästigt er dich?«, wollte Daniel wissen und streichelte ihren Rücken.

»Nein.«

»Das sah mir eben anders aus.«

»Das war nichts. Er hat getrunken.« Sie hatte das Bier in Fritz Haans Atem gerochen. »Sonst ist er nicht so.«

»Wie du meinst.« Daniel besah sich das aufgebrochene Türschloss. Zum Glück war es nur etwas verbogen, und er konnte es schnell wieder reparieren. Sie müsse sich ein besseres Schloss besorgen, am besten auch eine stabilere Tür, riet er ihr.

Sie setzten sie sich zurück an den Tisch und wandten ihre Aufmerksamkeit dem Kapaun zu. Hatte er vor wenigen Augenblicken noch verführerisch gerochen, war Kathrina nun jeglicher Appetit vergangen. Sie stocherte nur in ihrer Portion herum und Daniel erging es nicht viel anders. Weit mehr als die Hälfte blieb übrig. Mit einem Tuch abgedeckt, räumte Kathrina die Reste in die Speisekammer. Ihr graute vor dem Gedanken, gleich allein im Haus zu sein mit einem wütenden Fritz Haan da draußen. So harmlos, wie sie gegenüber Daniel getan hatte, kam ihr die Sache keineswegs vor.

Daniel schien ihre Gedanken zu erraten, denn er bot

an, auf der Ofenbank zu übernachten, damit sie nicht alleine sei. Zutiefst dankbar nickte Kathrina.

KAPITEL 12

Im überdachten Kreuzgang des Dominikanerklosters in der Stolkgasse wandelten ein gutes halbes Dutzend der Bewohner. Die Hände steckten in den weiten Ärmeln ihrer Kutten, der Atem dampfte vor ihren Gesichtern, und ihre Holzschuhe klapperten auf den Pflastersteinen. Die meisten gingen zu zweit nebeneinander und unterhielten sich leise.

Von allen unbemerkt stand Bruder Martin im Schatten einer Säule. Er ärgerte sich über seine Mitbrüder, die sich törichten Beschäftigungen hingaben und nur darauf warteten, ihre Körper in der Wärmestube verweichlichen zu dürfen. Die Kälte und die seit gestern ununterbrochen fallenden Schneeflocken sollten sie an ihre Bestimmung als Mönche erinnern. Stattdessen trugen sie wollene Untergewänder, warme Socken und hatten sich Tücher um den Hals gebunden. Bruder Martin verschmähte alles, was dem Leib Wohlbehagen vorgaukelte. Gott hatte den Mensch nicht geschaffen, damit der sich irdischen Genüssen hingab. Die Ausgabe der Winterkutten im Oktober hatte er ebenso verweigert wie die der wollenen Decken, und er hatte sich den ganzen Winter mit dem Sommerzeug begnügt. In den überlangen Ärmeln seiner weißen Kutte ballte er die Hände zu Fäusten. Er ließ seine Blicke unter dunklen, buschigen Augenbrauen durch den Kreuzgang wandern.

»Ihr seid armselig«, rief Bruder Martin auf einmal.

Die Köpfe der anderen Dominikaner wandten sich ihm zu. Bruder Alfons blieb stehen und beobachtete ihn mit rotgeränderten Augen, die anderen Mönche setzten nach kurzer Zeit ihre Gespräche fort.

Diese Missachtung ärgerte Bruder Martin. Er wusste, dass er mit seinem Tadel richtig lag. Seine Mitbrüder genossen das bequeme Leben im Kloster und vergaßen, dass sie an vorderster Front im Kampf gegen das Böse standen. Zum Glück war er da, um es ihnen in Erinnerung zu rufen.

»In Köln geht das Böse um, und ihr wartet darauf, dass die Wärmestube endlich ihre Pforten öffnet. Das ist armselig!«, rief er wieder. »Wir müssen die Hexen finden und unschädlich machen. Oder haben sie sich in euren Köpfen schon eingenistet?«

»Was meinst du damit?«, fragte jemand zurück.

An der hellen Stimme erkannte er Bruder Gerónimo. Ein unauffälliger Mönch, der nur selten etwas sagte und auch sonst in der Klostergemeinschaft kaum auffiel. Von ihm hätte er keinen Widerspruch erwartet.

»Ganz Köln redet über einen Teufelsduft, aber ihr verkriecht euch hinter Klostermauern und tut, als wüsstet ihr von nichts.«

»Drück dich klar aus, ehrenwerter Bruder«, verlangte wieder Gerónimo. »Was willst du, dass wir tun? Wir leben nach der Regel des heiligen Dominikus, kümmern uns um die Kranken und Beladenen. Wann hast du dich zum letzten Mal im Heilig Geist Hospital blicken lassen?«

Das war doch ... Bruder Martin schnappte nach Luft angesichts dieser Unverfrorenheit. Dann sah er auch wenigstens zwei der anderen Brüder beifällig nicken. Toren! Er verließ seinen Platz an der Säule, stellte sich mitten in den Hof, ohne sich um den Schlamm zu kümmern, den der tauende Schnee hinterließ. Der aufgeweichte Boden drang beinahe sofort durch die dünnen Sohlen seiner Sandalen und quoll zwischen seine nackten Zehen. Er störte sich nicht daran.

»Der Teufel ist nach Köln gekommen und bindet seine Buhldirnen mit einem Duftwasser an sich. Wer es einmal riecht, der ist ihm auf ewig verfallen. Seine Hexen schwärmen bereits in der Stadt aus. Aufrechte Männer verwandeln sich mit dem Duftwasser des Teufels in liebestolle Kreaturen. Jungfrauen werden vom rechten Pfad abgebracht, sie wälzen sich wahllos mit Männern auf den Decken. Der Herrgott hat uns an die vorderste Front gegen den Teufel gestellt. Unser Mitbruder Heinrich Institorius muss uns ein leuchtendes Vorbild sein. Er hat sein ganzes Leben lang gegen das Böse gekämpft und seine Erkenntnisse in einem Buch niedergeschrieben. Der Festigkeit seines Glaubens müssen wir nacheifern.«

»Er ist vor fast zweihundert Jahren gestorben«, warf Bruder Gerónimo ein, und diesmal klang seine helle Stimme sanft, als spräche er zu einem Kranken.

»Und deshalb soll alles umsonst gewesen sein, wofür er einstand? Wir sind seine Erben! Es ist unsere Pflicht, sein Werk fortzuführen«, geiferte Bruder Martin.

»In der Zeit hat sich vieles verändert.«

»Nicht der Teufel. Der ändert sich nie. Hat er euch schon in seinen Klauen?«

»Ich höre mir das nicht länger an. Du solltest den Herrgott um Erleuchtung anflehen, Martin Lührs. Der Teufel ...«

Da trat Bruder Alfons aus dem Kreuzgang heraus und stellte sich neben den Gescholtenen. »Er spricht wahr. Der Teufel ist mir auch begegnet. Ich habe seinen schwefeligen Atem in meinem Nacken gefühlt. Ich weiß, dass er kurz davor war, in meinen Leib zu fahren, und nur weil ich sofort auf die Knie gefallen bin und inbrünstig gebetet habe, wurde ich verschont.«

Zwei oder drei der Dominikaner schüttelten die Köpfe, unter ihnen Bruder Gerónimo, die anderen wirkten unschlüssig.

»Der Teufel schreckt vor nichts zurück, er wagt sich sogar bis hinter unsere Klostermauern.«

»Es war nicht im Kloster«, unterbrach Bruder Alfons. »Ich war auf einem Botengang in der Stadt unterwegs.«

»Der Teufel wollte dich auf offener Straße anspringen?«

»Und am helllichten Tag.«

»Da seht ihr es, meine lieben Brüder! Wir müssen alle Hexen finden und ins Feuer werfen. Erst dann können wir in unserer schönen Stadt wieder sicher leben.«

»Das ist die Aufgabe des Hohen Weltlichen Gerichts, nicht die unsere.«

Wenn dieser Bruder Gerónimo nur endlich den Mund halten würde. Wahrscheinlich war er selbst vom Teufel besessen und leugnete deshalb so hartnäckig. Bruder Martin fixierte ihn aus zusammengekniffenen Augen. Die Miene des Mitbruders sah ihm danach aus, als lauere dahinter die hässliche Fratze des Teufels. Der Schlamm im Hof ließ ihn nicht so schnell und so sicher vorankommen, wie er es sich wünschte, aber schlitternd kam er vor Bruder Gerónimo zum Stehen.

»Der Teufel hat von dir Besitz ergriffen.« Sein langer dünner Zeigefinger pikte den Mitbruder vor die Brust. »Du trägst ihn hinter unsere Klostermauern. Wo hast du das Teufelswasser versteckt und wem hast du es alles gegeben?« Bruder Martin schlug ein Kreuz vor dem Gesicht des anderen. »Vade! Vade, Dämon!« Seine Stimme überschlug sich fast.

Nichts passierte. Der Teufel war nicht so leicht zu vertreiben. Bruder Alfons zog sein Kreuz unter der Kutte hervor und hielt es dem entsetzt dreinschauenden Bruder Gerónimo entgegen. »Vade, vade!«, schrie er dabei.

»Das reicht mir jetzt!« Géronimo packte Bruder Alfons bei den Schultern und stieß ihn zurück, dass er stolperte und im Dreck landete.

Er glitt zweimal aus, bevor er wieder auf die Füße kam

und sich auf seinen Mitbruder stürzte. »Deuvel! Dämon!«, kreischte er dabei.

Bruder Martin hielt sich zurück. Es war nicht in seinem Sinne, dass jemand sich so aufführte. So billig war der Teufel nicht zu überführen. Bruder Alfons würde noch eine Menge lernen müssen über die Schliche des Bösen. Derweil griffen andere Brüder ein, die bisher nur danebengestanden und zugehört hatten. Sie hielten Alfons fest, bis er sich nicht mehr rühren konnte.

Dennoch schrie er immer weiter: »Deuvel! Dämon!«

Andere riefen nach dem Prior. Es war ein Geschrei wie in einer Schenke.

Mit zornblitzenden Augen und vor der Brust verschränkten Armen eilte der Prior durch den Kreuzgang und blieb neben Bruder Gerónimo stehen. Er verlangte zu wissen, was zu diesem Aufruhr geführt hatte. Nur stockend und mit vielen Wiederholungen brachte er überhaupt etwas aus den Brüdern heraus. Einen Reim konnte er sich darauf jedoch nicht machen. Am Ende wies er Bruder Alfons streng zurecht und schickte alle in die Wärmestube, nur Martin hielt er zurück.

»Auf ein Wort noch«, verlangte er. »Bist du für diesen Aufruhr verantwortlich?«

»Es musste gesagt werden, so wahr mir Gott helfe.«

»Du rührst an gefährlichen Dingen. Hör auf, über den Teufel zu reden, als hättest du ihn persönlich gesehen! Das werde ich nicht dulden.«

»Der Teufel ist in Köln und sucht sich Hexen unter den Weibern.«

»Das will ich nicht mehr hören! Gehorche, wie du es gelobt hast!«

Bruder Martin blieb nichts anderes übrig, als zu schweigen, aber innerlich brodelte es in ihm wie in einem Kessel mit siedendem Wasser. Seine Kiefer mahlten, und er fühlte eine ganz und gar unchristliche Lust, dem Prior die Faust ins Gesicht zu schmettern. Nur Gottes übermächtiger Wille hielt ihn davon ab. Er konnte die strahlende Gegenwart des Herrgottes fühlen. Der Prior bemerkte offenbar nichts, denn er drehte sich um und verließ den Kreuzgang.

»Heiliger Vater, ich sorge dafür, dass Köln nicht in die Hände des Bösen fällt. Du kannst dich auf mich verlassen«, flüsterte er mit gefalteten Händen und kniete sich dazu in den Schlamm. Er fühlte ein beseligendes Strahlen in sich und eine vorher nie gekannte Kraft. »Ich werde die Hexen finden und vernichten. Das verspreche ich dir, und wenn es das Letzte sein wird, was ich tue. Dann liegt mir noch eine Bitte auf dem Herzen.« Er unterbrach sich einen Augenblick und fühlte weiter die Kraft in sich als Bestätigung. »Erleuchte auch Bruder Alfons. Er ist einfachen Geistes, aber er kann dir eine wertvolle Hilfe im Kampf gegen das Böse sein. Amen.«

Er erhob sich wieder. Seine dünne Kutte und sein Haar waren inzwischen vom fallenden Schnee völlig durchnässt, an seinen Knien klebte der Schlamm, und er war bis aufs Mark durchfroren. In seinem Inneren jedoch schwelte ein Brand, der ihn die Kälte vergessen ließ.

KAPITEL 13

Der Schneefall hatte endlich nachgelassen, war einem blauen Himmel und strahlendem Sonnenschein gewichen. Ein böiger Wind hatte die Wolken fortgeblasen und tobte sich in den Kölner Gassen aus. Die Menschen gingen nur dick vermummt aus dem Haus. Über Kathrinas Arm baumelte ein Korb, in dem verschiedene zusammengefaltete Hosen und Hemden lagen, die sie geflickt und umgeändert hatte und nun ihren Besitzern zurückbrachte. Erst wenn sie von ihnen das Geld für ihre Arbeit erhalten hatte, konnte sie auf den Markt gehen, um etwas einzukaufen.

Sie lieferte zunächst eine Hose aus, danach zwei Hemden für halbwüchsige Knaben, deren Länge sie an die Größe ihrer Träger angepasst hatte. Ihr weiterer Weg führte sie über den Altermarkt, und sie nahm sich vor, an den Ständen schon einmal nach dem Angebot und den Preisen zu schauen. Im Februar beschränkte es sich auf Eier, Rüben, Kohl und verschrumpelte Äpfel oder Nüsse. Wegen der Fastenzeit waren die Fleischbänke leer, dafür wurde viel Fisch verkauft. Wer über das nötige Geld verfügte, konnte sich auch importierte Orangen oder Zitronen kaufen. Kathrina dachte über den Kauf einiger Steckrüben, über Käse, Eier und ein frisches Brot nach.

Auf dem Altermarkt fiel ihr sofort auf, dass etwas passiert sein musste. Normalerweise standen die Marktfrauen hinter ihren Karren, doch heute waren viele davon verlassen, die Waren mit Säcken abgedeckt. Über dem Platz lag eine eigentümliche Ruhe. Die Menschen waren in einer Ecke zusammengelaufen. Kathrina näherte sich ihnen.

Sie standen um etwas herum, das auf dem Boden lag. Von ihrem Platz aus konnte Kathrina nur ein Bündel schmutzigen Stoffs erkennen, aber etwas daran kam ihr bekannt vor. Sie drängte sich durch die Menschen. Als sie ganz vorne stand, sah sie, dass das Bündel ein Mensch war. Nackte, schmutzige Füße schauten unter dem Rock hervor. Die Gestalt lag zusammengekrümmt, und langsam ließ Kathrina ihren Blick an ihr entlangwandern. Sie ahnte bereits, was sie sehen würde. Dennoch fühlte sich die Gewissheit an wie ein Hammerschlag, der sie zu Boden zu strecken drohte.

Vor ihren Füßen lag die junge Magd, die vor etwas mehr als zwei Wochen bei ihr gewesen war, das Gesicht zu einer Grimasse des Schreckens verzerrt, die Hände in den Dreck gekrallt. Sie war ohne Zweifel tot. Jemand deutete auf ein blutiges, schleimiges Bündel, kaum so groß wie eine Faust, das neben ihr lag, halb vom Rock verdeckt. In Kathrinas Ohren rauschte es, und erst allmählich nahm sie wahr, dass die Frauen neben ihr auf das Bündel deuteten und flüsterten: »Ein Kind! Das war ein Kind! Die Arme hat eine Fehlgeburt erlitten und ist verblutet.«

Mit einem Stock schob jemand den Rock beiseite und darunter wurde eine riesige Blutlache im Schlamm sichtbar. Es sah aus ... Aber sie hatte der Frau doch nichts gegeben, um die Leibesfrucht auszutreiben, nur Ringelblume und Johanniskraut. Daran konnte man nicht verbluten. Kathrina ließ sich ein, zwei Schritte zurückdrängen, um nicht mehr auf den blutigen Leib starren zu müssen. Sie drückte ihren Korb an sich.

Erst hatte sie Sadebaum und Myrrhe im Mörser zerstampft, bevor sie es sich anders überlegt hatte. Sie hatte den Mörser ausgeleert. Hatte sie wirklich alles in den Abfall getan? War ein Teil des Sadebaums im Mörser verblieben, und sie hatte es der jungen Frau mit dem Ringelblumen-Johanniskraut-Gemisch gegeben? Anders war es nicht möglich. Ihre Schuld! Der Tod der jungen Frau war ihre Schuld! Der des ungeborenen Kindes auch.

Der Gedanke bereitete ihr körperlichen Schmerz. Am liebsten hätte sie sich auf der Erde zusammengekrümmt. Ihre Nachlässigkeit hatte eine Frau das Leben gekostet. Es gelang ihr nur mit viel Mühe, ihre Trauer nicht laut herauszuschluchzen. Sie wollte das Kreuzzeichen schlagen, aber ihre Hand zitterte so sehr, dass sie fürchtete, sich zu verraten. Deshalb sprach sie nur stumm ein Gebet.

Auf eine Frage nach dem Namen der Frau kam als Antwort nur allgemeines Kopfschütteln. Sie sei eine Hure gewesen, wurde vermutet und Rufe nach den Funken, den Kölner Stadtwachen, erklangen. Es wurde höchste Zeit, sich davonzumachen, aber Kathrina konnte kein Glied bewegen.

Es dauerte dann auch nicht lange, bis zwei Funken auf dem Altermarkt erschienen. Sie drängten sich durch die Frauen und kümmerten sich nicht darum, als eine dabei zu Boden fiel. Gleichgültig betrachteten sie die Tote. Funken waren nicht für ihre feinen Sinne bekannt.

»Dafür ruft ihr uns?«, brummte der eine. »Die ist tot. Hat sie eine von euch Weibern umgebracht?«

Alle schüttelten die Köpfe.

»Dann schafft sie weg.« Die beiden Funken wandten sich zum Gehen.

Eine grauhaarige Matrone stellte sich ihnen in den Weg. »Das arme Ding hatte eine Fehlgeburt. Die da«, dabei zeigte sie auf Kathrina, »ist Hevvamm. Sie kann es euch bestätigen.«

Beim Jesuskind und der Jungfrau Maria. Kathrina wäre am liebsten davongelaufen, als sich ihr die Funken zuwandten.

»Kennst du die Frau?«, wollte einer der beiden wissen, ein grober Kerl mit einer schiefen Nase und einer Narbe quer über die rechte Wange.

Sie war nicht fähig, ein Wort zu sagen, deshalb schüttelte sie den Kopf.

»Aber sie war schwanger und hat den Balg verloren?«

Wieder schüttelte sie den Kopf.

»Kannst du nicht reden, Frau!«, herrschte der Schiefnasige sie an.

»D-doch«, stotterte Kathrina. Ihre Stimme hörte sich schrill an. Sie räusperte sich. »Ich kenne die Frau nicht, aber es sieht so aus, als hätte sie eine Leibesfrucht verloren. Hier liegt etwas Blutiges neben ihr.« Sie deutete auf den Klumpen und musste die Lippen fest geschlossen halten, um sich nicht zu übergeben.

»Wie kommt das, dass sie daran stirbt?«

Kathrina schluckte die aufsteigende Galle hinunter. »Wenn sie bei der Fehlgeburt zu viel Blut verliert. Es kann alles Mögliche passieren, was niemand voraussieht außer unserem Herrn im Himmel. In ihrem frühen Stadium der Schwangerschaft kommt es häufig zu Fehlgeburten.«

»Du bist doch Hevvamm, vielleicht wollte die Frau zu dir?«, mutmaßte wieder die Matrone.

Kathrina hätte ihr am liebsten die Haube vom Kopf gerissen und in den Mund gestopft.

Die Funken schauten sie an, als wäre die Tote ihre Schuld.

»Ich kenne die Frau nicht. Bei mir war sie nicht. Mit einer Fehlgeburt hätte ich sie nicht wieder auf die Straße geschickt.«

»Du bist doch die Protestantische?«, mischte sich eine zweite jüngere und sehr hagere Matrone ein.

»Ich gehöre dem rechten Glauben an, so wie du auch. Sonntags höre ich die Heilige Messe, gehe zur Kommunion und lege die Beichte ab.«

»Kein Streit«, winkte der Schiefnasige ab. »Ruft die Totengräber, damit sie die Frau wegbringen.«

Die beiden Funken drängten sich wieder aus dem Kreis der Frauen heraus und stiefelten davon.

Die Ankunft der Totengräber wartete Kathrina nicht ab. Sie fühlte sich wie von den Rädern eines Wagens überrollt, als sie den Altermarkt verließ, um ihre Kunden zu besuchen. Der Tod der Magd war ihre Schuld. Alle Kerzen, die sie in der Kirche St. Severin für die Tote anzündete, konnten sie davon nicht reinwaschen.

Auf dem Rückweg nach Hause musste sie noch einmal den Altermarkt überqueren. In ihrer Rocktasche klimperten einige Münzen, aber der Hunger war ihr vergangen. Gesenkten Kopfes schlich sie über den Platz. Sie bemerkte nicht die Blicke, die ihr die Marktfrauen zuwarfen.

Die grauhaarige Matrone und die Hagere steckten die Köpfe zusammen.

»Die ist eine Hevvamm, und es war eine Fehlgeburt«, murmelte die Matrone. »Die weiß doch was. Schau sie dir an!«

»Ja, die kam mir gleich verdächtig vor, als sie mit den Funken so komisch geredet hat«, stimmte die Hagere zu. »Eine Protestantische, da kann sie behaupten, was sie will. Die habe ich in der Heiligen Messe noch nie gesehen.«

»Wer weiß, was die so alles treibt. Man hört ja so einiges von protestantischen Hevvammen.« Der Matrone lief bei der Vorstellung ein wohliger Schauer über den Rücken.

»Ich weiß, was sie gemacht hat«, die Hagere neigte sich näher zu ihrer Gesprächspartnerin und senkte die Stimme. »Sie hat das Deuvelswasser in die Stadt gebracht und es der Toten gegeben. Da lebte die natürlich noch. So hat sie das arme Ding zur Hure des Deuvels gemacht. Mit diesem Wasser glaubte die, dass der Deuvel ihr Schatz ist. Der Deuvel hat ihr einen Balg in den Leib gepflanzt, deshalb musste die arme Kleine das Wasser auch noch einnehmen. Daran ist sie zugrunde gegangen.«

»Woher weißt du das?«

»Ich habe es gehört. Das Deuvelswasser ist in der Stadt in aller Munde. Und nun wissen wir ja, wer die Hexe ist, die damit Unheil über unbescholtene Leute bringt.«

Die Matrone schüttelte den Kopf, sah nicht überzeugt aus. »Das Deuvelswasser ist ein Hirngespinst. Der Deuvel braucht kein Wasser, um seine Weiber gefügig zu machen.«

»Der Deuvel vielleicht nicht, aber die Hexen brauchen es, um ihm die Jungfrauen zuzuführen.«

»Die Tote war keine Jungfrau mehr.«

»Nachdem sie der Deuvel in den Fängen hatte, sicher nicht mehr.« Die Hagere redete sich in Eifer. »Ich sage dir, die protestantische Hevvamm hat ihre Hände im Spiel. Warum hat sie wohl kein Wort rausgebracht, als die Funken sie gefragt haben? Der Deuvel hat ihr den Mund verschlossen.«

»Du solltest besser nicht über Dinge reden, die du nicht kennst.«

»Ich weiß, was ich gesehen habe.« Die Hagere kehrte zu ihrem Stand mit Bürsten und Holzlöffeln zurück. Eine Kundin trat heran und begutachtete die Ware. Nahm erst einen Löffel, danach eine Bürste in die Hand.

Die Hagere beugte sich vor und tuschelte ihr etwas ins Ohr.

Auch die zweite Matrone kehrte zu ihrem Stand zurück.

KAPITEL 14

Die Magd wurde nicht namenlos beerdigt. Der Gehilfe des Totengräbers hatte sie erkannt. Ihr Name lautete Hanni Kolbe und sie war im Haushalt des Johann Moers, Ratsherrn und Mitglied der Gaffel der Gürtelmacher, in Stellung gewesen. Er und ihre Familie waren benachrichtigt worden und hatten sich entschlossen, an der Beerdigung teilzunehmen.

Die Familie stammte aus Deutz auf der anderen Rheinseite. Da aber Johann Moers sich bereit erklärt hatte, für die Kosten der Beerdigung und eines anschließenden Leichenschmauses aufzukommen, wurde sie in Köln beigesetzt. Ihre Familie war über den Rhein gekommen, ebenso hatten sich zahlreiche Kölner Mägde, Gesellen, Bettler und Rumtreiber eingefunden, die Letzteren in der Hoffnung auf ein Almosen. Ganz hinten in der Kirche St. Mauritius stand Kathrina und lauschte den Worten des Priesters. Vier Kerzen hatte sie für Hannis Seele bereits gestiftet, ohne dass die Last der Schuld auf ihren Schultern geringer geworden war. Sollte sie später den Priester bitten, eine Messe für die

Seele des Mädchens zu lesen? Es wäre auf jeden Fall gut angelegtes Geld.

Kaum war das »Amen« verklungen, traten die sechs Sargträger nach vorn. Hinter ihnen bildete sich eine Prozession, als sie mit Hanni Kolbes Sarg auf den Schultern die Kirche verließen. Kathrina schloss sich als eine der Letzten an.

Draußen erwartete sie eine strahlende Februarsonne und eine Menschenmenge. Kathrina erkannte einige Dominikanermönche und fragte sich, warum die Leute vor der Kirche ausgeharrt hatten. Im Gotteshaus wäre durchaus Platz für sie gewesen. Einer der Mönche stieg auf eine Steinbank. Mit brennenden Augen musterte er den Sarg und die aus der Kirche kommenden Menschen. Seine Blicke waren wie Pfeile, und Kathrina schaute schnell zu Boden.

»Wir alle wissen, wer für den Tod dieser Frau verantwortlich ist«, rief der Mönch mit vor Aufregung zitternder Stimme. Er wartete, bis die Aufmerksamkeit aller auf ihn gerichtet war. Die Kutte hing wie ein Sack an seinem Leib und trotz des frostigen Wetters trug er nur Sandalen an den nackten Füßen.

Kathrina schauderte, und die Haare in ihrem Nacken stellten sich auf.

Der Mönch hob einen Arm, zeigte auf den Sarg. »Der Teufel ist in Köln und dort liegt eine seiner Buhlinnen. Sie war von ihm besessen und ist daran gestorben.«

Ein erschrockenes Raunen ging durch die Menge. Die Menschen, die nahe am Sarg standen, wichen zurück, die weiter hinten Stehenden drängten vor, um besser sehen zu können. Die Träger waren unschlüssig, ob sie ihre Last abstellen sollten oder nicht. Der Sarg schwankte auf ihren Schultern. Kathrina konnte nicht erkennen, wie Hanni Kolbes Familie auf diese Worte reagierte.

»Ihr wisst, wovon ich spreche«, ereiferte sich der Mönch weiter. »Vom Teufelswasser, das dieser armen Person verabreicht wurde, damit der Fürst der Hölle von ihr Besitz ergreifen, sie entjungfern und schwängern konnte. Bis dahin war Hanni Kolbe ein züchtiges Mädchen, aber dann geriet sie in die Fänge des Bösen. Das kostete sie das Leben.«

»Was redest du da, Pfaffe«, rief jemand in die Atempause des Dominikaners hinein. »Meine Tochter war ein gutes, fleißiges Mädchen. Mit dem Deuvel hatte sie nichts.«

»Der Teufel ist unter uns, und er wartet nur darauf, von euch Besitz zu ergreifen. Vielleicht hat schon jemand von seinem Wasser getrunken und er ist in ihn gefahren und wartet nur auf den rechten Augenblick, sich zu zeigen. Vielleicht wartet er in dir! Oder in dir! Oder in dir!« Jedes Mal deutete der Finger des Mönchs auf einen seiner Zuhörer.

Unruhe machte sich breit. Niemand wollte auf sich zeigen lassen. Kathrina war heilfroh, hinter einem breit gebauten Mann zu stehen.

»Seine Hexen sind unter uns. Wenn wir nicht wachsam sind, wird der Fürst der Hölle bald jeden in seinen Fängen haben. Wehret den Anfängen, seid wachsam. Vom Teufel Besessene sind an ihrer ungezügelten Leidenschaft, ihrer Trunk- und Fressgier zu erkennen. Sie rollen mit den Augen, können in keine Kirche gehen und kein Kreuz anschauen.«

»Dann kann es uns nicht treffen, wir waren alle in der Kirche«, rief ein Witzbold dazwischen.

Es war die Stimme eines jungen Mannes und einige Lacher antworteten ihm.

Als hätte er nichts gesagt, sprach der Dominikaner weiter: »Vom Teufel Besessene sprechen in Zungen und können die Bewegungen ihrer Arme und Beine nicht mehr kontrollieren. Ihr guten Leute müsst es melden, wenn ihr eine Hexe entdeckt, die anderen mit ihren Untaten schadet. Die euch das Teufelswasser gibt, auf dass ihr zur leichten Beute für den Höllenfürsten werdet. Die dürfen ihr Unwesen nicht in unserer Stadt treiben!«

Der beleibte Mann stand nicht mehr vor Kathrina, sie war nun den Blicken des Mönches schutzlos ausgeliefert. Bei seinen letzten Worten schaute er sie an. Sie fühlte, wie ihr trotz der Kälte heiß wurde. Diese stechenden Augen waren wie Dolche, die sie durchbohrten, bis zum Grund ihrer Seele schauten und dort die Wahrheit fanden.

Am Leichenschmaus nach der Beerdigung nahm Kathrina nicht teil. Sie war froh, den Friedhof zu verlassen und den Blicken des Dominikaners zu entkommen.

Aufgewühlt beherrschte sie nur ein Wunsch: Sie wollte Daniel sehen.

Sie ging Richtung Rhein, wo die Häuser der Kaufleute und Patrizier standen. Haus und Kontor der Mensings befanden sich in der Gasse Unter Goldschmied. Das Doppelgiebelhaus bestand gänzlich aus Stein, die Front war mehr als doppelt so lang wie die ihrer Kate.

Sie ging langsam vor den Fenstern entlang und hoffte, Daniel würde sie zufällig entdecken. An der nächsten Ecke drehte sie um und ging den gleichen Weg zurück. Diesmal meinte sie, einen Schatten hinter dem Fenster zu sehen. Kathrina erlaubte es sich, einen Augenblick stehen zu bleiben und hineinzuschauen. Sie erkannte Daniel im Kontor. Er sah sie ebenfalls und nickte ihr zu.

Sie ging in Richtung Rhein und überzeugte sich davon, dass er ihr folgte. Zwischen den Lagerhäusern am Hafen blieb sie stehen und wartete. Es konnte nun nicht mehr lange dauern, bis er kam. Obwohl er sie mehr als einmal beschworen hatte, ins Haus zu kommen und nach ihm zu fragen, wollte sie das nicht, weil es sich für eine Person ihres Standes nicht gehörte, in den Häusern der vornehmen Kölner ein und aus zu gehen. Er mochte das anders sehen, seine Eltern gewiss nicht.

Wollte er sie sehen, klopfte er ohne Scheu an ihre Haustür und kümmerte sich nicht um die Blicke ihrer Nachbarinnen, sondern nickte ihnen freimütig zu. Sie konnte es sich nicht so leicht machen.

Der Gang zwischen den Schuppen war schmal, gerade so breit, dass sie hineinpasste. Die Luft roch abgestanden, aber lange musste sie nicht warten, bis Daniel kam.

Er verdunkelte die Sonnenstrahlen. Am liebsten hätte sich Kathrina in seine Arme geworfen und ihn gebeten, sie nie wieder loszulassen. Sie wagte es nicht. Der Gang bot zwar einigen Schutz, aber der Hafen war zu belebt, als dass sie sich sicher sein konnte, unbeobachtet zu sein. Daniel kannte diese Zurückhaltung nicht und ergriff ihre Hände. Bevor er Küsse darauf drücken konnte, entzog sie sich ihm wieder.

»Was ist passiert?«, fragte er. Er spürte, wie aufgewühlt sie war.

»Ich war auf der Beerdigung von Hanni Kolbe. Sie war im Haushalt des Johannes Moers in Stellung.«

»Du kanntest diese Magd?«

Kathrina schüttelte den Kopf. Es wäre eine Gelegenheit, ihm die Wahrheit zu sagen, aber sie brachte es nicht fertig. Wie könnte er sie achten, wenn er wüsste, was für eine Sorte Hebamme sie tatsächlich gewesen war. Sie sagte stattdessen: »Hanni Kolbe hatte eine Fehlgeburt und ist daran gestorben. Sie wurde auf dem Altermarkt gefunden. Ich habe sie in ihrem Blut liegen sehen.«

»Kathrina«, er legte eine Hand unter ihr Kinn und schaute ihr prüfend in die Augen. »Was ist denn mit dir? Du bist Hebamme, dass eine Frau ihr Kind verliert und daran stirbt, ist tragisch, aber es passiert. Du weißt das. Gottes Pläne verstehen wir nicht, wir müssen sie hinnehmen.«

»Auf der Beerdigung war ein Mönch und der hat gesagt …« Stockend erzählte sie von dem Teufelswasser und davon, was der Mann über die Hexen gesagt hatte. »Zuletzt hat er mich angesehen. In seinen Augen war etwas, als … als halte er mich für eine der Zauberschen.« Den letzten Satz brachte sie kaum heraus. Das Wissen um ihre Schuld schnürte ihr beinahe die Kehle zu.

»Das bildest du dir ein. Wenn eine keine Hexe ist, dann du. Ich muss es wissen.« Er lächelte sie schelmisch an und näherte sein Gesicht dem ihren.

»Nicht hier.« Kathrina drehte sich weg. »Es sind zu viele Leute im Hafen, wenn uns jemand sieht …«

»In diesen engen Gang schaut niemand rein. Warum können wir nicht wenigstens in ein Gasthaus gehen, wenn du schon nicht ins Kontor kommen willst?« Aber er sah ein, dass sie von der Beerdigung zu aufgewühlt war, um seine Frage zu beantworten.

»Ich bringe dich nach Hause«, bot er an.

Sie nickte.

Als sie den schmalen Gang verließen, schaute sie sich misstrauisch um. Alle Arbeiter im Hafen waren sehr beschäftigt, niemand achtete auf sie. Obwohl in ihr alles danach drängte, Daniels Hand zu ergreifen, verkrampfte sie die Hände ineinander. Wie zwei flüchtige Bekannte gingen sie nebeneinander her, und wer ihr Gespräch belauschte, konnte ihnen nichts vorwerfen. Sie sprachen nur über das schlechte Wetter und das Warten auf den Frühling, das den Kölnern in diesem Jahr viel Geduld abverlangte.

Sie kamen an einer Garküche vorbei, von der ein köstlicher Duft nach geräuchertem Fisch aufstieg. Kathrina schnupperte. Anderen Fisch als gesalzenen Hering hatte sie sich seit einiger Zeit nicht mehr leisten können.

Daniel blieb stehen. »Ich habe Hunger, und du?«

Er wartete ihre Antwort nicht ab, sondern erstand für jeden einen Fisch. Sie wurden ihnen auf Fetzen alten Papiers gereicht und Kathrina konnte sich nicht länger zurückhalten: Gierig zupfte sie die Haut beiseite und biss in das noch warme, nach Rauch schmeckende Fleisch. Ihr Verhalten war wenig damenhaft, aber Daniel störte sich nicht daran. Er schlang sein Essen mindestens so hungrig herunter wie sie und leckte sich ebenfalls das Fett von den Fingern.

Von ihnen unbemerkt stand an einer Ecke der Buttermarktgasse Fritz Haan und ließ Kathrina nicht aus den Augen. Seit er sie auf der Beerdigung Hanni Kolbes entdeckt hatte, folgte er ihr. In der Gasse Unter Goldschmied hatte er beobachtet, wie sie auf und ab gegangen war, als warte sie auf den Teufel. Im Hafen stand der Weber neben einem der Lastkräne, sah Kathrina in einem Gang zwischen den Lagerhäusern verschwinden, und wenig später folgte der Mann, der ihn auf offener Straße angegriffen und mit einem Stockdegen bedroht hatte. Er hatte ihn seitdem mehr als einmal an Kathrinas Seite gesehen, und der Kerl war an jenem Abend auch in ihrem Haus gewesen. Mit dem feinen Herrn gab sie sich ab und ihn verschmähte sie.

Es war ihm nicht leichtgefallen, zu warten, statt sich den Kerl vorzuknöpfen und ihn so zu verprügeln, dass ihn nicht einmal mehr seine eigene Mutter erkannte.

Fritz Haan traute sich näher heran, spähte in den Spalt, erkannte jedoch nicht viel. Es sah so aus, als unterhielten die beiden sich, jedenfalls küssten sie sich nicht, aber er verstand auch nichts von ihrem Gespräch. Einstweilen zog er sich wieder zurück und folgte den beiden durch die Stadt bis zu einer Garküche. Dabei wagte er sich so dicht an sie heran, dass er sie mit der ausgestreckten Hand hätte berühren können. Nun verstand er auch ihre Unterhaltung. Das Wetter – da hätte er mehr erwartet von einem Mitglied der vornehmen Kölner Gesellschaft. An seiner Meinung über diesen Mann änderte das nichts.

Die beiden zusammen lachen und sich unterhalten zu sehen, fiel ihm nicht leicht. Er wollte seine Hände um jemandes Hals legen, wahlweise um Kathrinas oder um den ihres Galans. Fritz Haan kaufte sich ebenfalls eine Pastete und ging danach in einer anderen Richtung davon. Er glaubte zu wissen, wie seine Rache an Kathrina am genussvollsten wäre. Zuerst hatte er ja daran gedacht, sie in eine Ecke zu zerren und sie zu nehmen, aber als er den Mönch gehört hatte, war ihm ein anderer Gedanke gekommen. Und nun stand sein Entschluss fest, es ging nur noch darum, wie sein Plan am besten auszuführen war. Darüber dachte Fritz Haan nach, während er die Pastete vertilgte.

KAPITEL 15

Gerlinde Scheepers war eine seiner besten Kundinnen. An diesem Tag wühlte sie in seinem Sortiment an Knöpfen, zog immer wieder die Rötlichen heraus und hielt sie gegen das Licht. Ihrer Meinung nach waren sie alle nicht mit dem richtigen Rot bezogen, das zu einem Schal passte, den sie in der Hand hielt. Feminis glaubte, ihr Augenlicht wurde schwächer und sie wollte es nicht zugeben. Als guter Kaufmann verschwieg er das und beschrieb die Vorzüge und die Leuchtkraft seiner roten Knöpfe. Am Ende konnte sie sich für keine entscheiden, erstand dafür aber seidene Handschuhe, Federn und Kunstblumen, um eine Haube zu verzieren, und etliche Ellen Spitzenborte. Bei der Menge Münzen, die sie ihm aushändigte, fiel eine Garnitur Knöpfe nicht mehr ins Gewicht.

»Verehrte Frau Scheepers, stets zu Euren Diensten«, katzbuckelte er vor ihr. Die nächsten zehn Tage, bei sparsamer Wirtschaft sogar fünfzehn, war der Unterhalt für seine Familie gesichert. Es brachte ihn vielleicht auch näher zu einem Gaddem, einem Ladengeschäft, das wie ein Erker an ein Haus angebaut war, damit er nicht mehr mit einem Karren von Haus zu Haus ziehen musste. Fest schloss Giovanni Paolo Feminis die Faust um das Geld.

»Ihr seid doch eine Frau von Geschmack, Frau Scheepers, und könnt mir in einer Sache raten.« Das Geld ließ er schnell in seiner Börse verschwinden und kramte in den Kästen mit seinen Waren.

»Sehr gerne.«

Feminis zog einen Flakon mit seinem Ungarischen Wasser und einen zweiten mit seinem eigenen Aqua mirabilis heraus. Seinem eigenen Wasser haftete noch nicht der Wohlgeruch an, den er sich wünschte, und mit der Entzifferung des Rezeptes war er nicht weitergekommen. Dennoch hatte er etwas von dem Wasser mitgenommen. Seine Frau wusste nichts davon, und sie wäre wohl auch nicht einverstanden gewesen, dass er jetzt Gerlinde Scheepers daran riechen lassen wollte. Aber er wollte Gewissheit haben, auf dem richtigen Weg zu sein, und dabei sollte Gerlinde Scheepers mit ihrem Urteil helfen.

Zuerst entkorkte er das Ungarische Wasser und ließ sie davon eine Nase nehmen.

»Das ist Ungarisches Wasser. Davon haben wir genügend im Haus«, sagte sie.

»Ich habe noch ein anderes Aqua mirabilis und zu dem möchte ich Eure Meinung hören. Ich glaube, nur die feine Nase einer Dame kann es richtig beurteilen.« Mit einem Ruck zog er den Stöpsel heraus. Ein süßer Duft entströmte dem Flakon. Feminis fand ihn zu schwer in der Kopfnote, zu süß, es fehlte ihm die Frische, die er sich vorgestellt hatte. »Ihr könnt davon gerne einen Tropfen aufs Handgelenk nehmen.«

Gerlinde Scheepers freundlich interessierte Miene war beim Anblick dieses zweiten Flakons deutlich misstrauischer geworden. Feminis bemerkte es nicht, denn er war ganz darauf konzentriert, mit den Duftwässern zu hantieren. Er tauchte ein Stäbchen in sein Aqua mirabilis und wollte damit das Handgelenk seiner Kundin benetzen. Gerlinde Scheepers hatte es ihm jedoch entzogen, sie hielt die Rechte sogar hinter dem Rücken verborgen.

»Was fällt Ihm ein?«, fuhr sie ihn an. »Will Er mir Übles? Das hätte ich von Ihm nicht erwartet.«

»Aber nicht doch, Signora! Auf keinen Fall.« Er war verwirrt, reckte das Stäbchen in die Luft und benetzte schließlich seinen eigenen Handrücken damit. »Versucht es doch einmal, prego.«

»Bleib Er mir von Leib mit dem Zeug! Ich will damit nichts zu tun haben!«

»Es soll Euch erfrischen und kräftigen. Eure natürliche Schönheit unterstreichen.«

»Ich versündige mich nicht, indem ich daran rieche«, rief sie aus und wich zurück. Sie konnte jedoch nicht verhindern, dass ihr der Geruch in die Nase geriet. »Das stinkt nach Schwefel wie der Deuvel.«

Immer verwirrter schüttelte Feminis den Kopf. »Schwefel habe ich nicht hineingetan. Das gehört nicht in ein Aqua mirabilis.«

»Versuch Er mich nie wieder mit diesem Zeug, wenn Er will, dass ich weiterhin bei Ihm kaufe.« Gerlinde Scheepers wich ins Haus zurück und schlug die Tür zu.

Giovanni Paolo Feminis starrte das eisenharte geschnitzte Holz an und fragte sich, was er falsch gemacht hatte. Er hatte nur den Rat von ihr haben wollen, dass er mit seinem Aqua mirabilis auf einem guten Weg war. Und nun das!

Er fühlte sich, als hätte sie einen Eimer Unrat über ihm ausgegossen. Langsam verschloss er den Flakon und verstaute ihn in seinem Karren. Was hatte er falsch gemacht? Sie hatte reagiert, als hätte er ihr ein Elixir des Diàvolo angeboten. Mit kleinen Schritten setzte er sich in Bewegung und zog den Karren hinter sich her.

Er war bis zur nächsten Ecke gekommen, als die Stimme einer jungen Frau hinter ihm sagte: »Herr Feminis, auf ein Wort.«

Er drehte sich um. Eine junge Frau, eigentlich noch ein Mädchen, stand vor ihm. Über ihrem Tageskleid trug sie nur ein hastig übergeworfenes Schultertuch, sie war ohne Haube und knetete verlegen ihre Hände. Sie war eine jüngere, schlankere und hübschere Ausgabe von Gerlinde Scheepers. Er hatte sie auch bereits im Haus des reichen Tuchverlegers gesehen.

»Signorina.« Feminis verneigte sich höflich. »Womit kann ich helfen?«

»Meine Mutter … vorhin … Sie meint es nicht so. Es ist nur schwer für sie, weil ich ihr Kummer mache.«

»Madonna mia, das glaube ich nicht. Ein so hübsches, liebenswertes Kind, wie Ihr es seid, kann den Eltern doch nichts als Freude bereiten.«

Das Fräulein Scheepers seufzte. »Hat Er Töchter, Herr Feminis?«

»Zwei. Ein halbes und drei Jahre alt.«

»In diesem Alter habe ich meinen Eltern nur Freude gemacht, sagt meine Mutter. Große Kinder, große Sorgen, sagt sie auch.«

»Vielleicht kann ich behilflich sein?« Feminis fragte sich, ob sie sich für ihre Mutter entschuldigen wollte, oder ob ihr Herz so voll Kummer war, dass sie sich jemandem anvertrauen musste, den sie nur flüchtig kannte. Er wäre durchaus bereit, sie anzuhören, passend war das aber nicht. Eine junge Frau von Stand schüttete einem Kramhändler auf der Straße nicht ihr Herz aus. Sollte jemals eine seiner Töchter auf die Idee kommen ... Er schaute sich unauffällig um, ob sie bereits beobachtet wurden, doch niemand war in der Nähe.

»Das kann Er tatsächlich. Wenn Er mir vielleicht etwas von dem Wasser ... also ich meine von dem Aqua mirabilis ... Meine Mutter hat ja ... aber es soll doch ...« Sie hatte sich mit ihrer Rede heillos verrannt und ihre Wangen überzog ein Hauch von Röte.

»Ihr möchtet den Geruch kennenlernen?«

»Sehr gerne.« Rotrud Scheepers atmete auf.

Feminis holte zum zweiten Mal die kleine Flasche mit seinem Aqua mirabilis hervor und befeuchtete ein Stäbchen mit dem Duftwasser. Rotrud Scheepers zuckte nicht zurück, als wolle er sie vergiften, sie streckte ihm den Arm entgegen. Die Finger wirkten in diesen kühlen ersten Märztagen eiskalt und sie zitterten. Er gab einen Tropfen auf ihren Handrücken. Sie verrieb ihn und roch daran.

Der Parfümeur wartete gespannt auf das Urteil der

jungen Frau. Sie war die Erste außer ihm und Sophia, die das Duftwasser roch. Zunächst blieb ihre Miene ausdruckslos, aber als sich der Duft voll entwickelt hatte, glitt ein Lächeln über ihre verfrorenen Züge, und Feminis fiel ein Stein vom Herzen.

»Es riecht gut! Ungewöhnlich, aber gut.« Sie rieb mit dem Finger über ihren Handrücken und roch erneut an dem Aqua mirabilis. »Meint Er, damit kann ich einen jungen Mann mir gewogen machen?«

Darin bestand also der Kummer. Ihre Mutter wollte sie verheiraten und der auserkorene Freier zeigte nicht genügend Interesse an ihr. Armes Kind. Feminis nickte. »Davon bin ich überzeugt. Euer Liebreiz muss jeden Mann bezaubern. Mein Aqua mirabilis hätte daran nur einen geringen Anteil.«

»Verkaufe Er mir davon etwas, Herr Feminis. Er muss es tun, bitte.«

Ihrem Augenaufschlag konnte er nicht widerstehen, und er füllte eine kleine Menge Aqua mirabilis aus der Rosole in einen kleineren Flakon. Er wollte es Rotrud Scheepers schenken, aber davon wollte sie nichts wissen. Sie drückte ihm einen Reichstaler in die Hand; das überstieg den Preis bei weitem, den er sich ausgerechnet hatte.

»Geht wieder ins Haus zurück, Ihr holt Euch sonst den Tod, Signorina Scheepers. Ihr zittert ja schon. Das wird Eurer Mutter wirklich Kummer bereiten.«

Rotrud drückte den Flakon an die Brust und eilte nach Hause zurück. Feminis setzte seinen Weg fort.

Den restlichen Tag über verkaufte er kaum etwas, aber bei den guten Geschäften, die er mit Gerlinde Scheepers und ihrer Tochter gemacht hatte, störte ihn das nicht. In der Nähe seiner Wohnung kaufte er in einer Garküche gebackenen Käse.

An diesem Tag bestand das Abendessen nicht nur aus Brot, das dünn mit Butter bestrichen war, und sauer eingelegtem Fisch. Der warme Käse brachte die Augen seiner Kinder zum Leuchten.

Nachdem die vier im Bett waren, saßen die Eheleute nebeneinander auf dem durchgesessenen Sofa im Wohnraum. Der Schein einer einzelnen Kerze tauchte ihn in ein weiches Licht. Sophia tastete nach der Hand ihres Ehemannes. Warm schlossen sich die Finger umeinander.

»Ihr habt den Kindern eine große Freude gemacht.«

»Ich hoffe doch, Euch auch.«

»Leuchtende Kinderaugen sind für mich die größte Freude. Und die leuchtenden Augen meines Mannes.« Sophia schaute bei diesen Worten bescheiden auf ihre Schuhe.

Dafür liebte Feminis seine Frau. Mit wenigen Worten konnte sie bewirken, dass er sich als besserer Mensch fühlte. Mit dem Daumen streichelte er ihre Handinnenfläche. »Ich habe gute Geschäfte gemacht mit Mutter und Tochter Scheepers. Sie sind treue Kundinnen. Ich habe der Signorina sogar etwas von meinem Aqua mirabilis verkauft. Obwohl es noch nicht fertig ist, wollte ich ihre Meinungen einholen. Die Signorina fand es angenehm und wollte unbedingt etwas davon kaufen.« Wie verstörend die Mutter reagiert hatte, verschwieg er lieber.

Auch so zog Sophia ihre Hand abrupt aus seiner. Sie sprang auf. »Bei der Jungfrau Maria, das habt Ihr nicht getan!«

»Was?«

»Was Ihr da gerade sagtet. Das könnt Ihr einfach nicht meinen.«

Geduldig wiederholte Feminis die Schilderung seines Geschäftes mit der Signorina Scheepers und fragte seine Frau, was sie genau meine.

»Den Verkauf des Aqua mirabilis natürlich. Wisst Ihr nicht, was in der Stadt geredet wird? Es ist von einem Duftwasser des Teufels die Rede, das Frauen willenlos in die Arme eines jeden Mannes sinken lässt, um mit ihm Unzucht zu treiben. Der Mann wird zum wilden Stier. Es wird sogar darüber geredet, es treibe inwendig angewendet die Leibesfrucht aus. Und Ihr bietet ein neues Aqua mirabilis feil! Bisher ist nur von üblen Weibern und diesem Teufelsduft die Rede, aber nun kommt Ihr ...« Sophia tappte mit einem Fuß auf die Dielen und hatte die Stimme erhoben. »Wie konntet Ihr so töricht sein, mein lieber Mann?«

Er zögerte mit der Antwort. Dass der Teufel in der Stadt umgehe, hatte er gehört, von einem Aqua mirabilis war nicht die Rede gewesen. In der Freien Reichsstadt am Rhein wurde ständig geredet, Gerüchte machten die Runde und nicht selten spielte der Teufel eine

Rolle. Wie alle aufgeklärten und gebildeten Männer gab er nichts darauf.

Sophia sprach aufgeregt weiter: »Eine Magd hat bereits ihre Leibesfrucht verloren und ist gestorben. Ich weiß es von unserer Vermieterin. Sie war auf der Beerdigung und dort hat ein Mönch gesprochen. Er hat den Menschen die Augen geöffnet ...«

»Unsere Vermieterin ist eine Klatschbase bester Güte. Auf die dürft Ihr nichts geben.«

»Sie hat den Mönch mit eigenen Augen gesehen und mit ihren eigenen Ohren gehört. Der Teufel ist in Köln, wir müssen alle vorsichtig sein, damit er nicht von uns Besitz ergreift. Und er hat ein Aqua mirabilis. Das habe ich nicht nur von ihr gehört. Am Brunnen und auf dem Markt wird auch darüber geredet.«

Also überall dort, wo sich die Klatschweiber trafen. Feminis lagen diese Worte auf der Zunge, der Blick in das besorgte Gesicht seiner Frau ließ ihn schweigen. Sie hatte Angst, die roch für ihn wie scharfer Essig. »Ihr dürft nichts auf das Gerede der Leute geben. Wenn man danach geht, springt der Diàvolo in Köln aus allen Ecken.«

»Diesmal ist es anders. Wenn das auf uns zurückfällt ... Wenn die Kölner Euch für einen Gehilfen des Teufels halten oder mich für eine Hexe. Giovanni!«

»Wir haben nichts mit dem Diàvolo zu tun. Das weiß jeder.«

Als hätte er gar nichts gesagt, fuhr Sophia fort: »Der Mönch soll davon gesprochen haben, dass die Hexen aufgespürt werden müssen und dieses Wasser auch. Sie müssen der Obrigkeit zugeführt werden und gehören auf den Scheiterhaufen. Er hat zu einer Jagd aufgerufen.«

»Niemand kommt in dieser Zeit mehr auf den Scheiterhaufen. Die letzte Hexe wurde in Köln vor dreißig Jahren verfolgt. Das macht inzwischen niemand mehr.« Er stand nun ebenfalls auf, wollte die Arme schützend um seine Frau legen, aber sie wich vor ihm zurück, als wäre er bereits vom Teufel besessen.

»Der Leibhaftige kann jederzeit in einen Menschen fahren und wenn er wieder ausgetrieben ist, bleibt dieser Mensch nur als leere Hülle zurück. Das weiß jeder. Wenn nun Euch so etwas passiert oder den Kindern … Ich kann kaum den Gedanken daran ertragen.«

Das war Unsinn, was sie da redete, und sie bemerkte es nicht einmal. Einerseits sollte ein Aqua di Diàvolo in der Stadt verkauft werden, das die Anwender willenlos mache; und dann ging der Teufel in der Stadt um und fuhr den Kölnerinnen in die Leiber. Wozu brauchten die dann das Teufelswasser? So war das mit Gerede: Es widersprach sich, aber die Leute glaubten es dennoch. Ihre Furcht wurde größer und größer und bald sah jeder den Teufel im Haus seines Nachbarn, obwohl dort nur die zahnlose Großmutter mit Buckel neben dem Ofen saß, die man schon das ganze Leben lang kannte. So leicht Gerede aufkam, es verstummte kaum je wieder.

Feminis war bekümmert. Was sollte er seiner Frau sagen? Einstweilen versuchte er es mit gutem Zureden.

»Sophia, nicht, so dürft Ihr nicht denken. Niemand

wird uns mit dem Diàvolo in Verbindung bringen. Es handelt sich um ein harmloses Aqua mirabilis, wie es seit Jahrhunderten in Gebrauch ist. Ich kann es beweisen.«

»Wie denn?«

»Mit dem Rezept.«

»Was Ihr nur mit Mühe lesen und nicht richtig verstehen könnt. Das entlastet uns nicht, es macht uns erst recht verdächtig. Sie dürfen bei uns nichts finden. Kein Aqua mirabilis, kein Rezept, keine ätherischen Öle und keine anderen Zutaten. Ihr müsst es fortschaffen, Giovanni! Tut es für die Kinder und für mich.« Sie schaute ihren Mann mit einer Mischung aus Hoffnung und Angst an.

»Sophia.«

»Bitte. Beschäftigt Euch nicht mit dem Wasser, solange es diese Gerüchte in Köln gibt. Sobald die Sache ausgestanden ist, könnt Ihr daran weiterarbeiten. Giovanni, bitte. Denkt an die Kinder.«

Er tat, was sie gesagt hatte, und dachte nach. Nach kurzer Zeit nickte er.

»Für Euch und die Kinder. Wir werden die Sachen in den Keller bringen.«

»Nicht dahin. Dort sind sie nicht sicher. Unsere Vermieterin kann sie dort finden und uns beim Rat anzeigen. Ihr habt selbst gesagt, was für ein Klatschweib sie ist und dass sie ihre Nase nur zu gerne in anderer Leute Angelegenheiten steckt. Die Sachen können nicht im Haus bleiben.«

Giovanni Paolo Feminis hielt seine Versprechen immer. Und auch dieses gedachte er zu halten. Deshalb belud er seinen Karren früh am nächsten Tag, aber nicht mit dem französisch Kram, den er gewöhnlich mit sich führte, sondern mit seinem Destillierapparat, mit Kolben und der Feinwaage; Pinzetten und langstielige Löffel folgten. In strohgefüllte Kisten packte er die Flaschen mit den ätherischen Ölen und die Rosolen, in denen er das Ungarische Wasser und die Versuche seines eigenen Aqua mirabilis aufbewahrte. Er strich über die zerbrechlichen Flaschen und vergewisserte sich mehrmals, dass sie im Stroh auch weich gebettet lagen. Die Abschriften des Rezeptes kamen zwischen zwei Kartondeckel. Das von seinem Großvater ererbte Original steckte in einem weichen Lederfutteral, und Feminis brachte es nicht übers Herz, es aus der Hand zu geben. Zu kostbar war es, um es sich selbst zu überlassen. Nach einigem Zögern und als Sophia gerade nicht hinschaute, schob er das Futteral in einen Hohlraum zwischen Wand und Sofa.

Seine Tante Katharina blieb bei den Kindern, die Eheleute verließen im Morgengrauen die Wohnung in der Sternengasse.

Ihr Weg führte sie durch die nahe der Stadtmauer liegenden Gärten. Es hatte einen der letzten Nachtfröste dieses Winters gegeben und die Gärten lagen verlassen unter einer Schicht Reif. Er glitzerte auf den Blättern immergrüner Büsche und auf den Teichen, die von einer hauchdünnen Eisschicht überzogen waren. Der Reif war in allen Gärten unberührt – bis auf einen. Dort führte eine Spur kleiner Füße von einer verfallenen Gartenhütte einen kaum erkennbaren Pfad entlang und endete an einer Dornenhecke.

Feminis, der sich mit Schulterriemen vor seinen Karren gespannt hatte wie ein Ochse vor einen Pflug, blieb stehen und betrachtete über das Gartentor hinweg die Fußspur. Sophia stellte sich neben ihn und schaute ebenfalls über das Tor. Das war das Einzige, das in diesem verwilderten Garten noch intakt schien. Umso seltsamer kam ihnen die Fußspur vor.

»Das sieht wie die eines Kindes aus«, wisperte Sophia. »Das arme Kleine scheint nicht einmal Schuhe zu haben. Es sind ja alle Zehen zu sehen.«

»Ich frage mich eher, was jemand in diesem Garten macht. Der sieht aus, als wäre er seit Jahren nicht mehr bewirtschaftet worden«, flüsterte Feminis genauso leise zurück.

»Bestimmt ein Ausreißer aus dem Waisenhaus.«

»Warum ist er dann nicht in der Hütte, sondern unter diesen Büschen?« Der Italiener deutete auf das Dornengestrüpp, an dem die Spur endete.

In diesem Moment schoss eine magere Gestalt aus dem Busch. Sie schien nur aus Armen und Beinen zu bestehen und war tatsächlich barfuß. Es war ein Junge und er rannte durch den Garten auf das Tor zu, winkte dabei mit den Armen.

»Nehmt mich mit!«, rief der Junge mit heller Kinderstimme. »Bitte!«

Das Ehepaar Feminis schaute sich an. Kurz bevor der Junge das Tor erreichte, sprang aus der Hütte eine weitere Gestalt hervor. Lumpen bedeckten einen mageren Leib. Eine wilde Haar- und Bartmähne wucherte auf dem Kopf und ließ nichts anderes erkennen. Dennoch konnte man keinen anderen Eindruck gewinnen, als dass es sich um einen älteren Mann handelte.

»Bleib stehen!«, schrie er mit Donnerstimme.

Der Junge verhielt mitten in der Bewegung. Zitternd stand er sechs oder sieben Schritte vom Tor entfernt. Es war keine besonders gute Nase nötig, um seine Angst zu riechen.

»Komm«, forderte Feminis ihn auf und streckte ihm eine Hand entgegen.

Der Knabe rührte sich nicht. Nicht einmal mit den Augen blinzelte er. Und dann hatte die wüste Gestalt ihn erreicht. Sie versetzte dem Jungen eine Maulschelle, die ihn gewiss zu Boden geschleudert hätte, hätte der Mann ihn nicht mit der anderen Hand festgehalten. Er schlang die Arme um das Kind, doch darin lag nichts Liebevolles, der Mann demonstrierte seinen Machtanspruch auf diesen Jungen.

»Du wirst dich mir nicht widersetzen!«, fauchte er. Dann schrie er weiter auf den Jungen ein in einer Sprache, die wie Latein klang, bei genauem Hinhören jedoch keines war. Auch kein Italienisch oder Spanisch. Keine Sprache, die Feminis jemals gehört hatte. Es hörte sich an wie eine Beschwörung. Die Angst des Jungen lag in der Luft. Sie roch wie Essig.

Der Mann verstummte so abrupt, wie er begonnen hatte, und zerrte den Jungen in Richtung Hütte.

»Moment, Er kann doch nicht …!«, rief Feminis.

Der Junge verdrehte den Kopf, bis er das Ehepaar ansehen konnte. »Das ist der Teufel!«

Dieser Satz brachte dem Kind eine weitere Maulschelle ein und dann traf Feminis unter dem Haargestrüpp hervor ein so brennender Blick, dass er zurückzuckte. Sophias Hand schob sich in seine. Die beiden Gestalten verschwanden in der Hütte und bis auf die Fußspuren im Reif sah der Garten wieder unberührt aus.

»Müssen wir etwas tun?«, fragte Sophia.

»Was denn?«

»Den Jungen mitnehmen? Er bat doch darum.«

»Wir können nicht einfach ein fremdes Kind an uns nehmen. Wenn das nun der Vater war …?«

»Dieser Zottelkopf?« Sophia sah skeptisch aus.

»Es wäre möglich. Außerdem haben wir anderes zu tun.«

»Ihr habt recht.«

Sie wandten sich vom Tor ab. Der Italiener legte sich wieder die Schulterriemen um. Er zog an, und Sophia schob den Karren von hinten. Der Nachtfrost hatte den schlammigen Boden erstarren lassen, aber der beginnende Tag taute ihn auf, und Giovanni Paolo fiel es nicht leicht, den schweren Karren zu ziehen. Die Räder blieben immer wieder in den Spurrillen stecken. Sophia schob, so gut sie konnte, dennoch kamen sie nur mühsam vorwärts.

Vor ihren Gesichtern dampfte der Atem. Feminis schwitzte bald unter Mantel und Schal. Sein eigener Schweiß, vermischt mit dem dumpfen Geruch nasser Wolle, stieg ihm in die Nase, und er wünschte, er hätte etwas von seinem eigenen Aqua mirabilis aufgetragen, um den Geruch zu überdecken. Sie erreichten die Hahnenpforte in Kölns Westen, als das Stadttor gerade geöffnet wurde, und waren an diesem Morgen die Ersten, die die Stadt verließen. Vor dem Tor hatten bereits Bauern auf Einlass gewartet, um ihre Waren auf den Altermarkt zu bringen. Das Ehepaar Feminis beachtete sie nicht weiter, sondern zog mit gesenkten Köpfen an ihnen vorbei. Ihr Ziel war der Wald hinter dem Kloster Burbach und bis dahin hatten sie ein gutes Stück Weg vor sich.

Feminis hörte den keuchenden Atem seiner Frau hinter sich und hätte nicht nur wegen ihr gerne eine Pause eingelegt. Er wusste jedoch, dass die Kraft rapide nachließ, wenn man erst einmal damit anfing, Pausen zu machen. Deshalb stapfte er weiter, bis sie den Waldrand erreichten.

Hatte in den vergangenen Tagen die Sonne am Himmel gestanden, so zeigte sie sich an diesem nicht. Die Wolken hingen tief über dem Rheintal und würden vielleicht im Laufe des Tages Regen bringen.

Mit einem Ruck zerrte Feminis den Karren unter die ersten Bäume. Das Holz der Speichen knackte protestierend. Er packte die Deichsel fester, obwohl eine Blase in seiner Handinnenfläche inzwischen aufgegangen war und höllisch schmerzte. Von den Zugriemen schmerzten seine Schultern.

»Wartet!«, rief Sophia von hinten.

Er drehte sich um. Seine Frau hatte das Gleichgewicht verloren und war vornübergefallen. Sie kniete im Dreck, auf die Hände gestützt, und versuchte, wieder zu Atem zu kommen. Feminis eilte an ihre Seite und half ihr auf. Ihr Mantel und ihre knöchelhohen Stiefel waren schlammverkrustet. Sie schwitzte genauso wie er, aber ihrem Schweiß haftete eine feine Zimtnote an.

»Habt Ihr Euch verletzt?«, fragte er fürsorglich.

»Nur mein Stolz ist im Schlamm gelandet.«

»Wir sind zwei Narren, dass wir um diese Tages- und Jahreszeit im Wald herumstolpern.«

»Wir sind höchstens Narren, dass wir es so weit kommen ließen.«

Feminis war nun doch bereit, eine Pause zu machen, aber Sophia wollte davon nichts wissen. Entschlossen stemmte sie sich wieder von hinten gegen den Karren, um ihn in Bewegung zu setzen. Ihm blieb nichts anderes übrig, als die aufgeplatzte Blase in seiner Hand zu ignorieren und sich wieder vor die Deichsel zu spannen.

Der Wald war nicht groß, aber abseits der Wege wegen des Unterholzes unzugänglich. Er gehörte dem Kloster Burbach, und dessen Äbtissin erlaubte weder die Jagd noch das Holzsammeln im Wald. Nur die Wege waren von Unterholz freigehalten, deswegen jedoch nicht weniger schlammig als die Kölner Gassen.

Den Weg mussten sie bald verlassen und sich ihren

Pfad im Gelände suchen. Deswegen war er auf diesen Wald verfallen, weil sich kaum jemand in das Dickicht verirrte und seine Tante ihm von einer Stelle berichtet hatte, die ihm als Versteck sicher erschien.

»Wie weit ist es noch?«, keuchte Sophia.

»Wir müssen gleich da sein.« Er hoffte, es stimmte. Einmal war er bisher mit seiner Tante hier gewesen. Allerdings im Sommer, als alles grün gewesen war und die Vögel in den Zweigen gesungen hatten. Ganz sicher war er sich wegen des richtigen Weges nicht.

Dass dem Karren bisher kein Rad abgebrochen war, dafür dankte er den himmlischen Mächten, und schließlich erkannte er eine kleine Lichtung und war sich sicher, auf dem richtigen Weg zu sein. Er murmelte ein Ave Maria und versprach der Heiligen Jungfrau eine Kerze. Kurz darauf kamen sie an einen felsigen Hang, der am Fuß ganz und gar von dornigen Brombeerranken überwachsen war. Sie hatten ihr Ziel erreicht!

Vorsichtig teilte Feminis die Ranken. An einer Stelle wurde hinter ihnen ein Spalt sichtbar. Es war der Eingang zu einer Höhle. Den hatte sein Onkel einst entdeckt, als er auf der Flucht vor Steuereintreibern gewesen war – so hatte es die Tante erzählt. Was der Neffe von dieser Räubergeschichte glaubte, blieb ihm überlassen. Auf alle Fälle sollte ihm die Höhle jetzt gute Dienste leisten.

Ganz oben auf dem Karren lagen einige Fackeln, eine davon nahm Feminis und versuchte, sie mit Feuerstahl zu entzünden. Das war leichter gesagt als getan, denn er musste Stahl und Pyrit etliche Male aneinanderschlagen, ehe überhaupt ein Funken entstand. Wie hatten die Leute nur auf diese Weise jahrhundertelang Feuer gemacht, ohne in der Zwischenzeit zu erfrieren. Sophia nahm ihm die Steine aus der Hand und schlug sie zweimal gegeneinander, und ein Funke fiel auf die Fackel. Der Zunder, mit dem sie umwickelt war, war trocken und fing gleich Feuer.

»Was glaubt Ihr, wie ich das Feuer im Herd entfache?« Sie gab ihm die Fackel.

Feminis beleuchtete den Spalt, der eng war wie ein Flaschenhals. Dahinter wurde die Höhle geräumiger. Sie war nicht von einem Tier bewohnt. Die Luft roch trocken und abgestanden. Vorne am Eingang lagen trockene Blätter, weiter hinten gab es nur noch nacktes Gestein. Feminis klemmte die Fackel in einen Felsspalt.

Gemeinsam trugen er und Sophia seine Gerätschaften und Zutaten für das Duftwasser in die Höhle. Sie stapelten alles an der hinteren Wand auf. Mehrfach kontrollierte Feminis, ob alle Flaschen in der strohgefüllten Kiste heil geblieben waren und ob sie sicher auf dem unebenen Boden stand. Die Fackel brannte langsam herunter, und obwohl sie längst alles in die Höhle getragen hatten, mochte er sich nicht trennen.

Seine Frau zog ihn schließlich am Ärmel ans Tageslicht, drückte ihm die Karrendeichsel in die Hand und legte ihm die zusätzlich angebrachten Riemen auf die Schultern. Er schätzte, dass es ungefähr Mittag war, und es wurde Zeit, sich auf den Rückweg zu machen, wenn sie noch bei Tageslicht Köln erreichen wollten. Sorgfältig verschloss er den Spalt mit den Brombeerranken und betrachtete das Ganze aus der Entfernung. Es war nicht zu sehen, dass sich hinter den Ranken eine Höhle befand oder dass sie bewegt worden waren. Sein Aqua mirabilis war so sicher, wie es eben ging.

KAPITEL 16

Scher Er sich fort!« Der Gewaltrichter Rudolf Bodenstein schaute den vor seinem Tisch stehenden Fritz Haan streng an. »In Köln werden keine unschuldigen Frauen als Hexen verleumdet!«

»Sie ist nicht unschuldig«, verteidigte sich der Weber. »Ihr könnt jeden in der Stadt fragen und alle erzählen Euch das Gleiche.«

Er hatte vor dem Gewaltrichter Kathrina Obladen als Hexe benannt und als Beweis angeführt, dass überall in der Stadt erzählt werde, sie hätte der Magd Hanni Kolbe ein Mittel zur Austreibung der Leibesfrucht gegeben und daran seien diese und das Kind gestorben.

Bodenstein gab nicht zu erkennen, ob ihm das Gerede zuvor zu Ohren gekommen war. Er hatte auch nichts aufgeschrieben, nur stumm und mit gerunzelter Stirn zugehört.

»Wenn ich Ihm noch einmal sagen muss, dass Er sich

packen soll, lasse ich Ihn als Verleumder in einen Turm stecken. Mal sehen, ob Er nach einer Woche immer noch so freche Behauptungen im Munde führt.«

»Was wahr ist, muss gesagt werden dürfen«, murmelte der Weber. Er war inzwischen selbst von seinen Worten überzeugt, so oft hatte er sich Kathrinas Schandtaten vor Augen gehalten. Mit den Türmen, in denen sich die Gefängnisse der Freien Reichsstadt Köln befanden, wollte er keine Bekanntschaft machen und verließ die Schreibstube des Gewaltrichters im Rathaus. Die Steinlast des imposanten Gebäudes drückte ohnehin schwer auf sein Haupt.

Als er davorstand, konnte er wieder freier atmen. Er spürte, wie die Wut auf die Hexe und die Dummheit des Gewaltrichters sein Blut zum Kochen brachte. Zum Glück wusste er einen Ort in Köln, wo man ihn gewiss vorlassen würde.

Fritz Haan klopfte an die Pforte des Dominikanerklosters in der Stolkgasse und fragte nach Bruder Martin. Er musste in einem Besucherzimmer gleich neben der Klosterpforte warten. In dem Raum war es nicht wärmer als draußen, und als Bruder Martin endlich kam, war Fritz Haan tüchtig durchgefroren. Während des Gesprächs dampfte der Atem vor ihren Gesichtern, dennoch trug der Mönch nur eine dünne Kutte und keine Strümpfe in den Sandalen. Er schien nur aus Haut und Knochen zu bestehen, die Hände glichen Klauen. Das einzig Lebendige an ihm waren seine blauen Augen. Sie huschten durch den kahlen Raum mit dem gekreuzigten Heiland an der Wand als einzigem Schmuck. Fritz Haan fühlte sich, als würde auf den Grund seiner Seele geschaut. Auf der Beerdigung Hanni Kolbes war er den Blicken nicht ausgesetzt gewesen, aber jetzt konnte er ihnen nicht ausweichen.

»Ich will etwas melden, was ich beobachtet habe«, begann er. »Ihr habt verlangt, dass wir alles melden sollen, was uns auffällt wegen des Deuvelswassers.«

»Du weißt etwas?«

»Ich kenne eine Hevvamm. Sie ist eine Buhlin des Deuvels. Sie hat das Wasser, und ich habe die Magd zu ihr gehen sehen.«

»Woher weißt du das?«

»Ich habe es beobachtet.«

»Kann es keinen anderen Grund geben, aus dem die Magd zu der Hebamme gegangen ist?«

»Nein.« Auf diese Menge an Fragen war Fritz Haan nicht vorbereitet. Er hatte gedacht, Kathrinas Namen zu nennen und wieder zu gehen.

Der Mönch wollte jedoch alles genau wissen. Alles konnte wichtig sein, um eine Hexe zu überführen, sonst kam sie am Ende ungeschoren davon. Diese Weiber waren listig wie der Teufel selbst. Das sah Fritz Haan ein und entspannte sich. Er beugte sich vor, stützte die Arme auf den Oberschenkeln ab und erzählte alles; fing damit an, wie Kathrina ihn selbst in ihrem Netz gefangen und er sich nur mühsam daraus befreit hatte. »Was wäre passiert, wenn unser Herrgott mir nicht rechtzeitig die Augen geöffnet und ich dieses Weib geheiratet hätte?«

Bruder Martins Augen verengten sich zu Schlitzen. »Eine Buhle des Teufels wolltest du in dein Haus holen?«

»Da kannte ich ihr wahres Wesen noch nicht.«

»Die Natur des Weibes ist listig und heimtückisch. Der Mann kann ihr nicht trauen, seit sie Adam im Paradies den Apfel gegeben hat. Nimm dich vor ihnen in Acht, mein Sohn. Nur wenige verdienen unseren Respekt, weil sie rein und keusch sind wie die Jungfrau.«

Auf diese Art ging es eine Weile weiter. Fritz Haan hörte sich alles geduldig an und vergaß es wieder. Ihm ging es nur um Kathrina.

Es war ein Fehler von ihr gewesen, ihn aus dem Haus zu weisen, das würde sie bald begreifen. Einem Fritz Haan zeigte man nicht die kalte Schulter. Nicht, um mit dem Teufel zu buhlen.

Am Ende klopfte Bruder Martin ihm auf die Schulter. »Du hast recht daran getan, zu mir zu kommen, mein Sohn. Wir müssen wachsam sein und gegen den Teufel kämpfen, damit er uns nicht überlistet.«

»Was passiert nun?« Fritz Haan kamen die Augen des Mönches auf einmal gar nicht mehr beunruhigend vor. Sein Blick ruhte nun wachsam und freundlich auf ihm.

»Wir müssen weitere Beweise finden. Sie ist nicht die einzige Hexe in Köln. Du musst Augen und Ohren offenhalten und sofort zu mir kommen, wenn du etwas beobachtest. Sei gewappnet und stark im Glauben und finde das Teufelswasser. Den Leibhaftigen darf man als Gegner nicht unterschätzen. Komm zu mir, wenn du Hilfe brauchst, gehe zu niemand anderem. Du kannst Tag und Nacht an die Klosterpforte klopfen. Gott segne dich.« Er schlug das Kreuzzeichen über Fritz Haan und sie beteten zusammen ein Vaterunser.

Es lagen bereits mehrere Gassen zwischen ihm und dem Kloster – tatsächlich hatte er bereits den halben Weg zum Weberhof zurückgelegt – und er fühlte immer noch die Kraft in sich, die das Gebet mit Bruder Martin ihm beschert hatte. Er ging aufrechter als gewöhnlich, trug den Kopf hoch und sah den Leuten in die Augen, die ihm entgegenkamen. Er fühlte sich nicht mehr gedemütigt und wertlos, weil er seine Arbeit verloren hatte. Jemand schätzte ihn so sehr, dass er ihm eine wichtige Aufgabe übertrug, und Fritz Haan war fest entschlossen, sie gut zu erfüllen.

Zu schade, dass Bruder Martin sich nicht gleich auf den Weg zum Gewaltrichter gemacht hatte, um ihn über seine Irrtümer bezüglich Kathrina Obladen aufzuklären. Dann hätte er das Weib noch an diesem Nachmittag im Turm sehen können.

Inzwischen war er im Weberhof angekommen. Einige Frauen hatten Leinen quer über den Hof gespannt. Sie hingen Wäsche auf. Weiße Tücher und Hemden flatterten im Wind, von den Frauen waren immer nur einmal ein Rücken oder die Füße zu sehen. Was mochten sie hinter den Tüchern treiben? Schadzauber? Vielleicht hatten sie die Wäsche sogar mit Teufelswasser besprengt, um alle Bewohner des Weberhofes zu vergiften? Den Weibern war alles zuzutrauen.

Eine kam hinter der Wäsche hervor, entdeckte ihn am Eingang und winkte ihm zu. Fritz Haan schlug schnell die Augen zu Boden, um ihrem Blick nicht zu begegnen. Am Ende fügte sie ihm noch Schaden zu. Solange diese Weiber den Hof besetzt hielten, würde er ihn nicht betreten. Er ging deshalb denselben Weg zurück, den er gekommen war, und ohne dass er es wollte, trugen ihn die Füße in den Weißgerber Graben und zu Kathrinas Haus.

Die Tür war geschlossen, das Fenster daneben mit einer Gardine verhängt, er konnte nichts erkennen, außer dem Schein einer flackernden Kerze. Er stellte sich vor, dass sie dahinter mit geheimen Verrichtungen beschäftigt war.

Es fiel ihm nicht leicht, nicht ins Haus zu stürmen und sie an den Haaren herauszuzerren, um ihr zu zeigen, welchem Herrn sie zu folgen hatte. Er bezähmte seine Lust. Er wollte nicht, dass am Ende er selbst in die Fänge des Teufels geriet und ihr zu Willen sein musste.

Daniel hörte es von seiner Mutter, und er musste alle Selbstbeherrschung aufbringen, um sich bei Kathrinas Namen nicht zu verraten. Sie sollte etwas mit dem Teufelswasser zu tun haben, über das seit einem Dutzend Tagen in der Stadt geredet wurde. Er hatte das als eine

Sache abgetan, die ihn nicht kümmern musste. Wie er sich getäuscht hatte. Durch Nachfragen bei seiner Mutter, bei Freunden und Geschäftspartnern wollte er erfahren, was an der Sache dran war, aber wenn ein junger, unverheirateter Mann Fragen nach einer Hebamme stellte, wurden seine Gesprächspartner sämtlich sofort misstrauisch. Er konnte nichts anderes tun, als sich nach dem Teufelswasser zu erkundigen, und das besaß selbstverständlich niemand der Befragten, noch wusste jemand, wo es zu beschaffen war. Als ob man etwas mit dem Deuvel zu tun hätte, wurde Daniel mehrfach entrüstet gefragt.

In einer anderen Ecke der Stadt hörte auch Giovanni Paolo Feminis den Namen Kathrina Obladen. Er hätte ihn gleich wieder vergessen, wäre er nicht im Zusammenhang mit dem Teufelswasser erwähnt worden, ein Duft so wunderbar wie das Paradies, obwohl er aus den Tiefen der Hölle stammte. Das ließ den Italiener die Ohren spitzen, während er so tat, als ordne er die Waren in seinem Kramkarren. Das Teufelswasser werde von dieser Hebamme unschuldigen Personen gegeben, die durch den Geruch willenlos würden. Vor allem Frauen gäben sich zügellos dem Leibhaftigen hin.

Der Kölner Volksmund malte aus, was der Teufel mit seinen willenlosen Gespielinnen trieb. Jedenfalls wurde die eine oder andere schwanger und dann kam erneut das Teufelswasser zum Einsatz. Die Schwangere musste es trinken und verlor ihre Leibesfrucht.

Feminis schaute auf und schüttelte den Kopf. Das war blanker Unsinn. Kein Aqua mirabilis konnte auf diese Weise wirken. Es konnte den Geist erfrischen bei inwendiger Anwendung, vielleicht brachte es auch verblühte Schönheit zurück und reinigte das Blut. Keinesfalls trieb es ein Kind ab. Sollten ätherische Öle eine entsprechende Wirkung auf den Leib einer Schwangeren haben, müssten ganz andere Mengen davon eingenommen werden, als in ein paar Tropfen Aqua mirabilis enthalten waren. Becherweise müsste das Öl getrunken werden und jeder würde es erbrechen, bevor es überhaupt in den Magen gelangt war. Es diesen Leuten zu sagen, hätte aber wohl keinen Zweck.

Das Erschreckende war, dass alle daran glaubten. Die ungebildeten Weiber in den Hinterhöfen genauso wie die studierten Herren. Zum ersten Mal war er seiner Sophia dankbar, dass sie ihn gezwungen hatte, seine Versuche einzustellen und die Geräte im Wald zu verstecken. Er war fremd in Köln, ein Ausländer, und konnte als solcher leicht verdächtigt werden. Sollten sie doch kommen, bei ihm würden sie nichts finden.

Im Hause Seiler unterzog der Hausherr seine Ehefrau einem strengen Verhör über den Duft, den er stets roch, wenn sie ihm eine leidenschaftliche Nacht bereitete. Er wollte genau wissen, von wem sie dieses Aqua mirabilis erworben habe und was ihr über dessen Anwendung gesagt worden sei. Ausflüchte ließ er nicht gelten, sondern kehrte den strengen Gemahl hervor. Am Ende erfuhr er, dass der Wohlgeruch die Leidenschaft im Ehebett befeuern solle. Und ob es nicht funktioniert habe, wollte sein Weib trotzig wissen.

»Weil es ein Duft des Deuvels ist!«, entfuhr es Konrad Seiler. »Ihr habt uns in des Deuvels Arme getrieben.«

»Wir sind Eheleute. Alles, was wir im Schlafzimmer miteinander tun, ist gottgefällig«, wollte sich sein Weib rechtfertigen.

»Schweigt!«, donnerte er. »Gebt mir das Deuvelszeug!«

In seine fordernd ausgestreckte Hand legte sie einen Flakon, der nur mehr einen Rest des Wassers enthielt.

Es fühlte sich für Konrad Seiler an, als wollte das Böse durch das Glas hindurch in seine Hand eindringen. Mit spitzen Fingern schlug er den Flakon in einen Lederlappen ein und trug ihn in der Nacht in den winzigen Küchengarten hinter dem Haus. Zwischen den Wurzeln des an der Hauswand zum Nachbargrundstück emporrankenden Rosenstocks vergrub er den Teufelsduft. Der Wohlgeruch der Rose würde hoffentlich dessen Gestank überdecken.

In ihrer Kammer hatte Antonia den Streit ihrer Eltern mitangehört. Unter der Matratze ihres Bettes zog sie ein winziges Fläschchen hervor. Der Inhalt war längst aufgebraucht, aber wenn man den Stöpsel herauszog, ließ sich der Duft noch riechen. Hatte das Aqua mirabilis sie zu einer Buhlin des Teufels gemacht? Der Gedanke ängstigte sie. Sie musste das Fläschchen loswerden, so weit fort wie möglich damit. Ihre Eltern durften davon nie erfahren. An die warmen Gefühle, die das Teufelswasser ihr geschenkt hatte, durfte sie nie wieder denken, sie durfte sich nie wieder an den Brüsten oder zwischen den Beinen berühren. Schließlich warf sie das Fläschchen in einen der Brunnen auf dem Heumarkt und eilte danach zur Beichte.

Bruder Martin kniete in seiner Zelle auf dem Steinboden. Die Kutte hatte er abgestreift, ein Untergewand trug er sowieso nicht und so war er nur noch mit einer Unterhose bekleidet, die ein dünner Strick um seine Leibesmitte hielt. Unter seiner pergamentartigen Haut war jede Rippe zu erkennen, tiefe Höhlen saßen unter den Schlüsselbeinen und auf dem Rücken stachen die Schulterblätter spitz hervor. Sein Rücken war übersät mit alten Narben, die von früheren Geißelungen stammten. Das schmutzig blonde Haar stand über den Ohren vom Kopf ab. Er sprach das Glaubensbekenntnis und schlug sich dabei mit einer Geißel immer einmal rechts, einmal links über die Schulter.

Die Peitschenschnüre hatten die Haut bereits aufgerissen. Blut lief in Rinnsalen seinen Rücken herunter, tränkte den Stoff der Unterhose.

Er musste stark sein im Glauben. Der Schmerz half ihm dabei. Er wappnete ihn gegen die Versuchungen des Teufels und seiner Hexen. Der hatte sich in Köln festgesetzt, daran konnte seit dem Tod der Magd kein

Zweifel mehr bestehen. Seitdem geißelte er sich mehrfach in der Woche, um bereit zu sein, dem Bösen gegenüberzutreten. Nun war es ihm gelungen, eine erste Spur aufzunehmen. Er musste so stark im Glauben sein wie die Inquisitoren vor ihm – vielleicht sogar stärker, weil die Menschen weniger wachsam und leichter zu verführen waren. Bruder Martin hegte keinen Zweifel, dass es seine Aufgabe sei, Köln gegen das Böse zu schützen. An diesen Platz hatte ihn der Herrgott gestellt. Mit seinem Blut stand er für den Herrn im Himmel ein.

Er schlug heftiger zu. Die Schnüre der Geißel zischten durch die Luft und klatschten auf seinen Rücken. Es war ein sattes, feuchtes Geräusch zu hören, und der Mönch biss die Zähne zusammen. Für einen Moment unterbrach er seine Gebete – inzwischen war er beim Ave Maria angelangt. Er atmete zischend durch die Zähne ein, bevor er mit abgehackt keuchender Stimme weitersprach.

Der nächste Schlag über die andere Schulter fand ihn besser vorbereitet, er verschluckte nur ein Wort seines Gebetes.

In seinem Eifer hörte er nicht, wie die Tür der Zelle geöffnet wurde und jemand auf weichen Ledersohlen hereinkam. Bruder Thaddäus, der Prior des Konvents, trug noch die Winterkutte und Wollstrümpfe. Ein weißer Haarkranz zierte seinen Kopf mit einem runden, gutmütig wirkenden Gesicht und gütigen Augen. Der Anblick des blutüberströmten Rückens entsetzte ihn.

Der Prior legte Bruder Martin eine Hand auf die Schulter. Die Geißel zischte noch einmal nach hinten, traf den Arm von Bruder Thaddäus. Die Kutte milderte den Schmerz, dennoch zuckte er zusammen, ließ seine Hand jedoch auf der Schulter liegen.

Die Geißel entfiel Bruder Martins Hand, und er drehte sich abrupt um. Er kam zu schnell auf die Füße, dabei wurde ihm schwarz vor Augen. Er schwankte und musste sich an der Wand abstützen. »Prior«, keuchte er. Den Rücken zu strecken, ließ den Schmerz beinahe ins Unerträgliche anschwellen.

»Warum machst du das, Bruder?« Der Prior hielt ihm die Hand hin, um ihn zu stützen, aber er schlug die Hilfe aus.

»Ich muss stark werden im Glauben für die Aufgaben, die der Herrgott mir stellt. In Köln geht der Teufel um.«

»Die Geißel macht dich schwach, nicht stark. Dein Rücken ist zerfleischt, und du kannst dich kaum auf den Beinen halten. Mit gutem Grund habe ich ihre Benutzung in diesem Kloster untersagt.« Der Prior klang, als wäre es sein eigener Schmerz. »Höre nicht auf das Gerede der Klatschweiber. In Köln geht der Teufel so wenig um wie an anderen Orten. Du bist ein kluger Mann, kennst die Bibel und die Güte unseres Herrn. Setze das nicht wegen dummer Gerüchte aufs Spiel.«

»Die Kraft Gottes und Gebete halten mich aufrecht.« Und was er noch dachte, aber nicht sagte, war: Ich weiß, was ich weiß, und du wirst es auch bald begreifen. Eines

Tages wirst du mir dankbar sein, weil ich diese Stadt aus den Klauen des Teufels rette.

»Du musst dich hinlegen«, kam es von Bruder Thaddäus. Diesmal ließ der sich nicht abweisen, sondern führte den anderen zu dessen Bett und sorgte dafür, dass er sich auf den Bauch legte. Die Geißel nahm er an sich und wies Bruder Martin an, sich nicht zu bewegen und zu warten. Danach verließ er die Zelle.

Bruder Martin drehte den Kopf und schaute in die Ecke neben der Tür. Dort hing an einem Haken seine Winterkutte. Er hatte sie nie getragen, aber zwischen ihren Falten versteckt befand sich eine weitere Geißel.

Es dauerte nicht lange und der Prior kehrte zurück. Er wurde begleitet von einem Novizen, der eine Schüssel mit dampfendem Wasser trug. Die stellte er auf einem Schemel ab und zog ihn neben das Bett. Bruder Thaddäus setzte sich auf die strohgefüllte Matratze und tauchte einen Lappen in das warme Wasser. Er betupfte zart den geschundenen Rücken.

»Das musst du nicht tun. Dafür ist Bruder Gerónimo zuständig.« Bruder Martin spannte den Rücken an, bis er sich hart anfühlte wie eine Steinplatte. Die vorsichtigste Berührung schmerzte ihn.

»Ich mache das gerne.«

Das Wasser in der Schüssel färbte sich bald rot. Der Prior arbeitete schweigend und wusch die Wunden von den Schultern bis zu den Hüften aus. Die ganze Zeit stand der Novize in einer Ecke und beobachtete den Vorgang mit einer Mischung aus Faszination und Ekel.

Bruder Martin ließ die Behandlung stumm über sich ergehen.

Aus einem mitgebrachten Flakon träufelte der Prior eine scharf riechende und brennende Flüssigkeit auf die Wunden. Es war schlimmer als der Schmerz der Geißel. Bruder Martin betete ein Vaterunser.

»Du musst liegen bleiben und den Rücken schonen. Ich entbinde dich einstweilen von den Stundengebeten, der Teilnahme an der Messe und den gemeinsamen Mahlzeiten. Du wirst dich uns erst wieder anschließen, wenn du gesund bist. Die Mahlzeiten wird dir ein Novize bringen, Bruder Gerónimo kümmert sich um deine Wunden und um dein Seelenheil. Du kannst ihm beichten, wenn du dich deiner Sünden entledigen willst. Gott segne dich, Bruder.« Der Prior legte ein weiches Tuch auf seinen Rücken und deckte ihn danach sorgfältig zu. Die Bettdecke hatte zusammengefaltet am Fußende des Bettes gelegen, weil Bruder Martin sie nie benutzte. Auch darüber schüttelte der Prior den Kopf.

Nachdem er wieder allein in seiner Zelle war, blieb Bruder Martin eine Weile auf dem Bett liegen. Der brennende Schmerz auf seinem Rücken hatte nachgelassen, er fühlte beinahe keinen mehr. Sobald er sich bewegte, würde sich das ändern, und davor schreckte er zurück. Eine Schwachheit des Geistes, für die er sich später bestrafen würde.

Er dachte nicht daran, die von Bruder Thaddäus angebotenen Annehmlichkeiten anzunehmen. Zur Terz gesellte er sich zu seinen Mitbrüdern. Er nahm auch an den gemeinsamen Mahlzeiten und den Messen teil, bewegte sich nur langsamer und steifer als gewöhnlich.

Der Prior schürzte missbilligend die Lippen, sagte jedoch nichts; die anderen Brüder steckten die Köpfe zusammen und tuschelten. Er entdeckte verständnislose und bewundernde Blicke. Die verständnislosen überwogen, und Bruder Gerónimo tat seine Meinung besonders offen kund.

»Das ist nicht christlich, sondern nichts als eine überspannte Dummheit«, flüsterte er den anderen zu.

»Mir sieht das nicht nach einer Dummheit, sondern nach großer Glaubensstärke aus«, erwiderte Bruder Alfons. Seine Miene drückte Bewunderung aus.

Die Kutte scheuerte Martin auf dem wunden Rücken. Das weiche Tuch hatte er fortgelegt und trug nur die übliche grobe Wolle der Dominikaner. Einen Augenblick war er versucht gewesen, es unter der Kutte zu tragen. Die anderen würden es nicht merken, aber der Herrgott sah alles. Deshalb lag das Tuch jetzt unter seinem Bett.

KAPITEL 17

In einem Hinterhof in der Makkabäer Straße lag ein schleimiges, blutiges Bündel. Arme, Beine, ein Kopf, die Andeutung eines Gesichtes waren zu erkennen. Das Bündel war ein Säugling, der dort schutzlos der Witterung ausgesetzt war. Die Anwohner des Hofes waren Schmiedegesellen mit ihren Familien, auch ein oder zwei Weber und einige arme Witwen, die ihren Lebensunterhalt mit Böden scheuern oder Wäsche waschen in den Häusern der Wohlhabenden verdienten.

Eine der Witwen hatte das tote Kind gefunden, denn sie hätte beinahe ihr Nachtgeschirr darüber ausgeleert. Ihr war ein spitzer Schrei entwichen, und sie hatte den Blechnapf fallen gelassen.

Ein Kind, das vor der Zeit den Mutterleib verlassen hatte. Die herbeieilenden Nachbarinnen flüsterten es sich zu. Sie blickten alle auf das Bündel, aber niemand unternahm etwas.

Die Ehefrau eines Schmiedegesellen stützte sich auf einen Stock. Damit stieß sie das Bündel an, drehte es auf den Rücken. Ein Seufzen ging durch die Zuschauerinnen.

Später kam ein Gewaltrichter mit zwei Funken. In ihrem Gefolge schleppte sich Bruder Martin in den Innenhof. Die Peitschenstriemen brachen bei Bewegungen immer wieder auf, Blut nässte seinen Rücken, durchtränkte seine Kutte. Er ließ sich weder von Bruder Gerónimo noch vom Prior behandeln. In Gottes Namen hatte er sich die Wunden zugefügt und in seinem Namen würden sie auch wieder heilen. Er schonte sich aber dennoch und stützte sich außerhalb des Klosters auf einen Stock.

»Ein Teufelsbalg«, entfuhr es ihm, kaum dass er einen Blick auf das Bündel geworfen hatte.

Der neben ihm stehende Gewaltrichter merkte auf.

»Keine anständige Frau reißt sich ein Kind aus dem Leib. Eine der Hexen hat das getan. Mit dem Zauberwasser des Teufels, das erst die Wollust weckt und dann die in Sünde entstandene Leibesfrucht austreibt.«

»Was weißt du darüber, Mönch?«

»Ich habe das Wesen des Höllenfürsten studiert, um ihn umso besser vernichten zu können. Der Leibhaftige verführt die Frauen mit einem Duftwasser, und später gibt er ihnen davon zu trinken, damit sie die Leibesfrucht wieder verlieren.«

Der Gewaltrichter sah nicht überzeugt aus. »Ein Duftwasser des Deuvels? Reicht es nicht, wenn er sich den Frauen nähert, um sie zu verführen? Er ist der Deuvel und seine Gestalten sind viele. Und was soll das Gerede über ein Duftwasser, das man trinken muss, um die Leibesfrucht zu verlieren? Mit Verlaub, das erscheint mir alles andere als stichhaltig.«

»So ist es aber. Die Frau, die tot auf dem Altermarkt gefunden wurde, war das erste Opfer, dieses verfluchte Kind und seine Mutter sind die zweiten Opfer.«

»Ich sehe keine Frau.« Der Gewaltrichter schaute sich demonstrativ um.

»Sie ist offenkundig nicht an dem Wasser gestorben und hat sich davongemacht, aber keine Sorge, sie wird mir nicht entkommen. Ich weiß, welche Hebamme das Teufelswasser an die armen Frauen gibt.« Bruder Martin reckte sich und ignorierte den dabei entstehenden Schmerz in seinem Rücken.

Das erweckte nun endgültig das Interesse des Gewaltrichters. Er wandte sich dem Mönch zu, hakte die Daumen hinter die Aufschläge seines langschößigen Rocks. Dort blieben sie nicht lange, denn er kratzte sich anschließend mit der Rechten am Kopf, schob dabei seine Samtkappe keck auf ein Ohr. Das verlieh ihm das Aussehen eines Scherzboldes, aber dieser Eindruck täuschte, da war sich Bruder Martin sicher. Mit dem Mann war nicht zu spaßen.

»Du hast einen Namen, Mönch?«

»Kathrina Obladen.«

»Leute deines Schlages haben in der Vergangenheit genug unschuldige Menschen auf den Scheiterhaufen gebracht. Damit muss Schluss sein. Hier liegt nur die Leibesfrucht einer Frau, mehr wissen wir nicht. Du kommst daher und beschuldigst eine Hebamme, obwohl nicht einmal sicher ist, ob sie die Mutter dieses Kindes kannte. Frauen verlieren manchmal ihre Kinder vor der Zeit, aber bei dir ist gleich der Deuvel im Spiel. Geh in dein Kloster und bete für die armen Seelen, damit hast du genug zu tun.«

»Hier war der Teufel am Werk. Ihr werdet es sehen. In der Vergangenheit wurden keine Unschuldigen auf den Scheiterhaufen gebracht, das hätte die Kirche nie zugelassen. Es waren allesamt Hexen und Buhldirnen! Ohne den mutigen Kampf der Kirche hätte der Leibhaftige längst sein Königreich der Hölle auf Erden errichtet. Viele Männer meines Ordens haben ihr Leben im Kampf gegen den Teufel gegeben – möge Gott ihrer Seelen gnädig sein –, damit Ihr heute vor mir steht und diese Taten gering schätzen könnt. Unter der Herrschaft des Teufels müsstet Ihr auf glühenden Kohlen wandeln und würdet mit Zangen gezwickt.«

Der Gewaltrichter sagte nichts dazu. Seiner Miene war nicht zu entnehmen, ob die Rede ihn beeindruckt hatte oder ob er an seiner verstockten Auffassung festhielt. Umso eifriger fuhr Bruder Martin fort: »Diese Kathrina Obladen ist eine Hexe und je länger gezögert wird, desto mehr Schaden wird sie anrichten. Das Vieh wird mit Schaum vor dem Maul verenden, die Ernte auf den Feldern verdorren. Ihr werdet es sehen.« Bruder Martin drehte sich um und ging steif und auf seinen Stock gestützt davon.

Einer der beiden Funken breitete einen Sack neben dem toten Kind aus. Mithilfe seines Degens rollte er das Bündel auf den Sack. Mit spitzen Fingern schlug er den Stoff darüber zusammen und hob ihn hoch. Der andere verjagte die Zuschauerinnen. Weil sie nicht weichen wollten, zog er kurzerhand seinen Degen und trieb sie mit der flachen Seite auseinander. Die Frauen wichen nur widerwillig zurück, aber schließlich standen nur noch der Gewaltrichter und die beiden Funken auf dem Hof.

»Ich kenne die Kathrina Obladen«, sagte der eine und steckte seinen Degen wieder weg. »Die hat einen Protestantischen geheiratet, ist nun aber Witwe.«

»Sie ist Protestantin?«

»Die ist so rechtgläubig wie wir alle. Es war nur ihr Mann.«

»Du weißt viel über die Frau«, wandte der Gewaltrichter ein. Er war geneigt, der Rede des Mönchs Glauben zu schenken. Der Name Kathrina Obladen war ihm schon zum zweiten Mal genannt worden. Tote Frauen und abgetriebene Kinder, wenn da nicht der Teufel die Hände im Spiel hatte …

»Wir haben in derselben Gasse gewohnt. Aber als ihre Tante starb, hat sie deren Haus geerbt und ist mit ihrem Mann hingezogen. Seitdem weiß ich nichts mehr von ihr. Aber die Tante … die soll allerlei Kenntnisse gehabt haben. Das wusste jeder.«

»Weißt du auch, wo diese Hebamme wohnt?«

»In einem kleinen Haus am Weißgerber Graben.«

»Schafft dieses Ding weg«, befahl der Gewaltrichter, bevor er ebenfalls den Hinterhof verließ. Um diese Kathrina Obladen musste man sich vielleicht einmal kümmern.

In den umliegenden Häusern saßen die Frauen beisammen, tranken Dünnbier auf den Schrecken mit dem toten Kind. Sie alle hatten den Namen gehört: Kathrina Obladen!

Die Protestantische!

Die hatte mit dem Teufel zu tun. Eine Hebamme, man hatte es gewusst. Diese Weiber waren anfällig für das Böse, seit Jahrhunderten war das so. Sie hatten endlich einen Namen, und der machte die Runde in Köln.

KAPITEL 18

Dein Name ist dem Rat gegenüber genannt worden zusammen mit dem Teufelswasser.«

Daniel stürmte in Kathrinas Haus, kaum hatte sie auf sein Klopfen hin die Tür geöffnet. Im Haus waren die Deckenbalken so niedrig, dass ihm einer davon die Kappe vom Kopf fegte. Er bemerkte es nicht einmal. Kathrina hob sie auf und hing sie an einen Haken an der Wand. Die Tür schloss sie eilig wieder, denn ein kalter Luftzug fegte herein. Er ließ die Glut im Herd aufflackern, Funken flogen durch den Raum.

Daniel umfasste Kathrinas Gesicht und küsste sie fordernd auf den Mund. Ebenso plötzlich, wie er damit begonnen hatte, ließ er sie wieder los. Kathrina leckte sich über die Lippen.

»Ich weiß es von meiner Mutter, und die hat es von ihrem Bruder gehört. Er ist Mitglied des Rates. Johann Theisen ist sein Name. Außerdem flüstern die Leute es überall. Du musst die Stadt verlassen. Hier bist du nicht mehr sicher.« Daniel schluckte. Dass er das einmal zu jemandem sagen musste, ausgerechnet zu Kathrina. Die Freie Reichsstadt Köln war ihm immer als sicheres Bollwerk erschienen. Geschützt durch dicke Mauern und die kluge Politik des Rates, der Köln aus vielen Kriegen – auch aus dem gegenwärtigen – herausgehalten hatte.

Kathrina sah ihn zweifelnd an.

»Wo soll ich hingehen? Ich habe niemanden, der mich aufnimmt. Als Hebamme darf ich auch nirgendwo anders arbeiten, und meine paar gesparten Reichstaler werden nicht lange reichen.« Sie ging rückwärts, bis sie an einen Stuhl stieß und sich darauf niederließ. Ihr Name in einem Atemzug mit dem Teufel genannt! Heilige Maria, Josef und das Jesulein! Musste sie deshalb gleich ihre Heimatstadt verlassen? Die Leute zerrissen sich doch immer das Maul über jemanden. Sie schüttelte den Kopf.

Hebammen liefen Gefahr, mit dem Teufel in Verbindung gebracht zu werden – das war immer so gewesen und gehörte zu den Risiken ihres Berufsstandes. Frauen, die so eng mit dem Leben und dem Tod verbunden waren, flößten den Menschen Unbehagen ein. Zu ihrem Berufsstand gehörten tatsächlich geheime Kenntnisse, wie die über Kräuter, die ein Kind vor der Zeit aus dem Mutterleib austrieben. Kathrina schluckte. Hanni Kolbe und ihr einsamer Tod, so etwas war Grund genug, eine Frau als Hexe zu bezeichnen.

»In Köln gibt es viele Hebammen, aber dich picken sie heraus!«, wetterte Daniel. »Niemand ist unschuldiger an dieser Teufelswassersache als du, das weiß ich.«

Die Scham verschloss Kathrina den Mund. Mit dem Teufelswasser hatte sie nichts zu tun, aber unschuldig war sie nicht.

»Ungefähr zwanzig sind wir und vielleicht um die zehn Hebammenschülerinnen.«

»Warum ausgerechnet du?«

»Ich bin die Protestantische.« Sie sollte mehr sagen,

Daniel ihre Schuld eingestehen, aber die Worte wollten nicht über ihre Lippen. Es war, als hätte sie einen Dämon aus Angst in ihrem Mund, der ihre Lippen zusammenkniff.

»Du bist so gut katholisch wie ich auch.«

»Mein Mann gehörte zu den Protestanten. Für die Leute macht das keinen Unterschied.«

»Deshalb musst du die Stadt verlassen.« Daniel stand nach einem schnellen Schritt neben ihr, streichelte ihre Schulter. »Wir werden etwas finden, und wenn ich dir eine Kammer mieten muss. Du bist in Köln nicht sicher, und der Gedanke, dass dich ein blutrünstiger Mob aus dem Haus zieht, macht mich verrückt.«

»Ich verhalte mich still und werde keinem Kind auf die Welt helfen, bis dieser Wahnsinn vorbei ist. Bald ist Ostern, dann haben die Menschen anderes im Sinn als den Teufel und sein Duftwasser. Ich bin nicht in Gefahr. Die Leute reden immer über jemanden, ohne dass der gleich in den Turm kommt.«

»Kathrina …«

»Und das Haus? Was soll aus dem Haus werden, wenn ich nicht da bin.«

»Wir verschließen es. Ich werde jeden Tag nachschauen, ob alles in Ordnung ist. Das verspreche ich.«

»Das Haus ist alles, was ich habe. Sie werden es aufbrechen und alles wegschleppen, was sie gebrauchen können. Du kannst das nicht verhindern.« Der Gedanke brachte sie zum Zittern, daran änderte auch seine sanfte Hand auf ihrem Rücken nichts.

»Kathrina.« Daniel stand nun hinter ihr, legte ihr die Hände auf beide Schultern, ließ sie langsam über ihre Arme nach unten wandern. »Wenn du Köln nicht verlassen willst, gibt es nur eine Sache, die wir tun können.«

»Welche?«, fragte sie voller Hoffnung.

»Wir müssen denjenigen finden, der hinter dem Teufelswasser steckt. Das wird dich von allem Gerede reinwaschen.«

»Wenn es weiter nichts ist. Du musst nur den Teufel finden und aus der Stadt vertreiben. Das sollte uns beiden leicht gelingen.«

»Spotte nicht, Geliebte. Ich meine es ernst.« Daniel küsste sie auf den Scheitel.

KAPITEL 19

Schnaufend saß Gerlinde Scheepers im Schreibkabinett des Turmmeisters Adam Näther. Die Stube lag im zweiten Stock des Frankenturms. Ihre Kurzatmigkeit rührte jedoch nicht daher, dass sie die enge Stiege bewältigen musste, sondern weil sie aufgeregt war. Sie fächelte sich Luft zu, ihr war warm, und sie hätte sich gerne von Hut, Handschuhen und Mantel befreit, denn im Kamin brannte ein Feuer, und im Raum war es wärmer als bei ihr im Morgensalon.

Der Turmschreiber war ungefähr in ihrem Alter, aber ohne ihre Körperfülle. Er bestand eigentlich nur aus Haut und Knochen und hatte es gern warm in seinem Schreibkabinett. Bei Gerlinde Scheepers Eintritt hatte er hinter seinem Schreibtisch gearbeitet, war dann aber aufgesprungen und hatte seiner Besucherin einen Stuhl angeboten und sich gleichzeitig gefragt, was die Frau des reichen Tuchverlegers in seinen Turm führte. Er hatte wieder hinter seinem Schreibtisch Platz genommen, die Fingerspitzen gegeneinandergelehnt, und wartete. Er war kein Mann der leichten Muse, der ein Gespräch aus dem Handgelenk schüttelte, und es gehörte sich schließlich nicht, eine Patrizierin, eine vornehme Kölner Bürgerin, mit Fragen zu überfallen. Sollte er der Frau ein Glas Wein anbieten oder einen Likör? Wenn er ehrlich war, kannte er sich nicht aus bei den Gewohnheiten der besseren Gesellschaft, und er wollte nichts falsch machen, also machte er lieber gar nichts. Gerade hatte er sich entschlossen, sie an den Turmmeister zu übergeben, da klappte sie ihren Fächer zu und seufzte einmal tief.

»Es ist wegen meiner Rotrud, meinem einzigen Kind.«

»Ist dem lieben Mädchen ein Unglück zugestoßen, verehrte Dame? Etwas, bei dem ich helfen kann?«

»Oh, nein, es ist nicht so eine Sache, aber es hätte sehr schlimm werden können. Meine arme Rotrud, mein kleines Mädchen.«

Adam Näther wurde aus ihren Worten nicht schlau,

aber wenn er richtig informiert war, handelte es sich bei Rotrud Scheepers nicht um ein kleines Mädchen, sondern um eine beinahe erwachsene Frau. »Was ist ihr geschehen?«

»Der Deuvel ist hinter ihr her. Sie ist ihm gerade noch einmal entkommen. Wenn ich daran denke, was ihr alles hätte passieren können. Er müsse etwas dagegen tun.«

»Gegen den Deuvel?« Adam Näther wurde flau im Magen. Er wünschte sich dringend etwas deutlich Stärkeres als Wein. »Ich bin nur ein einfacher Turmschreiber. Ihr braucht jemanden, der sich damit auskennt.«

»Sie ist dem Teufel gerade noch einmal entkommen, weil ihre Mutter wachsam war. Und ich weiß auch, wer sie beinahe dem Leibhaftigen in die Arme getrieben hätte. Es war diese Kathrina Obladen, von der die ganze Stadt spricht. Sie hat sich an meine Tochter herangemacht und ihr ins Ohr geflüstert. Sie hat ein Duftwasser benutzt. Das Duftwasser stellt einer der Italiener her, die in der Stadt leben und arbeiten, aber eigentlich kommt es vom Deuvel.« Gerlinde Scheepers hatte schnell gesprochen und wirkte erleichtert, nachdem sie sich alles von der Seele geredet hatte.

»Welcher Italiener handelt mit einem Duftwasser des Deuvels?«

»Giovanni Paolo Feminis. Er zieht mit einem Karren durch die Gassen und verkauft französisch Kram. Der Deuvel hat ihm bessere Geschäfte versprochen. Mein armes Mädchen hatte das Wasser. Ich habe es ihr weggenommen. Sie hatte ihm sogar Geld dafür gegeben, beinahe ihre ganzen Ersparnisse. Mein armes Mädchen.«

»Wo ist das Deuvelswasser jetzt?«

»Ich habe es nicht mehr. Was denkt Er von mir! Das Zeug will ich nicht im Haus haben. Ich habe es in den Rinnstein gegossen. Es hat gedampft und gestunken nach Schwefel. Den Flakon habe ich in einen Graben geworfen. Er muss was tun! Meine Tochter ist unschuldig und wäre beinahe ins Unglück gestürzt worden.«

»Wer hat Eurer Tochter denn nun das Wasser gegeben? Der Italiener oder die Hebamme?«

Gerlinde Scheepers stutzte und schnaufte. Hatte der Mann ihr nicht zugehört? »Ja, es waren – irgendwie beide. Sie haben ihren arglosen Charakter ausgenutzt.«

»Wir müssen genau wissen, was passiert ist.« Adam Näther gewann Selbstvertrauen. Je mehr Gerlinde Scheepers sich wand, desto sicherer wurde er.

»Das habe ich doch gesagt. Mehr weiß ich nicht.«

»Ich werde mit Eurer Tochter sprechen müssen, und einer der Gewaltrichter vielleicht auch. Ist ihr zartes Gemüt dem gewachsen?«

»Das wird es sein. Ich sorge dafür.«

Der Turmschreiber beugte sich nach vorne und senkte die Stimme. »Der Nachweis der Unschuld Eurer Tochter wird nötig werden.«

»Jöses, Marja und Josep! Das kann Er nicht im Ernst meinen.«

»Leider doch«, sagte er immer noch genauso leise. »Es wird ganz diskret geschehen, aber die Wahrheit muss ermittelt werden. Wir müssen zweifelsfrei wissen, dass der Deuvel nicht in den Leib Eurer Tochter gefahren ist.«

»Herrje. Wenn es sein muss.«

»Ihr könnt Euch überlegen, ob Ihr die Anschuldigungen aufrechterhalten wollt.«

Gerlinde Scheepers dachte tatsächlich eine Weile nach. Was ihr zu Hause wie ein guter Plan erschienen war, entpuppte sich nun als nicht ganz so leicht durchführbar. Aber durchführbar war er, und darauf kam es an. Hatte sie doch gleich gewusst, was zu tun war, als Fritz Haan mit einer Nachricht zu ihr gekommen war. Er hatte das Geheimnis gelüftet, warum sich Daniel Mensing ihrer süßen Rotrud gegenüber so unzugänglich verhielt. Er liebäugelte mit einer Hebamme, dieser Kathrina Obladen. Einer Frau, die ganz und gar nicht seinem Stand entsprach. Der ehemalige Weber ihres Mannes hatte ihr auch gleich die Munition geliefert, um Daniel von dieser Frau zu trennen. Nur darauf kam es an. Die Bestätigung von Rotruds Jungfernschaft konnte ihrer Verheiratung nur förderlich sein.

Adam Näther wurde ungeduldig und wollte gerade etwas sagen, als die Frau des Tuchverlegers nickte.

»Die beiden werden in den Turm geworfen?«, wollte sie noch wissen.

»Wenn genügend Beweise für ihre Verbindung mit dem Deuvel gefunden werden. Sie werden erst in dem Turm arretiert und dann an das Hohe Geistliche Gericht übergeben.«

»Meine Rotrud ist ein gutes Mädchen, aber manchmal zu vertrauensselig. Wer freundlich zu ihr ist, dem vertraut sie. Sie ist ohne Arg, mein kleines Lämmchen. Wenn ich mir vorstelle, was ihr beinahe geschehen wäre. Der Leibhaftige hätte sie ...« Gerlinde Scheepers zückte ein Taschentuch und betupfte damit ihre Augen.

Adam Näther versicherte seiner Besucherin, dass er alles Nötige tun werde, um die beiden Parteigänger des Teufels zu überführen, bevor er sie verabschiedete. Kaum hatte sich die Tür seines Schreibkabinetts hinter ihr geschlossen, öffnete er einen Wandschrank. Dahinter standen eine Flasche Weinbrand und ein Glas. Er schenkte sich eine großzügig bemessene Menge ein und leerte das Glas in zwei Schlucken. Danach schenkte er sich etwas weniger ein, schloss den Schrank und ging zurück zu seinem Schreibtisch. Er musste nachdenken und trank dabei hin und wieder einen kleinen Schluck.

Gerlinde Scheepers eilte so schnell nach Hause zurück, wie ihre Füße sie in den engen Schuhen trugen. Sie schwankte zwischen Zufriedenheit und schlechtem Gewissen. Es war getan. Ein Zurück gab es nicht mehr. In ihrem Morgensalon gönnte sie sich ein winziges Glas Likör und klingelte nach ihrer Tochter.

»Frau Mutter?«, frage Rotrud verhalten. Sie war gleich hinter der Tür stehen geblieben. Die Schultern hingen herunter, die Finger krampfte sie umeinander.

»Steh gerade. Du siehst aus wie ein Haderlumpen.« Ihre strengen Worte milderte Gerlinde Scheepers mit einem Lächeln. »Jetzt wird es nicht mehr lange dauern, bis Daniel Mensing um deine Hand anhält.«

»Was habt Ihr mit ihm gemacht? Doch nicht etwa mit ihm gesprochen? Oh weh, was soll er von mir denken? Nun wird er mich erst recht nicht wollen.«

»Sei nicht immer so ein Gänschen. Ich habe seine Aufmerksamkeit in die richtigen Bahnen gelenkt.«

»Was habt Ihr getan? Oh, sagt es mir doch, liebe Frau Mutter. Habt Ihr mit ihm gesprochen. Ich kann ihm nie wieder in die Augen sehen, wenn Ihr das getan habt.«

»Beruhige dich, Kind«, befahl Gerlinde Scheepers streng. Sie hatte Lust auf ein zweites winziges Glas Likör, aber es war nicht einmal Mittag, deshalb versagte sie es sich. »Ich habe ihn nicht einmal gesehen. Ich sehne mich wirklich nach den Zeiten zurück, in denen die Kinder nicht gefragt wurden, sondern die Eltern die Heirat beschlossen haben. Da musste nicht ein junger Mann dazu gebracht werden, einem Mädchen einen Antrag zu machen. Die Brautleute haben sich bei der Hochzeit das erste Mal gesehen, und die Liebe kam später.«

»Frau Mutter ...!« In Rotruds Augen glitzerten die ersten Tränen. Das war gar zu schrecklich, was ihre Mama da gesagt hatte.

»Schon gut. Natürlich sollst du einen Mann heiraten, den du lieben kannst. Daniel Mensing ist der Richtige, du wirst sehen. Du kannst wieder in dein Zimmer gehen, ich muss nachdenken.« Gerlinde Scheepers wedelte mit der Hand, damit ihre Tochter den Salon wieder verließ.

Rotrud klappte den Mund auf, als wollte sie etwas sagen, atmete dann aber nur heftig ein und aus, ehe sie dem mütterlichen Befehl gehorchte. Beruhigt war sie keineswegs, als sie sich eine Träne aus dem Augenwinkel wischte. Sie wünschte sich eine Freundin, eine, um mit ihr alle Geheimnisse zu teilen, um mit ihr darüber zu tuscheln, was ihre Mutter getan hatte, und sich am Ende besser zu fühlen. So eine Vertraute hatte sie nie besessen. Sicher, sie hatte Freundinnen – Töchter von Familien, mit denen ihre Eltern verkehrten. Keiner davon mochte sie ein Geheimnis anvertrauen. Als sie die Tür ihres Zimmers hinter sich schloss, flossen die Tränen ungehemmt.

KAPITEL 20

Zwei Funken standen vor ihrer Haustür und klopften dagegen. Kathrina erkannte die Uniform der Stadtwachen, als sie in die Gasse Am Weißgerber Graben einbog und sie schon aus der Ferne sah. Sie prallte zurück, als wäre sie gegen eine Wand gelaufen. Die Glücksgefühle, die sie bis eben durchströmt hatten – sie kehrte gerade von einem Treffen mit Daniel in einem Erker eines Gasthauses zurück und meinte immer noch, seine Lippen auf ihren zu spüren –, lösten sich in nichts auf.

Sie zog sich hinter die Ecke in die Schnurgasse zurück und spähte vorsichtig um die Mauerkante herum. Es konnte kein Zweifel daran bestehen, dass die Funken vor ihrer Tür standen. Sie musste sich auch nicht lange fragen, was die Stadtwache von ihr wollte. Nicht nach dem, was Daniel ihr vor zwei Tagen erzählt hatte. Bei ihrem Zusammensein in der Schenke hatten sie in stiller Übereinkunft dieses Thema gemieden, aber in diesem Augenblick wirbelte alles wieder durch ihre Gedanken. Die Funken hörten auf, an ihre Tür zu klopfen, sie besprachen sich kurz, schauten die Gasse entlang nach links und nach rechts. Danach gingen sie davon.

Kathrina blieb an der Ecke stehen und fragte sich, was sie tun sollte. Konnte sie es wagen, nach Hause zu gehen? Im selben Moment, in dem sie sich diese Frage stellt, wusste sie die Antwort: Sie konnte es nicht. Ihre Nachbarn hatten die Funken mit Sicherheit bemerkt, und sie konnte ihnen nicht trauen, dass sie sie nicht meldeten. Sie war eben die Protestantische.

Wo sollte sie hin? Seit dem Tod ihrer Tante vor zwei Jahren besaß sie in Köln keine leiblichen Verwandten mehr. Die Familie ihres Mannes lebte in St. Augustin und zu ihnen wollte sie nicht gehen. Für die war sie die Katholische.

Unentschlossen machte sie sich wieder auf den Weg. Sie schlug einen weiten Bogen und näherte sich ihrem Haus von hinten durch die Gärten. Ein schmaler Gang zwischen zwei Schuppen brachte sie zu einer Mauer, über die sie steigen musste. Danach befanden sich noch zwei Hecken zwischen ihr und ihrem winzigen Kräutergarten. Die Nacht war inzwischen hereingebrochen und in dem Gang war es stockdunkel. Kathrina tastete sich vorwärts, ihre Schultern schrammten an den Schuppenwänden entlang. Sie stieß sich die Zehen an der Mauer. Die Ziegel waren rau, und sie ertastete die Fugen als Vertiefungen. Die Mauer war höher als sie, aber mit den Fingerspitzen konnte sie gerade die obere Kante ertasten.

Es würde nicht einfach werden, obwohl ein Holzklotz vor der Mauer stand. Kathrina stieg darauf und konnte nun über die Mauerkrone schauen, nur dass dort nichts zu sehen war. Sie suchte sich einen Mauervorsprung, der ihr etwas breiter schien als die anderen. Er reichte gerade einmal für ihre Fußspitze.

Sie rutschte ab, kaum dass sie das Gewicht verlagert hatte. Mit den Handballen und den Knien schrammte sie am Stein entlang. Auf ihrer Handfläche spürte sie Blut, die Knie waren zum Glück durch mehrere Stoffschichten geschützt. Sie leckte das Blut ab und versuchte es ein zweites Mal.

Die Enge des Ganges kam ihr entgegen. Sie konnte sich an beiden Seiten abstützen und sich nach oben arbeiten, bis sie endlich auf der Mauerkrone saß. Oben wuchs Moos, das sich weich und feucht gegen ihre Handflächen schmiegte, den Schmerz linderte. Kathrina verschnaufte und betrachtete den Nachthimmel. Kalt und klar glitzerten die Sterne über ihr, ebenso wie die schmale Mondsichel.

Unter ihr raschelte etwas. Eine Katze schlich unter

ihr entlang. Sie brachte Kathrina dazu, von der Mauer zu springen. Weich landete sie im Gras, konnte aber dennoch ihr Gleichgewicht nicht halten und musste sich mit den Händen abstützen.

Der Weg durch die Hecken war einfacher, denn die Sträucher waren noch kahl vom Winter. Es dauerte nicht lange, bis Kathrina in ihrem eigenen Kräutergarten stand.

Alles war dunkel und ruhig, auch in den Nachbarhäusern. Die Hintertür war verschlossen, aber zwischen den Falten ihrer Unterröcke hingen an einem Band ihre Hausschlüssel, einer für die Vorder- und einer für die Hintertür. Dennoch kam sie sich wie eine Diebin vor, als sie ihr Haus betrat.

Eine Kerze anzuzünden kam nicht in Frage, im Dunkeln tastete sie sich in ihre Schlafkammer, raffte die Decken vom Bett und rollte sie zusammen. Einen Augenblick ließ sie sich auf die Matratze sinken. Könnte sie nicht bleiben? Im Dunkeln zu Bett gehen und vor Tau und Tag wieder verschwinden? Aber sie wusste genau, es war unmöglich. Ihre Nachbarn wären seit dem Besuch der Funken noch neugieriger als ohnehin. Nicht einen Tag bliebe sie unentdeckt.

Aus der Speisekammer holte sie den spärlichen Vorrat: Brot, Käse, ein halbes Dutzend Eier, den Rest eines Kohlkopfes, Mehl und einen Klumpen Butter. Alles packte sie in das Deckenbündel und schnallte es sich auf den Rücken. Auf dem gleichen Weg, wie sie gekommen war, verließ sie das Haus wieder.

Die Mauer bereitete ihr die meisten Schwierigkeiten. Als sie endlich wieder in dem schmalen Gang stand, keuchte sie, als wäre sie durch die Stadt zu einer Geburt gerannt.

Es gab nur einen Ort in Köln, wohin sie gehen konnte: der Mensingsche Garten.

Die Pforte war abgeschlossen, aber die gerade mal hüfthohe Holzkonstruktion bereitete ihr nach der Mauer keine Schwierigkeiten. Mit Daniel war sie mehrmals hier gewesen und kannte sich aus. Außerdem wiesen ihr die im Mondlicht schwach zu erkennenden steinernen Beeteinfassungen den Weg zum Schuppen. Der Schlüssel war unter der Dachtraufe versteckt. Bevor Kathrina danach griff, schaute sie sich um. Niemand war zu sehen, kein menschlicher Schatten lauerte hinter einer Hecke. Etwas länger verweilte ihr Blick auf einem verwilderten Garten ganz in der Nähe. Es schien ihr, als schimmere dort im Schuppen ein Licht, dessen Schein durch einige Ritzen nach draußen drang.

Dieser Garten! An dem war die ganze Zeit etwas merkwürdig gewesen. Und nun sah es so aus, als wäre die Hütte bewohnt. Wer immer dort untergeschlüpft war, wollte sicher genauso unentdeckt bleiben wie sie. Entschlossen griff Kathrina nach dem Schlüssel. Sie musste sich dringend ausruhen, inzwischen war die Aufregung der Flucht von ihr abgefallen und ihre Knie begannen zu zittern.

In der Hütte tastete sie sich zu einer an der Wand befestigten Bank vor. Aufatmend ließ sich Kathrina darauf nieder und schnürte ihr Bündel auf. Im Dunkeln breitete sie die Decken aus und wickelte sich darin ein, ohne auch nur einen ihrer Röcke abzulegen. Obwohl sie vorerst in Sicherheit war, dauerte es lange, bis sich ihr klopfendes Herz beruhigte.

Daniel fand sie dort am nächsten Tag. Er war bei ihr zu Hause gewesen, hatte an ihre Tür geklopft. Eine Nachbarin informierte ihn darüber, dass Kathrina nicht zu Hause sei. Die ganze Nacht nicht zu Hause gewesen sei. Wahrscheinlich bei einer Geburt, hatte die Frau vermutet und dann noch hinzugefügt: »Zwei Funken waren gestern auch da gewesen und wollten was von dem Trinche. Die standen vor der Tür wie Ihr auch, guter Herr.«

Daniel fühlte sich, als drücke ein Fudergewicht auf seinen Nacken. Die Funken konnte nichts anderes wollen, als Kathrina in den Turm zu schleppen. Es gelang ihm nur mit Mühe, sich freundlich von der Nachbarin zu verabschieden, dann eilte er davon. Offensichtlich hatte man sie nicht erwischt, aber wo war sie? In die Hohe Straße war sie nicht gekommen, und er konnte sich nur einen anderen Ort in Köln vorstellen, an dem sie sich verbarg. Zielstrebig lenkte er seine Schritte dorthin.

Deshalb saßen sie am Morgen beide nebeneinander auf der schmalen Bank, hatten die Decken um sich geschlungen und hielten sich im Arm. Kathrina nahm ein paar Bissen von einer Pastete, die Daniel mitgebracht hatte. Neben ihr auf der Bank stand eine Flasche Dünnbier.

»Du kannst nicht in Köln bleiben!«, beschwor er sie.

»Ich kann nirgendwo sonst hingehen«, widersprach sie kauend.

»Die Funken haben nach dir gesucht.«

»Das war bestimmt nur falscher Alarm. Mit dem Teufelswasser habe ich nichts zu tun. Das werden inzwischen auch die Funken eingesehen haben.« In der Nacht hatte Kathrina reichlich Zeit gehabt, darüber nachzudenken.

Inzwischen kam ihr ihre Flucht übertrieben vor. Es konnte nichts gegen sie vorliegen, weil sie nichts getan hatte. Wahrscheinlich war es nur um eine einfache Frage und deren Beantwortung gegangen und nicht darum, sie in den Turm zu werfen. Eine Flucht machte sie erst recht verdächtig.

Über Hanni Kolbe hatte sie in der Nacht auch nachgedacht und war sich beinahe sicher, nichts von dem Sadebaumbrei im Mörser gelassen zu haben. Der Tod der jungen Frau – so tragisch er auch war –, ihr war er nicht anzulasten.

Kurz bevor Daniel gekommen war, war sie fast bereit gewesen, wieder nach Hause zu gehen.

Er schaute sie hilflos an, während sie sich den letzten Rest der Pastete in den Mund stopfte, kaute und schluckte. Danach nahm sie seine Rechte, küsste jeden einzelnen Finger. Sie suchte seine Lippen und hungrig erwiderte Daniel ihre Küsse.

Die Bank in der Hütte war schmal, aber breit genug, dass Liebende sich darauf vereinigen konnten. Hinterher strich kalte Luft über ihre nackte Haut, derweil Daniel sich eine Locke Frauenhaar um den Finger wickelte. Kathrina zog die Decke über sie beide.

»Du wirst die Stadt nicht verlassen.« Es war mehr eine Feststellung als eine Frage.

Kathrina schüttelte den Kopf. »Ich habe das Teufelswasser nie gesehen, geschweige denn in der Hand gehalten oder einer Frau gegeben. Das werde ich jedem sagen, der mich danach fragt. Den Teufel gibt es nicht, er ist nur eine mittelalterliche Wahnvorstellung, die in den Köpfen armer Besessener spukt. Nun, du kannst über den Kölner Rat viel sagen, aber nicht, dass seine Mitglieder besessen sind.«

Da musste Daniel ihr zustimmen – wenn auch nur in diesem Punkt. Er drückte Küsse auf ihre Schulter. »Ich will dich in Sicherheit wissen und gleichzeitig will ich nicht, dass du Köln verlässt. Ist das sehr eigensüchtig von mir?«

»Die Frage stellt sich nicht, da ich nirgends anders hingehen werde als nach Hause.«

»Es muss doch nicht gleich sein?« Daniels Lippen wanderten über ihren Hals zu ihren Brüsten.

Bis sie die Gartenhütte verließen, dauerte es noch geraume Zeit.

KAPITEL 21

Da die Gerüchte um den Teufel und seine Buhlinnen nicht verstummten, entschloss sich der Rat zum Handeln. Er wollte seine Macht nicht an die Gassen abgeben, sondern das Heft in der Hand behalten, deshalb entschieden die Mitglieder gegen ihr Gewissen und beruhigten es anschließend, indem sie zur Beichte gingen. Die meisten Ratsherren glaubten nicht an den Teufel. Sie hielten ihn für eine Ausgeburt überreizter Gedanken und nicht für jemanden, der in Köln sein Unwesen trieb. Der Rat wusste aber auch, dass seine Ansichten nicht von der Mehrzahl der Kölner geteilt wurden. Er bestand aus gebildeten Männern, doch von den meisten Kölnern ließ sich das nicht sagen.

Sie ließen einen Schreiber mit der Liste der Beschuldigten kommen. Rund ein Dutzend Namen standen darauf –alles Weibspersonen. Der Bürgermeister Hermann Mylius tippte auf einen.

»Diese nehmen wir, aber sie soll anständig behandelt werden.«

»Das ist eine Mutter mit ihrer Tochter«, wandte der Schreiber ein.

»Dann beide.«

Die Entscheidung hatte zur Folge, dass sich einer der beiden Gewaltrichter und drei Funken auf den Weg in die Apostelstraße machten. Der Gewaltrichter glaubte auch nicht an den Teufel, dafür an Befehle; und wenn ihm einer gegeben wurde, führte er ihn aus. Nur so konnte die Welt bestehen. Vor einem dreistöckigen Haus, das seine besten Tage hinter sich hatte, blieben sie stehen. Der Gewaltrichter Rudolf Bodenstein schaute an den Fenstern empor. Die Läden waren alle geöffnet, aber hinter den kleinen Scheiben war keine Bewegung zu erkennen.

Auf einen Wink trat einer der Funken gegen die Tür. Sie flog auf, knallte gegen die Wand. Die Männer trampelten einer nach dem anderen ins Haus, Rudolf Bodenstein folgte als Letzter. Er rückte seine Perücke zurecht und kontrollierte, ob sein Rock richtig saß, entfernte einen Fussel vom Ärmel.

Die Wohnung, in die sie gehen wollten, lag im Erdgeschoss. Auch diesmal hielten sich die Funken nicht mit Klopfen auf, sondern traten gegen die Tür und stürmten in die Wohnung. Sie gelangten direkt in einen Wohnraum mit Küche. In einer Ecke stand ein Herd, in dem ein armseliges Häufchen Glut es nicht schaffte, den Raum zu erwärmen. Ein Schrank für Geschirr, ein durchgesessenes Sofa, ein Tisch, einige Stühle – das war die gesamte Einrichtung. Im Raum hielt sich niemand auf. Es gab eine zweite Tür, hinter der sich ein Schlafzimmer befand. Zwei breite Betten, schmutziges Bettzeug, eine Truhe, ein kleiner Schrank, ein paar Haken an der Wand und ein gekreuzigter Heiland in einer Ecke.

Dort kniete eine grauhaarige Frau, neben ihr ein Mädchen, sie drückten drei kleinere Kinder an sich.

Alle beteten und als die Funken ins Zimmer eindrangen, schrien sie auf. Vom Hof kamen zwei Männer ins Haus gerannt, ein älterer und ein junger. Mit einem Mal wurde es eng im Schlafzimmer. Der Alte drängte sich zu seiner Frau durch, umfasste ihre Schultern, während der Junge wütend zu wissen verlangte, was das zu bedeuten habe.

»Ich führe einen Befehl des Rates der Freien Reichsstadt Köln aus«, sagte Rudolf Bodenstein würdevoll. Für seinen Geschmack war es eindeutig zu voll im Raum, die Luft roch abgestanden und nach ungewaschenen Körpern. Er wandte sich an den älteren Mann. »Deine Frau Leopolda Rohsin und deine Tochter Anneli müssen uns begleiten.«

»Wohin?« Der ältere Mann stand sehr gerade und bemühte sich um Würde und darum, dass seine Stimme nicht zitterte. Ganz gelang es ihm nicht. »Was will der Rat von meiner Frau und meiner Tochter?«

»Ich bin nicht befugt, dir dazu Auskunft zu geben.« Er gab den Funken einen Wink.

Sie ergriffen die Rohsin und ihre Tochter, schleiften sie aus dem Schlafzimmer, aus der Wohnung und auf die Gasse. Die kleineren Kinder und die beiden Männer folgten ihnen.

»Aber … wir sind einfache Weber, wir haben uns nichts zuschulden kommen lassen«, stotterte der Ehemann. »Ihr dürft sie nicht mitnehmen, guter Herr. Was soll aus den Kindern werden? Sie sind noch klein. Ich bitte Euch! Ich flehe Euch an!« Der Weber rang die

Hände, während sich die jüngeren Kinder an seine Beine klammerten.

»Befehl ist Befehl.« Bodenstein klopfte sich Schmutz von seinem Rockaufschlag.

In den Türen der umliegenden Häuser waren deren Bewohner erschienen und beobachteten die Vorgänge auf der Gasse interessiert.

Der zornige junge Mann schaute sich mit blitzenden Augen um. »Was glotzt ihr so? Ihr alle kennt meine Mutter und meine Schwester, sie haben nichts getan. Das wisst ihr!«

»Sei ruhig, Sohn, ehe du dich unglücklich machst. Der Herr Gewaltrichter kommt nur seinen Amtspflichten nach. Es wird sich alles aufklären und Mutter wird bald wieder bei uns sein.«

Der Weber war wenigstens vernünftig, und für seinen Sohn wäre es besser, es auch bald zu lernen, kam es dem Gewaltrichter in den Sinn. Die Funken trieben die Frauen vor sich her zum Frankenturm und übergaben sie dort Adam Näther und seinen Gehilfen.

Im Turm erfuhren Leopolda Rohsin und ihre Tochter Anneli, weswegen man sie hergebracht hatte. Sie waren beide sehr verängstigt, und als sie die Anschuldigungen gehört hatten, brach das Mädchen in Tränen und die Mutter in Wehgeschrei aus.

Die Frauen wurden in eine der Turmzellen geworfen und sich selbst überlassen. Mutter und Tochter klammerten sich weinend aneinander. Sie bemerkten daher erst, als ihre Tränen versiegt waren, dass ihre Zelle über zwei Betten verfügte. Beide waren mit Matratzen, Decken und Kissen ausgestattet. Es gab einen Tisch und zwei Stühle, in einer Ecke stand ein Eimer mit einem Deckel. Sogar ein gekreuzigter Heiland hing an der Wand. Die Zelle war mindestens so komfortabel wie das Schlafzimmer, aus dem sie vor kurzem gezerrt worden waren.

Sie hatten nichts davon bemerkt, aber jemand hatte ein Tablett mit Essen und Getränken auf dem Tisch abgestellt. Ein kleines rundes Brot, eine Schüssel, zwei Löffel und zwei Becher, ein Krug Dünnbier. Anneli stürzte sich auf das Essen.

Die Schüssel enthielt eine dicke Bohnensuppe, in der sogar Speckstücke schwammen. Hungrig stopfte sich das Mädchen erst Brot und danach Suppe in den Mund.

»Die haben uns verwechselt«, sagte sie dazu. »Das ist doch für vornehme Leute, nicht für solche wie uns.«

»Was meinst du damit?« Die Rohsin setzte sich ebenfalls an den Tisch und aß.

»So werden nur die Vornehmen in den Türmen behandelt. Unsereins bekommt ein Verlies im Keller.«

»Woher weißt du so was?«

»Man hört so einiges.«

»Nimm es hin, Mädchen. Solange bis sie ihren Irrtum bemerken und uns in den Keller werfen, lassen wir es uns gut gehen. Was wir gegessen haben, können wir nicht mehr hergeben.«

Das ließ Anneli sich nicht zweimal sagen. Die beiden

Frauen hörten erst auf zu essen, als alles bis auf den letzten Krümel vertilgt war.

Adam Nähter legte in seinem Schreibkabinett einen Akt an. Leopolda Rohsin war eine Hexe und hatte dem Teufel ihre eigene Tochter zugeführt und sie mithilfe des teuflischen Aqua mirabilis für ihn gefügig gemacht. Sie hatte das getan, um ihrem Höllenfürst zu dienen.

Die Rohsin und ihre Tochter waren von mehreren Nachbarinnen der Teufelsbuhlschaft beschuldigt worden, deshalb hatte der Rat eine gründliche Untersuchung des Falles angeordnet.

KAPITEL 22

Es wird dir keinen Schaden zufügen, Täubchen. Aber es muss sein, damit du nicht länger in Gefahr schwebst, den Verlockungen des Teufels ausgesetzt zu sein«, sagte Gerlinde Scheepers sanft zu ihrer Tochter.

Rotrud saß auf dem Bett in ihrem Zimmer, die Beine fest zusammengepresst und die Hände im Schoß zu Fäusten geballt. Ihre Unterlippe zitterte und Tränen strömten über ihre Wangen. Neben der Tür standen zwei Cellitinnen des Klosters St. Ursula und betrachteten die Szene mit unbewegten Mienen.

»Gänschen, wir alle wissen ja, dass du unschuldig bist in dieser Sache, aber es muss auch bewiesen werden. Deshalb sind die guten Schwestern gekommen.« Gerlinde Scheepers beugte sich näher zu ihrer Tochter und sprach leiser weiter: »Warum musstest du auch dieses Teufelswasser kaufen, törichtes Ding? Immer musst du uns Kummer machen, weil du nicht gehorsam bist! Niemand hätte dich angezeigt, hättest du dich nicht mit dem Feminis abgegeben.« Dass sie selbst beim Turmschreiber gewesen war und einen ausgeklügelten Plan verfolgte, verschwieg sie ihrer Tochter. Das Mädchen war zu jung und zu arglos, um das zu verstehen. Wenn sie in letzter Zeit nur nicht so bockig wäre. Gerlinde fragte sich schon, ob sie etwas falsch gemacht hatte. Schenkte sie Rotrud nicht ihre ganze Liebe, gab sie sich nicht alle Mühe, sie auf den rechten Pfad zu führen?

Rotraud klemmte die Beine enger zusammen, ansonsten rührte sie sich nicht.

Eine der Cellitinnen ergriff das Wort: »Lasst uns mit dem Mädchen allein. Das wird vielleicht das Beste sein.« Ihre Stimme klang ruhig und vertrauenerweckend. »Seid unbesorgt um das Wohl Eurer Tochter. Wir haben Erfahrung in der Pflege von Kranken und machen solche Untersuchungen beileibe nicht zum ersten Mal.«

»Ich soll draußen warten?« Gerlinde Scheepers klang, als hätte man von ihr verlangt, nackt in den Rhein zu springen.

Dem entschlossenen Nicken der Cellitinnen hatte sie nichts mehr entgegenzusetzen und fand sich unversehens vor der geschlossenen Tür wieder. Sie schnaufte und schimpfte leise vor sich hin, wagte es jedoch nicht, auf ihrem Recht als Mutter zu beharren und wieder hineinzugehen.

Im Zimmer näherten sich die beiden Cellitinnen Rotrud. Ihre Mienen waren freundlich. Eine setzte sich neben das Mädchen aufs Bett, ergriff ihre verkrampften Hände und streichelte sie.

»Es ist sicher einfacher, wenn es nicht unter den strengen Augen der Mutter geschieht. Ihr müsst wirklich keine Angst haben, Fräulein Scheepers, es geht ganz schnell und tut nicht weh.« Eine Hasenscharte entstellte das Gesicht der Cellitin, trotzdem haftete ihm etwas Gütiges an.

Rotrud wagte einen Seitenblick in ihren Spiegel. Ihre Augen waren rot und verquollen, die Nase ebenso. Durch den Tränenschleier erkannte sie kaum etwas, aber sie fühlte sich schon erleichtert, weil ihre Mutter nicht mehr im Raum war. Sie liebte sie, wie es sich für eine Tochter gehörte, aber oft genug fühlte sie sich von ihrer Gegenwart erdrückt.

»Es dauert nur ein paar Minuten, dann ist alles vorbei, und Ihr müsst Euch nicht länger grämen. Wir alle wissen ja, was rauskommen wird, aber als Beweis wird es unbedingt gebraucht, damit Euer Name reingewaschen ist«, sagte die andere Cellitin, die jünger war und der vorwitzige blonde Locken unter der Haube hervorschauten.

Trotz dieser Freundlichkeit zögerte Rotrud, aber der Tränenstrom versiegte allmählich, und die Hasenschartige gab ihr ein Taschentuch, mit dem sie sich die Augen betupfte und die Nase putzte.

»Wir reden bereits sehr viel länger, als die ganze Untersuchung dauern wird. Am Ende wird Eure Frau Mutter ungeduldig und platzt wieder herein«, gab die Lockige zu bedenken.

Das beschleunigte Rotruds Entscheidung, nach einem kurzen Augenblick nickte sie und hob die Röcke.

»Das ist nicht wahr!« Der Schrei gellte durchs ganze Haus. »Ihr müsst Euch irren!«

»Ein Irrtum ist ausgeschlossen.« Die Cellitin mit der Hasenscharte klang sehr bestimmt. Die beiden Nonnen standen im Morgensalon vor Gerlinde Scheepers, die nicht daran dachte, ihnen eine Sitzgelegenheit oder eine Erfrischung anzubieten. Sie war gerade dabei, den Schreck ihres Lebens zu verdauen, und bis sie das geschafft hatte, schnappte sie nach Luft und gab unkontrollierte Laute von sich, die mehr nach den Äußerungen eines Tieres als nach denen eines Menschen klangen.

»Ich habe immer auf sie aufgepasst. Mein Lämmchen.« Ihre Tonlage hatte sich um mindestens eine Oktave gehoben.

»Wo und wie es passiert ist, dazu können wir nichts sagen. Eure Tochter war nicht in der Lage, uns eine entsprechende Auskunft zu geben.«

»Mein Mädchen, mein unschuldiges süßes Kind.«

Das Geschrei trieb schließlich sogar Otto Scheepers aus seinem Rauchkabinett. Im Morgensalon musste er sich durch kräftiges Räuspern bemerkbar machen. Dann wandten sich ihm zwei beherrschte und ein vor Aufregung gerötetes Gesicht zu. Er verlangte energisch Aufklärung über die Ursache des Aufruhrs.

»Eure Tochter …« Gerlinde Scheepers griff sich an den Hals, als bliebe ihr die Luft weg. Sie sank in einen hinter ihr stehenden Sessel. Mit einem Taschentuch fächelte sie sich Kühlung zu.

Otto Scheepers kannte diese Gemütsbewegungen seiner Frau und wusste, dass keinerlei Gefahr für Leib und Leben bestand. Er richtete seine Aufmerksamkeit deshalb auf die beiden Cellitinnen.

»Wir sollten den Beweis der Unschuld Eurer Tochter erbringen und haben sie einer entsprechenden Untersuchung unterzogen. Das Fräulein Rotrud ist keine Jungfrau mehr.« Die Cellitin mit der Hasenscharte trat einen Schritt zurück, als wollte sie sich aus der Gefahrenzone bringen.

Otto Scheepers teilte nicht den Charakter seiner Frau, ihm war die Bestürzung deshalb nicht anzusehen, in die ihn diese Nachricht katapultierte. An deren Wahrheit zweifelte er nicht, fragte sich aber, wie und wo das passiert sein konnte. Für die Ehre seiner Tochter hätte er jederzeit die Hand ins Feuer gelegt. Gerlinde mochte ihre Fehler haben, und einer davon war diese Anzeige beim Turmschreiber gewesen. Das hatte er ihr sofort dargelegt, nachdem sie ihm ihren Plan offenbart hatte. Es ließ sich aber nicht mehr rückgängig machen, und er hatte auch nicht daran gezweifelt, dass Rotrud heil aus dieser Sache herauskommen würde.

»Mein Lämmchen. Oh nein, nein!«, stöhnte sie in ihrem Sessel. »Wenn das herauskommt ... Unser guter Name!«

Otto Scheepers wandte sich an die Cellitinnen, bemühte sich um eine ruhige und sachliche Sprache. »Muss diese Sache an die Öffentlichkeit gelangen?«

»Wir müssen einen Bericht erstatten. Was danach passiert, liegt nicht mehr in unserer Hand.«

Die Cellitinnen verabschiedeten sich und verließen still das Haus. Niemand dachte daran, sie zur Tür zu begleiten, denn der Hausherr wandte sich seiner Angetrauten zu.

»Habt Ihr davon gewusst?«

Sie hörte auf, sich mit dem Taschentuch Luft zuzufächeln, und richtete sich im Sessel auf. »Auf keinen Fall. Ich leiste der Sünde keinen Vorschub. Oh weh, wenn das herauskommt, die ganze Stadt wird mit dem Finger auf uns zeigen.«

Und sie täten recht daran. Was sollte diese Idee eines Spatzenhirns, die eigene Tochter als eine beinahe dem Teufel Anheimgefallene anzuzeigen? Diesen Vorwurf hätte fast jeder Mann in seiner Lage dem Weib gemacht, nicht so Otto Scheepers. Ihm lag nichts an sinnlosen Vorwürfen, wo Lösungen gefunden werden mussten.

»Ich spreche mit den Gewaltrichtern, damit diese Sache nicht in die Öffentlichkeit gerät. Die Cellitinnen werden sicher auch nichts sagen …«

»Die …«

»Nicht, wenn ich ihrem Kloster eine Schenkung mache.« Otto Scheepers überlegte, wie viel ihn das kosten mochte. Um das Geld war es ihm nicht schade, er scheute eher den Aufwand, mit dem das einherging und dass der gute Ruf seiner Tochter in den Händen Fremder lag.

»Das ist die Lösung.« Seine Angetraute klatschte in die Hände. Den vorherigen Schrecken hatte sie so gut wie überwunden.

»Ich werde mit Rotrud sprechen. Sie muss sich schrecklich fühlen.« Der Gedanke an sein kleines Mädchen bedrückte Otto Scheepers. Sie war schließlich die Leidtragende.

»Lasst mich das machen. Ich bin ihre Mutter und zwischen uns gibt es keine Geheimnisse.«

»In diesem Fall werde ich gehen. Ihr seid viel zu aufgeregt. Was Rotrud jetzt am meisten braucht, ist Ruhe. Beruhigt Eure Nerven mit einem kleinen Likör und sammelt neue Kräfte.«

Ohne Zögern verließ der Hausherr den Morgensalon und begab sich in den zweiten Stock hinauf zum Zimmer seiner Tochter. Auf sein Klopfen antwortete niemand, also ging er einfach hinein.

Rotrud lag auf dem Bett, die Röcke in Unordnung, die Frisur zerrauft. Entgegen der Erwartung Otto Scheepers weinte sie nicht, sondern starrte blicklos an die Decke. Das machte ihm beinahe mehr Angst als Tränen.

»Rotrud«, sagte er leise.

Sie wandte ihm ein sehr blasses Gesicht zu. »Es ist alles vorbei, nicht wahr? Herr Papa bestraft mich, weist mich aus dem Haus. Ich bin mit allem einverstanden.«

»Nicht doch. Du bist mein einziges Kind, und ich werde dich immer lieb haben. Wir müssen dafür sorgen, dass es nicht an die Öffentlichkeit dringt. Du bist doch nicht etwa schwanger?«

Sie schüttelte den Kopf.

Er war erleichtert. »Hast du … hast du … deinen früheren Verlobten erkannt?«

Sie schüttelte den Kopf.

»Daniel Mensing?«

Erneutes Kopfschütteln.

»Wer war es dann? Ich will dir keine Vorwürfe machen, aber ich muss wissen, wer so sehr gegen die guten Sitten und die christlichen Gebote verstößt, dass er vor deiner Ehre nicht haltmacht.«

Rotrud zuckte zusammen, rollte sich wie ein Welpe ein und verbarg das Gesicht in einem Kissen. Sie sagte kein Wort mehr, und ihr Vater fühlte sich hilflos. Wie konnte er sein kleines Mädchen trösten? Lag sie mit Fieber im Bett, konnte man bei ihr sitzen, ihr einen kühlen Lappen auf die Stirn legen, sie mit heißer Brühe füttern oder ihr vorlesen. Nichts davon half ihr in der gegenwärtigen Lage.

»Hat dir jemand Gewalt angetan?« Dieser Gedanke war ihm gerade erst gekommen, und er war damit herausgeplatzt, bevor er darüber nachgedacht hatte. Gleich darauf schämte er sich für seine Frage.

»Herr Papa!« Rotrud klang dumpf, denn sie hatte das Gesicht nicht aus dem Kissen gehoben.

»Vergiss meine Frage. Ich hätte sie gar nicht erst stellen sollen.« Otto Scheepers räusperte sich. »Ich lasse dir etwas Suppe und eine heiße Milch heraufschicken.«

In diesem Moment platzte Gerlinde Scheepers ins Zimmer ihrer Tochter. Sie hatte es im Morgensalon nicht mehr ausgehalten.

»Mein Lämmchen, mein Täubchen, ich bin jetzt bei dir, deine Mutter. Du musst mir sagen, wer dir das angetan hat. Lass dir von deinem Vater nichts einreden, es wird wieder alles in Ordnung kommen. Es gibt eine Lösung, er wird den Cellitinnen von St. Ursula ein Geschenk machen, damit sie schweigen. Nichts muss an die Öffentlichkeit dringen.«

Rotrud wich vor ihrer Mutter auf dem Bett zurück, bis die Wand sie aufhielt. Gerlinde wurde von ihrem Ehemann aufgehalten, der ihre Oberarme packte.

»Nein! Wir haben alles geklärt, bevor Ihr gekommen seid. Was Rotrud braucht, ist Ruhe, nicht Euer Gerede. Keine Vorwürfe und keine Ohrfeigen, falls Ihr plant, ihr welche zu verabreichen.«

»Sie hätte …«

»Nein! Geht hinaus, das ist das Beste, was Ihr für unsere Tochter tun könnt.« Er schob seine Angetraute in Richtung Tür und gab ihr zuletzt sogar einen leichten Stoß. Sie stolperte auf den Flur hinaus.

Otto Scheepers schaute sich noch einmal nach seiner Tochter um. Sie schenkte ihm einen dankbaren Blick, und sein Herz war wieder leichter. Er war nicht ohne Einfluss in der Stadt und würde alles in Ordnung bringen können.

KAPITEL 23

Daniel deckte einen alten Sack über sie. Der grobe Stoff kratzte auf ihrer Wange, aber schlimmer war der Aasgeruch, der sie umgab. Sie atmete nur flach und fürchtete dennoch, ihn nie wieder aus der Nase zu bekommen. Kathrina lag auf dem Karren eines Knochenhauers, der die nicht essbaren Teile geschlachteter Tiere aus der Stadt brachte. Was er damit machte, wollte sie nicht wissen. Seitdem der Dominikaner Bruder Martin mit einer täglich größer werdenden Schar Anhänger durch die Kölner Gassen stolzierte, an jeder Ecke gegen den Teufel und seine Hexen predigte und Fritz Haan sich immer an seiner Seite befand, begann Kathrina sich in der Stadt nicht mehr sicher zu fühlen. Was den Funken nicht gelungen war – tatsächlich hatten sie sich bei ihr nicht wieder blicken lassen –, brachte der Dominikaner in kurzer Zeit fertig. Seine hagere Gestalt, der wüste Haarkranz und erst die Augen … Mit diesem brennenden Blick sah er beinahe selbst aus wie der Teufel. Sein Starren hatte sich beim Wasserholen in ihre

Seele gebohrt, er hatte mit dem Finger auf sie gezeigt und ihren Namen gekreischt.

Da hatte sie gewusst, dass es Zeit war.

Daniel fand einen Knochenhauer, der sich bereit erklärte, in der Dämmerung etwas auf seinem Karren aus der Stadt zu schaffen. Er wusste nicht, was er transportierte, denn Daniel hatte sie auf den Karren geschmuggelt, als der Mann in einer Schenke gewesen war, um sich für die Rückfahrt zu stärken.

Daniel selbst saß in abgewetzter Kleidung, in der man ihn leicht für einen Knecht halten könnte, neben dem Knochenhauer. Der Mann sang beschwipst vor sich hin, aber sein Ochse schien den Weg zu kennen. Das Tier musste weder angetrieben noch gelenkt zu werden. Daniel wollte sich am liebsten die Nase zuhalten, denn die Mischung aus Aas und Branntwein, die ihn umnebelte, war kaum zu ertragen. Den Stadtwachen an der Severinspforte ging es ähnlich, denn sie winkten den Karren durch, ohne ihn sich genauer anzusehen. Darauf hatte Daniel gehofft.

Der Karren rollte gemächlich ostwärts, und der Knochenhauer unterbrach seinen Gesang. Er knallte einmal mit der Peitsche, was den Ochsen nicht im Geringsten beeindruckte. Der behielt seinen gemütlichen Schritt bei.

»Was habt Ihr eigentlich auf meinen Karren gelegt?«, fragte der Knochenhauer leise und hörte sich auf einmal nicht mehr so betrunken an wie vor wenigen Augenblicken sein Gesang.

»Wie kommst du darauf?«

»Wenn ein wohlgeborener junger Mann wie Ihr auf meinem Wagen mitfahren will und mir ein hübsches Sümmchen dafür in die Hand drückt, kann nichts anderes dahinterstecken, als dass Ihr etwas aus der Stadt schaffen wollt. Ist es ein Schatz oder ein Mädchen?«

»Keins von beidem«, antwortete Daniel steif. »Du fragst zu viel, dafür hast du das Geld nicht bekommen.«

»Oh, die Lippen des alten Jesse sind versiegelt, wenn es darauf ankommt. Die Steuereintreiber und feinen Herren kriegen aus mir nichts raus. Keine Sorge. Ich will's nur wissen.«

»Damit du es dann in deinem Dorf rumerzählst.«

Der Knochenhauer namens Jesse schwieg beleidigt. Er begann auch nicht wieder zu singen.

Nach einer Weile räusperte sich Daniel. »Ich hab's nicht so gemeint. Du bist bestimmt ein guter und vertrauenswürdiger Mann, aber je weniger du von dieser Sache weißt, desto besser für dich.«

Wieder herrschte eine Weile Schweigen zwischen ihnen.

»Bis zu meinem Zuhause ist es nicht mehr weit, und es ist fast dunkel. Wie weit wollt Ihr mitfahren?«, wollte Jesse Knochenhauer wissen.

Daniel schaute sich um. Köln war hinter ihnen als nachtschwarze Silhouette zu erkennen. »Ich kann dich hier verlassen.«

Sofort zog Jesse Knochenhauer die Zügel an. Es

dauerte ein paar Schritte, ehe der Ochse schnaufend zum Stehen kam. Verstört wegen der Unterbrechung seiner Routine stieß er ein klagendes Muhen aus.

Daniel sprang vom Wagen. »Es ist besser für dich, dich nicht umzuschauen.«

»Schon verstanden.«

Daniel rannte nach hinten, tastete auf der Ladefläche umher. Einmal berührten seine Finger den Rand eines Kastens und etwas Feuchtes – er wollte es nicht genauer wissen. Erleichtert bekam er den Zipfel eines alten Sacks zu fassen und zog ihn beiseite. Darunter war Kathrina nur als dunkler Haufen zu erkennen.

Sie erhob sich sofort und griff nach seiner Hand. Kurz drückte er sie, bevor er sich wieder von ihr löste, ihre Hüften umfasste und sie vom Wagen hob. Sie machten sich in die Dunkelheit davon. Kurz darauf hörten sie die Zügel auf den Rücken des Ochsen klatschen und das Knirschen der Räder auf dem Karrenweg.

Kathrina atmete aus. »Hättest du nicht etwas finden können, was weniger stinkt?«

»Hätte ich, aber ich wollte sichergehen, dass die Stadtwachen auf keinen Fall den Wagen durchsuchen.«

»Den Geruch werde ich mein Lebtag nicht mehr los. Meine Kleidung muss ich verbrennen.«

»Nackt gefällst du mir sowieso besser«, zog Daniel sie auf, wurde aber sofort wieder ernst. »Wir müssen weiter, wir sind noch viel zu nah an Köln.«

Zu seinen Füßen hatte Daniel einen Sack stehen, den er ebenfalls auf dem Wagen versteckt hatte. Außer Reiseproviant war darin auch eine Laterne untergebracht. Die kramte er hervor, ebenso Feuersteine und einen Kienspan. Gemeinsam gelang es ihnen, die Kerze in der Laterne anzuzünden, und sie standen in einem kleinen Lichtkreis. Nicht weit entfernt war der Karrenweg als helleres Band in der Landschaft zu erkennen, hinter ihnen befanden sich ein Wald und davor eine Wiese, die sie gerade überquert hatten.

Kathrina rückte ihre Haube gerade und zog den Mantel enger um sich, dabei versuchte sie, den Aasgeruch zu ignorieren. Sie schaute sich um. »Meine Mutter lebt in Siegburg. Das ist in der Nähe von Bonn, aber ich habe keine Ahnung, in welche Richtung wir gehen müssen.«

»Auf jeden Fall müssen wir zum Rhein zurück, ohne in die Nähe von Köln zu gelangen.« Daniel nahm ihre Hand, in der anderen trug er die Laterne und marschierte los.

Bei der Planung ihrer Flucht waren sie übereingekommen, Kathrina bei ihrer Mutter zu verstecken. Die war zum dritten Mal Witwe und lebte das behagliche Leben als Hinterbliebene eines Amtmannes. Kathrina hatte nur den zweiten Ehemann ihrer Mutter kennengelernt, ihr Vater war schon vor ihrer Geburt verstorben, und ihr Stiefvater hatte ein fremdes Kind, noch dazu ein Mädchen, nicht aufziehen wollen. Deshalb war sie bei ihrer Tante in Köln aufgewachsen, die ihr eine Ersatzmutter gewesen war und sie immer wie eine eigene Tochter behandelt hatte. Ihre richtige Mutter hatte sie nur noch ein paarmal gesehen. Die letzte Begegnung war drei Jahre her, und mit einem entsprechend mulmigen Gefühl im Magen folgte sie Daniel. Ihre Mutter war eine Fremde für sie, wie würde sie aufgenommen werden?

Nach einem anstrengenden Marsch, der die ganze Nacht und den Vormittag des nächsten Tages dauerte, erreichten sie gegen Mittag Siegburg in der Nähe von Bonn. Das Wetter war ihnen gnädig gewesen: Es war zwar kalt, aber trocken und nach dem Morgennebel war sogar die Sonne durchgekommen.

Ihre Mutter lebte in einem zweistöckigen Haus in der Nähe des Marktplatzes. Vier Fenster zierten die Front im ersten Stock, im Erdgeschoss waren es neben der Tür noch drei und sie zeugten von einem behaglichen Wohlstand. Zwei Treppenstufen führten zur Eingangstür hinauf und bevor Kathrina den Fuß auf die unterste setzte, drehte sie sich noch einmal um und warf einen Blick auf Daniel. Er stand auf der anderen Seite des Marktplatzes an der Einmündung einer Gasse. Halb hob sie die rechte Hand und winkte ihm zu, er erwiderte die Geste.

Entschlossen drehte Kathrina sich um und brachte die beiden Stufen hinter sich. Sie betätigte den Türklopfer. Das Scheppern hallte unnatürlich laut in ihren Ohren.

Nach kurzer Zeit wurde die Tür geöffnet. Eine fremde junge Frau, deren rötlich blondes Haar unter einer nicht ganz sauberen Haube hervorlugte, stand vor ihr und trocknete sich die geröteten Hände an der Schürze ab.

»Ich möchte zu Frau Krey.«

Die junge Frau zog die Nase kraus. »Ich werde sehen, ob die Herrin empfängt. Wen darf ich melden?« Die vornehmen Worte standen im Gegensatz zu der nicht ganz makellosen Erscheinung der Magd und passten zum Haushalt ihrer Mutter. Sie hatte ihn immer als einen erlebt, der mit den ersten Häusern der Stadt mithalten wollte, jedoch nicht die nötigen Mittel dazu besaß.

»Ich bin ihre älteste Tochter.«

Die Tür wurde trotzdem vor ihrer Nase wieder zugeschlagen, und Kathrina fragte sich, wohin sie gehen sollte, wenn es dabei blieb. Sie schaute sich um, aber von Daniel war nichts mehr zu sehen. Sie hatte ihm nicht erzählt, wie es um das Verhältnis zwischen ihr und ihrer Mutter wirklich bestellt war. Er glaubte, es wäre so herzlich wie seines zu seiner Mutter.

Ihre schlimmsten Befürchtungen bestätigten sich nicht, denn die Magd erschien wieder an der Tür und ließ sie herein. Die Mutter erwartete sie in ihrem Salon, wo sie auf einer Chaiselongue lag und ein Buch in den Händen hielt. Von ihrem letzten Besuch hatte Kathrina den Salon mit grünen Wänden und dunklen Möbeln in Erinnerung, jetzt waren die Wände mit einem goldgelben Stoff bespannt und die Möbel hell. Von den Kosten der Neudekoration hätte sie bestimmt ein Jahr leben können, schoss es ihr durch den Kopf. Hella Krey war aber nun mal so, wie sie war, und interessierte sich nur für das, was vor ihren Augen passierte, und dazu gehörte das Schicksal ihrer ältesten Tochter nun einmal nicht.

Trotz ihrer fünfzig Jahre war die Frau schlank, das Haar nicht ergraut, sondern eine braune Flut ergoss sich in üppigen Locken über ihre Schultern. Ihre Augen waren klein und die Lippen schmal, was ihren Gesichtsausdruck immer etwas verkniffen wirken ließ. Unterstrichen wurde er jetzt dadurch, dass sie die Lippen wirklich zu einem schmalen Strich aufeinandergepresst hatte. Sie musterte ihre Tochter und offensichtlich gefiel ihr nicht, was sie sah. Kathrina wurde wieder zu dem Mädchen, das sich unter dem Blick der Mutter unwohl fühlte, als hätte es etwas ausgefressen. Sie wollte etwas sagen, aber Hella Krey kam ihr zuvor.

»Du stinkst.« Sie zog aus dem Ärmel ihres Kleides ein Taschentuch und hielt es sich vor die Nase. Das Buch war achtlos zu Boden gerutscht.

»Ich bin auf dem Wagen eines Knochenhauers gefahren.«

»Du hättest einen Brief schreiben sollen, um dein Kommen anzukündigen. Eine andere Reisemöglichkeit als der Wagen eines Knochenhauers wäre angebracht gewesen und auch eine andere Zeit als die, in der andere nach dem Mittag ruhen.«

»Frau Mutter, ich bin die ganze Nacht unterwegs gewesen und den Wagen eines Knochenhauers habe ich nicht freiwillig bestiegen. Ich musste Köln verlassen und hatte keine Zeit, einen Brief zu schreiben.« Die schlaflose Nacht steckte Kathrina in den Knochen, sie fühlte sich auf einmal müde, konnte kaum die Augen offenhalten.

»Du hast Schwierigkeiten in Köln? Nun, das hätte ich mir ja denken können. Deine Tante steckte immerzu in Schwierigkeiten.«

»Sie war Eure Schwester, und sie ist seit zwei Jahren tot«, begehrte Kathrina erschöpft auf. »Habt Ihr nicht gehört, dass in Köln angeblich der Teufel umgeht? Ich glaube nicht daran, aber viele andere tun es. Deshalb habe ich Schwierigkeiten bekommen, und ich weiß niemanden, wo ich sonst hingehen kann. Mein Mann ist im Sommer letzten Jahres gestorben.«

»Das ist schade, das mit deinem Mann. Dass man dich mit dem Teufel in Verbindung bringt, wundert mich nicht. Ich nehme an, dass meine Schwester dir etwas von ihrem geheimen Wissen beigebracht hat.«

Jemanden so über die Frau reden zu hören, die Kathrina wie eine Tochter behandelt hatte, brachte sie in Rage. »Sie hat sich um mich gekümmert, als Ihr mich nicht mehr bei Euch haben wolltet, weil Euch Euer neuer Mann wichtiger war!«

»Er wollte das so. Was soll eine Frau da machen? Da du schon einmal hier bist, geh in die Küche und sieh zu, dass du diesen Gestank loswirst. Dann lass dir von Ella ein Bett machen. Die Kammer, in der du sonst immer geschlafen hast, ist belegt. Es wird sich ein anderer Platz für dich finden. Ich muss jetzt ruhen.«

»Die Magd heißt Ella?«

»Hast du was dagegen?«

Kathrina gab keine Antwort mehr, sondern machte sich auf den Weg in die Küche. Ella hatte dort am Feuer gesessen und gedöst. Ihre Hände waren immer noch rot, aber nicht mehr so aufgedunsen. Bei ihrem Eintritt schreckte sie auf und sprang hoch. Der Schemel fiel um.

»Ich brauche heißes Wasser und ein anderes Kleid. Am besten auch Unterwäsche.«

»Soll es ein Bad werden?« Ella riss ihre Augen weit auf und dachte wahrscheinlich nur daran, wie viel Mühe es ihr machen würde, genügend Wasser für den Badezuber heiß zu machen.

»Eine Schüssel reicht mir.« Tatsächlich hätte Kathrina nichts dagegen gehabt, sich im Zuber zu aalen, sie wollte jedoch nicht so lange warten, bis genügend Wasser heiß war. Deshalb begnügte sie sich mit einer Schüssel und akzeptierte das dunkelrote Kleid, das Ella ihr hinlegte und das wohl einst ihre Mutter getragen hatte. Als sie ihre Haare neben dem Herd getrocknet hatte, fühlte sie sich endlich wieder wie ein Mensch. Sie aß die Suppe, die Ella ihr hinstellte. Die Magd nahm sich selbst auch eine Schale und danach eine zweite. Anschließend zeigte sie Kathrina, wo sie schlafen sollte. Die Kammer lag unter dem Dach, war kalt und gerade groß genug für ein Bett, eine Truhe und einen Stuhl. An der Wand hing der gekreuzigte Heiland. Kathrina fragte sich, ob ihre Mutter ihn extra hatte hinhängen lassen, denn so gottesfürchtig war sie sonst nicht. Im Moment war es ihr egal, sie fiel aufs Bett, zog die Decke über sich und war beinahe augenblicklich eingeschlafen.

KAPITEL 24

Statt wie gewöhnlich den ganzen Tag mit seinem Karren unterwegs zu sein, stellte Giovanni Paolo Feminis ihn gegen Mittag in der Wohnung ab und verließ die Stadt. An diesem Tag schien eine klare Märzsonne, die alles in ein frühlingshaftes Licht tauchte und die Menschen aus den Häusern lockte. Nachdem er die Stadt verlassen hatte, bot sich ihm ein ländliches Panorama mit von Ochsen gezogenen Pflügen und ganzen Bauernfamilien, die Steine von den Feldern lasen. Ihre schmerzenden Rücken, ihre schweißüberzogenen Gesichter und das schwere Stampfen der Ochsen nahm man aus der Ferne nicht wahr, es entstand der Eindruck einer ländlichen Idylle. Feminis hatte ohnehin keinen Blick dafür, sondern strebte dem Wald hinter dem Kloster Burbach zu. Dass hinter ihm eine kleine Gestalt durch das Stadttor schlüpfte, bemerkte er nicht. Der siebenjährige Carl Joseph hatte seinen Mantel zu Hause gelassen und sich nur ein Tuch um den Hals geschlungen. Seine Schuhe waren ihm zu groß, und statt richtig zu gehen, schlappte er in ihnen über die Wege und musste achtgeben, keinen zu verlieren.

Der Junge spürte die Spannungen zwischen seinen Eltern, den Druck, unter dem sein geliebter Papa stand. Er kannte das Gerede über den Teufel, die Hexen und das Aqua mirabilis des Leibhaftigen, das durch die Gassen schwirrte. Jeder Junge kannte es, und nicht wenige machten sich einen Spaß daraus, hinter einem buckligen oder hinkenden Weib herzulaufen und »Hexe, Hexe!« zu rufen. Ihm ging es nur darum, die Sorgen seines Vaters zu verstehen und die Bürden von dessen Schultern zu nehmen.

Dass der Weg ihn aus der Stadt herausführen würde, hatte er nicht erwartet. Es ängstigte ihn, denn seit sie nach Köln gezogen waren, hatte er die Stadt nicht verlassen. Er ging dennoch weiter, musste sich sogar beeilen, um die Entfernung zum Vater nicht zu groß werden zu lassen. Mit dessen langen Schritten konnte der Siebenjährige nicht mithalten. Er musste rennen, was in den zu großen Schuhen nicht leicht war, und dazu kam immer die Angst, den Vater aus den Augen zu verlieren.

Sie wurde größer, als Feminis einen Wald betrat. Carl Joseph winkte mit den Armen und wollte rufen, vom Rennen war er jedoch so sehr außer Atem, dass nur ein Krächzen aus seinem Mund kam. Er rannte und rannte sich die Lunge aus dem Leib, achtete nicht mehr darauf, wohin er trat und ob er ein Geräusch machte oder nicht.

Feminis hörte hinter sich das Knacken eines Zweiges. Er drehte sich abrupt um. Es war niemand zu sehen, aber ein Gefühl, nicht allein im Wald zu sein, beschlich ihn. Wieder knackte etwas, und es klang, als trete ein Fuß auf einen trockenen Zweig. Der Italiener suchte Schutz hinter einem Baum. Er hob einen Ast vom Boden auf, packte ihn fest und machte sich bereit, zuzuschlagen.

Als eine kleine Gestalt in Sicht kam, ließ Feminis den

Ast wieder sinken. Verbissen und mit starr auf den Boden gerichteten Blick lief sein Sohn den Weg entlang. Feminis trat hinter dem Baum hervor. Der Junge prallte gegen ihn.

»Carl Joseph!« Er fasste ihn um die Schultern.

»Herr Papa.« Der Junge krächzte und Tränen der Erleichterung stürzten aus seinen Augen.

»Was machst du hier? Warum bist du nicht bei deiner Mutter?«

Der Siebenjährige biss sich auf die Unterlippe. Er war so damit beschäftigt gewesen, seinem Vater zu folgen, dass er sich nicht überlegt hatte, was er zu ihm sagen wollte.

»Herr Vater«, begann er schließlich. »Ich wollte in Eurer Nähe sein. Und sehen, wohin Ihr geht.«

»Das hast du ja nun.«

»Ich muss wieder zurückgehen?« Carl Josephs Tränen flossen stärker. »Allein?«

»Nicht den ganzen weiten Weg.« Feminis hob seinen Sohn hoch, wischte ihm die Tränen ab. »Ich bringe dich nach Hause.«

»Das sollt Ihr nicht, Herr Vater. Ihr wolltet doch zu einem bestimmten Ort gehen. Hat es etwas damit zu tun, dass Ihr nicht mehr an Eurem Aqua mirabilis arbeitet und alle Geräte verschwunden sind? Nehmt mich mit!«

»Das ist nicht für die Augen eines Kindes bestimmt.«

»Ich werde kein Wort darüber sagen. Niemals.« Carl Joseph legte die rechte Hand auf sein Herz.

Am Ende ließ Feminis sich überzeugen. Der Drang, nach seinen Gerätschaften zu sehen, vielleicht sogar ein bisschen am Aqua mirabilis zu arbeiten, war größer als die Vernunft, die ihm gebot, den Jungen nach Köln zu bringen und an einem anderen Tag zurückzukommen.

Hand in Hand gingen sie zu der kleinen Lichtung und von dort aus zum Steilhang, in dem sich die Höhle verbarg.

Von draußen sah alles unberührt aus, seit er zu Beginn des Monats die Sachen hergebracht hatte. Feminis bog die Brombeerranken auseinander und zwängte sich durch den Eingang in die Höhle. Carl Joseph folgte ihm, betrachtete alles mit großen Augen.

Im Gang hinter dem Eingang lagerte Feminis einige Fackeln. Eine davon zündete er an.

In deren Schein gingen Vater und Sohn zum Ende der Höhle.

»Ihr habt es hier versteckt? Ich habe es geahnt …« Carl Joseph lief zum Ende der Höhle. Er strich über den Destillierapparat, die Truhe daneben. »Ihr habt alles hergebracht, als Ihr mit der Frau Mama den ganzen Tag weg wart und Tante Katharina auf uns aufgepasst hat?«

Sein Sohn war klug.

»Es ist besser, wenn niemand diese Sachen bei mir sieht, solange in Köln über Hexen und ein Aqua di Diàvolo geredet wird.«

»Deshalb arbeitet Ihr nie mehr daran. Weil alles hier steht.« Mit leuchtenden Augen drehte sich Carl Joseph zu seinem Vater um. »Wollen wir es versuchen? Jetzt? Ich helfe Euch, wie wir es zu Hause machen.«

Die Waage war schnell aufgebaut und die Rosoli mit allen Zutaten lagen in der Truhe bereit, eine Abschrift des Rezeptes war ebenfalls da. Carl Joseph ging seinem Vater zur Hand, reichte ihm, was dieser benötigte, und bald lag ein Duft nach Zitrone und Lavendel in der Luft, untermalt von einer feinen Note Rosmarin.

Feminis studierte das Rezept. Papier und Feder fehlten ihm, deshalb musste er alle Berechnungen im Kopf anstellen. Er sagte Carl Joseph Zutaten und Zahlen an, die sich der Junge zuverlässig merkte. Feminis mischte eine sehr kleine Menge Duftwasser an. Als Letztes fügte er einige Tropfen des kostbaren Neroliöls hinzu. Er schüttelte alles und betrachtete es gegen das Licht der herunterbrennenden Fackel.

Der Duft erfüllte die Höhle, und diesmal schien ihm das Aqua mirabilis besser gelungen als bei den vorherigen Versuchen. Aber das bedeutete nichts, es musste erst noch einige Tage stehen, um seinen endgültigen Duft zu entfalten.

»Die Fackel wird gleich verlöschen. Es ist unsere letzte.« Carl Josephs Worte unterbrachen seine Gedanken.

Hastig räumten sie alles zusammen und machten sich auf den Weg zurück nach Köln. Es war eine weite Strecke für einen Siebenjährigen, und Feminis setzte sich seinen Sohn auf die Schulter. Sie erreichten die Stadt jedoch erst, als es bereits dunkel war.

Kaum hatten sie die Wohnung betreten, stand Sophia

vor ihrem Sohn und schloss ihn in die Arme. Sie wühlte durch sein Haar und drückte ihn fest an sich. »Wo warst du nur? Ich habe mir Sorgen um dich gemacht!«

Carl Joseph schaute seinen Vater ernst an und schwieg.

»Nun rede doch, Kind. Ist dir etwas passiert?« Sie ließ ihn endlich los, schob ihn eine Armlänge zurück und betrachtete ihn von oben bis unten. Der Junge schwieg eisern, schließlich hatte er seinem Vater ein Versprechen gegeben.

»Was ist denn mit dir?« Sophias Stimme hatte einen verzweifelten Ausdruck angenommen.

»Ich habe Hunger«, sagte Carl Joseph leise.

»Du sollst etwas zu essen haben, natürlich.« Sie tischte mehr auf, als es bei ihnen abends sonst zu essen gab und gebot ihrem Sohn auch nicht Einhalt, als er nach einer zweiten Brotscheibe griff, sie mit Schmalz beschmierte und zusätzlich mit Käse belegte. Beglückt schaute sie ihm zu.

»Was habt Ihr damit zu tun?«, raunte sie ihrem Ehemann zu. »Ihr habt ihn mitgenommen in den Wald? Und Euch keine Gedanken gemacht, dass ich vor Sorge vergehe?«

»Dafür entschuldige ich mich«, gab der Italiener ebenso leise zurück.

»Es ist dieses Aqua mirabilis, das Euch nicht loslässt.« Sie seufzte beinahe unhörbar.

»Es wird uns reich machen. Eines Tages. Ich stehe kurz vor dem Durchbruch.«

»Das sagt Ihr immer. Vorher wird es uns den Tod bringen, weil Ihr nicht vorsichtig seid.«

»Das bin ich und das werde ich bleiben. Ich verspreche es Euch.« Er hauchte ihr einen Kuss auf die Wange. »Der Junge ist mir gefolgt. Was sollte ich machen? Ich werde ihn nicht wieder mitnehmen.«

Carl Joseph war mit Essen beschäftigt und hatte von dem leisen Gespräch seiner Eltern nichts mitbekommen. Und gerade fielen ihm am Tisch beinahe die Augen zu. Seine Mutter stand auf, um ihn ins Bett zu bringen.

KAPITEL 25

Kathrina Obladen!

Diese Frau war eine Hexe, davon war Bruder Martin überzeugt. Die schlimmste, die je in Köln gewütet hatte. Ihr Name war mehrfach in Zusammenhang mit dem Teufelswasser genannt worden. Nicht nur von Fritz Haan, sondern auch von der Frau des angesehenen Tuchverlegers Otto Scheepers. Die Hexe war mit einem Protestanten verheiratet gewesen und Hebamme. Das sagte alles, aber der Kölner Rat …

Bruder Martin beschloss jedenfalls Ende März des Jahres 1695, dass diese Zaubersche ihr Unwesen nicht länger in der Stadt treiben dürfe, damit die Kölner den Karfreitag am ersten April und Ostern zwei Tage später in Frieden feiern konnten. Es war schlimm genug, dass die Mitglieder der Gemeinde Klein St. Martin die Feiertage nicht in ihrer Kirche begehen konnten, da sie nach der Schändung noch nicht wieder neu geweiht worden war. Bruder Martin hatte es auf den faulen Priester zurückgeführt, dem das Seelenheil seiner Schäfchen nicht genug am Herzen lag. Der Mann hatte ihm jedoch drei Schreiben gezeigt, die er inzwischen an die erzbischöfliche Kanzlei nach Bonn geschrieben hatte und auf die er ohne Antwort war. Er war ein wackerer Priester und Bruder Martin hatte ihn seines Mitgefühls versichert. Seitdem hatte sich der Mann ihm angeschlossen.

Der Dominikanermönch verließ das Kloster in der Stolkgasse nach der Laudes und kümmerte sich nicht darum, dass sein Prior wissen wollte, wohin er ging. Die Engstirnigkeit dieses Mannes hatte ihn längst zu der Überzeugung gebracht, dass er abgelöst gehörte. Alles zu seiner Zeit – zunächst einmal die Hebamme.

Fritz Haan schloss sich ihm an, sein unermüdlicher Begleiter, den er an diesem Morgen unbedingt brauchte, da der wusste, wo die Hebamme wohnte. Bruder Alfons kam ebenfalls mit, sowie der Priester von Klein St. Martin und zwei kräftige Männer. Sie entfernten sich vom Rhein, ihr Weg führte sie über den Waidmarkt bis zu einem kleinen Haus in der Gasse Am Weißgerber Graben, das eingezwängt zwischen größeren Gebäuden stand. Das Haus sah armselig und durch die geschlossenen Fensterläden auch verlassen aus.

Bruder Martin hämmerte mit der Faust gegen die Tür. Er hörte auch nicht damit auf, als niemand öffnete, bis Bruder Alfons schließlich seinen Arm festhielt.

»Es ist niemand da! Das Weib ist Hebamme, vielleicht wurde sie zu einer Geburt gerufen.«

Fritz Haan drängte sich vor. »Die ruft keiner mehr als Hevvamm. In den letzten Monaten hat sie nur Flickarbeiten gemacht. Sie muss da sein.« Diesmal hämmerte der ehemalige Weber gegen die Tür und versuchte dann, sie aufzustemmen, aber sie war verriegelt.

»Die ist abgehauen«, stellte Bruder Alfons fest.

In den umliegenden Häusern standen die Bewohner hinter den Fenstern und beobachteten das Geschehen auf der Gasse. Heraus traute sich niemand. Bruder Martin ging zum Nachbarhaus und hämmerte dort an die Tür.

Noch mit der Nachtmütze, eine Laterne in der Hand und ein Tuch um die Schultern, öffnete ihm nach einer Weile eine stattliche Matrone. Das schüttere Haar hatte sie zu zwei Zöpfen geflochten, die ihr beinahe bis zur Hüfte reichten. Sie schaute vorsichtig durch einen Türspalt.

»Wir suchen deine Nachbarin«, fuhr Bruder Martin sie an.

»Ich weiß nicht, wo sie ist.«

»Sie ist deine Nachbarin, du musst es wissen.« Der Dominikaner stieß die Tür auf.

»Ich kann nichts sagen, wenn ich nichts weiß.« Sie hatte ihn erkannt und wich ängstlich einen Schritt zurück. »Mit dem Deuvel habe ich nichts zu tun. Die Obladensche hat seit Tagen niemand gesehen.«

»Wohnst du alleine hier?«

»Mit meinem Mann.«

»Wo ist der?«

»Er ist Nachtwächter im Hafen, aber er wird gleich kommen.«

»Kinder?«

»Der Herrgott in seiner unendlichen Weisheit hat uns keine geschenkt.« Sie bekreuzigte sich fromm.

Bruder Martin fragte sich, ob die Angst der Frau ein Zeichen dafür war, dass sie ebenso schuldig war wie die Obladensche. Er würde sie sich merken, diese Frau des Nachtwächters im Hafen. Einstweilen ließ er jedoch von ihr ab.

»Brecht die Tür auf!«, befahl er den beiden kräftigen Männern, die sich bisher im Hintergrund gehalten hatten. »Diese Hebamme entkommt uns nicht.«

Die Matrone im Nebenhaus hatte die Tür wieder zugeschlagen und geräuschvoll die Riegel vorgeschoben. Nun stand sie am Fenster und linste heraus. Die beiden kräftigen Männer machten sich an der Tür zu Kathrina Obladens Haus zu schaffen.

Bevor sie die Tür aufgebrochen hatten, kamen aber vier Funken gelaufen. Sie stießen die Männer von der Tür weg und stellten sich breitbeinig davor.

»Was geht hier vor?«, wollte der Älteste von ihnen wissen. »Habt ihr etwas mit diesem Haus zu schaffen?«

»Dort wohnt die Hexe Kathrina Obladen. Sie hat das

Teufelswasser an unschuldige Männer und Frauen verteilt. Jetzt hat sie sich davongemacht, um sich zu ihrem Herrn und Meister zu begeben.« Unerschrocken stellte sich Bruder Martin vor die Funken, blickte ihnen in die Augen und wollte sie auf diese Weise einschüchtern.

Sie blieben unbeeindruckt.

»In die Hölle? Da kann sie ja hier keinen Schaden mehr anrichten, und du kannst für ihre unsterbliche Seele beten.«

»Sie ist mit dem Teufel im Bunde und überzieht die Stadt mit ihrem Schadzauber«, widersprach Bruder Martin. Er fragte sich, wer die Funken informiert hatte. Derjenige sollte ihn kennenlernen.

»Solange der Rat der Stadt Köln die Hebamme nicht vorführen lässt, hast du hier nichts zu suchen. Wenn sie nicht hier ist, geht dich ihr Haus nichts an. Komm wieder, wenn sie da ist.«

»Sie ist aus der Stadt geflohen. Der Leibhaftige hat sie gewarnt.«

»Wahrscheinlich sitzt er auf ihrer Schulter und flüstert ihr ins Ohr«, höhnte der älteste Funke.

Die anderen grinsten und lockerten die Degen in den Scheiden.

Bruder Martin war ein Mann des Friedens und zog sich zurück. Seine Begleiter folgten ihm. Niemand von ihnen bemerkte den jungen Mann, der dicht hinter ihnen ging. Und sonst hätten sie ihn nur für einen neuen Kämpfer gegen den Teufel gehalten. Tatsächlich handelte es sich jedoch um Daniel Mensing, der seinen Hut tief ins Gesicht gezogen hatte.

Er hatte bei Kathrinas Haus nach dem Rechten sehen wollen und war gerade hinzugekommen, als Bruder Martin an die Tür hämmerte. Sofort war ihm klar geworden, dass die Sache übel ausgehen könnte. Er war losgerannt, um die Funken zu holen. Zunächst hatten sie gegrinst und nicht mitkommen wollen. Erst als er auf seinen Onkel im Stadtrat hinwies, änderten sie ihre Meinung. Sie hatten den Schauplatz gerade im rechten Augenblick erreicht. Was wäre passiert, wenn Bruder Martin das kleine Haus durchstöbert hätte? Obwohl Daniel keine rechte Vorstellung hatte, worin die Aufgaben einer Hebamme bestanden, konnte er sich vorstellen, dass einige Zutaten für Heilmittel zu finden waren, die jemand wie Bruder Martin als Teufelskraut bezeichnen würde. Er schlich nun hinter ihnen her, um ihre nächsten Pläne zu belauschen.

»Sie muss geflohen sein«, sagte der Weber gerade.

»Wohin? Wir müssen sie finden. Mit ihr hat alles angefangen, mit ihr wird es enden. Du musst etwas wissen, sie gehört zum gleichen Kirchspiel wie du.« Die Sandalen Bruder Martins klapperten auf dem Pflaster.

Es fiel Daniel nicht leicht, das Gesagte zu verstehen. Am liebsten hätte er sich weiter vorgedrängt und den Weber gepackt, um die Wahrheit aus ihm herauszuschütteln. Er befingerte den Stockdegen in seiner Rechten. Mit dem Daumen strich er immer wieder über den Mechanismus, der die Scheide löste. Zum Glück war er vernünftig genug, es dabei bewenden zu lassen. Einen Mönch auf offener Straße anzugreifen, damit würde er Kathrina nicht helfen. Er spitzte besser die Ohren.

»Ich weiß nichts.«

»Du musst! Wir müssen dem Teufel die Stirn bieten. Hat sie Familie?«

»Sie ist Witwe.«

»Eltern, Geschwister?«

»Eine Tante, aber die ist tot.«

»Keiner ist allein auf der Welt. Was ist mit ihren Eltern? Bei Gott, du musst dir mehr Mühe geben, wenn ich nicht an deiner aufrechten christlichen Gesinnung zweifeln soll. Du hältst es wohl weiter mit der Zauberschen?« Bruder Martin sprach scharf und ungeduldig.

Fritz Haan schwieg eine Weile, und Daniel wollte schon aufatmen. Der Kerl wusste nichts. Er selbst hatte ja auch nichts von ihrer Mutter in Siegburg gewusst und war ganz erstaunt gewesen, als sie damit herausrückte.

»Eine Mutter wird sie haben, aber nicht in der Stadt. Die wohnt woanders.«

»Wo, du geistloser Idiot?«

»Sie hat einmal davon gesprochen.«

Wie vertraut war Kathrina mit diesem Menschen geworden? Daniel fühlte einen Stich in der Brust. War am Ende mehr zwischen ihnen gewesen, als sie ihn glauben gemacht hatte?

»Es war ein Ort bei Bonn.«

»Godesberg«, riet Bruder Martin.

Fritz Haan schüttelte den Kopf.

»St. Augustin?«

»Auch nicht.«

»Siegburg?« Bruder Martin spuckte den Ortsnamen aus. Dass es in ein albernes Ratespiel ausartete, ärgerte ihn, und am liebsten hätte er den Weber am Hals gepackt und den Ort aus ihm herausgeschüttelt.

Fritz Haan nickte. Daniel lief es kalt den Rücken herunter. Kathrina war bei ihrer Mutter in Gefahr. Es würde nicht schwer sein, sie in dem kleinen Ort ausfindig zu machen. Er hatte sie nicht in Sicherheit, sondern in Gefahr gebracht.

»Worauf warten wir noch?« Der Dominikaner drehte sich um und blickte seinen beiden Begleitern in die Gesichter. Sie verstanden, was zu tun war.

Danach fiel sein Blick auf Daniel. »Was willst du?«

»Ich mache mir Sorgen wegen des Leibhaftigen in Köln. Wenn er meine Mutter und meine Schwester …?«

»Sei wachsam und komme zu mir, wenn du etwas bemerkst.« Der Dominikaner schlug das Kreuz über ihm. »Pax vobiscum.«

KAPITEL 26

Du musst sofort hier weg.«

Diese Worte klangen wie Musik in Kathrinas Ohren. Sie hatte befürchtet, das Osterfest als unwillkommener Gast im Hause ihrer Mutter verbringen zu müssen. Und nun stand Daniel zwei Tage vor Karfreitag am Nachmittag völlig abgehetzt vor der Tür ihrer Mutter und sprach die erlösenden Worte. Sie wollte nichts lieber, als in ihr Zuhause zurückzukehren.

Obwohl sie sich im Haus ihrer Mutter kleinmachte, um nicht aufzufallen, fühlte sie sich allenfalls geduldet. Hella Krey ließ keine Gelegenheit aus, ihr deutlich zu machen, was sie von den Lebensumständen ihrer Tochter hielt. Sie stellte sie als ungebetene Esserin dar und ließ kein gutes Haar an ihrer verstorbenen Schwester, die sich um Kathrina gekümmert hatte. Diese ständigen Sticheleien zu überhören, verlangte ihr alles ab. Manchmal überstieg es ihre Kräfte, und sie konnte sich nur dadurch retten, dass sie sich in ihre Kammer einschloss und ihre Wut hinausschluchzte.

Daniels Auftauchen kam ihr mehr als gelegen. Sie knotete flugs ihre geringe Habe in ein Tuch und stand danach reisefertig neben ihm an der Tür. Ohne Erklärung und nur mit einem kurzen gemurmelten Abschiedswort verließ sie das Haus in der festen Absicht, nicht so schnell zurückzukehren.

In einer Garküche erstand Daniel für sie beide Fischpasteten und eine Flasche Dünnbier, bei einem Bäcker ein Brot. Zu Fuß verließen sie Siegburg. Daniel ging so schnell, dass Kathrina Mühe hatte, mit ihm Schritt zu halten. Hatte er vor, in diesem Tempo bis nach Köln zu wandern? Sie blieb einen halben Schritt hinter ihm.

»Daniel«, rief sie. »Ist die Gefahr in Köln vorbei und hat der Teufel die Stadt geräumt?«

»Nein.« Er blieb stehen, bis sie an seine Seite kam, und ergriff ihre Hand. »Es ist schlimmer denn je. Du kannst dich in der Stadt auf keinen Fall sehen lassen. Dieser Dominikanermönch gibt keine Ruhe und sieht an jeder Ecke Hexen. Es werden bestimmt bald ein Dutzend unbescholtener Frauen in den Türmen festgehalten. Und er sucht nach dir.«

»Warum hast du mich dann von meiner Mutter weggeholt?«

»Er ist auf dem Weg nach Siegburg.«

Kathrina blieb stehen. »Daniel!«

Er drehte sich zu ihr um. »Was ist? Je eher wir weg sind, desto besser.«

»Wie kann dieser Mönch von Siegburg wissen? Ich habe nie ein Wort mit ihm gesprochen.«

»Fritz Haan.«

Der hatte sie verraten. Das sah ihm ähnlich. Kathrina ging nun an Daniels Seite und überlegte, bei welcher Gelegenheit sie dem Weber gegenüber den Wohnort ihrer Mutter – überhaupt ihre Mutter – erwähnt hatte. Lange fiel ihr keine Situation ein, in der so ein Gespräch stattgefunden haben könnte. Die einzige Möglichkeit war, dass er es bei der Beerdigung ihres Mannes aufgeschnappt hatte. Ihre Mutter war nicht gekommen, und da hatte sie möglicherweise Siegburg erwähnt, dass die Anreise für ihre Mutter zu weit gewesen wäre. Dabei hatte sie nicht einmal daran gedacht, sie über den Tod ihres Mannes zu benachrichtigen, erst später hatte sie ihr einen Brief geschrieben. Der Gedanke, dass Fritz Haan sich das gemerkt hatte, jagte ihr einen Schauer über den Rücken.

Daniel ergriff ihre Hand, drückte sie fest.

»Wir haben nicht viel Zeit, sie sind auf dem Weg hierher. Ich bin froh, dass ich ihnen zuvorgekommen bin.«

Von hinten näherte sich ihnen ein Wagen, und sie hatten Glück: Der Fuhrmann des mit Kisten beladenen Gefährts nahm sie mit. Sie saßen hinten auf der Ladefläche und ließen die Beine herunterbaumeln. Bis Porz konnten sie mitfahren. Während der Fahrt teilten sie sich die Fischpasteten und tranken das Dünnbier. Auf einmal stieß Daniel sie an.

»Da vorne kommen sie.«

»Wer?«

»Schau nicht hin, sie dürfen keinen Verdacht schöpfen. Die beiden Männer hat Bruder Martin geschickt, um dich zu suchen.«

Kathrina zog sich eine Decke um die Schultern und linste über deren Rand. Es kamen ihnen zwei Männer entgegen mit Armen so stark wie Dreschflegel. Sie waren zu Fuß unterwegs. Von der Anstrengung des Laufens waren ihre Gesichter gerötet. Ohne dass die beiden dem Wagen einen Blick zuwarfen, passierten sie einander und waren auch schon vorbei. Kathrina atmete auf.

Das neue Versteck für Kathrina lag im Wald. Jedenfalls führte Daniel sie am nächsten Tag in der Morgendämmerung auf verschlungenen Pfaden durch ein Waldstück. Kathrina folgte ihm müde und verfroren. Sie hatten eine schlaflose Nacht in einer Bauernscheune hinter sich, in der das Stroh sie nur unzureichend gewärmt hatte. Daniel brachte sie über eine Lichtung zu einer Brombeerhecke, deren Blätter sich allmählich wieder grün färbten.

»Hier ist es.«

»Was?«

»Dein neues Versteck.«

»Eine Brombeerhecke? Soll ich darunterliegen?« Die müde Kathrina war nicht zu Scherzen aufgelegt. Sie wollte nach Hause und es war ihr beinahe egal, ob der Dominikanermönch es auf sie abgesehen hatte.

Daniel bog einige Ranken zur Seite, und dahinter kam der Eingang einer Höhle zum Vorschein. »Hier wirst du sicher sein.«

»Nein!« Kathrina schüttelte den Kopf. »Um Himmels willen, du kannst nicht wollen, dass ich wie ein Tier in einer Höhle lebe!«

»Ich weiß keinen anderen Ort, an dem du sicher bist. Es ist nicht für lange. Der Rat wird dem Treiben dieses Mönches bald Einhalt gebieten. Das ist eine richtige Höhle, nicht nur eine Mulde im Fels. Du hast es da drinnen wärmer als draußen, es ist trocken, und ich werde dir bringen, was du brauchst. Du kannst ein Feuer machen, und niemand wird etwas davon bemerken.«

Es machte ihr trotzdem Angst. Ginge das Feuer einmal aus, wäre sie im Stockdunkeln gefangen. Daniel ließ ihre Einwände nicht gelten, und schließlich betraten sie nacheinander die Höhle. Gleich hinter dem Eingang klemmten einige Fackeln. Eine davon entzündeten sie.

Daniel griff nach ihrer Hand und hielt sie zurück. Er deutete auf den Boden vor ihnen, auf dem Fußspuren zu sehen waren, als wäre vor kurzem jemand da gewesen. Sie schauten sich fragend an. Vorsichtig pirschten sie weiter vor. Der Gang endete in einer geräumigen Kammer, an deren Ende etwas lag, das mit einer Plane abgedeckt worden war. Außer ihnen hielt sich niemand in der Höhle auf, aber es bestand kein Zweifel daran, dass sie vor kurzem benutzt worden war. Neugierig schlich Kathrina näher heran und hob eine Ecke der Plane an. Darunter kamen ein merkwürdiger Apparat und Kisten zum Vorschein, in denen sich, sorgfältig verpackt in Stroh, eine Waage und verschiedene Glasflaschen befanden, die alle mit geheimnisvollen Namen beschriftet waren. Sie packten alles aus und zählten insgesamt siebzehn Flaschen.

»Das sind Rosoli«, sagte Daniel.

»Und was ist das?«

»Darin wird Duftwasser gelagert.«

»Dann ist das alles Duftwasser?« Jetzt nahm Kathrina auch einen feinen Duft wahr, der in der Luft lag. Sie öffnete eine der Flaschen und schnupperte daran. »Das ist auf jeden Fall Zitrone.«

In einer anderen Rosole erschnupperte sie Vanille, dann noch Lavendel und eine Menge anderer Düfte, für die sie keinen Namen hatte. Ganz zum Schluss fanden sie eine Rosole mit Ungarischem Wasser und noch eine mit einem unbekannten Duft.

»Weißt du, was das ist?«, fragte sie Daniel.

Der schüttelte den Kopf.

»Das Teufelswasser. Hier wird das Teufelswasser hergestellt und dann in Köln unter die Leute gebracht! Wir haben doch immer gedacht, dass jemand das Wasser in der Stadt verteilt, und das hier ist der Beweis.« Sie zeigte auf ihren Fund.

»Das ist Ungarisches Wasser«, wandte Daniel ein. Er hob die entsprechende Rosole hoch und betrachtete den Inhalt im Schein der Fackel. »Das ist seit mehreren hundert Jahren bekannt. Seit der ungarischen Königin Elisabeth, die im vierzehnten Jahrhundert gelebt hat.«

»Das ist das Teufelswasser!« Kathrina hob die Rosole hoch, die den unbekannten frischen Duft enthielt. »Es kann nichts anderes sein. Warum sollte es sonst jemand in einer Höhle verstecken?«

Sie betrachteten die Rosole. Das Duftwasser sah so unschuldig aus, wie das Ungarische Wasser, das Daniels Mutter benutzte, um ihre Schönheit zu erhalten. Sie waren sich beide sicher, dass es nicht der Teufel gewesen war, der die Sachen in der Höhle versteckt hatte. Das hier war das Werk eines Menschen.

Dennoch sagte Kathrina: »Ich kann hier nicht bleiben, nicht mit diesem Duft des Teufels neben mir.«

»Nein, das kannst du nicht.« Daniel griff nach ihrer Hand, und sie verließen die Höhle wieder. Auf der Lichtung drehte er sich um. Die Ranken verbargen den Höhleneingang, als wären sie nicht dort gewesen – bis auf ihre Fußspuren im aufgeweichten Boden davor. Daniel lief zurück und mühte sich, sie mit einem Stock zu verwischen. Am Ende begutachtete er kritisch sein Werk. Es mochte ausreichen.

Viel drängender war die Frage, wo Kathrina sich nun verstecken sollte. In der Höhle konnte sie nicht bleiben, auch nicht zurück nach Köln, und bei ihrer Mutter war sie nicht sicher. Bei den Zisterzienserinnen des nahen Klosters Burbach mochte sie ebenfalls nicht sicher sein. Wer wusste schon, was die über eine Frau dachten, die der Hexerei verdächtigt wurde? Die Möglichkeiten wurden knapp. In der Tasche seines Wollmantels fühlte Daniel nach der Geldbörse. Sie enthielt einige Taler, und es mochte reichen, um Kathrina für einige Wochen in einem Gasthaus unterzubringen. Nur hatte Daniel so eine Ahnung, dass sie damit nicht einverstanden wäre. Es entsprach nicht ihrer Art, einen Mann alles für sie bezahlen zu lassen. Das machte sie zu einer Frau, die einen Mann herausforderte. Die ihn herausforderte.

Sie waren auf den Weg zurückgekehrt und folgten ihm tiefer in den Wald hinein. Auf einmal drangen Axtschläge an ihre Ohren. Vorsichtig folgten sie dem Geräusch und trafen auf einen Köhler mit seinen beiden halbwüchsigen Söhnen. Sie fällten Bäume, um einen neuen Meiler aufzuschichten. Zu der Familie gehörten noch eine Frau und eine Tochter, deren rechte Gesichtshälfte von einem Blutschwamm verunstaltet war. Sie warf Kathrina einen giftigen Blick zu, ehe sie fortfuhr, das Innere eines Kessels mit Wasser und Asche zu scheuern.

Nach einigem Verhandeln und einer Geldzahlung erreichte Daniel, dass Kathrina eine Nacht bei der Familie bleiben durfte.

»Aber nur eine Nacht«, betonte die Köhlersfrau. »Wir haben selbst kaum Platz für uns, da können wir keine Kostgänger gebrauchen.«

Kathrina sah unglücklich aus und Daniel verstand sie. Es konnte keine Freude sein, bei dieser Familie bleiben zu müssen. Es wäre ja nur für eine Nacht, tröstete er sie leise, bis morgen hätte er eine andere Unterkunft gefunden. Sie umarmten sich unter den wachsamen Blicken der Köhler.

»Ich warte auf dich, auf der Lichtung«, flüsterte Kathrina.

»Ich hole dich ab. Versprochen.«

»Lass nicht zu lange auf dich warten.«

KAPITEL 27

Nach einer schlaflos verbrachten Nacht und einem aus fadem Brei bestehenden Frühstück verließ Kathrina die Köhlerfamilie. Sie wollte lieber den Tag über auf der Lichtung warten, als sich länger in diesem ungastlichen Haus aufzuhalten. Die Tochter mit dem Blutschwamm im Gesicht hatte die ganze Zeit kein Wort gesagt, als wäre sie stumm. Die Söhne glotzten sie an, als hätten sie außer Schwester und Mutter noch nie ein weibliches Wesen gesehen. Hatten sie vielleicht auch nicht? Kathrina fühlte sich unter ihren Blicken nackt.

Kein Wort des Abschieds begleitete sie, als sie mit den Männern vor das Haus trat und dann jeder seiner eigenen Wege ging. Es dauerte nicht lange und durch den Wald hallten von neuem die Axtschläge der Köhler.

Auf der Lichtung lehnte sich Kathrina an einen Baum. Durch die nur mit wenigen zartgrünen Blättern bedeckten Baumkronen hindurch beobachtete sie den Himmel. Wolken verdeckten die Sonne, aber dennoch war sie durch das Blätterdach als heller Fleck zu erahnen. Sie stand tief und bis Daniel kam, mochte es noch Stunden dauern. Kathrina hockte sich hin, drapierte ihre Röcke um sich und wickelte sich das Schultertuch fester um Kopf und Hals. Es dauerte nicht lange, bis ihr die Knie wehtaten. Die Sonne war unterdessen kaum weiter gewandert, es schien fast keine Zeit vergangen zu sein.

Kathrina machte sich auf den Weg zur Höhle. Sie

würde vorsichtig sein und achtete auf die Umgebung. Ihr fiel nichts Verdächtiges auf. Die Brombeerhecke sah unberührt aus, und der Ast, mit dem Daniel am Vortag ihre Spuren verwischt hatte, lag genauso da, wie er ihn fortgeworfen hatte.

Der Teufel würde hoffentlich nicht bei Tag kommen. Das Duftwasser in der Höhle zog sie an, sie wollte herausfinden, ob sich bei den Geräten und Zutaten nicht ein Hinweis auf den Besitzer fand. Ehe sie es bemerkte, hatte sie die Ranken auseinandergebogen und stand in dem schmalen Gang, eine Fackel in der Hand. Sie brauchte zwei Versuche, um sie anzuzünden, dann warf der Feuerschein ihren zuckenden Schatten an die Wände.

Kathrina eilte den schmalen Gang entlang in die Höhle. Die Apparate und die Truhe standen so da, wie sie sie am Vortag zurückgelassen hatten. Sie klappte den Truhendeckel hoch und schob das Stroh zur Seite.

Sie wagte es jedoch nicht, den mit Wachs versiegelten Korken aus der Rosoli zu entfernen. Obwohl sie sich zur Vernunft mahnte, konnte sie die unbestimmte Angst nicht unterdrücken, dass dem Wasser am Ende doch eine zauberische Wirkung anhaftete. Aber auch so entstieg der Flasche ein schwacher Duft. Sie schnupperte daran, was wohl kaum schaden konnte. Es roch so frisch und zart, dass sie am liebsten ihre Hände hineintauchen wollte, um den Duft den ganzen Tag bei sich zu haben. Das sollte nun Teufelswasser sein? Schwer vorstellbar, dass der Teufel etwas so Schönes geschaffen haben sollte. Sie war sicher, dass dahinter Menschen steckten, und sie musste die Gelegenheit nutzen, mehr über sie herauszufinden.

Kathrina legte die Rosoli vorsichtig neben der Truhe ab und machte sich daran, den restlichen Inhalt auszupacken. Sie nahm alle anderen Flakons mit den ätherischen Ölen heraus und wühlte sich durch das Stroh. Ganz unten stieß sie auf ein verschnürtes, flaches Päckchen. Es stellte sich als schmaler Karton heraus, der mit einem Band umwickelt war. Neugierig löste Kathrina die Verschnürung und zum Vorschein kam ein zusammengefaltetes Papier.

Ihre Enttäuschung war groß, als sie es lesen wollte. Nicht nur konnte sie kein Wort der verwendeten Sprachen verstehen, stellenweise war der Text in einer Schrift verfasst, die sie nicht einmal lesen konnte. Kein Hinweis auf den Urheber des Teufelswassers. Es wäre auch zu leicht gewesen.

Sie machte sich daran, alles wieder einzupacken, als ein Geräusch vom Höhleneingang sie innehalten ließ. Noch bevor sie reagieren konnte, stürzte jemand mit einem erhobenen Knüppel auf sie zu. Kathrina duckte sich und entging dem Schlag. Sie ergriff das Erste, was ihr zwischen die Finger kam, und erhob es abwehrend. Es war die Rosoli mit dem unbekannten Duftwasser. Sie zerbarst unter dem nächsten Schlag, und der betörende Duft des Teufelswassers breitete sich in der Höhle aus.

Das ließ den Eindringling zurückweichen und gab ihr die Gelegenheit, einen Stein aufzuheben.

»Aufhören! Weg, Teufel!«, schrie Kathrina voller Furcht und schlug blind zu. Was ihr eben noch die Vernunft eingegeben hatte, zählte auf einmal nicht mehr.

Ein Schmerzenslaut zeigte ihr an, dass sie den Eindringling getroffen hatte. Sofort griff sie nach einem zweiten Stein. Sie war fest entschlossen, ihr Leben teuer zu verkaufen.

»Verschwinde, Teufel! Vade!« Den lateinischen Ausdruck hatte Kathrina in der Messe gehört. Er wurde benutzt gegen etwas Böses, das weichen sollte.

»Ich bin kein Diàvolo! Madonna Mia, was denkt Ihr? Hört auf!«

Die Stimme hatte einen italienischen Akzent. Kathrina, die sich bereits wieder nach einem Stein bückte, verharrte in der Bewegung und schaute auf. Im Schein der Fackel erkannte sie einen schlanken, nicht allzu großen Mann. Seine Kleidung schien einst von guter Qualität gewesen zu sein, war nun aber abgewetzt vom häufigen Tragen. Er machte auf sie den Eindruck eines Kleinkrämers. Es gab einige Italiener dieses Gewerbes in Köln. Sie konnte sich nicht daran erinnern, diesen Mann jemals zuvor gesehen zu haben. Sie behielt den Stein in der erhobenen Hand und beobachtete den Mann.

»Ich füge einer Frau nichts Schlimmes zu, Signora, glaubt mir. Wenn Ihr gestattet ...« Er verneigte sich nun sogar vor ihr. »Giovanni Paolo Feminis aus Köln. Händler für *französisch Kram*.« Den Knüppel hielt er noch in der Hand.

Der Situation haftete viel Komik an: Da standen sie

sich mit Schlagwerkzeugen bewaffnet in einer Höhle gegenüber, und er stellte sich ihr vor, als begegneten sie einander im Morgensalon einer vornehmen Dame. Ein Kichern stieg in Kathrinas Kehle auf, das sie nur mit Mühe zurückhalten konnte. Immerhin schenkte sie ihm ein Lächeln und neigte den Kopf.

»Kathrina Obladen, auch aus Köln. Sind das Eure Sachen?« Sie deutete hinter sich. Der Geruch des vergossenen Duftwassers war so stark, dass sie Mühe hatte, einen klaren Gedanken zu fassen.

»Ich habe alles hier versteckt.«

»Das ist das Teufelswasser!«

Feminis schüttelte entschieden den Kopf. »No, no! Madonna Mia, damit habe ich nichts zu tun. Kein Aqua di Diàvolo.« Er bekreuzigte sich.

Obwohl er ein Fremder war, neigte Kathrina dazu, ihm zu glauben. Dennoch ließ sie den Stein nicht fallen und schaute den Mann bewusst streng an.

»Warum soll ich Euch glauben? In der Stadt ist die Rede von einem Teufelswasser, und hier finde ich alles, was man braucht, um eines herzustellen. Einschließlich des Wassers selbst.« Sie trat einen Schritt zur Seite und zeigte auf den Boden, wo der Stein feucht glänzte vom vergossenen Duftwasser. »In der Truhe habe ich zudem ein Papier mit geheimnisvollen Zeichen gefunden. Wenn das nicht eindeutig ist … Und vor mir steht der Mann, dem all dies gehört. Da soll ich Euren Worten Glauben schenken?«

»Ich schwöre bei allem, was mir heilig ist, bei meiner Frau und meinen Kindern, das ist nicht das Aqua di Diàvolo. Ich habe die Sachen versteckt, damit ich in der Stadt nicht in Verdacht gerate. Das ist ein Aqua mirabilis, das ich nach einem alten Rezept herstellen will. Es steht auf dem Papier, das Ihr gefunden habt, und stammt aus dem Erbe meines Großvaters. Leider ist es sehr kompliziert, und die Herstellung des Wassers will mir nicht recht gelingen.«

»Das Wasser riecht wunderbar«, platzte Kathrina heraus.

Feminis legte den Knüppel auf den Boden, schaute sie zweifelnd an und schüttelte den Kopf. »Die Herz- und die Kopfnote harmonieren noch nicht gut. Es sticht immer entweder das eine oder das andere hervor. In dem Rezept ist ein Geheimnis verborgen, das ich nicht enträtseln kann. Mit dem Diàvolo hat das Rezept aber nichts zu tun. Mein Großvater war ein gottesfürchtiger Mann.«

»Fragt ihn doch nach der Bedeutung.«

»Er ist verstorben, vor einiger Zeit schon. Das Rezept habe ich in seinem Nachlass gefunden.«

Kathrina fasste langsam Vertrauen zu dem Italiener. Sie war überzeugt, dass er nichts mit dem Teufelswasser zu tun hatte, und ließ den Stein fallen, den sie die ganze Zeit in der Hand gehalten hatte.

»Es tut mir leid, was mit Eurem Duftwasser passiert ist. Wie habt Ihr es genannt?«

»Ein Aqua mirabilis. Ich frage mich nur, wie Ihr in diese Höhle kommt, Signora Obladen?«

Kathrina erzählte ihm, wie sie mit dem Teufelswasser in Verbindung gebracht und beschuldigt worden war. Dass sie aus Köln geflohen war, um sich in der Höhle zu verbergen. Daniels Hilfe und wo sie die Nacht verbracht hatte, verschwieg sie einstweilen.

»Das hört sich für Euch nicht gut an. Was habt Ihr vor?«

»Ich werde dieses Teufelswasser als Lüge entlarven. Denjenigen finden, der es tatsächlich in die Stadt gebracht hat, und meinen Namen reinwaschen.«

»Wie wollt Ihr das schaffen, wenn Ihr Euch in dieser Höhle verbergen müsst?«

»Ich habe Hilfe in der Stadt.«

»Ich glaube ebenso wenig wie Ihr an ein Aqua di Diàvolo. Dahinter stecken Menschen. Die will ich finden und das Wasser auch«, sagte der Italiener. Er ging an Kathrina vorbei und begann damit, die Rosoli mit den ätherischen Ölen in die Truhe zurückzulegen. »Ich werde mir nicht die Geschäfte mit meinem Aqua mirabilis verderben lassen.«

Die Zartheit, mit der Feminis die Rosoli berührte und in das Stroh bettete, überzeugte Kathrina endgültig von seinen lauteren Absichten. Jemand, dem eine Sache so viel bedeutete, der konnte nichts Böses im Herzen tragen. Sie half ihm mit den Ölen, und bis die Truhe gepackt war, schwiegen sie.

»Ich hätte einen Vorschlag zu machen, Signora«, begann Feminis. Obwohl er genauso groß war wie sie, schaffte er es, sie schräg von unten anzuschauen. Er sah aus, als wollte er eine schwierige Kundin von seinen Waren überzeugen.

»Ich höre«, ermunterte Kathrina ihn.

»Wir bündeln unsere Kräfte und gehen gegen die Personen vor, die in Köln die Gerüchte über das Aqua di Diàvolo gestreut haben. Auf diese Weise erhaltet Ihr Euren guten Namen zurück, und ich kann mein Aqua mirabilis in der Stadt verkaufen, ohne dass man mich für einen Parteigänger des Diàvolo hält. Sprecht mit Eurem Freund. Er kann mich in Köln in der Sternengasse, nahe des Waidmarktes aufsuchen.« Feminis verneigte sich erneut vor Kathrina.

Seine Rede hatte geklungen wie die eines Generals am Abend vor der Schlacht. Aber das war es wohl auch, was vor ihnen lag – eine Schlacht, die sie zu schlagen hatten.

»Die Zusammenarbeit mit Euch wäre auch mir angenehm.« Unbewusst war Kathrina in seine geschraubte Redeweise verfallen. »Könnt Ihr nicht doch warten? Ich werde meinen Bekannten später auf der Lichtung treffen und Euch gerne vorstellen.«

»Wann wird das Treffen stattfinden, Signora?«

»Im Laufe des Tages.«

Feminis machte ein bekümmertes Gesicht. »Das wird mir nicht möglich sein. In der Stadt warten Geschäfte auf mich. Ich kann es mir nicht leisten, einen halben Tag auf einer Waldlichtung zu stehen.«

Zum dritten Mal verneigte er sich vor Kathrina, lüpfte seine Samtkappe und verabschiedete sich.

KAPITEL 28

»Eure Tochter raubt mir den Verstand«, seufzte Gerlinde Scheepers. Sie separierte ein winziges Stück Kalbsniere in Weinsoße und führte es mit einer Bewegung, die sie für zierlich und elegant hielt, zum Mund. Otto Scheepers kam sie alles andere als das vor. Weit wichtiger war jedoch, dass sie von *seiner* Tochter gesprochen hatte. Rotrud wurde zu seinem Mädchen, wenn es Anlass zu Klagen gab, aber sie war immer die Tochter ihrer Mutter bei freudigen Ereignissen. Er war daran gewöhnt und hielt es für verschwendeten Atem, darauf zu antworten.

Das Ehepaar saß sich beim Abendessen gegenüber. Ausnahmsweise waren einmal keine Gäste zugegen, auch die Diener hatten sie hinausgeschickt, sie bedienten sich selbst. Es war ein intimes Abendessen zu zweit.

»Ihr habt doch alles geregelt?«, wollte Gerlinde Scheepers wissen.

»Den Cellitinnen habe ich ein großzügiges Geschenk gemacht. Sie werden bestimmt nichts nach außen dringen lassen. Die Priorin sah die Notwendigkeit des Schweigens ganz und gar ein.«

»Es wird Zeit, dass Eure Tochter wieder ihr Leben aufnimmt. Es kann kein Zustand sein, sich im Zimmer zu verkriechen, wo sie gerade jetzt der Welt ein erhobenes Gesicht zeigen muss.«

Der Vater nickte.

Ohne darauf zu achten, sprach Gerlinde Scheepers weiter: »Seit Wochen kommt sie nicht herunter, das kann dem Lämmchen nicht guttun. Es spricht doch nichts dagegen, wenn sie heiratet und mit einer Familie glücklich wird?«

Die Frage war rhetorischer Natur, dennoch nickte Otto Scheepers.

»Aber bevor es soweit ist, müssen wir der Familie des Verlobten die Wahrheit enthüllen. Unsere Rotrud wäre nicht das erste Mädchen, das nicht als Jungfrau in die Ehe geht. Was macht das schon, solange der Schein gewahrt bleibt? Immerhin bringt sie ein Vermögen mit in die Ehe, das sollte jemanden wie Daniel Mensing über die fehlende Jungfräulichkeit hinwegsehen lassen.«

Otto Scheepers brummte eine Zustimmung und nahm sich vor, sich nur noch den Kalbsnieren in Weinsoße zu widmen, ehe sie kalt wurden.

»Nur, was macht das Lämmchen? Alles noch schlimmer, weil sie sich benimmt wie eine verlorene Seele. Elisabeth Mensing hat mich seitdem zweimal besucht, in diesem Haus. Und ich war einmal bei ihr. Alles, wie es sich gehört. Nur Rotrud fehlt, dabei fragt die gute Dame jedes Mal nach ihr. Ich kann nicht immer eine Krankheit vorschieben. Bisher habe ich mich damit herausgeredet, das arme Kind hätte Fieber, ihm sei nicht wohl. Das geht nicht so weiter, am Ende denkt Elisabeth Mensing, unser Lämmchen wäre kränklich und will sie deshalb nicht mehr für ihren Sohn.«

Otto Scheepers reichte es. Er schlug mit der flachen Hand auf die Tischplatte, und vergessen war sein Leibgericht. »Hört Euch selbst einmal zu! Das ist unsere Tochter, über die Ihr redet und kein Tuchballen!«

»Wie meint Ihr?« Gerlinde Scheepers sah verständnislos drein.

»Sie hat eine schreckliche Erfahrung machen müssen. Da braucht meine Tochter, unsere Tochter, Eure Tochter eben Zeit, wieder in ihr altes Leben zurückzufinden. Gönnt sie ihr.«

»Es sind jetzt Wochen. Wie lange will sie das durchhalten? Wie lange sollen wir das durchhalten?«

»Macht ihr Mut! Unsere Rotrud ist ein gutes Mädchen. Sie mag einen Fehler gemacht haben, aber sie bleibt unser einziges Kind.«

»Otto Scheepers«, fuhr seine Angetraute auf. Sie hatte die Gabel auf den Teller gepfeffert, dass etwas von der Weinsoße auf das Tischtuch gespritzt war. »Ihr redet gerade so, als wäre ich eine schlechte Mutter. Ich will nur das Beste für mein Lämmchen.«

Er öffnete den Mund, um etwas zu sagen.

»Otto Scheepers«, schimpfte sie weiter. »Sagt nichts, wenn Ihr wollt, dass ich weiterhin mit Euch spreche. Oder ich werde nie wieder Kalbsnieren in Weinsoße auf den Tisch bringen.«

Dass sie nie wieder mit ihm sprechen würde, könnte sich als Segen erweisen, aber keine Kalbsnieren in Weinsoße mehr zu servieren war eine ernstzunehmende Drohung.

Warum verlor seine Angetraute derart die Contenance? Sie führten nur ein Gespräch.

»Ich werde nichts weiter sagen.«

Seine Angetraute redete ohnehin wie ein Wasserfall weiter. »Rotrud wäre bestimmt auch mit einem älteren Mann zufrieden, sollten die Mensings gar nicht anbeißen. Er darf natürlich nicht zu alt sein und am Ende Kinder haben, die älter sind als unser Lämmchen.«

Von den beiden unbemerkt stand seit einiger Zeit Rotrud in Nachthemd und Morgenmantel in der Tür des Esszimmers. Die zu Zöpfen geflochtenen Haare hingen ihr lang über den Rücken, ihre ohnehin helle Haut hatte eine schlohweiße Farbe angenommen; die geröteten Augen wirkten riesig in ihrem Gesicht. Sie hielt eine Hand vor den Mund gepresst, dennoch entfuhr ihr ein Schluchzer.

Ihre Eltern drehten sich um. Erschrecken stand auf ihren Gesichtern.

»Du bist aufgestanden, mein Lämmchen.« Gerlinde Scheepers sprang auf, lief zu ihrer Tochter und umarmte sie. »Du hast bestimmt Hunger, setz dich zu uns. Ich lasse dir sofort ein Gedeck bringen.« Die Hausfrau wollte nach einer Glocke greifen, um nach einem Diener zu läuten.

Rotrud hielt die Hand ihrer Mutter fest. »Ich habe keinen Hunger mehr.« In ihren Augen glitzerten Tränen, standen kurz davor, über ihre Wangen zu rollen.

Der Anblick seiner Tochter rührte an Otto Scheepers Herz. »Gerlinde, lasst das Mädchen und setzt Euch wieder. Das Essen dürfte inzwischen kalt sein.« Er warf dem Rest auf seinem Teller einen bedauernden Blick zu.

»Es lässt sich wieder aufwärmen«, sagte die Hausfrau. Sie setzte sich an den Tisch.

Rotrud stand weiterhin in der Tür und versuchte verzweifelt, die Tränen zurückzuhalten. Otto Scheepers streckte ihr eine Hand entgegen. »Wir freuen uns, dass du heruntergekommen bist. Augenscheinlich geht es dir besser.«

»Das weiß ich nicht.« Rotruds Unterlippe zitterte. Sie sprach leise und war kaum zu verstehen.

»Ist es nicht besser, am Leben teilzunehmen, statt sich in seinem Zimmer zu verstecken?«

»Ich wollte Euch etwas sagen.«

»Nur zu, meine Liebe! Du kannst uns alles sagen, was du auf dem Herzen hast.«

Seine Angetraute hatte bereits eine lange Zeit geschwiegen, und sie sah aus, als wollte sie jeden Augenblick eine unpassende Bemerkung machen. Er bedachte sie mit einem warnenden Blick.

Rotrud räusperte sich. »Das mit mir und dem Mann … Es war mein Beichtvater. Wir wollten es beide und es hat mir gefallen mit ihm. Es ist mehr als einmal passiert.«

»Du liebst ihn doch nicht etwa?«, platzte Gerlinde Scheepers heraus.

»Das tue ich. Er mich auch.«

»Lämmchen!« Gerlinde Scheepers schlug die Hände vor dem Mund zusammen und verstummte.

Rotrud drehte sich um und rannte aus dem Zimmer. Ihre Schritte waren auf der Treppe zu hören, dann knallte im oberen Stockwerk eine Tür.

Das Ehepaar Scheepers schaute sich an – verständnislos. Oben wurde noch einmal die Tür geöffnet.

»Wir waren glücklich miteinander!«, rief Rotrud durchs Treppenhaus.

Im Esszimmer herrschte eine Weile Schweigen. Die Kalbsnieren in Weinsoße waren endgültig vergessen.

»Mein Lämmchen«, klagte Gerlinde Scheepers schließlich. »Was denkt sie sich?«

»Die Gedanken der Weiber, wer kann die schon verstehen?«

»Ihr müsst etwas tun!«

Otto Scheepers schlug erneut mit der Faust auf den Tisch. »Was soll ich tun? Immer sagt Ihr, ich müsse etwas tun, wenn Euch alles aus der Hand geglitten ist!«

»Es ist doch keine Frage, was da zu tun ist: Der Mann muss weg! Verführt mein unschuldiges Lämmchen und redet ihr ein, es wäre Liebe. Und so was nennt sich ein Mann Gottes.«

»Das stellt Ihr Euch so leicht vor. Ich kann keinen Priester aus dem Amt entfernen. Es gibt nur eines, was wir tun können.«

»Was?« Hoffnung flackerte in den Augen seiner Angetrauten auf.

»Rotrud muss in ein Kloster eintreten.« Otto Scheepers stand auf.

»Nein! Das könnt Ihr ihr nicht antun und mir auch nicht! Das Lämmchen!«

»Es wird so sein! So wahr ich der Herr in diesem Hause bin! Entschuldigt mich jetzt.«

»Wo wollt Ihr hin?«

»Ins Gaffelhaus.«

Den üblichen Protest seiner Angetrauten hörte er nicht mehr, denn er verließ mit langen Schritten das Speisezimmer. Auf dem Weg zur Haustür entschied er sich anders und machte abrupt kehrt. Er eilte die Treppe hoch, immer zwei Stufen auf einmal nehmend. Sein Mädchen dauerte ihn unendlich. Ein Fehltritt konnte das Leben einer Frau verderben, bei Männern war das anders, sie sammelten Erfahrungen. Sein Herz schmerzte, wenn er daran dachte, dass seine Kleine bald den Habit einer Nonne tragen würde. Dabei hatte er sie immer an der Seite eines Mannes sehen wollen, inmitten einer Schar Kinder, seiner Enkel.

Er klopfte an die Tür. Als keine Antwort kam, drückte er vorsichtig die Klinke. Rotrud lag nicht weinend im Bett, wie er erwartet hatte. Sie saß im Sessel am Kamin und hatte die Hände im Schoß gefaltet. Blass und ernst blickte sie ihm entgegen. Er setzte sich auf einen zweiten Sessel ihr gegenüber. Im Kamin flackerte ein Feuer und tauchte den Raum in eine angenehme Wärme. Otto Scheepers lockerte sein Halstuch.

»Wie hat es die Frau Mutter aufgenommen?«, fragte Rotrud leise.

»Du kennst sie.«

Ein kleines Lächeln huschte über das Gesicht seiner Tochter.

»Liebst du diesen Mann?«

Sein Mädchen nickte.

»Du weißt, dass es nicht geht. Er ist ein Priester und darf nur Gott, Jesus und die Jungfrau Maria lieben.«

Wieder ein Nicken. Dann sprach sie doch: »Wir haben es uns nicht ausgesucht, es ist einfach über uns gekommen. Lange haben wir uns dagegen gewehrt, aber die Liebe war einfach stärker.«

»Wie lange geht das mit euch?«

»Fast ein Jahr.«

So lange! Und er hatte nichts bemerkt, seine Angetraute auch nicht. Unwillkürlich wuchs der Respekt für seine Tochter. Wer so lange ein Geheimnis vor aller Welt bewahren konnte, musste einen starken Willen haben. An seiner Entscheidung konnte das jedoch nichts ändern.

»Wird es das Kloster werden, Herr Papa?«, wollte Rotrud wissen.

Diesmal war es an Otto Scheepers zu nicken. »Oder siehst du eine andere Möglichkeit?«

Das tat sie nicht.

»Bis zu deinem Eintritt ins Kloster wirst du den Mann nicht wiedersehen. Wir werden einen anderen Beichtvater für dich finden. Gib mir alle seine Briefe, damit ich sie verbrennen kann.«

Rotrud deutete auf den Kamin. »Das ist schon geschehen, Herr Papa.«

Ihm blieb nichts übrig, als seiner Tochter eine gute Nacht zu wünschen. Er küsste sie auf den Scheitel.

KAPITEL 29

Daniel wollte die Familie Feminis sofort aufsuchen, nachdem er Kathrina in der Höhle zurückgelassen hatte. Die Osterfeiertage Anfang April kamen ihm dazwischen. Es fiel ihm schwer, aber letztendlich sah er ein, dass er fremde Leute nicht während der Feiertage stören durfte. Er selbst musste mit seinen Eltern die Hochämter an Karfreitag und Ostersonntag besuchen, ein Festessen im Hause seines Onkels Johann Theisen und ein weiteres in seinem eigenen Zuhause über sich ergehen lassen.

Der Montag nach dem Osterfest bot ihm endlich die Gelegenheit, die Familie Feminis aufzusuchen. Er lüftete vor dem Hausherrn den Hut und verneigte sich vor der Dame. Sogar Carl Joseph begrüßte er mit Handschlag. Das Gespräch führten die Männer in einer nahe gelegenen Schenke, jeder ein Glas Wein vor sich, den Daniel bezahlt hatte.

Sie entdeckten schnell die Übereinstimmung ihrer Wünsche und beschlossen gemeinsam, diejenigen zu finden, die das Teufelswasser nach Köln gebracht hatten. Sie waren es, die in die Türme gehörten, und nicht die Frauen, die augenblicklich dort saßen.

Daniel neigte sich näher zu dem Italiener. »Ich bin wirklich froh, dass Frau Kathrina Euch in der Höhle angetroffen hat und nicht die wahren Urheber des Teufelswassers. So kann sie wenigstens dort bleiben. Ich hätte sie sonst nur in einem Gasthaus unterbringen können und das hätte ich mir nicht lange leisten können.«

Daniel war von entwaffnender Offenheit. Das und seine blitzenden Augen verrieten Feminis, wie es um ihn und die Hebamme wirklich stand. Als *Bekannte* hatten sie einander bezeichnet, doch *Geliebte* musste es richtig heißen. Feminis spielte nicht den moralischen Richter, aber selbst ihm, einem Ausländer, war klar, dass die Kaufmannsfamilie Mensing mit der Wahl ihres Sohnes nicht einverstanden sein konnte. Sie wollten eine Schwiegertochter, die Geld und Verbindungen mit in die Ehe brachte. Das schien den jungen Mann jedoch nicht zu kümmern.

»Hättet Ihr statt mir aber die Urheber des Aqua di Diàvolo in der Höhle gefunden, müsste sich Frau Kathrina gar nicht mehr verbergen.«

»Damit habt Ihr auch wieder recht. Welcher Plan schwebt Euch vor?«

Beide dachten eine Weile nach und tranken schweigend den Wein. Sie waren redliche Männer, die sich noch nie etwas hatten zuschulden kommen lassen. Wo sollten sie jemanden suchen, der das Tageslicht scheute? Daniel wusste von Diebesbanden in der Stadt, die einem den Ring vom Finger zogen, ohne dass man es bemerkte. Er wusste jedoch nicht, wo er diese Menschen suchen sollte.

Endlich stellte Feminis sein Weinglas ab, das er zuvor in den Händen gedreht hatte. »Es gab ein seltsames Erlebnis in einem der Gärten, es ist einige Zeit her.« Flüsternd erzählte Feminis von dem Jungen, den er und Sophia in einem verlassenen Garten gesehen hatten und was er über den Teufel gesagt hatte. Er berichtete auch von dem zottelhaarigen Mann, in dessen Obhut sich der Junge befunden hatte. Daniel erinnerte sich nun ebenfalls an den Garten und dass es ihm und Kathrina vorgekommen sei, als hielte sich dort jemand auf.

»Damit ist unser nächster Schritt klar.« Daniel griff nach dem vor ihm liegenden Hut und setzte ihn sich auf.

»Es ist Nacht«, wandte der Italiener ein.

»Umso besser. Die Dunkelheit ist unser Freund.«

Gemeinsam machten sie sich auf den Weg zu dem verlassenen Garten. Es hatte zu regnen begonnen, die Feuchtigkeit kroch ihnen bald in die Knochen. Der kalte Regen stach wie feine Nadeln in ihre Haut. Solange sie zwischen den Häusern entlanggingen, schien hier und da Kerzenschein durch ein Fenster auf die Gasse. Je mehr sie sich den Gärten näherten, desto dunkler wurde es. Daniel kannte den Weg und schritt sicher aus, während Feminis Mühe hatte, ihm zu folgen.

Aus seinem eigenen Garten holte Daniel zunächst eine Laterne, Feuerstein und Zunderschwamm. Den Lichtschein dämpfte er, indem er sein Halstuch um die Laterne band, damit sie gerade nur den Weg vor ihnen beleuchtete. In deren Schein führte er Feminis zu dem verwilderten Garten.

Auf den ersten Blick sah der verlassen aus. Das Tor war geschlossen, die Hütte in der Ferne nur als Schatten zu erkennen.

»Schade«, wisperte Daniel dem Italiener zu. »Ich hatte gehofft, in der Hütte wäre ein Lichtschein zu erkennen.«

»So einfach macht es uns der Diàvolo nicht. Wir müssen näher ran.« Feminis legte die Hände auf das Gartentor und stemmte sich hoch. Ehe Daniel etwas sagen konnte, stand der Italiener auf der anderen Seite.

Er ließ sich die Laterne reichen, und Daniel kletterte genauso leise und schnell über das Tor. An der Gartenmauer entlang näherten sie sich der Hütte. Der feuchte Boden schmatzte leise unter ihren Stiefeln. Nicht weit vom Tor entfernt stießen sie auf ein Stück Mauer, dessen oberer Teil zusammengefallen war und das leicht zu übersteigen gewesen wäre.

»Das hätten wir wissen sollen«, murmelte Feminis.

»Für den Rückweg.«

Sie erreichten die Hütte an deren Rückseite. Daniel hatte das Licht vollkommen gedämmt. Nicht einmal ein Schein drang nach draußen. Das Ohr gegen eine Ritze gedrückt, lauschte Daniel. Es hörte sich an, als atme im Inneren jemand. Er machte Feminis ein Zeichen, es auch zu versuchen. Der legte erst ein Ohr an die Ritze und drückte anschließend die Nase dagegen. Leise schnüffelte er.

Sie entfernten sich ein paar Schritte in den Schatten eines kahlen Busches. Der Regen fiel inzwischen dichter. Ihre Fußspuren waren im Schlamm zunächst deutlich zu erkennen, verwischten jedoch bald wieder.

»Ich glaube, dass jemand da ist, man hört ein leises

Atemgeräusch aus der Hütte«, flüsterte Daniel. Sein ganzer Leib wollte vor Anspannung vibrieren, es gelang ihm kaum, stillzustehen. Eigentlich hätte ihm kalt sein müssen, stattdessen wollte er am liebsten den Mantel ausziehen.

»Es ist ganz sicher jemand da! Aus der Hütte stinkt es nach ungewaschener Kleidung.« Das Gesicht des Italieners war nicht zu erkennen, aber seiner Stimme war die Anspannung ebenfalls anzuhören.

»Der Zottelkopf und der Junge, die Ihr gesehen habt?«

»Dem Gestank zufolge können es auch drei mehr sein …«

»Wir gehen rein.«

Feminis schüttelte den Kopf. »Wir wissen nicht, was uns da drin erwartet! Es könnte eine ganze Bande sein, dann hat unser letztes Stündlein geschlagen.«

»Wir haben den Moment der Überraschung auf unserer Seite«, widersprach Daniel und wollte losstürmen. Er bedauerte es, seinen Stockdegen nicht mitgenommen zu haben. Stattdessen sah er sich nach einem Knüppel um, konnte jedoch keinen finden.

»Euch mag es nichts ausmachen, aber ich habe Frau und vier Kinder. An die muss ich denken, Madonna Mia.«

»Gut, ich gehe zuerst rein.«

»Denkt nach! Ihr wollt den Namen Eurer Bekannten reinwaschen«, versuchte Feminis es mit einem anderen Argument. »Wie wollt Ihr das erreichen ohne Beweise?

Selbst wenn es uns gelingt, den Diàvolo zu vertreiben, wird uns das niemand glauben. Frau Kathrinas Ehre wird nicht wiederhergestellt, selbst wenn der Nachschub an Aqua di Diàvolo versiegt. Etwas wird an ihr kleben bleiben wie eine Eiterbeule.«

Der Mann hatte recht, musste Daniel zugeben. »Was schlagt Ihr vor?«

»Wir kommen in aller Frühe mit einem Gewaltrichter und einigen Funken zurück. Der Rat muss offiziell bestätigen, den Teufel oder jemanden, der sich dafür hält, in seiner Gewalt zu haben. Erst dann wird Frau Kathrinas Name reingewaschen sein.«

Nach kurzem Zögern stimmte Daniel zu. »Ich will dennoch versuchen, einen Blick in die Hütte zu werfen. Sollte dort eine Bande sein, werden zwei oder drei Funken nicht ausreichen.«

Feminis bedeutete ihm, vorsichtig zu sein. Er selbst wollte vor dem Garten warten. Sie trennten sich und gleich darauf presste Daniel erneut sein Ohr an die Hüttenwand. Er hielt auch seine Nase an einen Spalt, aber den von Feminis beschriebenen Geruch nahm er nicht wahr. Dafür bestätigte ein kurzes Schnarchen, dass sich ohne jeden Zweifel jemand in der Hütte befand. Die Tür war mit einem Riegel verschlossen, der sich sowohl von außen, als auch von innen bedienen ließ. Unmerklich langsam und vorsichtig hob Daniel ihn an und zog die Tür gerade weit genug auf, um einen Blick hineinzuwerfen. Jetzt roch er es auch: ungewaschene Leiber, schmutzige Kleidung.

Er machte auf dem Boden Lagerplätze aus und Rundungen zeigten, dass dort jemand lag. Ein Schnarcher ließ ihn zusammenfahren. Genauso leise, wie er sie geöffnet hatte, schloss Daniel die Tür wieder. Er gesellte sich zu Feminis, der erleichtert wirkte, ihn zu sehen.

»Es sind zwei«, sagte Daniel, als sie den Garten ein Stück hinter sich gelassen hatten.

Sie bemerkten nicht mehr, wie sich gleich darauf eine der beiden Gestalten in der Hütte leise erhob. Sie weckte die andere, indem sie sie an der Schulter rüttelte und ihr gleichzeitig die Hand auf den Mund presste. Geflüsterte Befehle verließen zischend ihren Mund.

Die kleinere Gestalt erhob sich und begann mit der Ausführung der Befehle, derweil der Erste die Tür einen Spalt öffnete und hinauslinste. Er freute sich über den Regen. Diese unbedeutenden Menschen glaubten, ihn überlistet zu haben. Ihn, der seine Aufträge direkt vom Fürsten der Finsternis erhielt.

In Köln hatte es begonnen, und die Aufgabe wäre erst erfüllt, wenn das gesamte Erdenrund ... unbedeutende Menschen hielten ihn dabei nicht auf. In manchen Augenblicken glaubte er, die Aufgabe sei zu groß für ihn, aber wenn er dann ins Feuer blickte, die Wärme der Flammen auf dem Gesicht spürte, sie über seinen Handrücken lecken ließ ... dann waren alle Zweifel wie fortgeblasen. Die Erde war bereit für das Königreich der Hölle und er war dazu auserkoren, das umgedrehte Kreuz in die Erde zu rammen.

Er gab dem Jungen einen Tritt, damit der sich beeilte, ihre Habseligkeiten zusammenzupacken. Nur die heiligen Gegenstände unter der Kiste, die nahm er selbst. Sie durften nicht von den unreinen Fingern des Bengels verschmutzt werden. Nicht von jemandem berührt werden, der immer noch die Hände zum Gebet an den verlogenen Jesus und seinen Vater, den selbsternannten Herrn, faltete.

Am Ende hatte er sich eine Tasche über die Schulter gehängt, und der Junge trug ein schweres Bündel auf dem Rücken, unter dem er nur gebeugt gehen konnte.

Vor Tagesanbruch näherte sich eine Gruppe von sechs Personen den Gärten in der Nähe der Schafen Pforte. Vorneweg gingen zwei Männer, die hellwach waren und sich immer wieder umschauten, ob die anderen auch folgten. Daniel und Feminis hatten die ganze Nacht keine Ruhe gefunden. Hinter ihnen stapften vier Personen mit mürrischen Mienen durch den Regen. Es war nicht schwer zu erraten, dass sie lieber ganz woanders wären: im Bett zwischen den drallen Schenkeln einer Frau.

Der Gewaltrichter Rudolf Bodenstein und drei Funken waren über die Störung alles andere als begeistert gewesen, und es hatte Daniels ganzer Überredungskunst bedurft, sie zum Mitkommen zu bewegen.

Schließlich hatte der Gewaltrichter gebrummt: »Ich komme, ich komme, sonst werdet Ihr keine Ruhe geben«, und sich angezogen.

Die Funken hatten keine andere Wahl gehabt, als seinem Befehl zu gehorchen. Ihre Laune verbesserte das nicht.

»Wo sind nun der Teufel und sein Sohn?«, grummelte der Gewaltrichter. In der Stille trug seine Stimme weit.

»Nicht so laut! Sie könnten uns hören.« Daniel drehte sich um und legte einen Finger an die Lippen. »Es ist gleich da vorn.«

»Wenn es wirklich der Deuvel ist, hat er uns sowieso bemerkt«, flüsterte einer der Funken hinter vorgehaltener Hand, aber so laut, dass jeder ihn hörte.

»Wenn es wirklich der Deuvel ist, sollten wir beten«, erwiderte ein anderer.

»Du glaubst doch nicht etwa daran?«

Diese Frage erhielt keine Antwort, weil sie in diesem Moment den verwilderten Garten erreichten. Der Regen hatte seine zugewucherten Wege und Beete in Schlammpfade verwandelt.

Daniel wollte sie zur eingestürzten Mauer weisen, um in den Garten zu gelangen, doch die Funken hielten sich damit nicht auf. Einer trat kräftig gegen das Tor, dass es aus den Angeln flog. Wer oder was immer sich in diesem Garten aufhielt, war nun gewarnt. Feminis und Daniel schauten sich an.

»Wenn der Deuvel in der Hütte ist, müsste er nun zum Schornstein rausfahren. Aber ich sehe weder einen Schornstein noch einen Deuvel«, lästerte einer der Funken, als sie nacheinander auf das Haus zugingen. Einer wäre im aufgeweichten Boden beinahe ausgerutscht, konnte sich im letzten Augenblick abfangen und stieß einen gotteslästerlichen Fluch aus. Der Gewaltrichter, Daniel und Feminis folgten den Funken.

Der Lästerer riss die Hüttentür so schwungvoll auf, dass sie gegen die Wand krachte. »Niemand zu Hause«, sagte er nach einem schnellen Blick.

Daniel macht einen Schritt an ihm vorbei und starrte in die Hütte. Sie war leer. Er warf Feminis einen Blick zu.

»Was ist nun mit dem Deuvel?«, fragte der Gewaltrichter höhnisch.

»In der Nacht waren sie hier gewesen. Ich habe Schnarchen gehört und zwei Gestalten gesehen, als ich einen kurzen Blick in die Hütte riskiert habe«, verteidigte sich Daniel.

»Ist wohl ein Frühaufsteher, der Herr Deuvel?«

Feminis betrachtete den Boden rings um die Hütte. Er war nur von ihren Fußabdrücken zertrampelt. Wer immer in der Nacht die Hütte verlassen hatte, seine Spuren hatte der Regen längst verwischt. Offensichtlich war die Behausung aber benutzt worden, denn an einer Stelle war das Dach geflickt, und der Geruch menschlicher Ausdünstungen hing in der Luft. Der Italiener schob sich an den Funken vorbei und betrat das Innere. Daniel folgte ihm.

In der Mitte des Raumes hatte jemand versucht, aus Steinen einen Ofen zu bauen. In dem Ring lag ein Häufchen Asche, und Daniel stocherte mit einem halb verbrannten Stock darin herum. Er hielt die Hand drüber, aber die Asche war nicht mehr warm. Wer immer sich hier verborgen gehalten hatte, hatte sich die Nächte nicht mit einem Feuer erträglicher gemacht. In der Asche blitzte etwas auf. Daniel sah genauer hin und bedeutete Feminis, ihm mit einer Laterne zu leuchten. In den Überresten der Herdstelle lag ein daumennagelgroßer glänzender Stein, bräunlich-gelb. Daniel nahm ihn und betrachtete ihn gegen das Licht.

»Sieht mir wie ein Edelstein aus«, sagte er.

Damit zog er die Aufmerksamkeit Rudolf Bodensteins und der Funken auf sich. Der Gewaltrichter gesellte sich zu ihnen und ließ sich den Fund zeigen.

»Wer hätte hier einen Edelstein vermutet«, sagte er mehr zu sich selbst. »Die Anwesenheit des Teufels beweist das jedoch nicht. Zweifelsohne gestohlen, der Stein. Gebt ihn mir«, verlangte er von Daniel. »Das ist ein offizielles Beweismittel und gehört in die Obhut des Rates.«

Dagegen ließ sich nichts sagen, und so folgte Daniel der Aufforderung. Der Edelstein verschwand in der Rocktasche des Gewaltrichters.

Außer der Herdstelle stand in der Hütte nur noch eine umgedrehte Kiste. Feminis schaute darunter. Dort lagen als Unterlage ausgebreitet getrocknete Blätter und auf ihnen etwas ... Der Italiener tippte den Gegenstand vorsichtig mit dem Stock an, mit dem Daniel zuvor in der Asche gestochert hatte.

»Was könnte das sein?«, fragte er in die Runde.

Ehemals war es vielleicht rund und flach gewesen und hatte wohl die Farbe hellen Brotes gehabt. Jetzt war es stellenweise dunkler und aufgequollen.

»Etwas zu essen?«, vermutete einer der Funken.

»Das haben dann sogar die Mäuse verschmäht«, sagte ein anderer.

»Könnte das …«, Daniel ging in die Knie und besah sich den Gegenstand genauer, »… eine Oblate gewesen sein?«

Die erlahmende Aufmerksamkeit der übrigen wurde erneut geweckt.

»Das wäre ja …«, sagte der Gewaltrichter. »Es ist zwar rund, aber damit ist die Ähnlichkeit auch schon vorbei.«

Feminis beugte sich über den Fund. Er kniete sich sogar hin, um ihn besser betrachten und seinen Geruch aufnehmen zu können. Er brauchte eine Weile, bis er sich wieder aufrichtete. »Für mich sieht das wie eine Oblate aus. Es riecht nach Backwerk, das spricht auch dafür. Ungesäuertes Brot. Die dunklen Flecken – was soll das anderes sein als Blut? Auch das kann ich riechen. Jemand hat die Hostie geschändet.«

»Statt eines Hundes kann man sich auch einen Italiener halten«, höhnte der Gewaltrichter.

»Das sind wichtige Anhaltspunkte«, widersprach Daniel. »Das könnt Ihr nicht einfach übergehen.«

Feminis hörte diesen Spott nicht zum ersten Mal, wenn es um seinen ausgeprägten Geruchssinn ging, dennoch gelang es ihm nicht, gleichgültig zu bleiben. Er ärgerte sich, sagte jedoch nichts, sondern räusperte sich. »Das ist noch nicht alles. Ich bin Mitglied des Kirchspiels Klein St. Martin, die Kirche wurde im Februar geschändet und ist bis heute nicht wieder geweiht. Aus dem Tabernakel wurden Hostien entwendet, der Messwein verschüttet. Und aus dem Abendmahlskelch und dem Hostienteller hat man Edelsteine herausgebrochen.«

»Und hier haben wir eine geschändete Hostie und einen Edelstein. Wir müssen mit dem Priester von Klein St. Martin sprechen!«, warf Daniel eifrig ein.

»Seid Ihr der Gewaltrichter, junger Herr Mensing?«, brummte Rudolf Bodenstein.

Letztendlich schickte er die Funken weg und machte sich mit Daniel und Feminis auf den Weg nach Klein St. Martin.

Die geschändete Hostie hatten sie in ein Tuch eingeschlagen und mitgenommen. Sie zeigten sie dem Priester. Der Anblick trieb ihm die Tränen in die Augen, und er bestätigte ihnen, dass es sich durchaus um eine Hostie handeln könnte. Zum Vergleich zeigte er ihnen eine frische.

Der Edelstein brachte seine Augen zum Glänzen. Das sei ein Bernstein, erklärte er, und solche Steine hätten sich am Abendmahlskelch und Hostienteller befunden. Er holte beide Gegenstände hervor und zeigte ihnen die Schäden daran.

Die heiligen Utensilien sahen in ihrem geschändeten Zustand erbärmlich aus. Feminis strich mit einem Finger über das zerkratzte Silber des Kelches. Am Fuß befand sich eine Aussparung, in die der gefundene Bernstein perfekt passte.

»Es sieht ganz so aus, als hättet Ihr recht«, gab der Gewaltrichter widerwillig zu. Er nickte in Daniels und Feminis' Richtung.

»Der Teufel war es, der Teufel war es«, jammerte der Priester. »Erst schändet er meine Kirche, dann treibt er in Köln sein Unwesen. Er gibt den Hexen ein Aqua mirabilis und die werden wollüstig. Der Rat tut nichts gegen dieses Treiben.«

»Es sitzen Hexen in den Türmen gefangen.«

»Zu wenige! Die Schuldigen sind weiter unter uns. Als Einziger stemmt sich der Dominikanerbruder Martin gegen das Böse in der Stadt, aber niemand will auf ihn hören.«

»Wann wird die Kirche neu geweiht?«, unterbrach Feminis die Litanei des Priesters.

Dessen Schultern sackten herab. »Es gibt keinen Termin. Dreimal habe ich bereits an die erzbischöfliche Kanzlei geschrieben. Auf den zweiten und dritten Brief habe ich nicht einmal eine Antwort erhalten.«

»Wann habt Ihr den letzten abgeschickt, ehrwürdiger Vater?«, fragte Daniel.

»Vor vier Tagen.«

In dieser kurzen Zeit hatte unmöglich eine Antwort aus Bonn eintreffen können. Dem Priester fiel das offenbar nicht auf.

»Wir beten alle, dass es möglichst bald zur Weihung kommt«, sagte der Italiener.

»Ihr müsst den Teufel finden«, begann der Priester und packte den Gewaltrichter am Ärmelaufschlag.

Der befreite sich aus dem Griff und machte sich davon. Daniel empfahl sich ebenfalls. Er hatte eine dringende Botschaft zu überbringen.

KAPITEL 30

Kathrina hielt sich gerade einmal eine Woche in ihrem Versteck auf und wünschte sich nichts sehnlicher, als es wieder verlassen zu dürfen. Dabei war es in der Höhle weder kalt noch ungemütlich, und sie besaß ein weiches Lager, beinahe so bequem wie ihr Bett zu Hause. Unter der Erde herrschte eine gleichmäßige Temperatur, wärmer als draußen. Daniel hatte sie mit Vorräten versorgt, an der Wand lehnte ein Stapel Holz, den sie im Wald gesammelt hatte. Sie trug täglich etwas von Feminis' Ungarischem Wasser auf.

In Köln wohnten viele Leute schlechter, in zugigen feuchten Löchern, in denen sie krank wurden und für die sie Miete zahlen mussten. Sie besaßen oft nur eine Decke für eine ganze Familie und schliefen alle nebeneinander auf dem Boden.

Es waren weniger die Umstände, die sie störten, sondern dass sie in ewiger Dunkelheit lebte. Sie war einmal aufgewacht, und das Feuer war bis auf einen schwachen Glutrest heruntergebrannt gewesen. Die Dunkelheit hatte wie eine Decke auf ihr gelegen und gedroht, sie zu ersticken. Kathrina war aufgesprungen, um zu retten, was zu retten war. In ihrer Angst hatte sie sich ungeschickt angestellt und die Glut beinahe zum Erlöschen gebracht. Bis das Feuer wieder aufgeflackert war, hatte ihr Herz wie ein Schmiedehammer geschlagen. Seitdem achtete sie darauf, nicht zu lange zu schlafen, damit das Feuer nicht wieder ausging.

Sie starrte in die Flammen. Das immer gleiche Spiel und doch war jede unterschiedlich. Ein Geräusch vom Eingang her ließ sie zusammenzucken. Kurz darauf stand Daniel vor ihr. Er hatte erst morgen Abend kommen wollen. Oder ...? Sie betrachtete kurz die Striche, die sie für jeden Tag mit Kohle an die Höhlenwand malte. Neben der Dunkelheit hatte sie auch Angst davor, das Gefühl für den Wechsel von Tag und Nacht und für die Zeit zu verlieren.

Daniel zog sie an seine Brust, küsste erst ihr Ohr und danach ihre Lippen. Der Gedanke, ihm nahe sein zu können, ihn zu fühlen und zu schmecken, verdrängte alle anderen.

Es dauerte eine Weile, bis sie wieder in der Lage waren, sich zu unterhalten. Sie lagen zusammen unter Kathrinas Bettdecke, nackt und die Beine ineinander verschlungen.

»Du musst noch ein wenig Geduld haben«, sagte Daniel zu Kathrina. »Ein paar Tage höchstens.«

»Wie viele?«

»Zwei vielleicht, oder schon morgen. Feminis und ich haben den Unterschlupf des Teufels gefunden.« Er erzählte ihr alles. Von dem Versteck in dem verlassenen Garten und dem Bernstein aus der geschändeten Kirche Klein St. Martin. »Das kann nur ein Wahnsinniger sein«, schloss er seine Ausführungen.

»Er konnte entkommen?«

»Leider.«

»Trotzdem ist es bald vorbei.« Daniel sprach mit großer Zuversicht. »Dieser Mensch ist geflohen, und der Teufelsspuk in Köln vorbei.«

Er küsste sie, schob ihr dabei die Zunge zwischen die Lippen. Kathrina erwiderte seinen Kuss ungestüm. Sie klammerte sich an ihn und wollte ihn gar nicht wieder loslassen. Ihre Liebe zu Daniel brach sich ein weiteres Mal Bahn. Sie wölbte ihm ihren Leib entgegen, und er zögerte nicht, sich zwischen ihre Beine zu legen. Sie liebten sich mit der verzweifelten Kraft eines Paares, das viel zu selten zusammen war, und in dem Bewusstsein, dass sie sich auch nun bald wieder trennen mussten. Tatsächlich wand sich Daniel danach aus ihren Armen und zog sich an. Sie beobachtete ihn dabei. Das Spiel seiner schlanken Muskeln unter der Haut – viel zu schnell stand er angezogen vor ihr.

Zum Abschied gab er ihr einen Kuss. »Ich erkunde die Lage in der Stadt und morgen, spätestens übermorgen komme ich und hole dich. Danach trennt uns nichts mehr.«

Zur selben Zeit bezichtigten sich in Köln zwei Schwestern, die das dreißigste Jahr weit hinter sich gelassen hatten, das Duftwasser gekauft und genommen zu haben. Sie gaben an, sie hätten es nicht nur auf die Haut aufgetragen, sondern auch mit Wein eingenommen, um die Wirkung zu verstärken und Männer für sich zu gewinnen. Ihre Erklärungen waren wirr und der Gewaltrichter konnte nicht in Erfahrung bringen, um welche Männer es sich dabei handelte. Aber sie beharrten darauf, das Teufelswasser genommen zu haben und Nachbarn bestätigten seltsames Treiben in ihrem Hause. So wollten einige gesehen haben, wie des Nachts eine Gestalt durch den Schornstein in das Haus eingefahren ist; andere berichteten von einer nebelhaften Gestalt mit feurigen Augen, die durch den Kamin das Haus verlassen habe. Die meisten Mitglieder des Rates hielten das für nichts als Hirngespinste, aber Gerüchte verbreiteten sich wie ein Lauffeuer in den Gassen und steigerten die Furcht der Leute vor dem Teufel.

Bruder Martin kamen sie ebenfalls zu Ohren. Die Schwestern wurden noch im Frankenturm verhört, da hatte er sich bereits auf dem Altermarkt postiert und predigte den Leuten.

Johann Theisen stand mit seinem Schwager Hermann Mensing ganz hinten in der Menge. Dem Ratsherren stieg das Blut ins Gesicht, er schnaufte wie ein Eber, als er hören musste, wie der Dominikaner die Menschen aufstachelte, statt sie zu beruhigen. Johann Theisen wäre am liebsten durch die Menge gepflügt, hätte einige mit den Köpfen zusammengehauen, bis sie wieder zu klaren Gedanken fähig gewesen wären, und dem Dominikaner hätte er … hätte er – ach, er wusste gar nicht, was man mit einem so verblendeten Mönch, wie dieser Bruder es war, am besten tun sollte. Sein Schwager hielt ihn zurück und warnte ihn eindringlich, nicht die Wut der Leute auf sich zu ziehen, wenn er nicht selbst ihr Opfer werden wollte. Nur widerwillig hörte Johann Theisen auf diesen vernünftigen Rat, begab sich erst ins Rathaus und kurze Zeit später in den Frankenturm, um zu veranlassen, dass die beiden Schwestern auf jeden Fall im Turm inhaftiert werden sollten. Wenn sie auch keine Hexen waren, so waren sie doch verwirrt und mussten zu ihrer eigenen Sicherheit in Gewahrsam genommen und dem Zugriff des Dominikaners entzogen werden.

Gemeinsam mit den meisten Mitgliedern des Rates hätte er am liebsten Bruder Martin eingesperrt, aber der starke Arm der Stadt endete an der Klosterpforte. Die Dominikaner unterstanden nur der geistlichen Disziplinargewalt ihres Ordens. Mehr als sich beim Prior des Ordens beschweren konnte der Rat nicht tun, und das war längst erfolgt.

Daniel hörte vom Schicksal der Schwestern, als er in die Stadt zurückkehrte. Die beiden hatten wie auch seine Familie in der Hohen Straße gewohnt, und er kannte sie als ein wenig einfältige, aber freundliche Matronen, die niemandem etwas zuleide tun konnten.

Sophia Feminis hörte die Neuigkeiten, als sie im Hof einen Eimer mit Küchenabfällen auf den Misthaufen leerte. Eine Nachbarin lehnte sich zum geöffneten Fenster hinaus, platzierte ihren mächtigen Busen auf dem Fensterstock und störte sich nicht an der Aprilkälte.

»In der Stadt sind weitere Hexen aufgetaucht. Der gute Dominikanermönch hat sie enttarnt und der Gewaltrichter hat sie in einen Turm geworfen«, erzählte sie mit einem wohligen Schauder in der Stimme.

»Die armen Frauen.«

»Ach was! Wenn sie uns ehrlichen Leuten schaden ... Sie haben ja freiwillig an dem Duftwasser gerochen und sind mannstoll geworden.«

»Kennen wir sie?«

»Zwei Schwestern aus der Hohen Straße. Ich kenne solche Frauen nicht. Bei Euch weiß ich das nicht.«

»Was soll das heißen?« Sophia trat näher an das Fenster heran. Den Eimer stellte sie ab und wischte ihre Hände an der Schürze sauber.

Der Ausschnitt der Nachbarin gab den Blick auf den halben Busen frei. Die Haut hatte sich in der Kälte gerötet.

»Wo Euer Mann in Wasser macht.«

»Ihr redet Unsinn, Frau Nachbarin. Mein Mann macht nicht in Wasser, er verkauft *französisch Kram*«, widersprach Sophia Feminis heftig.

»Er macht in Wasser, das habe ich selber gesehen.«

»Ihr könnt Euch gar keine seiner Waren leisten.«

»Ich weiß, was ich gesehen habe. Da muss ich nur ein Wort zu dem Mönch sagen.«

Sophia Feminis lief es eiskalt über den Rücken, gleichzeitig brach ihr der Schweiß aus. »Ich kann auch was über Euch erzählen. Die Wände im Haus sind dünn, und wir hören, wenn Ihr Besuch bekommt. Das kann nur an diesem Teufelswasser liegen, dass sich noch ein Mann für Euch interessiert.«

»Hexe!«, schimpfte die Nachbarin.

Sophia Feminis tat, als hätte sie nichts gehört. Sie hob den Eimer wieder auf und ging ins Haus. Sie fühlte sich keineswegs so ruhig, wie sie sich nach außen gab. Tatsächlich flatterte ihre Seele wie ein verängstigtes Vögelchen im Käfig. Die Gefahr für die Familie war längst nicht vorüber. Das Beste wäre sogar, sie verließen Köln und gingen nach Rheinsberg zurück. Dort lebte ihre Familie, dort hätten sie Schutz und Sicherheit, und Giovanni Paolo könnte auch dort mit *französisch Kram* handeln.

»Kommt gar nicht in Frage!«, widersprach Feminis abends energisch dem Ansinnen seiner Ehefrau. »Ich kann nicht als Händler auf gute Geschäfte hoffen, wenn ich mich ein halbes Jahr hier und ein halbes Jahr dort aufhalte. Ich bin darauf angewiesen, dass die Leute mich kennen und mir vertrauen, nur dann kaufen sie bei mir. In Rheinsberg muss ich erst wieder Geld für das Bürgerrecht auf den Tisch legen. Geld, das wir nicht haben.«

»Euch geht es um ein paar Taler! Denkt an uns, an die Kinder und an mich! Wir leben täglich in Angst und Schrecken.«

Sie führten diese Unterhaltung im Flüsterton, um die nebenan schlafenden Kinder nicht zu wecken, jedoch nicht weniger leidenschaftlich, als wenn sie sich angeschrien hätten.

»Wie können wir in Rheinsberg leben, wenn ich dort kein Geld verdienen kann? Das ist ein kleiner Ort, in dem kaum jemand Verwendung für modischen Putz hat. Ich will nicht vom guten Willen Eurer Familie abhängig sein.«

Feminis drehte sich um und zog sich die Decke über die Ohren. Schlafen konnte er jedoch lange nicht, und er wusste, dass auch Sophia wach neben ihm lag.

KAPITEL 31

Es dauerte zu lange!

Kathrina schlang die Arme um den Leib, um sich aufzuwärmen. Von Tag zu Tag kam ihr das Leben in der Höhle ungemütlicher vor.

Morgen, hatte er gesagt, würde er kommen, spätestens übermorgen. Das war vor zwei Tagen gewesen, und Daniel hatte sich nicht blicken lassen, hatte auch keine Nachricht geschickt. Es würde vorbei sein, hatte er ihr versprochen, sie könnte nach Hause zurückkehren.

Bevor sie wusste, was sie tat, hatte sie ein Bündel gepackt. Da sie alle Kleidungsstücke, die sie bei sich hatte, übereinander trug, wurde das Bündel nicht sehr groß: etwas Geschirr und Besteck, ein paar Vorräte. Kathrina schlang es sich über die Schulter und verließ die Höhle. Während sie erleichtert losging, schien an diesem Tag die Sonne wie ein Versprechen auf zukünftiges Glück auf sie herab, und zum ersten Mal im Jahr erreichten ihre Strahlen eine spürbare Kraft, die sich wie eine leichte Decke über Kathrinas Gesicht legte. Beschwingt eilte sie ihrem Ziel entgegen, und ihr Herz klopfte heftig, als sie in der Ferne die Silhouette der Stadt Köln erkannte.

Sie betrat die Freie Reichsstadt durch die Weyerpforte und atmete auf. In wenigen Augenblicken wäre sie zu Hause. Noch nie hatte sie sich so sehr auf ihr kleines Haus gefreut wie an diesem Tag. Wenige Schritte später stutzte sie jedoch.

Auf den Gassen waren kaum Menschen unterwegs. Bei Sonnenschein verkrochen sich die Kölner für gewöhnlich nicht in ihren Häusern, aber jetzt machte die Stadt den Eindruck, als stände eine Belagerung bevor. Für gewöhnlich trieben sich Horden von Gassenjungen herum, Lateinschüler strebten dem Unterricht zu oder kamen nach Hause, Bettler hielten die Hände auf, Frauen eilten zum Markt oder kamen mit schweren Körben von dort zurück, Studenten waren in Gruppen unterwegs, so dass jeder ihnen ausweichen musste. Zu jeder Tageszeit waren die Gassen belebt. An diesem Tag jedoch erblickte Kathrina nur wenige Menschen. Ein schwarz gekleideter Schreiber kam ihr entgegen, er trug ein Bündel Akten unter dem Arm und schaute zu Boden. Sie kam an St. Maria in der Schnurgasse vorbei. Die Klosterkirche der unbeschuhten Karmeliterinnen war erst vor wenigen Jahren geweiht worden, die Fassade war allerdings noch nicht fertiggestellt. Niemand arbeitete auf der Baustelle. Vor dem Tor hockten zwei Bettler. Weder streckten sie die Hände aus, noch baten sie lautstark um eine milde Gabe. Danach kamen Kathrina einige Frauen entgegen, an jedem anderen Tag wäre lautes Schwatzen zu hören gewesen. Heute herrschte Schweigen. Stille lag über der Stadt wie eine dichtgewebte Wolldecke. Statt der üblichen bunten Kleidung trugen viele Grau oder Braun. Es sah wenig kleidsam aus.

Kathrina wurde kalt, als Angst nach ihrem Herzen griff. Sie beschleunigte ihre Schritte, sehnte sich nach dem Schutz ihres Hauses und nach Daniel.

Eine junge Frau kam ihr mit einem Kind auf dem Arm entgegen. Kathrina erkannte in ihr die Kinderfrau aus dem Haushalt des protestantischen Kaufmannes Johann Camp. Das Kind war ein kleiner Junge, den sie auf die Welt gebracht hatte. Die letzte Geburt in der protestantischen Gemeinde Kölns, zu der man sie gerufen hatte.

Kathrina stellte sich der Kinderfrau in den Weg. »Warte einen Augenblick!«

Das junge Ding blieb stehen, betrachtete sie mit schreckgeweiteten Augen und hielt das Kind sorgfältig außerhalb ihrer Reichweite.

»Wie geht es dem kleinen Pauli? Das war doch sein Name?«

Außer einem furchtsamen Blick erntete sie nichts.

»Du erinnerst dich doch an mich? Ich war die Hebamme, die ihn auf die Welt gebracht hat. Ich bin froh, dich zu sehen. Kannst du mir sagen, was in der Stadt los ist? Es ist alles so still, kaum Leute auf der Straße. Etwas scheint dumpf wie eine Glocke über allem zu liegen. Ich war ein paar Tage bei meiner Mutter, und jetzt ist alles verändert.« Kathrina hatte das Gefühl, sich rechtfertigen zu müssen.

»Hexe!«, schrie die junge Frau auf einmal. »Die Hexe ist da! Haltet sie!« Gleichzeitig drehte sie sich um und rannte davon. Das Kind hielt sie an ihren Leib gedrückt.

Kathrina schaute sich um. Hinter einigen Fenstern bewegten sich Schatten, Vorhänge wurden zugezogen. War es ein Fehler gewesen, nach Köln zurückzukehren? Sie war nur noch ein Dutzend Schritte von ihrem Haus entfernt, sie beschlich jedoch das Gefühl, dort wäre sie nicht sicher. Zum Glück war die Kinderfrau verschwunden und ihre Schreie verstummt. Kathrina zog sich das Tuch über den Kopf und machte sich auf den Weg zurück zur Weyerpforte. Am liebsten wäre sie gerannt, aber sie zwang sich zu einem gleichmäßigen Schritt.

Das Stadttor war bereits in Sicht, als aus einer Seitengasse eine Horde Menschen gestürmt kam. An erster Stelle erkannte sie Fritz Haan. Es waren nicht nur Männer, sondern auch Weiber dabei. Im Nu hatten sie Kathrina umringt.

»Hexe! Hexe! Deuvelsbuhlin!«, kreischten die Frauen.

Kathrina wich zurück, bis jemand sie von hinten stieß und sie wieder nach vorne taumelte. Kathrina bekam es mit der Angst zu tun und schaute sich nach einem Fluchtweg um. Die Reihen der Umstehenden waren dicht geschlossen. Ein zweiter Stoß ließ sie zur Seite taumeln, und auf einmal stand sie vor Fritz Haan.

»Fritz, hilf mir!«, stieß sie hervor. »Ich bin keine Hexe! Du weißt das.«

Sein Gesichtsausdruck hätte sie warnen müssen. Er zog die Lippen zurück und fletschte geradezu die Zähne. »Ich weiß, dass du eine Hexe bist! Warum bist du sonst aus Köln geflohen?«

»Das bin ich nicht!«

»Jeder weiß, dass du eine Hexe bist.«

Ein Mönch schob sich durch die Menge. Der gleiche, der auf Hanni Kolbes Beerdigung auf den Grund von Kathrinas Seele geblickt hatte. Seine kalt glänzenden Augen ruhten abschätzig auf ihr.

»Haben wir dich endlich, du Hexe. Du wirst die Strafe erhalten, die eine wie du verdient. In der Hölle wirst du brennen bis in alle Ewigkeit. Uns wirst du nicht mehr schaden.« Aus seinen Worten und Augen sprühte der Hass.

Der Mönch machte Kathrina mehr Angst als Fritz Haan und die übrigen zusammen.

Auf seinen Befehl hin trieben die Menschen sie durch die Gassen zum Rathaus westlich des Altermarktes.

Triumphierend riefen die Menschen vor dem Rathaus, sie hätten eine Hexe gefangen. Sie schrien so laut, bis ein Schreiber herauskam. Im ersten Stock wurde ein

Fenster geöffnet und der Bürgermeister Hermann Mylius schaute hinaus. Angewidert betrachtete er den Auflauf unten auf der Gasse. Wieder diese Teufelsjäger! Hatte es nicht geheißen, damit wäre Schluss? Die Gewaltrichter hatten behauptet, die Urheber des Teufelswassers seien aus der Stadt verschwunden.

Der Schreiber versuchte vergeblich, sich Gehör zu verschaffen. Gegen den Mönch, der eine Frau am Umhang gepackt hatte und der immer wieder behauptete, sie sei eine Hexe, kam er nicht an. Schließlich versuchte er es nicht mehr, sondern schickte nach dem Turmmeister des Frankenturms, damit der die Hexe abhole.

»Ich bin keine Hexe!«, rief die beschuldigte Frau. Sie hatte eine angenehme Stimme und war ein hübsches Ding.

Schade um sie, dachte Hermann Mylius. Es sind gerade immer die Hübschen, die es trifft. Nicht dass er glaubte, diese Frau wäre wirklich eine Hexe und der Teufel existierte als eine Gestalt mit Hörnern, Schwanz und Bocksfüßen, für derartigen Aberglauben war er zu aufgeklärt. Nur der Pöbel glaubte daran. Er hatte jedoch nicht vor, sich für die junge Frau auf der Gasse einzusetzen. Er schloss das Fenster und kehrte zurück an seinen Schreibtisch. Auf der Platte hätten bequem zwei Männer nebeneinander liegen können und doch war vom glatt polierten Holz kaum etwas zu sehen, da überall Akten lagen. Gerade betrat wortlos ein Schreiber den Raum, legte neue Unterlagen ab und vor den Bürgermeister eine Ledermappe, in der sich Briefe zur Unterzeichnung befanden. Mylius unterschrieb, ohne hinzusehen. Er war froh, als der Schreiber nicht nur die Mappe, sondern auch einige Akten wieder mitnahm.

Der Bürgermeister lehnte sich zurück und verschränkte die Hände hinter dem Kopf. Auf der Gasse war es still geworden, wahrscheinlich hatten sie die Hexe in den Frankenturm gebracht. Er wünschte, ihm fiele ein Weg ein, diese Hexensache zu beenden. Im Rat war sie mehrmals Thema gewesen, aber auch dort waren sie zu keiner Lösung gekommen. Dieser Aberglaube war so plötzlich aufgetaucht wie die Pest.

Vielleicht sollten sie tatsächlich eine der als Hexen beschuldigten Frauen hinrichten? Es musste ja nicht mehr der Scheiterhaufen sein, erhängen würde ausreichen. Dann wäre die Volksseele beruhigt. Dieser Vorschlag war tatsächlich im Rat laut geworden, mit anschließender Diskussion. Selten hatte der Bürgermeister ein Gespräch erlebt, das leidenschaftlicher geführt worden wäre. Die meisten Ratsherren sprachen sich dagegen aus, eine unschuldige Frau hinzurichten, um dem Volk zu Willen zu sein. Am vehementesten hatte der Ratsherr Andreas Olinger dagegen gekämpft, und das war auch kein Wunder, denn seine Frau saß als vermeintliche Hexe im Kunibertsturm.

Der Bürgermeister fragte sich, ob es nicht doch eine Lösung sein könnte. Für die Seele der armen Frau könnte man beten und Messen lesen lassen und Gott hätte gewiss ein Einsehen mit ihr und würde sie an seine Seite holen. Er beschloss, ein paar Erkundigungen einzuziehen und diesen Plan im Hinterkopf zu behalten.

Im Frankenturm stand unterdessen Kathrina vor dem Turmmeister, der sie finster betrachtete. Ihr war schlecht vor Angst und sie wünschte sich weit fort in die Höhle im Wald. Die Leute waren auf der Gasse zurückgeblieben, aber der Dominikanermönch und Fritz Haan waren mit hineingekommen in den Turm. Ebenso der Stadtschreiber, der sie vom Rathaus hergebracht hatte, er sah allerdings aus, als würde er am liebsten hinter Bergen von Akten verschwinden.

»Was soll ich mit all diesen Frauen?«, brummte der Turmmeister. »Das ist hier keine Herberge.«

»Die Hexen müssen die Strafe erhalten, die sie verdienen«, schnappte Bruder Martin sofort. »Gegen diese Zauberinnen darf man keine Milde walten lassen. Sie müssen brennen!«

Kathrina zuckte zusammen. Vor Angst konnte sie sich kaum auf den Beinen halten. Der Hass des Mönches waberte im Raum und war beinahe mit Händen zu greifen. Und das höhnische Gesicht ihres ehemaligen Verehrers tat ein Übriges dazu. Was gefiel ihm so daran, sie am Boden zu sehen?

»Du musst die Hexe foltern, damit sie gesteht!«, verlangte Bruder Martin.

»Ich weiß, wie ich meine Arbeit zu machen habe«, entgegnete der Turmmeister.

»Dann fange an! Wir sind als Zeugen hier.«

Der Turmmeister kratzte sich im Nacken und überlegte. Kathrina hielt die Luft an. Sie sah sich schon, wie sie eine enge Treppe hinuntergestoßen wurde in den Keller des Turms. Unten würden sie zwei Foltergesellen packen, deren Gesichter hinter schwarzen Masken verborgen waren, sie würden sie auf einen Tisch werfen und festschnallen. Einer würde ihr das Kleid vorne aufreißen und gierig ihren nackten Leib betrachten, unterdessen würde der andere Folterknecht etwas in einem Kohlebecken erhitzen.

Er käme an die andere Seite des Tisches heran und hielte ihr eine rotglühende Zange vor das Gesicht. »Gestehe!«, würde er schreien. »Du hast Hanni Kolbe mit dem Duftwasser des Teufels getötet!« Er würde mit dem Folterwerkzeug über ihren Brüsten herumfuchteln. Gleich würde er sie mit der Zange foltern, während sie kein Wort herausbrachte.

In diesem Moment schüttelte der Turmmeister den Kopf. »So geht das nicht. Es muss alles dem Gesetz nach ablaufen, sonst schlüpft uns die Hexe am Ende durch die Finger. Es muss erst ein Vorgang angelegt werden, in dem die Beschuldigungen gegen diese Frau gesammelt werden.«

Kathrina stieß die angehaltene Luft aus. Die glühende Zange würde ihr an diesem Tag erspart bleiben. Fritz Haan heulte unterdessen vor Enttäuschung auf. Er wollte widersprechen, aber der Turmmeister ließ ihn nicht zu Wort kommen, sondern führte Kathrina ab.

Zu ihrer großen Erleichterung ging es die Treppe hinauf, statt in den Keller hinunter. Der Mann entriegelte eine Tür und stieß sie in eine Zelle. Hände streckten sich ihr entgegen und hielten sie fest, sonst wäre sie gestürzt. Als Kathrina wieder einen klaren Gedanken fassen konnte, erkannte sie, dass sie nicht allein war. Zwei Frauen befanden sich mit ihr in der Zelle, die einander ähnlich sahen wie Mutter und Tochter.

KAPITEL 32

Kathrina!«, rief Daniel, als er die Zweige vor dem Höhleneingang zur Seite bog.

Es kam keine Antwort. Sonst hatte Kathrina ihn immer in dem schmalen Durchgang hinter dem Eingang erwartet. Er tastete sich tiefer in die Höhle hinein, in der Hoffnung, gleich den vertrauten Schein des kleinen Feuers zu sehen. Da alles dunkel blieb, entzündete er die mitgebrachte Fackel.

Kathrina war nicht da, das Feuer in dem Ring aus Steinen gelöscht. Schon vor längerer Zeit, denn die Asche war bereits kalt, wie Daniel feststellte, als er sich hinkniete und sie berührte. Ihm fiel auch auf, dass die Decken und ihre Kleidung fehlten. Feminis' Sachen standen unangetastet an der hinteren Höhlenwand.

Daniels Herz hämmerte gegen seine Rippen. Kathrina hatte also nicht nur die Höhle verlassen, um Feuerholz zu suchen. Sie war gegangen und hatte scheinbar nicht vorgehabt, zurückzukehren. Er rannte wieder nach draußen und schaute sich mit wildem Blick um. Natürlich entdeckte er sie nicht, und er ärgerte sich über sich selbst, dass er so achtlos durch den Wald gestapft war, ohne auf Spuren zu achten.

Vor der Höhle waren etliche Fußabdrücke im feuchten Boden zu sehen, nur ließ sich unmöglich erkennen, ob sie von ihm, Kathrina oder dem Italiener stammten oder ob eine weitere Person da gewesen war. Was, wenn am Ende dieser Mönch sie aufgestöbert hatte? Daniel stieß die Fackel in den Schmutz, um sie zu löschen. Hier konnte er nichts mehr ausrichten.

Er eilte zurück nach Köln. Außer Atem stand er schließlich vor Kathrinas Haus. Die Fensterläden waren geschlossen, die Tür ebenfalls. Daniel besaß einen Schlüssel, aber er hatte ihn nicht bei sich. Himmelzackerment! Er fluchte und war wütend auf sich selbst.

Durch eine Ritze des Fensterladens spähte er ins Innere. Der Raum machte einen verlassenen Eindruck. Über allem lag eine Staubschicht und der Ofen war aus. Kathrina war ganz gewiss nicht zu Hause.

Wo könnte sie sein? Eine ungute Ahnung befiel Daniel. Sie besaß keine lebenden Verwandten in Köln und zu ihrer Mutter nach Siegburg war sie bestimmt nicht gegangen. Der Italiener fiel ihm ein. Giovanni Paolo Feminis. Bei ihm könnte sie sich aufhalten. Daniel machte sich sofort auf den Weg.

Feminis war zu Hause, aber Daniels Besuch schien

ihm nicht zu behagen. Nur widerstrebend ließ er den jungen Mann in die Wohnung, in der es durchdringend nach Kohl und Fisch roch. Die Zwillinge weinten. Carl Joseph versuchte, seinen Bruder zu beruhigen, indem er mit einem Finger vor dessen Gesicht wedelte. Feminis nahm den anderen auf den Arm, derweil die Mutter in einem Topf rührte, in dem eine Kohlsuppe brodelte. Daniel nahm das häusliche Chaos nur am Rande wahr.

»Kathrina ist nicht mehr in der Höhle«, sprudelte er ohne Begrüßung hervor.

»Sie wird einen Spaziergang machen, Feuerholz suchen, etwas in der Art. Niemand kann den ganzen Tag in einer Höhle sitzen und warten«, antwortete Feminis und bot dem Besucher einen Stuhl und ein Glas Wein an.

Sophia Feminis unterbrach kurz das Rühren, holte zwei Gläser und schenkte den Männern Wein ein, bevor sie die Kinder aus dem Zimmer brachte. Den Protest des ältesten Jungen erstickte sie, indem sie ihn auf den Scheitel küsste und etwas in sein Ohr flüsterte. Anschließend kam sie wieder herein, setzte sich jedoch nicht zu den Männern an den Tisch, sondern kehrte zu ihrem Topf zurück. Daniel trank von dem Wein, der ihm nicht schmeckte, und berichtete Feminis, was er in der Höhle und in Kathrinas Haus entdeckt hatte.

»Sie kennt Sie. Deshalb habe ich gedacht, sie könnte hierhergekommen sein.«

»Bei uns ist sie nicht«, bestätigte Feminis, was Daniel schon befürchtet hatte.

Seine Frau mischte sich ein, ohne das Rühren zu unterbrechen: »Ich kenne die junge Frau nicht, aber es wurde wieder eine Hexe verhaftet. Ich hörte es auf der Gasse. Sie wurde in den Frankenturm geschleift. Es soll eine junge hübsche Frau gewesen sein.«

»Der Name?«, flüsterte Daniel. Ihm war heiß und kalt zugleich. Das Blut stieg ihm erst in den Kopf und sackte dann wieder nach unten.

»Der wurde nicht gesagt. Aber sie soll ein Bündel auf dem Rücken getragen haben, wahrscheinlich ihr Hexengerät.«

»Das war keine Hexe!«, wies Feminis seine Frau streng zurecht. »Niemand ist eine Hexe und niemand hat einen Pakt mit dem Diàvolo geschlossen. Das ist dummer Aberglaube.«

»Ich sage nicht, dass ich an diesen Hexenunsinn glaube. Das wurde über die Frau gesagt, ich habe es nur wiederholt.« Sophia Feminis hatte gesagt, was sie zu sagen hatte, und presste nun die Lippen aufeinander.

Daniel wollte sofort zum Frankenturm laufen, um mehr in Erfahrung zu bringen. Der Italiener musste heftig auf ihn einreden, um ihn zurückzuhalten, denn durch unbedachtes Handeln hätte er sich nur verdächtig gemacht und Kathrina wäre damit nicht geholfen. Es war kein guter Zeitpunkt, um ihre Beziehung öffentlich zu machen, für Bruder Martin wäre das nur ein Beweis gewesen, dass Kathrina mithilfe des Teufelswassers einen höhergestellten Mann an sich gebunden hatte. Feminis verließ schließlich die Wohnung, um Erkundigungen einzuziehen.

Während er wartete, saß Daniel stumm am Tisch. Sophia Feminis hatte ihm ein zweites Glas Wein eingeschenkt, den Topf vom Feuer genommen, sich für den Geruch entschuldigt und sich schließlich doch an den Tisch gesetzt. Die Minuten verrannen zäh.

Endlich kehrte der Kramhändler zurück, aber seine Nachrichten hätten nicht schlechter sein können: Bei der festgenommenen Frau handelte es sich tatsächlich um Kathrina. Sie war den selbsternannten Hexenjägern direkt in die Arme gelaufen. Daniel verbarg das Gesicht in den Händen. Er wusste nicht, woher er die Kraft nahm, nicht laut auf Gott zu fluchen. Das konnte unmöglich dessen Plan für Kathrina sein. Warum ließ er das zu, statt Feuer und Blitz vom Himmel zu schicken, um die Hexenjäger zu verdammen? Unmenschen!

Ihm fiel nur eine Person ein, die helfen konnte.

Daniel hatte die angebotene Pfeife abgelehnt und am Portwein nur genippt. Sein rechtes Knie zitterte und ließ sich auch nicht beruhigen, als er die Hand auf den Oberschenkel legte.

Der Kölner Ratsherr Johann Theisen erhielt nicht oft Besuch von seinem Neffen. Er war deutlich älter als Daniels Mutter, das Haupthaar bereits grau, der Backenbart noch dunkel. Er hatte keinen Besuch erwartet, sondern sich auf einen ruhigen Abend in seinem Rauchsalon mit einer Tonpfeife und einem erbaulichen Buch eingestellt, deshalb trug er kein Halstuch und nur einen

Hausrock, der mehrfach geflickt war und den seine Frau auch schon einige Male an einen Hausierer hatte weggeben wollen. Aber der Stoff war wunderbar weich und warm, er wollte sich von dem guten Stück nicht trennen. Johann Theisen mochte keine Veränderungen, ihm gefiel es am besten, wenn ein Tag wie der andere ablief. Die gegenwärtige Hexenjagd in Köln gefiel ihm nicht. Sie störte nicht nur seine Ruhe, sondern auch seine Geschäfte.

»Dein Besuch ist immer eine Freude für mich. Aber du hast etwas auf dem Herzen, also heraus damit.« Der Ratsherr zog an seiner Pfeife und blies einen Rauchkringel in die Luft.

»Eine Frau, die ich kenne, ist in Schwierigkeiten. Ich weiß mir keinen Rat mehr.« Daniel stieß jedes Wort heraus, als wäre es sein letztes.

Johann Theisen zeigte keine Reaktion, aber in Gedanken wog er blitzschnell Möglichkeiten und Risiken ab. Daniel gehörte verheiratet, darin war er sich mit seinem Schwager und seiner Schwester einig. Aus der Sache mit dem Scheepers-Mädchen war nichts geworden, da das arme Ding in ein Kloster verschwunden war. Um sie schien sich Daniel auch nicht zu sorgen. Aus dem Augenwinkel heraus beobachtete er seinen Neffen.

Der hatte die Hände zwischen die Knie geklemmt.

Eine weitere standesgemäße Ehekandidatin war nicht in Sicht, also konnte es sich nur um eine Mesalliance handeln. Daniel war ganz der Mann, der sich Hals über Kopf in eine Frau verliebte und nicht wusste, wann eine

Affäre enden musste. Man würde sehen. Zum Glück konnte er für seinen Neffen da sein und einige seiner Erfahrungen an ihn weitergeben.

Keinen dieser Gedanken sah man seiner Miene an. Sie blieb hinter einer Wolke Pfeifenrauch verborgen, als er antwortete: »Ist die Frau diese Echauffierung wert?«

»Sie ist alles wert.«

O je, es war schlimmer als gedacht.

»Na ja …«, begann Johann Theisen bedächtig.

Daniel unterbrach ihn ungestüm: »Sie wird zu Unrecht beschuldigt! Keine Frau ist dieser Dinge schuldig. Ihr müsst für Gerechtigkeit sorgen, lieber Onkel!«

Johann Theisen verstand, dass es sich um eine der Frauen handeln musste, die der Hexerei beschuldigt wurden und die in einem der Türme einsaßen. Das bot Möglichkeiten, die beiden zu trennen.

»Danach habe ich nicht gefragt«, sagte er endlich.

»Eine Frau ist in Schwierigkeiten. Reicht das nicht?«, begehrte Daniel auf.

»Nicht in einer Familie wie der unseren. Niemand hat etwas dagegen, wenn du dir eine Liebschaft suchst. Du bist jung und das gehört dazu, aber du musst wissen, wann eine Affäre zu enden hat.«

»Ich spreche nicht von einer Affäre, sondern von einer Frau, die unschuldig als Hexe verdächtigt wird und im Turm eingesperrt ist!«

Daniel verriet sich durch die Leidenschaft, die er an den Tag legte. Wenn es nicht so unpassend wäre, könnte der Ratsherr sich darüber amüsieren und an die Zeit zurückdenken, als er selbst hinter den Röcken her gewesen war.

Johann Theisen nahm die Pfeife aus dem Mund und legte sie auf einem Tisch neben sich ab. Ein Krümel Asche fiel heraus, den er erst fortwischte, ehe er antwortete: »Was soll ich da machen?«

»Ihr seid Mitglied im Rat und habt Einfluss. Sorgt dafür, dass die Frau freigelassen wird!«

»Was passiert dann mit dir und dieser Frau?«

»Nichts«, sagte Daniel zu hastig.

»Lüge mich nicht an!« Johann Theisen griff wieder nach seiner Pfeife und begann, sie zu reinigen. »Ich werde mich nicht für eine unbekannte Frau verwenden, und mag sie noch so unschuldig sein, bevor ich nicht die Wahrheit kenne. Haben deine Eltern dir beigebracht, zu lügen?«

»Das haben sie nicht, und ich lüge auch nicht.« Daniel senkte den Blick. Wut und Scham kämpften miteinander. Er atmete tief ein und tat dann, was sich für einen Mann von Ehre gehörte. »Die Frau heißt Kathrina Obladen, sie ist Witwe und ich habe ihr geholfen, als sie auf der Straße von einem Mann bedrängt wurde. Dieser Mensch hat sie zu Unrecht beschuldigt. Es hätte mich treffen müssen, denn ich habe ihm eine Niederlage beigebracht. Deshalb bin ich ihr verpflichtet.«

Der Ratsherr hörte dem Gerede von Ehre und Pflicht mit unbewegtem Gesicht zu. Sein Neffe war köstlich jung und unverdorben.

»Diese Frau ist nicht passend für dich, das ist dir hoffentlich klar. Sie ist nicht von unserem Stand. Dein Vater und ich werden nicht dulden, dass du Schande über die Familie bringst. Weiß er davon?«

»Das kann nicht Eure Entscheidung sein.« Daniel hatte damit gerechnet, seinen Onkel überzeugt zu haben, und war nun enttäuscht. Das war seiner Stimme anzuhören. »Er weiß es nicht.«

»Die Theisens und die Mensings können sich eine Mesalliance nicht leisten«, fuhr der Ratsherr fort, als hätte Daniel gar nichts gesagt. »Erinnere dich an die Stunden mit ihr und lasse es gut sein.«

»Nie werde ich das! Wie können Sie so reden? Ich bereue es zutiefst, zu Euch gekommen zu sein.« Daniel sprang auf.

»Setz dich wieder hin!«, befahl Johann Theisen scharf. »Sie ist keine Frau für dich, aber ich habe nicht gesagt, dass ich nichts für sie tun werde. Keine dieser Frauen ist eine Hexe, das weiß jeder gebildete Mann. Keine verdient es, im Turm zu sitzen.«

Im Nu verflüchtigte sich Daniels Wut. Er nahm wieder Platz. »Was werdet Ihr machen?«

»Du wirst diese Kathrina Obladen nicht wiedersehen. Das ist die Bedingung für meine Hilfe. Nimmst du an?«

Daniel überlegte. Seine hin- und hergerissenen Gedanken spiegelten sich in seiner Miene wider. Kathrina nicht wiedersehen? Der Gedanke schmerzte. In der kurzen Zeit ihres Beisammenseins war sie ihm unter die Haut gegangen wie keine Frau zuvor. Doch die Vorstellung, wie sie im Turm saß und Angst hatte, war ihm unerträglich und er gab sich einen Ruck. »Ich verspreche es. Rettet sie aus dem Turm und ich werde sie nicht wiedersehen.«

Er und Johann Theisen gaben sich die Hand zur Besiegelung ihres Paktes.

»Trinke deinen Portwein aus und nimm eine Pfeife zur Feier unserer Vereinbarung.«

Der junge Mann sprang auf. »Ihr habt mich zu dieser Vereinbarung gezwungen. Ich werde sie einhalten wie ein Ehrenmann, aber ich muss deshalb weder mit Euch rauchen noch trinken. Ich empfehle mich.«

Johann Theisen lauschte dem Knall der zuschlagenden Türen nach. Er war zufrieden mit sich. Das war eleganter gegangen, als er sich zunächst ausgemalt hatte.

KAPITEL 33

Im Frankenturm teilte sich Kathrina die Zelle mit Leopolda Rohsin und deren Tochter Anneli. Der Raum war behaglich eingerichtet, jede hatte ein eigenes Bett mit Matratze und Decken. Sie erhielten drei Mahlzeiten am Tag und zweimal in der Woche Fleisch, hatte die Rohsin sie informiert. Befragungen durch die Turmmeister fanden nicht statt. Jedem Wort der Rohsin war zu entnehmen, dass die Gefangenschaft ganz gemütlich war. Hätten sie und ihre Tochter etwas weniger gebetet, könnte Kathrina sich auch wohler fühlen. So aber drückte ihr das ständige fromme Gemurmel aufs Gemüt und sorgte dafür, dass sie sich eingesperrt fühlte.

Sie konnte nicht glauben, dass es tatsächlich keine Befragungen gab, sondern sie wartete darauf, jeden Augenblick abgeholt und erst vor den Richter und danach vor die Stadt nach Melaten zur Hinrichtungsstätte geschleift zu werden. Mit etwas anderem als ihrer Hinrichtung würde sich Fritz Haan nicht zufriedengeben. Sie hatte den Hass in seinen Augen gesehen, als Daniel ihn vertrieben hatte. Damals hätte ihr bereits alles klar sein müssen, aber sie hatte nur Augen für ihren Retter gehabt. So zuckte sie jedes Mal zusammen, sobald die Tür geöffnet wurde.

Daniel – wie sehr sie ihn vermisste. Warum hatte sie nicht in der Höhle auf ihn gewartet? Vielleicht wusste er noch gar nichts von ihrer Gefangennahme und suchte nach ihr? Sie ballte die Linke zur Faust, dass sich die Nägel in ihre Handballen drückten. Der Schmerz verhinderte, dass sie vor Sehnsucht aufschrie und sich für ihre Unvorsichtigkeit schalt.

An ihrem zweiten Tag im Turm wurde Kathrina ein Brief in den Schoß geworfen, als sie gerade in ihre Decken gewickelt auf dem Bett saß und versuchte, die Gebete der Rohsin und ihrer Tochter zu überhören. Der Brief landete auf ihr und sie schreckte auf. Sie sprang hoch und konnte ihn gerade noch festhalten, bevor er zu Boden fiel.

Der Brief bestand aus einem mehrfach zusammengefalteten Papier. Kathrina drückte es an ihre Brust und betrachtete es zunächst von allen Seiten, ehe sie es auseinanderfaltete. Daniels Name stand unter den schwungvoll hingeworfenen Zeilen. Es werde ein Weg gefunden werden, sie aus dem Turm zu befreien und ihre Unschuld zu beweisen. Sie solle nur den Mut nicht verlieren und sich in Geduld üben. Er habe alles Notwendige in die Wege geleitet und sende ihr Küsse.

Kathrina presste das Papier an ihre Lippen und versteckte es in ihrem Mieder. Es war ihr wertvoller als alle Decken und drei Mahlzeiten am Tag. Dem Brief haftete aber auch etwas Trauriges an. Sie konnte es sich nicht erklären, aber etwas in Daniels Worten klang wie ein Abschied. Aber das konnte nicht sein … Er konnte ihr nicht Hilfe versprechen und sie dann … Nein, so war es nicht. Das unbestimmte Gefühl eines Abschieds konnte sie jedoch nicht abschütteln.

»Was ist das?«, fragte die Rohsin.

Kathrina drehte ihr die Schulter zu. »Das geht dich nichts an.« Sie traute dieser frömmlerischen Frau nicht. Am Ende beschuldigte die sie der Hexerei, um selbst freizukommen.

»Ein Brief von deinem Liebsten?«

»Kümmere dich nicht um mich.«

»Er verspricht, dich zu retten? Er wird es nicht tun. Das machen sie nie. Erst versprechen sie das Blaue vom Himmel und dann …«

»Hör auf!«, schrie Kathrina und hielt sich die Ohren zu.

»Mach dir besser keine Hoffnungen. Wenn du eine Hexe bist, werden sie die Wahrheit herausfinden, das machen sie immer.«

»Ich bin keine Hexe!«

»Das sagt jede von uns.«

Kathrina drehte sich um. Statt sich mit der Rohsin und ihrem Unsinn zu beschäftigen, wollte sie lieber nachdenken, wie sie Daniel einen Brief zukommen lassen konnte. Er hatte dazu nichts geschrieben, aber ihr musste einfach ein Weg einfallen. Sie musste ihn wissen lassen, dass sie ihm vertraute, ihn liebte und ihn immer lieben würde.

Sie konnte nichts tun, bis ein Wärter das Abendessen brachte. Es gab Fleisch und Gemüse und jede bekam einen Kanten Brot. Als die leeren Teller und Schüsseln wieder abgeholt wurden, stellte Kathrina sich dicht an die Tür.

»Ich will eine Frage stellen«, flüsterte sie dem Wärter zu und hoffte, dass die anderen sie nicht hörten. »Kann ich Papier und einen Stift bekommen, um einen Brief zu schreiben?«

Sie erwartete, dass der Mann eine Forderung stellen oder sie auslachen würde, aber zu ihrem Erstaunen bejahte er ihre Frage. Er brachte das Geschirr weg und kehrte gleich darauf mit einem Blatt Papier und einem Kohlestift zurück.

»Danke, vielen Dank«, murmelte Kathrina und zog sich mit den Schätzen auf ihr Bett zurück.

Sie wollte Daniel so viel sagen, dass sie das Blatt im Nu vollgeschrieben hatte. Sie versicherte ihn ihres Mutes und ihrer Treue, schrieb ihm, dass es ihr gutgehe und sie bisher noch nicht peinlich befragt worden sei. Man habe sie überhaupt nichts gefragt.

Als sie dies geschrieben hatte, stockte sie. Das Bild eines düsteren Kellers, in dem sie nackt auf einer Bank festgebunden war, zog wieder vor ihrem inneren Auge vorbei und der Name Hanni Kolbe. Brachte man sie mit dem Tod der jungen Magd in Verbindung, wäre es um sie geschehen. Nichts in Gottes schöner Welt würde dann verhindern können, dass sie als Hexe angesehen wurde. Schnell schrieb sie weiter, dass sie auf seine Hilfe vertraue und sandte ihm Küsse. *Liebster, ich wünsche mir nichts mehr, als dich zu sehen. Mach es doch möglich, mich zu besuchen.* Diesen Satz quetschte sie ganz unten auf das Blatt, und es war gerade noch Platz für ihren Namenszug.

Das Abendessen brachte ein anderer Wärter und Kathrina wagte es nicht, ihm ihren Brief zu geben. Sie würde bis zum nächsten Morgen warten müssen. Der Wärter nahm ihr wortlos das Schreiben ab.

KAPITEL 34

Sie saßen zu fünft an einem Ecktisch im Gasthaus Zum Anker, das seinem Namen entsprechend in der Nähe des Kölner Hafens lag. Im Kamin brannte ein gewaltiges Feuer, das den Raum in einen Glutofen verwandelt hatte. Die Besucher hatten ihre Röcke abgelegt und saßen hemdsärmelig an den Tischen. Das Dünnbier floss in Strömen. Je wärmer es im Raum wurde, desto mehr Durst bekamen die Gäste und desto mehr bestellten sie – so die Rechnung des Wirtes. Sie schien aufzugehen, denn an den Tischen war jeder Platz belegt, und die beiden Schankmädchen konnten kaum so viel Bier heranschleppen, wie bestellt wurde.

Fritz Haan hatte die Schmalseite des Tisches eingenommen, an den Längsseiten saßen vier seiner neuen Freunde. Einer davon war der Sohn eines Schuhmachermeisters, der immer Geld in seinen Taschen hatte. Er sorgte dafür, dass die Dünnbierkrüge auf dem Tisch nicht leer wurden, und bezahlte so manche Mahlzeit.

Fritz Haan kam das entgegen, denn seit der Tuchverleger Otto Scheepers seine Ware nicht mehr aufkaufte, schmolz seine Barschaft von Tag zu Tag dahin und würde bald am Ende sein. Es war ihm auch nicht gelungen, sein Tuch anderweitig zu verkaufen. Daran war Kathrinas Schadzauber schuld, hatte doch sein ganzes Unglück damit begonnen, dass sie seinen Antrag abgelehnt hatte. Eigentlich hätte er zufrieden sein können, dass sie im Turm einsaß. Aber sie hockte dort in einer warmen Zelle, während er den Stürmen des Lebens ausgesetzt war. Er donnerte mit der Faust auf den Tisch.

»Das ist nicht recht!«, fauchte er dazu.

Seine Mitzecher schauten ihn fragend an. Auch am Nachbartisch wurde man aufmerksam.

»Diese Hexen werden behandelt wie verehrte Gäste der Stadt.«

»Sie sitzen im Turm ein …«, erwiderte der Schuhmachersohn verwundert und winkte einer Schankmagd, um einen neuen Krug Bier zu bestellen.

»Da liegen sie auf weichen Betten und bekommen drei Mahlzeiten am Tag, und unsereins hat nur zwei«, brummte Fritz Haan.

Die beiden anderen am Tisch stimmten ihm zu.

»Das ist keine Art, mit einer Hexe umzugehen. Die gehört in den Folterkeller, bis sie ihre Untaten gestanden hat! So ist man früher mit solchen Weibern umgegangen und so ist es richtig.« Fritz Haan wandte sich zum Lokal um. »Die Hexen gehören bestraft für ihr schändliches Tun! Dafür werden wir sorgen.«

An den anderen Tischen erhob sich Gemurmel. Einige Männer nickten zustimmend, aber die meisten schüttelten die Köpfe. Schließlich stand einer von ihnen auf.

»Das sind alles Kölnerinnen. Eine kenne ich seit Jahren, das ist keine Läufersche und keine Hexe.«

»Ich kenne auch eine. Die ist bestimmt auch keine Hexe.«

»Und die, die ich kenne, ist sicher keine Hexe!«, rief

ein Dritter. »Sie ist die Ehefrau eines Onkels meiner Angetrauten, eine ehrbare Strickerin, die jeden Sonntag in die Messe geht.«

»Ihr seid verhext, weil ihr die Wahrheit unter der Oberfläche der Weiber nicht seht.« Dieser Satz entsprang nicht Fritz Haans Gedanken, Bruder Martin hatte ihn gesagt. Er konnte nur für sich in Anspruch nehmen, ihn sich gemerkt zu haben.

»Du stürzt Frauen ins Verderben.«

»Das sind Hexen!« Fritz Haan sprang auf und fegte dabei seinen Bierkrug vom Tisch. »Sie buhlen mit dem Deuvel!«

»Sie sind Frauen! Manche von uns kennen sie ein Leben lang.« Der Mann, der das gesagt hatte, blitzte ihn wütend an. »Ihr verschwindet besser, wir wollen euch hier nicht.«

»Verschwindet aus der Stadt!«, stimmten andere zu.

Fritz Haan senkte den Kopf. »Ihr seid alle Deuvelsbuhlen!«, schrie er und Speicheltropfen sprühten von seinen Lippen. Die vier Männer an seinem Tisch waren ebenfalls aufgesprungen und standen neben ihm.

»Feiglinge, die nur gegen Weiber eine Lippe riskieren!« Diesen Ausruf begleitete höhnisches Gelächter.

»Ich will keinen Streit. Beruhigt euch alle wieder und trinkt euer Bier«, hörte man den Wirt rufen, aber niemand achtete auf ihn.

Einen Moment noch versuchten Fritz Haan und der andere Mann, einander niederzustarren, dann stürmte der Weber vor und rammte seinem Feind den Kopf in die Rippen. Sie taumelten durch die Gaststube. Fritz Haan erhielt Schläge auf Kopf und Schultern, er merkte sie kaum, so groß war seine Wut.

Der Wirt rang die Hände, während sich seine Gaststube in ein Schlachtfeld verwandelte. Männer prügelten mit Fäusten und Zinnkrügen aufeinander ein. Manch einer trank noch schnell sein Glas leer, ehe er sich in Gefecht stürzte. Fritz Haan und seine Freunde standen einer zu großen Übermacht gegenüber. Zwei von ihnen waren bereits zu Boden gegangen, die übrigen drei versuchten nur noch, sich vor den Schlägen zu schützen und die Tür zu erreichen.

Fritz Haan trat einem der Angreifer vor die Kniescheibe und bemerkte erfreut, wie er einknickte und zu Boden ging. Der Mann hielt sich das Knie und jammerte. Der würde so schnell niemanden mehr Feigling nennen. In diesem Moment erhielt der Weber einen Schwinger auf die Nase, Blut schoss hervor und Knochen knirschten, und es fühlte sich an, als hätte ihm jemand einen Bratspieß durch die Nase direkt ins Gehirn getrieben. Er taumelte.

Zum Glück war die Tür in Reichweite. Jemand riss sie auf und Fritz Haan taumelte ins Freie, die anderen folgten ihm. Die beiden, die zu Boden gegangen waren, wurden an den Kragen ihrer Westen hinausgeschleift und mit ein paar Fußtritten verabschiedet.

»Das hast du prima hingekriegt!«, fauchte der Schuhmachersohn. Er rappelte sich auf und spuckte einen Zahn aus. Sie machten sich davon. Fritz Haan hielt seine

Nase, die höllisch brannte. Er bekam kaum Luft und Blut lief ihm aus der Nase bis in den Mund. Das sollten sie büßen – die Hexen! Mit schmerzenden Gliedern und einer gebrochenen Nase, die immer dicker wurde, schleppte er sich nach Hause.

In seiner Wohnung war es kaum wärmer als draußen, für Feuerholz reichte sein Geld nicht mehr. Das Wasser in der Waschschüssel war grau und abgestanden. Fritz Haan tauchte einen Lappen hinein und reinigte sein Gesicht vom Blut. Das kalte Wasser brannte an seiner verletzten Nase – er musste die Zähne zusammenpressen, um nicht aufzustöhnen. Er legte sich ins Bett, konnte aber vor Schmerzen, Hunger und Wut nicht schlafen. Als Hexe zu brennen, war nicht genug für Kathrina.

KAPITEL 35

Die erste Frau lehnte in der Weidengasse zwischen Adlerpforte und St. Ursula an einer Hauswand. Ihre ausgestreckten Beine nahmen die Hälfte der Gassenbreite ein. Eine Bettlerin, dachten die Gassenkehrer, die im Morgengrauen mit ihren Karren durch die Gassen zogen und den Unrat aus den Rinnsteinen schaufelten. Sie kümmerten sich nicht weiter um die Gestalt, die mit auf die Brust gesunkenem Kinn dasaß. Die Männer, die selbst große Familien zu versorgen hatten und in der Woche an vier von sieben Abenden hungrig auf ihre harten Lager sanken, verspürten kein Mitleid mit einer, der es schlechter ging als ihnen. Sie fegten um sie herum und gingen weiter.

Erst die Besitzerin des Hauses, eine Witwe, die die leer stehenden Zimmer an Studenten vermietete, schüttelte den Kopf über die Bettlerin. Sie goss ihren Nachttopf im Rinnstein aus und machte sich danach auf den Weg zum nahen Brunnen. Bei der Rückkehr mit zwei überschwappenden Wassereimern saß die Bettlerin immer noch an die Wand des Hauses gelehnt da, als hätte sie sich in der Zwischenzeit nicht einmal bewegt. Das ärgerte die Witwe nun doch, dass die Frau einen Platz beanspruchte, als wäre das ihr Haus.

»He du!«, rief sie, als sie mit den beiden schweren Eimern vor ihr stand.

Keine Reaktion. Wahrscheinlich voller als jede Branntweinflasche, das Weib.

Die Witwe stieß die Bettlerin mit dem Fuß an. Zuerst nur vorsichtig, aber als die sich immer noch nicht bewegte, trat sie kräftiger zu. Die Beine der Frau rutschten zur Seite, ihr Oberkörper geriet in eine Schräglage. Dabei fiel der Kopf nach hinten und offenbarte eine dünne rote Linie quer über den Hals. Beide Wassereimer polterten zu Boden und ergossen ihren Inhalt über die Schuhe der Witwe. Entsetzt presste sie die Hände auf den Mund und statt eines Schreis entfuhr ihr ein Keuchen.

Eine Ermordete vor ihrem Haus. Eine Bettlerin, die im Suff stirbt, das wäre ärgerlich gewesen, hätte sie aber nicht weiter berührt. Aber so etwas …

Nachbarn waren von den scheppernden Eimern aus den Häusern gelockt worden und auch zwei ihrer Studenten standen verschlafen vor der Haustür. Alle starrten die Tote an.

»Der Deuvel!«, flüsterte eine alte Frau und bekreuzigte sich.

Andere nickten zustimmend.

»Das stimmt nicht«, widersprach einer der Studenten und kratzte sich am unrasierten Kinn. »Der Frau wurde die Kehle durchgeschnitten, das sieht doch jeder. Sie ist am Blutverlust gestorben. Ich bin Student der Medizin und kenne mich aus mit Wunden.«

»Der Deuvel hat die Wunde geschlagen mit einen langen messerscharfen Fingernagel.« Die alte Frau bekreuzigte sich erneut.

»Das war ein vollkommen irdischer Mörder, glaubt mir! Und er hat sie nicht hier getötet, dann müsste viel mehr Blut zu sehen sein. Die Frau wurde hergebracht, nachdem sie tot war.« Der Medizinstudent hatte die Stimme erhoben.

Auf einmal stand Bruder Martin zwischen den Leuten und an seiner Seite Fritz Haan mit unnatürlich roter und geschwollener Nase. Für beide gab es keine Zweifel daran, dass der Teufel sein hässliches Haupt erhoben und einen seiner Dämonen angestiftet hatte, diese Frau zu töten. Sie war auch keine Bettlerin, wie die

Witwe zunächst gedacht hatte, dazu war ihre Kleidung zu gut. Sie war die Frau eines Handlungsgehilfen, und ihr Mann, den man inzwischen hinzugeholt hatte, sank weinend neben ihrer Leiche nieder. Er verfluchte Gott und beschuldigte den Teufel.

Bruder Martin sprach wortgewaltig, und bis auf den Medizinstudenten waren am Ende alle überzeugt, der Teufel habe seine Hände im Spiel gehabt. Es ging wild durcheinander, ob es nun der Teufel in höchsteigener Person gewesen sei oder ein von ihm Besessener. Der Student hatte sich vor dem Ende der Predigt richtig angezogen und den Weg durch den Hinterhof zur Universität genommen. Mit ihm war der einzige Zweifler verschwunden und Bruder Martin hatte leichtes Spiel, die Leute auf seine Seite zu ziehen. Am Ende versagte ihm vor Heiserkeit die Stimme.

Am Nachmittag fand eine Matrone die Hebamme aus der Antonsstraße tot in ihrem Bett vor. Sie hatte sie holen wollen, weil bei ihrer hochschwangeren Nachbarin die Wehen eingesetzt hatten. Als die Hebamme auf das Klopfen hin nicht öffnete, hatte sie die Klinke heruntergedrückt und die Tür offen vorgefunden. Rufend war sie ins Haus gegangen, in dem sich aber außer einer Katze, die fauchend aus der Schlafkammer geschossen kam, nichts regte. Die Hebamme lag im Bett unter einer dicken Decke, ganz still und kalt. Ihre Augen standen offen, und der glasige Blick versetzte die Matrone so sehr in Angst und Schrecken, dass sie fluchtartig das

Haus verließ. Auf der Gasse brüllte sie die Nachbarn zusammen und zeigte mit zitternder Hand auf die Wohnung der Hebamme.

Bevor die Tote abgeholt werden konnte, erschien wieder Bruder Martin vor Ort, und diesmal bestand für ihn gar kein Zweifel mehr daran, dass das Weib an einem teuflischen Zauber gestorben war. Nach kurzem Suchen fand man in ihrer Wohnung einen Flakon mit Duftwasser.

»Das Duftwasser des Teufels!«, geiferte Bruder Martin. »Das ist der Beweis!«

Die Menschen wichen zurück. Jeder wusste nun, woran die Hebamme gestorben war. Am Tag zuvor war sie kerngesund gesehen worden, und jetzt lag sie mit offenen Augen auf dem Bett und sah aus, als habe sie in den letzten Momenten ihres Lebens etwas Furchtbares erblickt. Die Fratze des Leibhaftigen zum Beispiel, die ihr aus dem Antlitz desjenigen entgegenblickte, der sie mit dem Teufelswasser verhext hatte. Trotz seiner Heiserkeit sprach Bruder Martin wortgewaltig zu seinen Zuhörern. Er schonte weder sich noch seine Stimme.

Fritz Haan stand wie immer neben dem Dominikaner und hörte voller Zufriedenheit, wie der den Namen Kathrina Obladen in die Menge rief. Die eine Hebamme habe die andere verhext, um sie an der Ausübung ihrer Arbeit zu hindern. Kathrina sei heimlich in die Stadt zurückgekommen und habe ihr übles Werk getan. Es störte weder den Weber noch Bruder Martin, dass Kathrina längst im Frankenturm einsaß.

Ein herbeigerufener Professor der Universität stellte fest, dass die Hebamme keineswegs so gesund gewesen war, wie sie gewirkt hatte. Ihre Zunge war dick, geschwollen und belegt gewesen. Genaueres könne er aber erst nach einer eingehenden Untersuchung sagen.

Genauso wie die Tote vom Morgen wurde auch diese Frau in die Räume der Universität geschafft, um genauer untersucht zu werden. Auf zwei Holztischen lagen die Frauen nebeneinander und warteten auf die Untersuchung am nächsten Tag.

Die Gebäude der Universität wirkten am Tag abweisend, aber in der Nacht war es viel schlimmer. Daniel hatte es nach der Schule nur zwei Jahre in dieser Institution ausgehalten, bevor er die artistischen Studien abgebrochen und lieber seinem Vater im Geschäft geholfen hatte. In diesem Moment, als er gemeinsam mit Giovanni Paolo Feminis einem Medizinstudenten folgte, der mit einer Laterne voranging, bereute er seine Entscheidung nicht. Die Laterne war an drei Seiten abgedunkelt und spendete kaum Licht. Sie tasteten sich daher mehr voran, als dass sie zügig ausschritten.

Schließlich erreichten sie eine Tür. In einer dunkeln Ecke des Hofes, verborgen hinter einem Strebepfeiler des Krankenspitals, wäre sie selbst bei Tag schwer zu entdecken; in der Nacht fand man sie nur, wenn man von ihr wusste. Die Tür war verriegelt, aber nicht verschlossen, und der Riegel gut geölt. Sie gelangten in einen düsteren, schmalen Gang, kaum breiter als Daniels Schultern. Er fühlte sich, als lasteten Tonnengewichte auf ihm.

»Wo sind wir?«, wisperte Feminis. Er schien ähnliche Gefühle zu haben. »Wohin bringt er uns?«

»Keine Sorge, ich halte meine Versprechen. Das ist nicht der Gang in die Unterwelt«, antwortete der Student, ohne sich umzudrehen.

Tatsächlich führte am Ende des Ganges eine schmale Treppe nach oben. Sie endete an einer weiteren Tür und dahinter befand sich ein breiter Flur. Daniel erkannte das Gebäude der medizinischen Fakultät. Die Lampen an den Wänden und die schwarz-weißen Tonkacheln auf dem Boden waren dieselben wie vor Jahren. Der Student winkte ihnen und brachte sie zu einem Raum ganz am Ende des Flurs.

Es war ein kleiner schmuckloser Raum ohne Fenster, in dem es kälter war als draußen. In der Mitte standen zwei Holztische und darauf lagen mit Sackleinen abgedeckte Körper.

Der Student stellte die Laterne neben die Füße eines der beiden Körper.

»Das sind die beiden, die an diesem Tag in der Stadt gestorben sind. Verlasst die Fakultät auf dem gleichen Weg, auf dem Ihr gekommen sind. Verriegelt alle Türen wieder sorgfältig und stellt die Laterne einfach auf dem Hof ab. Wir haben uns nie gesehen.«

Daniel nickte, aber Feminis war nicht zufrieden. »Ihr wartet nicht auf uns?«

»Nein.«

»Wenn wir Fragen medizinischer Art haben?«

»Sucht jemand anderen für die Antworten.« Der Student huschte aus dem Raum.

»So war es mit ihm abgesprochen«, sagte Daniel. »Er sollte uns hierherbringen, von Beratung war nicht die Rede gewesen.« Beherzt schlug er eines der Tücher auf und prallte zurück.

Eine verhärmte ältere Frau lag auf dem Tisch – nackt. Daniel hatte eine Leiche erwartet, aber nicht, dass sie nackt sein würde. Schütteres gräuliches Haar umrahmte ein schmales Gesicht mit spitzer Nase. Die Brüste lagen schlaff auf ihren Rippen, von denen jede einzelne zu erkennen war.

Von der anderen Toten hatte inzwischen Feminis das Sackleinen entfernt. Die Frau war genauso nackt wie die erste. Der einzige Unterschied war, dass ihr Kopf von zwei Ziegelsteinen gestützt wurde. Unzweifelhaft handelte es sich bei ihr um die Ehefrau des Handlungsgehilfen, die mit durchschnittener Kehle aufgefunden worden war. Die Ziegelsteine verhinderten, dass ihr Kopf nach hinten fiel und der Schnitt aufklaffte. An ihr war mehr dran als an der anderen, die demnach die Hebamme sein musste.

Daniel wandte den Blick von den nackten Frauen ab und schnüffelte in der Luft.

»Was suchen wir hier?«, fragte Feminis überrascht.

»Ich wollte wissen, ob es nach dem Teufel riecht. Es heißt doch, dass man an seinen Opfern seinen typischen Geruch wahrnehmen soll.«

»Nach Schwefel riecht es nicht.« Der Italiener hätte beinahe aufgelacht, so abstrus schien ihm der Gedanke, jemand könne tatsächlich an den Teufel glauben und dass er sich am Geruch offenbarte. Für ihn roch es nach Tod und staubigen Steinen, nach altem Holz und abgestandener Luft. Der Leibhaftige hatte damit nichts zu tun und auch nicht mit dem Tod dieser armen Frauen. Das erklärte er seinem jungen Begleiter. Von Daniel Mensing hätte er nicht erwartet, dass er derartigen Aberglauben in Erwägung zog.

»An den Teufel glaube ich auch nicht. Ich wollte sichergehen, dass niemand nachgeholfen hat, um den Aberglauben der Leute zu stützen. Bruder Martin zum Beispiel.«

»Dem Mönch traut Ihr so etwas zu?«

»Oder dem Weber, der immer an seiner Seite ist und der es besonders auf Kathrina abgesehen hat. Dem traue ich alles zu.«

Feminis schüttelte den Kopf, nicht weil er Daniel nicht glaubte, sondern weil ihm noch nie so viel Hass und Misstrauen in der Stadt begegnet war. Jeder schien jedem Übles zu wollen. Hätte er doch auf Sophia hören und mit ihr nach Rheinsberg zurückgehen sollen, statt mitten in der Nacht in einem Leichenkeller zu stehen und tote Frauen zu betrachten?

»Es besteht kein Zweifel, dass hier Menschen am Werk waren. Zumindest bei der Frau des Handlungsreisenden. Bei der anderen weiß man es nicht. Ich frage mich aber, ob der Mörder vielleicht glaubt, der Leibhaftige habe ihm den Befehl zur Tat gegeben?«, fuhr Daniel fort.

»Wie wollt Ihr das durch die Betrachtung der Toten herausfinden?«

Er wusste es nicht. »Ich hatte gehofft, wir finden bei den Toten etwas, das uns weiterhilft. In ihrer Kleidung vielleicht, aber die ist ja nun ...«

Feminis nahm die Laterne und leuchtete damit unter die Tische. »Hier liegen Bündel.«

Er zog sie hervor und legte sie auf die Tische. Es waren Kleider, allem Anschein nach Frauenkleider.

»Diese hier riechen.« Feminis deutete auf das fadenscheinige Bündel, das offensichtlich der Hebamme gehört hatte.

»Wonach?«

»Wenn ich das wüsste ... Ich kenne viele Gerüche, aber den ... Es ist nicht der Geruch nach Tod, Wolle oder Menschenkörper. Das kann ich zwar auch riechen, aber da ist noch etwas ...« Feminis hob ein Unterhemd an seine Nase. »Irgendetwas anderes, schwach, dennoch deutlich wahrnehmbar.«

Daniel roch nun ebenfalls an dem Unterhemd. Körper, Wolle, Tod – nicht einmal das konnte er unterscheiden. Er untersuchte die Kleidung der Erstochenen.

Ihre dunkelbraunen Röcke waren voller Blutflecken und das Gewebe am Saum war an einer Seite zerschlissen. In dem Bündel hatten auch ihre Schuhe gelegen, derb genäht und robust, aber nicht sehr alt. Auffällig war nur, dass sie an den Hacken ebenfalls zerkratzt waren.

»Diese Frau wurde längere Zeit über das Pflaster gezogen.« Er zeigte Feminis die Schuhe und den Rock. »Sie ist jedenfalls nicht da gestorben, wo man sie gefunden hat.«

»Sie wurde also vor dem Haus abgelegt. Vor seinem Haus einen Toten zu finden, das bedeutet in meiner Heimat etwas Schlimmes, Madonna Mia.« Der Italiener schauderte.

»In meiner Heimatstadt bedeutet das nichts. Jedenfalls weiß ich nichts davon.«

Feminis beugte sich über die tote Hebamme und brachte seine Nase dicht an ihren Mund.

»Was macht Ihr da nun wieder?«

»Mir ist etwas aufgefallen.« Er machte eine Handbewegung, als wollte er sich Luft zufächeln. »Es gibt einen Geruch nach Bittermandel an der Frau. Das muss der Geruch sein, den ich erst nicht zuordnen konnte, weil er in ihren Kleidern nur ganz schwach hängt.«

»Und?«

»Es ist ungewöhnlich. Wie kommt eine so ärmlich gekleidete und abgemagerte Frau an Bittermandeln? In einem Haushalt armer Leute findet man so etwas gewöhnlich nicht.«

»Kann sie es für ihre Arbeit als Hebamme gebraucht haben?«

»Kaum. Außer sie wollte die Neugeborenen vergiften.« Der Italiener zog sein Taschentuch hervor, legte es sich über die rechte Hand und griff nach dem Kiefer der toten Hebamme. Er ließ sich nicht bewegen, auch nicht, als er versuchte, ihr den Finger zwischen die Zähne zu schieben. Kein Glied ließ sich bei den toten Frauen bewegen.

Sie drehten die Hebamme auf den Rücken, der mit Leberflecken übersät war. Jeder unwissende Abergläubige hätte darin Teufelsmale gesehen. Daniel und Feminis kam das nicht in den Sinn. Am Hintern hatte die Frau eine entzündete Stelle gehabt, die ihr beim Sitzen sicherlich Schmerzen bereitet hatte.

»Daran wird sie nicht gestorben sein«, sagte Daniel und zeigte auf die Wunde. »Hier gibt es für uns nichts mehr zu entdecken.«

Sie drehten die Leiche wieder auf den Rücken und hinterließen den Raum so, wie sie ihn vorgefunden hatten.

Beide waren enttäuscht. Feminis hatte gehofft, das Teufelswasser bei den Toten zu finden; und Daniel wusste nicht einmal genau, was ihn hergetrieben hatte. Der Drang, etwas für Kathrina tun zu müssen, ließ ihn nach jedem Faden greifen. Inzwischen waren wieder Tage vergangen, seit er bei seinem Onkel gewesen war und ihr einen Brief geschrieben hatte. Er hatte auch einen von ihr empfangen. Wenn es seinem Onkel nun nicht gelang, sie aus dem Turm zu holen …?

Auf demselben Weg, den sie gekommen waren, verließen sie die Universität gerade wieder, als gleich hinter der äußeren Pforte jemand auf sie zutrat und nach

Daniels Ärmel fasste. Der hätte ihn beinahe niedergeschlagen, ehe er den Studenten der Medizin erkannte.

»Was soll das?«, zischte Daniel.

»Ich war dabei, als die Frauen am Nachmittag gebracht wurden und auch, als sie entkleidet wurden. Tatsächlich musste ich dabei helfen.«

»Was ist Euch dabei aufgefallen?«, mischte sich Feminis ein.

»Der einen wurde die Kehle durchgeschnitten, daran besteht kein Zweifel. Bei der Hebamme hat sich der Mund geöffnet, als wir sie auf den Tisch gelegt haben. Ich habe ihn wieder geschlossen, dabei ist mir ihre Zunge aufgefallen.«

»Was war damit?«, wollte Daniel sofort wissen.

»Sie war bläulich verfärbt und geschwollen. So dick, dass sie kaum noch in den Mund passte. Das deutet auf Gift hin. Der Hebamme wurde wahrscheinlich etwas eingeflößt, woran sie gestorben ist.«

»Ich habe einen schwachen Geruch nach Bittermandeln an ihr wahrgenommen«, sagte Feminis.

»Das passt zum Gift. Eines sage ich: Der Teufel war es nicht. Der braucht kein Gift, dem reicht sein Anblick, um jemanden vom Leben zum Tode zu befördern.« Der Student drehte sich um und eilte davon.

Daniel und Feminis sahen sich an. Die Laterne beleuchtete ihre Gesichter nur unvollständig, aber jeder erkannte in der Miene des anderen die gleichen Gefühle, die auch ihn beseelten.

»Sie werden sagen, es sei das Aqua di Diàvolo gewesen, das die Hebamme vergiftet hat. Wir haben gar nichts gewonnen«, fasste Feminis ihre Gedanken zusammen. »Das ist Wasser auf die Mühlen der Teufelsjäger.«

»Es ist, als würden wir von allen Seiten erdrückt«, bestätigte Daniel. »Wir alle wissen, dass hier Menschen am Werk sind. Jeder gebildete Mann weiß das. Wir haben sogar das Versteck des Schuldigen gefunden, und dennoch können wir nicht verhindern, dass mehr und mehr Frauen als Hexen verleumdet und in die Türme gebracht werden.«

Er fühlte sich tatsächlich wie unter einem Berg Steine begraben, die ihn langsam zermalmten.

Mutlos trennten sie sich vor dem Gebäude der Universität.

KAPITEL 36

Daniel empfing einen Brief. Im ersten Moment dachte er, er stamme von Kathrina, aber dann sah er die in einer fremden Handschrift geschriebene Adresse und fühlte das Wachssiegel unter den Fingerspitzen. Neugierig faltete Daniel das Papier auseinander.

Nach der höflichen Anrede mit *Herre, Herre* folgte der hoffnungsvolle Wunsch, Daniel möge sich an die Schreiberin erinnern. Ihm wurde schlagartig klar, um wen es sich bei der Absenderin handelte: Rotrud Scheepers.

Seine Mutter hatte die Familie in der letzten Zeit mehrfach besucht, die junge Frau aber nicht zu Gesicht bekommen. Einmal hieß es, sie habe Fieber, ein anderes Mal, sie leide an Kopfschmerzen oder Unwohlsein. Daniel war das recht gewesen, ihn plagten andere Sorgen und er hatte wahrlich kein Interesse daran, seine Mutter zu einem Morgenbesuch zu begleiten oder seinen Eltern klarzumachen, dass er Rotrud Scheepers nie die Hand zum Bund der Ehe reichen würde.

Rotrud schrieb ihm nun jedoch, sie sei mitnichten krank gewesen, sondern in ein Kloster eingetreten. Er solle ihr nicht böse sein, dass es mit einer Heirat nichts werde. Überraschend offene Worte für Rotrud. Bisher hatte sie es vermieden, überhaupt einmal das Wort an ihn zu richten. Böse war er nicht – im Gegenteil, er fühlte sich erleichtert.

Sein Interesse für den Grund ihres Schreibens war geweckt, und er las gespannt, was sie auf den beiden Briefbögen zu berichten hatte. Sie erzählte von ihrem Eintritt ins Benediktinerinnenkloster in Aachen und ihrem Leben als Novizin. Der Brief klang heiter und zufrieden. Es hörte sich an, als wäre es ihr sehnlichster Wunsch gewesen, in ein Kloster einzutreten. Warum hatte ihre Mutter dann so vehement für eine Heirat geworben? Das passte nicht recht zusammen, da Rotrud ihm nicht als eine Frau erschienen war, die etwas hinter dem Rücken ihrer Eltern plante. Daniel wurde stutzig.

Ich wünsche Euch ein genauso glückliches Leben, wie ich es nun führen darf, schloss sie ihren Brief.

Ja, ein glückliches Leben. Diese Worte versetzten Daniel einen Stich. Davon fühlte er sich weit entfernt. Sein Onkel ließ ihm beinahe täglich eine Nachricht zukommen, er sei sich mit diesem oder jenem Ratsherren einig geworden. Die Sache gehe voran, aber er müsse Geduld aufbringen.

In einem plötzlichen Anfall von Ärger zerknüllte er Rotruds Brief und warf ihn in den Ofen. Das Papier flammte auf und wurde zu Asche. Gleich darauf ärgerte er sich über seine unbedachte Handlung, aber es war zu spät, um den Brief zu retten. Weder er noch Rotrud konnten etwas für seine Lage. Er kam sich vor, als hätte er mit dem Brief ihr Glück verbrannt und nicht nur ein Stück Papier. Deshalb setzte er sich gleich hin, um ihr zu antworten.

Daniel wusste nichts davon, aber zur gleichen Zeit, als er Rotruds Brief las und ihr schrieb, hatte sich sein Vater zusammen mit Otto Scheepers in dessen Kontor eingeschlossen. Sie saßen sich an einem großen Tisch gegenüber und hatten zwischen sich die Geschäftsbücher des Tuchverlegers. Außerdem stand ein Krug mit dem besten französischen Rotwein, den das Haus Scheepers zu bieten hatte, auf dem Tisch und vor jedem der Männer ein gefülltes Glas. Otto Scheepers hatte seines schon zur Hälfte geleert, Daniels Vater seines nicht einmal angerührt.

»Ihr wisst nun über mein Geschäft so gut Bescheid wie ich«, sagte der Tuchverleger.

»Ich weiß das zu schätzen, Euer Vertrauen und alles ...« Hermann Mensing räusperte sich. »Was ich nicht verstehe, ist, warum Ihr ausgerechnet meinen Sohn ausgesucht habt. Nach allem ...«

»Ich halte ihn für einen gescheiten und ehrlichen jungen Mann. Das sind genau die Eigenschaften, die ich im Geschäftsleben schätze. Rotrud lebt bei den Benediktinerinnen in Aachen und sie scheint glücklich. Weitere Kinder habe ich nicht, und auf einen Schwiegersohn darf ich nicht mehr hoffen. Was soll ich machen? Es muss doch jemand das Geschäft weiterführen. Euer Sohn – er scheint mir der geeignete Mann dafür. Sicher, Ihr habt Euer eigenes Geschäft, den Getreidehandel ...«

»Der geht immer weiter zurück. Ich will zu Euch so ehrlich sein, wie Ihr es zu mir wart. Wir leben vom Kommissions- und Speditionshandel.«

»Das ist wunderbar.« Otto Scheepers strahlte und trank einen Schluck aus seinem Weinglas. »Das eine hindert das andere nicht. Dafür lernen wir Schreiber und zuverlässige Gehilfen an. Daniel müsste natürlich einige Jahre mit mir zusammenarbeiten und alles von Grund auf lernen. Wäre er dazu bereit?«

»Bestimmt, bestimmt! Ich kann nicht für ihn sprechen, aber ich kann mir auch nicht vorstellen, dass er diese Gelegenheit ungenutzt verstreichen lässt.«

»Er hat keine Vorbehalte wegen Rotrud? Weil die Ehe nicht zustande gekommen ist? Mit seiner Person hat das nichts zu tun, das kann ich Euch versichern.«

Hermann Mensing nickte nur unbestimmt. Seit Otto

Scheepers seine Geschäftsbücher vor ihm ausgebreitet hatte, fühlte er sich, als wäre ein Leben möglich geworden, das er sich nicht einmal hätte erträumen können. Aus den Zahlenkolonnen war ein Reichtum zu ersehen, den er sich nicht einmal in seinen kühnsten Träumen vorgestellt hatte. Otto Scheepers war nicht nur vermögend, er war reich, vielleicht der reichste Kölner Bürger. Daran sollte Daniel teilhaben, ohne jedes Risiko. Der Tuchverleger verlangte nichts dafür, dass er den jungen Mann in sein Geschäft einführte, damit der es nach seinem Tode gänzlich übernehmen könnte.

»Sprecht möglichst bald mit Eurem Sohn. Jeder Tag, den er früher zu mir kommt, ist für mich ein gewonnener Tag. Besucht uns recht bald einmal mit Eurer Gattin.«

Die beiden Männer prosteten sich zu und besiegelten eine glänzende Zukunft für beide Familien.

KAPITEL 37

Für Mai war es ein stürmischer Tag im Rheintal. Der Wind blies den Regen beinahe waagerecht über das Land und durch die Kölner Gassen. Wer konnte, blieb zu Hause und legte ein Scheit mehr in den Ofen. Giovanni Paolo Feminis trug seinen Wollumhang gegen den Wind und den Regen. Den Hut hatte er mit einem Tuch festgebunden, damit er ihm nicht vom Kopf geweht wurde, und die Füße in ein zusätzliches Paar Lappen gewickelt, trotzdem fühlten sie sich feucht und kalt an. Sehnsüchtig dachte er an das warme Wetter Italiens, die krümelige harte Erde, die immer nach Wärme roch, egal zu welcher Jahreszeit man sie sich durch die Finger rieseln ließ, an den Duft der Oliven- und Zitronenbäume. Zitronensuppe war in Italien ein Essen für jedermann. Seit er nördlich der Alpen lebte, hatte er sie sich nur ein einziges Mal leisten können. Zitronen waren hier einfach zu teuer.

Liebliches Italien. Feminis seufzte und wischte seine nassen Finger am Mantel ab – sie wurden nicht annähernd trocken. An diesem Morgen hatte sich bisher kein Kunde die Waren auf seinem Karren angesehen. Seine einladenden Gesten hatten die wenigen Menschen auf den Gassen mit Kopfschütteln beantwortet. Eigentlich könnte er nach Hause gehen, aber er wollte es sich erst erlauben, wenn sich wenigstens ein Kunde für sein Sortiment interessiert hatte.

Ein Händler hinter den Scheiben seines Gaddem, eines kleinen, einem Haus vorgebauten Ladens, nickte ihm durch das Fenster zu. Feminis erwiderte die Geste. Wie angenehm wäre es, so ein Ladengeschäft zu besitzen. Mit einem kleinen Hinterzimmer, in dem er seinen Studien nachgehen und sein Aqua mirabilis herstellen konnte, während Sophia im Geschäft die Kunden bediente. Verlockende Gedanken.

Feminis sah sich um. Er stand beinahe allein auf dem Domhof. Bei diesem Wetter waren nur wenige unterwegs, sogar die Bettler hatten sich in ihre Unterkünfte oder in die Kirchen zurückgezogen. Dennoch … Er musterte die Handvoll Leute genauer.

Niemand schien sich für ihn zu interessieren, trotzdem fühlte er sich beobachtet. Er entdeckte nicht ein bekanntes Gesicht. Feminis griff erneut nach der Stange seines Karrens.

Er verließ den Domhof und wandte sich nach Westen, fort vom Rhein, schob den Karren durch die Gassen, in denen die wohlhabenden Kölner wohnten. Als er die Viertel der nicht mehr ganz so Wohlhabenden erreichte, kehrte er um und näherte sich auf einem anderen Weg wieder dem Fluss. Mehrmals schaute er über die Schulter, denn immer noch fühlte er sich beobachtet.

Sein Argwohn wurde genährt, als er sich hinter einer Ecke versteckte und vorsichtig zurückblickte. Er entdeckte zwei Gestalten, eine kleinere und eine größere, die sich dicht an einer Häuserwand hielten und auf ihn zukamen. Den Leib des kleineren bedeckten nichts als wehende Lumpen; der größere war dagegen ordentlich gekleidet. Er hielt einen Hut auf dem Kopf fest und einen Mantel am Hals zusammen, alles schien von guter Qualität und nicht alt zu sein, war aber völlig verdreckt, stank nach Fisch, Schweiß und Unrat. Beide hatten keinen trockenen Faden mehr am Leib. Hatte er sie nicht auch auf dem Domhof schon gesehen?

Die beiden bogen in eine andere Gasse ab, und Feminis atmete auf – er hatte sich getäuscht.

Es musste doch möglich sein, auch an einem Tag wie

diesem einen Kunden für seine Waren zu interessieren. Nur einen! Damit er endlich nach Hause gehen und sich aufwärmen konnte.

Bis er die Kirche Klein St. Martin erreichte, hatte sich noch kein Interessent gefunden. Er würde eine weitere Runde drehen müssen. Klein St. Martin war erst letzte Woche an Christi Himmelfahrt neu geweiht worden. Die Kirche war seit der Schändung monatelang geschlossen gewesen. Eigentlich hätte der Erzbischof kommen und sie neu weihen müssen, aber der Wittelsbacher hielt sich in München bei seiner Familie auf und dachte gar nicht daran, eine unbequeme Reise auf sich zu nehmen. Wochen später hatte der Erzbischof Kanonikus August Wilhelm von Rahl zu seinem Stellvertreter bestimmt. Dieser war nach Köln gekommen und hatte in einem feierlichen Hochamt Klein St. Martin neu geweiht.

Vor der Kirche saß an diesem Tag an einen Mauervorsprung gelehnt ein Bettler. Seine Kleidung war eigentlich zu gut für einen Bettler, aber die Bettelschale vor ihm sprach eine deutliche Sprache, ebenso der magere Junge an seiner Seite. Beide schienen sich nicht an dem Regen zu stören. Das Gesicht des Mannes war unter seinem dichten Haupt- und Barthaar nicht zu erkennen. Der Junge sah blau gefroren aus, als würde nicht mehr viel fehlen, bis er steif aufs Pflaster schlug.

Der Mann streckte Feminis eine knochige Hand entgegen und schaute ihn an. In seinen Augen lag etwas Lauerndes. Feminis konnte sich seinem Blick nur mit

Mühe entziehen. Das Gesicht des Jungen bestand nur aus Augen. Eine kleine Gestalt und eine große, huschte es durch Feminis' Gedanken, einer in Lumpen, der andere besser gekleidet. Die beiden hätten gut das Paar sein können, das er beobachtet hatte. Warum sollten sie erst hinter ihm herschleichen und ihn dann vor der Kirche Klein St. Martin erwarten? Er sah Gespenster. Als Wiedergutmachung ließ er eine Münze in die Hand des Kindes gleiten, obwohl er es sich eigentlich nicht leisten konnte. Der Junge dauerte ihn und erinnerte ihn gleichzeitig an jemanden. Nur konnte er im Augenblick nicht zuordnen, an wen. Geschickt ließ das Kind die Münze in den Falten seiner zerschlissenen Kleidung verschwinden. Der Mann schien nichts bemerkt zu haben. Feminis ging weiter.

Da sich weiter niemand für seine Waren interessiert hatte, zwang er sich zu einer weiteren Runde durch die wohlhabenden Kölner Viertel. Diese führte ihn durch die Gasse Unter Goldschmied und am Mensingschen Hause vorbei. Hinter den Fenstern des Kontors brannten Lampen. Feminis wollte es nicht, aber er schaute hinein in die warmen Räume. Er sah Daniel Mensing hinter einem Pult sitzen und schreiben. Einmal mehr wünschte sich der Italiener, einen Handel zu führen, bei dem er sich im Warmen aufhalten konnte.

Der junge Mann blickte auf, als hätte er den Blick des Beobachters auf der Straße gespürt. Er erkannte Feminis und winkte ihm, zu warten. Gleich darauf trat Daniel auf die Gasse. Er trug einen Wollmantel, der beinahe bis zum Boden reichte. Ein tief in die Stirn gezogener Hut mit Feder vervollständigte seine zweckmäßige Kleidung. In der Rechten hielt er einen Stock und in der Linken ein Paar Handschuhe. Damit sah er aus wie ein vornehmer Herr, der sich – wesentlich besser gegen die Kälte gewappnet als der Italiener – anschickte, seiner Verlobten einen Morgenbesuch abzustatten.

Das hatte Daniel indes nicht im Sinn. Er grüßte Feminis mit einem Kopfnicken. »Ich hätte nicht gedacht, dass Ihr bei diesem Wetter unterwegs seid«, sagte er. »Da lassen sich bestimmt kaum Geschäfte auf der Straße machen.«

»Versuchen muss ich es.« Feminis entfuhr ein verlegener Lacher. »Ich habe mir geschworen, erst nach Hause zu gehen, wenn sich wenigstens ein Kunde meine Waren angesehen hat. Bisher war das leider nicht der Fall.«

»Da kann ich Euch behilflich sein. Meine Mutter hat erst gestern davon gesprochen, dass sie etliche Ellen Borte benötigt. Sie freut sich sicher über ein Geschenk. Zeigt mir doch einmal, was Ihr habt.«

Feminis teilte Daniels Auffassung keineswegs. Aus langjähriger Erfahrung wusste er, dass Frauen eine gewisse Art von Geschenken gar nicht schätzten. Dazu gehörte Spitzenborte. Egal, wie viel Mühe sich ein Mann bei der Auswahl gab, er konnte es nur falsch machen. Mit der Farbe oder die Borte war zu breit, zu zart, zu wuchtig, zu schmal. Die Geheimnisse des weiblichen Geschmacks würde ein Mann nie ergründen. Doch diese Erfahrung sollte Daniel selbst machen, deshalb zog der Italiener kommentarlos die Lade auf, in der mehr als ein Dutzend aufgewickelter Borten lagen. Daniel betrachtete sie ernsthaft. Er griff nach einer, um sie gleich darauf wieder hinzulegen und eine zweite in die Hand zu nehmen.

»Nun – das sind viele«, entfuhr ihm zweifelnd.

»Ihr müsst nicht so tun, als wolltet Ihr wirklich etwas kaufen. Sagt mir lieber, ob es Neues von Signora Obladen gibt.«

»Leider nein. Mein Onkel läuft offene Türen ein, wenn es um die Unschuld aller in den Türmen eingesperrten Frauen geht. Aber eine oder gar alle frei zu lassen, davor scheuen die ehrenwerten Ratsherren zurück, als gäbe es dann einen Aufstand in der Stadt.«

»Das scheint mir gut möglich. Es gibt ja viele, die tatsächlich an Hexen und das Aqua di Diàvolo glauben.« Feminis neigte den Kopf dichter über den Karren, und Daniel kam ihm entgegen. »Ich habe überlegt, ob wir diesen Mönch aus der Stadt locken können und dann …« Eine Geste vervollständigte den Satz.

Im ersten Moment war Daniel erschrocken. Er musste zugeben, dass er selbst in eine ähnliche Richtung gedacht hatte. »Aber ein Mönch … Bruder Martin sitzt in der Stadt wie eine Spinne in ihrem Netz, gut bewacht von seinen Anhängern. Ich …«

»Nicht so laut!«, unterbrach ihn Feminis und legte sich einen Finger an die Lippen.

»Was ist?«

»Ich komme mir den ganzen Morgen so vor, als beobachte mich jemand und folge mir.« Der Italiener schaute sich um. Es war niemand zu sehen, aber in seinem Nacken spürte er wieder das warnende Kribbeln.

Daniel schaute sich ebenfalls um. »Niemand zu sehen.«

»Derjenige verbirgt sich!«

»Ihr seid nicht gemacht für die Jagd nach dem Teufel, mein Bester.« Daniel schlug dem Italiener leicht auf die Schulter. »Macht Euch auf ins Warme! Ich besuche unterdessen meinen Onkel. Er soll nicht denken, dass er die Sache aussitzen kann. Unterwegs denke ich über Euren Vorschlag für Bruder Martin nach.«

Sie verabschiedeten sich und Daniel ging mit langen Schritten und gesenktem Kopf davon. Feminis blieb noch einen Augenblick stehen und tat, als sortiere er seine Waren. Dabei beobachtete er die Umgebung.

Die Gasse war menschenleer und nichts veränderte sich. Feminis entschied, für diesen Tag Schluss zu machen, auch wenn Daniel Mensing als Kunde eigentlich nicht zählte.

KAPITEL 38

Der Junge fragte schon lange nicht mehr nach den Plänen des Meisters. Ihm kam es darauf an, jeden Tag etwas zu essen zu bekommen und den Schlägen auszuweichen. An einem Kanten Brot hatte es an diesem Morgen nicht gemangelt, aber seit sie aus dem Garten vertrieben worden waren und mal hier, mal dort übernachteten, immer häufiger im Hafen, war ihm nicht mehr richtig warm geworden. Dem Meister in seinem Rock und dem Mantel schienen die Kälte und der Regen nichts auszumachen, sein noch höherer Herr hatte ihn offenbar mit einem inneren Feuer beseelt. Ihm selbst hatte der Meister keine neue Kleidung gegönnt, seit er ihn in seine Gefolgschaft genommen hatte.

An diesem ganz besonders kalten Tag waren sie bereits kreuz und quer durch die Domstadt gelaufen, hatten sich an kalte Hauswände gedrückt, waren schonungslos dem Wind ausgesetzt gewesen und hatten zuletzt wie Bettler vor der Kirche Klein St. Martin gehockt. Der Meister besprach seine Pläne nicht mit dem Jungen, aber selbst dem war aufgefallen, dass sie einem Händler mit seinem Kramkarren folgten.

Vor Klein St. Martin war ihnen der Händler sogar nahe gekommen und hatte ihm eine Münze in die Hand gedrückt. Leider nicht so unauffällig, dass es der Meister nicht bemerkt hätte. Die Münze steckte jetzt in dessen Taschen und er selbst hatte eine Ohrfeige bekommen. Dafür hatte der Junge den Händler wiedererkannt, und in dem Moment hatte in seinen Gedanken ein Plan zu reifen begonnen. Er musste nur auf den richtigen Augenblick warten.

Der Plan wärmte seine Gedanken, wenn er auch nicht verhinderte, dass sich seine Füße weiterhin wie Eisklumpen anfühlten. Er war nun wacher und stolperte nicht mehr im Halbdämmer hinter seinem Meister her. Der entschied sich jedoch, dem Händler mit dem Kramkarren nicht länger zu folgen, stattdessen schlichen sie nun einem anderen, besser gekleideten Mann hinterher. Er und der Kramhändler hatten sich in der Gasse vertraulich unterhalten. Deshalb wollte der Junge an seinem Plan festhalten.

Der Besuch bei Johann Theisen war freundlich, aber ergebnislos verlaufen. Der Rat war nach wie vor nicht bereit, die beschuldigten Frauen freizulassen.

Daniels Rückweg führte ihn an der Kirche St. Columba vorbei, und er entschied spontan, hineinzugehen, eine Kerze für Kathrina anzuzünden und sich im Gebet zu sammeln.

In der Kirche wurde gerade eine der vielen gestifteten Messen gelesen. Etliche Leute knieten in den Bänken. In den Seitenkapellen beteten ebenfalls Gläubige, andere schlenderten herum, betrachteten die Kunstwerke oder unterhielten sich leise. Daniel kniete sich in eine der hinteren Bänke, um der Messe zu lauschen.

Trotz der vielen brennenden Kerzen war es in der Kirche kaum wärmer als draußen. Es kam Daniel dennoch angenehmer vor, da der Wind fehlte. Er ließ die getragene Atmosphäre auf sich wirken und lauschte den Gesängen. Auf einmal drückte sich ein schlanker Körper an seine Seite und ein schmales Jungengesicht schaute zu ihm auf, die Lippen blau gefroren und die

Augen ängstlich aufgerissen. Daniel wollte das Kind von sich wegschieben.

»Wo bist du? Ich finde dich!«

Wie Donner grollte der Ruf durch die Kirche. Der Junge an Daniels Seite begann zu zittern.

»Komm raus! Ich schlag dich sonst tot!«

Der Junge drückte sich enger an Daniel. Der Priester unterbrach die Messe. Alle schauten sich nach dem Störenfried um.

Durch den Mittelgang stolperte eine Gestalt, den Mund in einem dichten Bartgestrüpp weit geöffnet. Der Mann bestand nur noch aus Haut und Knochen, aber er versprühte eine derartige Wut, dass sich nicht nur der Junge vor ihm ängstigte. Daniel sah mehrere Frauen, die vor Schreck die Hände auf die Münder pressten.

Für ihn bestand kein Zweifel daran, dass der Bärtige den Jungen suchte. Der Mann spähte in jede Bankreihe, während er das Kirchenschiff durchquerte.

»Er schlägt mich wirklich tot! Helft mir! Bitte!«, wisperte der Junge.

Der Bärtige hatte beinahe die Bankreihe erreicht, in der Daniel saß. Daniel saß zwar zwischen dem Mann und dem Jungen, aber es war bestimmt nicht schwer, das Kind neben ihm zu entdecken. Entschlossen schob Daniel den Jungen zwischen seine Beine und verdeckte ihn mit seinem Mantel.

»Ich finde dich!«, brüllte der Mann. Das letzte Wort glich allerdings mehr einem Gurgeln, denn inzwischen hatte sich eine ansehnliche Gruppe gebildet, um den

Mann aus der Kirche zu schaffen. Zahlreiche Hände packten zu und drückten ihn zu Boden.

Der Priester kam mit energischen Schritten auf ihn zu, streckte ihm mit der Rechten ein Kreuz entgegen. »Vade! Vade!«, befahl er dabei.

Beim Anblick des Kreuzes vor seinem Gesicht brach der Bärtige in ein Geheul aus, das nichts Menschliches mehr an sich hatte.

Daniel fühlte den Jungen zwischen seinen Beinen zittern. Er war beinahe der Einzige, der noch in einer der Bankreihen saß, alle anderen drängten sich im Mittelgang zusammen. Unauffällig kontrollierte er, ob der Kleine immer noch gut verborgen war. Die Kälte seines durchgefrorenen Leibes übertrug sich auf Daniel und ließ auch ihn frösteln.

Der Störenfried wurde aus dem Gotteshaus gedrängt. Die schwere Tür fiel zu, und der Priester befahl die Gläubigen zurück auf ihre Plätze. Das ganze Zwischenspiel hatte nur wenige Minuten gedauert, und in der Kirche kehrte langsam wieder Ruhe ein.

»Du kannst rauskommen.« Daniel zog den Jungen zwischen seinen Beinen hervor.

»Gebt mich nicht an ihn zurück! Bitte, bitte!« Der Junge stemmte die Beine in den Boden. Er sah trotzig und ängstlich zugleich aus.

»Du kannst nicht in der Kirche bleiben, aber ich verspreche dir, ich gebe dich nicht an diesen Mann zurück.«

Nach einigem Zureden ließ der Junge sich aus der Kirche führen. Kaum standen sie jedoch auf der Gasse, verschwand der Kleine unter Daniels Mantel. Er war auch nicht dazu zu bewegen, wieder hervorzukommen, zu groß war seine Angst vor dem Zerlumpten.

Erst in der Küche des Mensingschen Hauses wich der Junge von Daniels Seite. Der hatte keinen anderen Rat gewusst, als das Kind mit nach Hause zu nehmen. Ungesehen brachte er ihn durch die Hintertür in die Küche, um ihn der Obhut der Köchin anzuvertrauen. Die war eine klein gewachsene Frau im Alter von Daniels Mutter mit grauem Haar und einem braunen Kleid unter einer grauen Schürze, das sie sommers wie winters trug. Anders hatte Daniel sie noch nie gesehen. Man traute es ihr nicht zu, einen schweren Kessel vom Feuer zu heben, aber in ihren sehnigen Armen steckte viel Kraft und in ihrer Brust ein mütterliches Herz.

Sie erkannte auf den ersten Blick, was der Junge dringend brauchte: einen warmen Platz am Feuer und eine dick mit Butter bestrichene Brotscheibe auf die Faust. In wenigen Augenblicken war er mit allem versorgt. Seine blauen Lippen nahmen allmählich wieder ihre natürliche Farbe an. Für ihn stand auch ein Becher Wasser bereit und eine Schale mit Honigkuchen. Die Augen des Jungen quollen schier über angesichts dieser Köstlichkeiten.

»Erst das Brot essen, danach die Kuchen!«, ermahnte die Köchin ihn streng, aber wohlwollend.

Daniel sah den Jungen in guten Händen. Bis der Knabe präsentabel hergerichtet war, wollte er sich zurückziehen. Die Rechnung hatte er aber ohne seinen jungen

Gast gemacht. Der ließ ihn nicht gehen, sondern hing sich an seine Hand.

»Da habt Ihr einen kleinen Freund gefunden«, kommentierte die Köchin und rückte einen zweiten Stuhl an das Feuer heran. Ein Krug Bier für Daniel folgte, und erst als auch er behaglich am Feuer saß, verließ sie mit zwei Eimern die Küche.

»Pitt werde ich genannt«, bekannte der Junge auf entsprechende Nachfrage.

Die Angaben zu seinem Meister blieben nebulös.

»Er ist eben *mein Meister*. Nennt sich Aurikus und noch was.«

»So heißt doch niemand.«

»Er doch!« Pitt hatte die Brotscheibe verspeist und zog die Schale mit den Honigkuchen auf seinen Schoß. »Hat was mit Feuer zu tun. Er muss eine Aufgabe erfüllen.«

»Was für eine?«

Pitt zuckte mit den Schultern.

»Warum bist du bei ihm?«

»Er hat mich mitgenommen.«

»Aber du hast doch Eltern?«

»Ja, und fünf Geschwister.«

»Wo leben die?« So musste sich ein Turmmeister beim Verhör eines Gefangenen fühlen, dachte Daniel.

»Auf dem Dreilindenhof.«

Auf Nachfrage konnte Pitt keine weiteren Angaben zu seiner Heimat machen. Es schien sich um einen Einödhof zu handeln, und offenbar hatte der Junge sein

Zuhause nie zuvor verlassen, bevor sein seltsamer Meister ihn mitgekommen hatte. Nicht einmal in die nächste Stadt war er gekommen, denn er wusste keine zu nennen. Aber er erzählte, dass er und sein Meister viele Tage zu Fuß gegangen waren, ehe sie nach Köln kamen. Das Geheimnis von Pitts Herkunft ließ sich nicht ergründen, deshalb fragte Daniel ihn wieder nach seinem Meister.

»In dem Garten, wo wir einige Zeit gelebt haben, hat sich der Meister einen Altar eingerichtet«, erzählte Pitt. Allmählich fasste er Vertrauen und wurde redseliger. »Aber alles daran war nicht richtig.«

»Was denn?«

»Alles! Da hing ein Kreuz über dem Altar, aber verkehrt herum. Es gab kein Jesulein. Er hat nie zum Jesulein gebetet, auch nicht zu Maria. In die Kirche durfte ich nie gehen.« Pitt senkte die Stimme. »Das ist der Teufel. Egal, wie er sich nennt – das ist der Teufel.«

»Hat er es dir gesagt?« Daniel war augenblicklich alarmiert. Gleichzeitig war ihm klar, dass es sich bei dem Bärtigen um einen Menschen handelte, was immer Pitt auch über ihn denken mochte. Der Mann konnte allenfalls vorgeben, der Teufel zu sein.

Pitt machte diese feinen Unterschiede nicht. »Er ist der Teufel!«, wiederholte er stur. »Deswegen hat er mich immer erwischt, wenn ich weglaufen wollte. Er hat einfach immer meine Gedanken gewusst.«

»Hat er ein Aqua mirabilis gehabt?«

Damit konnte der Junge zunächst nichts anfangen.

Daniel musste ihm erklären, was ein gut riechendes Wasser beim Menschen bewirken konnte.

»Er hat was gehabt, das hat er den Leuten gegeben«, sagte Pitt schließlich.

»Was will er in Köln?«

Erneut senkte Pitt die Stimme. »Das Königreich der Hölle auf Erden errichten!«

Hinter ihnen ertönte ein Keuchen. Die Köchin war mit den beiden Wassereimern wieder hereingekommen und begann, in einem großen Kessel Wasser auf dem Herd zu erhitzen. Sie goss heißes Wasser in eine Schüssel und legte daneben ein Stück Seife und einen Lappen.

»Jöses, Marja und Josep!« Sie bekreuzigte sich.

Das war endlich eine Spur! Daniel legte dem Jungen die Hände auf die Schultern und versicherte ihm, wie wertvoll sein Wissen sei. Pitt sah ihn verständnislos an.

»Ich muss doch nicht wieder zurück?«, war alles, was er wissen wollte.

»Ganz bestimmt nicht. Aber du musst mir alles erzählen. Besonders, wo du dich mit deinem Meister versteckt gehalten hast.«

»Zuerst einmal braucht der Junge eine Wäsche, so schmutzig wie er ist. Und neue Kleidung. Seine Lumpen sind nur noch für das Feuer gut«, mischte sich die Köchin ein und wandte sich direkt an Daniel. »Ihr sprecht am besten mit Eurer Frau Mutter, wo der Junge bleiben soll.«

Von der Aussicht, gewaschen zu werden, war Pitt nicht begeistert. Aber so gut wie die Köchin ihre Töpfe handhabte, so gut handhabte sie auch kleine Jungen. Im Nu stand Pitt nackt in der Küche. Seine Lumpen lagen in einem Haufen vor dem Herd – bereit zum Verbrennen. Die Köchin schrubbte und rubbelte auf Pitt herum. Sie war erst zufrieden, als das Wasser in der Schüssel eine schmutzig-braune Färbung angenommen hatte und ein Gutteil ihrer Seife verbraucht war. Sie wickelte den Jungen in ein großes Tuch und suchte Kleidung zusammen, die Daniel in seiner Kinderzeit getragen hatte. Es war alles etwas zu groß, machte aber einen kleinen Mann aus Pitt.

Während die Köchin hin- und herlief, dachte Daniel darüber nach, ob es ratsam war, seiner Mutter die Anwesenheit eines Jungen zweifelhafter Herkunft zu offenbaren. Er entschied sich dagegen. Ein fremdes Kind unter ihrem Dach konnte er ihr nicht zumuten, und für Pitt wäre es sicher auch besser, in einer Familie mit Kindern zu leben. Da kam nur eine in Frage.

Nachdem er den Jungen noch zum neuen Unterschlupf seines Meisters befragt hatte, brachte er ihn zu Feminis. Pitt sträubte sich zuerst, gab aber jeden Widerstand auf, als er des Italieners ansichtig wurde. Sophia Feminis wollte zunächst protestieren, aber ihr Mann schnitt ihr das Wort ab.

»Der Junge wird bei uns bleiben. Er hat viel riskiert und uns wertvolle Nachrichten gebracht. Ihr werdet ihn nicht anders als unsere eigenen Kinder behandeln!«

Carl Joseph freute sich über einen älteren Spielkameraden. Daniel berichtete Feminis unterdessen, was er von dem Jungen erfahren hatte. Aufgeregt flüsterten sie miteinander und tranken dazu ein Glas Wein. Sophia schimpfte noch eine Weile vor sich hin, ehe sie sich in ihr Schicksal ergab.

KAPITEL 39

Tief in Gedanken versunken verließ Daniel die Wohnung des Italieners. Pitts Informationen hatten sie einen großen Schritt weitergebracht. Im Hafen sollte der neue Unterschlupf des Meisters sein, hatte der Junge gesagt. In dem Gewirr von Schuppen und verschwiegenen Ecken, die sich neben den großen Lagerhäusern befanden. Genauer hatte Pitt es nicht sagen können. Unwillkürlich lenkte Daniel seine Schritte in Richtung Hafen.

Ihm kam eine hinkende Gestalt entgegen, deren Mantel sich im Wind blähte und der ein scharfer Geruch nach Dreck und Schweiß entströmte. Außer einem Bart war vom Gesicht kaum etwas zu erkennen. Der Geruch brachte Daniel dazu, sich eine Hand vor Mund und Nase zu halten und nur flach ein- und auszuatmen. Bei Feminis müsste dieser Geruch Brechreiz auslösen. Die Gestalt war der selbsternannte Teufel – daran bestand kein Zweifel.

Kaum war der Hinkende an ihm vorbeigegangen, drehte Daniel sich um und folgte ihm. Er schlenderte mit gesenktem Kopf die Gasse entlang und tat, als wäre er tief in Gedanken versunken, aus dem Augenwinkel beobachtete er aber jeden Schritt des Mannes. Er brauchte sich keine Sorgen zu machen, der andere kümmerte sich nicht um das, was hinter ihm geschah. Dafür schaute er in Hauseingänge und Toreinfahrten und schrie manchmal Unverständliches.

Daniel schloss dichter zu ihm auf, um vielleicht ein Wort zu verstehen. Zwischen Latein und anderen Sprachen glaubte er mehrmals »Pitt!« zu hören. Der selbsternannte Teufel suchte seinen Jünger. Zum Glück war der Junge bei Feminis in Sicherheit, der Bärtige kam nicht einmal in die Nähe der Sternengasse. Er streifte durch die Gassen rings um den Dom und die Kirche St. Columba, ehe er sich schließlich den ärmeren und spärlicher besiedelten Vierteln Kölns zuwandte. Er schien allmählich die Lust an der Suche zu verlieren, nur noch ab und an schaute der Mann in möglichen Verstecken nach. Daniel folgte ihm beharrlich.

Die Sonne versank hinter dem Horizont und der Zerlumpte setzte sich auf den Mauerrest eines verfallenen Hauses und ließ den Kopf auf die Brust sinken. Daniel glaubte im ersten Moment nicht, was er sah: Der selbsternannte Teufel hielt ein Nickerchen. Keine Zweifel waren möglich, als Schnarchen zu ihm herüberdrang.

An eine Wand gelehnt wartete Daniel. Der Bärtige würde sicher nicht die ganze Nacht auf dem Mauerrest verbringen wollen. Zunächst sah es allerdings so aus, denn die Zeit zog sich in die Länge, und außer, dass das

Schnarchen mal lauter und mal leiser wurde, passierte nichts.

Gerade als Daniel sich entschieden hatte, nach Hause zu gehen, geschah doch etwas. Es klang, als habe sich der Mann verschluckt. Er wachte auf und Daniels Aufmerksamkeit war wieder geweckt. Der Vollmond spendete in dieser sternenklaren Nacht ausreichende Helligkeit, um die Gestalt auf der Mauer gut erkennen zu können.

Sie reckte sich, blieb noch einen Augenblick sitzen, als überlege sie, ehe sie auf den Boden sprang. Das ziellose Umherstreifen fand sein Ende, der Bärtige beschleunigte seine Schritte und schien einem bestimmten Ziel zuzustreben. Daniel folgte ihm. Die Häuser wurden kleiner, glichen nun eher Katen, sie standen weniger dicht, und außer ihnen beiden war niemand mehr unterwegs. Der junge Kölner ließ sich etwas zurückfallen.

Der Weg führte sie in die Gärten hinein und zu einer freien Fläche, auf der tagsüber Gänse geweidet wurden. Dort setzte sich der Bärtige ins Gras. Leise fluchend verbarg sich Daniel hinter einem Busch. Es kam ihm vor, als habe der andere ihn an der Nase herumgeführt. Wahrscheinlich hatte der ihn die ganze Zeit bemerkt und war absichtlich kreuz und quer durch die Stadt gelaufen. Daniel fühlte, wie ihm das Blut ins Gesicht stieg. Wenn er richtig lag, hatte er sich bis auf die Knochen blamiert. Und bestimmt saß der selbsternannte Teufel im Gras und hielt sich den Bauch vor Lachen, obwohl in der stillen Nacht nichts davon zu hören war.

Näher kommende Schritte unterbrachen Daniels düstere Gedanken. Der Bärtige musste sie auch gehört haben, denn er sprang erstaunlich behände auf. Statt zu fliehen, blieb er stehen und schaute aufmerksam in die Richtung, aus der die Schritte kamen.

Eine ganze Menschengruppe betrat die Gänsewiese, Männer wie Frauen. Sie gingen schweigend hintereinander. Erst als sie des Zerlumpten ansichtig wurden, kam Leben in sie. Sie begannen einen Gesang anzustimmen. Es klang düster, und Daniel verstand kein Wort. Die Melodie kannte er von einem Kirchenlied, aber die Worte waren andere. Auf eine Handbewegung des Bärtigen hin endete der Gesang. Die Leute standen mit gefalteten Händen um ihn herum und begannen, ein Glaubensbekenntnis aufzusagen.

Es war etwas Bekanntes darin, und doch klang es anders. Die Worte waren nicht an Gott, den Schöpfer, Jesus Christus, seinen Sohn, und den Heiligen Geist gerichtet. Angerufen wurden der Satan und seine Höllenfürsten, die Dämonen. Daniel wurde beinahe schlecht, als er es hörte, und er musste an sich halten, damit er sich in seinem Versteck nicht verriet. Der Bärtige wähnte sich tatsächlich in teuflischem Auftrag und hatte Anhänger gefunden für sein Königreich der Hölle auf Erden. Daniel presste die Zähne so fest zusammen, dass die Kiefer schmerzten.

Endlich endete das blasphemische Glaubensbekenntnis. Dafür zog der selbsternannte Teufel nun unter seiner weiten Kleidung eine Filztasche hervor. Er holte mehrere kleine Glasflaschen heraus und verteilte sie an seine Anhänger. Die gaben ihm dafür Geld. Daniel sah Münzen von Hand zu Hand wandern.

Die Flaschen wurden augenblicklich entkorkt und der Inhalt auf Handgelenke, Hälse und hinter Ohrläppchen gerieben. Das Aqua di Diàvolo?

Daniel schob ein paar Zweige beiseite, um besser sehen zu können. Schwacher Nachtwind wehte einen Hauch des Duftes zu ihm herüber.

Auf der Gänsewiese veränderte sich erneut die Stimmung. Die Teufelsanhänger drehten sich im Kreis und tanzten nach einer unhörbaren Musik. Die Gesichter waren verzückt zum Himmel gewandt.

Jemand warf seinen Mantel ab, eine Frau strich mit einer anzüglichen Bewegung über ihre Brüste, neben ihr küsste sich ein Pärchen. Das Paar sank ins Gras, der Mann schob eine Hand unter die Röcke der Frau. Daniel ließ die Zweige wieder los, er hatte genug gesehen von diesem Hexensabatt. Voller Ekel wandte er sich ab und sah dann doch noch etwas, das ihn erstaunte: Der selbsternannte Teufel entfernte sich ebenfalls aus dem Kreis seiner Anhänger. Erst langsam, dann schneller hinkte er davon und kam dabei dicht an Daniels Versteck vorbei. Der junge Mann ließ ihm einen kleinen Vorsprung, ehe er ihm folgte.

Zum dritten Mal an diesem Abend schlich er dem Mann hinterher. Von der Gänsewiese begleitete ihn ein leiser werdendes wollüstiges Stöhnen, bevor er wieder in das stille nächtliche Köln eintauchte. Diesmal strebte der selbsternannte Teufel ohne Umwege dem Hafen zu, und Daniel fragte sich, ob er ihn sich nicht einfach vorknöpfen sollte. Sie würden sich eins zu eins gegenüberstehen, er hatte die Vorteile der Überraschung und der Jugend auf seiner Seite. Außerdem trug er seinen Stockdegen in der Hand – seine Chancen standen also nicht schlecht.

Ein Kribbeln in der rechten Hand schien ihn aufzufordern, den Mann zu stellen, gleichzeitig hatte er einen sauren Geschmack im Mund. Wie alle jungen Männer seines Standes hatte er eine erkleckliche Anzahl Fechtstunden hinter sich und wusste seinen Degen zu gebrauchen. Dennoch zögerte er. Aber diesmal ging es nicht um eine Auseinandersetzung auf dem Übungsboden, er machte sich daran, einen Menschen zu töten. Einen Menschen, der Leid über Kathrina gebracht hatte und nicht zuletzt auch über Pitt. Seine Finger lösten den Mechanismus des Stockdegens und er rückte näher zu dem Verwahrlosten auf.

Der erreichte in eben diesem Moment den Hafen und schlüpfte zwischen die eng beieinanderstehenden Schuppen. Daniel verlor ihn aus dem Blick. Und fand ihn auch nicht wieder, es schien, als hätte sich die Erde geöffnet, um den Teufel zu verschlingen. Er blieb stehen und lauschte, aber nichts war zu hören, keine Tür wurde geschlossen, kein Riegel vorgeschoben, nur dumpfe, bleierne Stille und nach Flusswasser riechende Luft umgab ihn. Die Chance, diesen Teufel in die Hände zu bekommen, war dahin. Er ärgerte sich, dass er dem Mann nicht gleich auf der Gänsewiese den Garaus gemacht hatte. Wenigstens kannte er das neue Versteck des Teufels.

Er berichtete Feminis von seinen nächtlichen Entdeckungen, als sie einander am nächsten Tag in der Gasse Unter Goldschmied begegneten.

»Er hatte das Aqua di Diàvolo dabei? Warum habt Ihr nicht einen Flakon gekauft?«

Daniel war einen Augenblick sprachlos. »Wie stellt Ihr Euch das vor?«

»Wie die anderen es auch gemacht haben. Ihr hattet doch Eure Geldbörse dabei? Ich hätte Euch den Betrag erstattet.«

»Nun …« Daniel wusste immer noch nicht, was er sagen sollte.

»Habt Ihr wenigstens etwas riechen können?«

»Schwach.«

»Wonach roch es?«

»Ich weiß nicht.« Der junge Mann zuckte mit den Schultern.

»Wir werden uns diesen Teufel vorknöpfen, jetzt wo wir sein Versteck kennen. Heute Abend!«, sagte Feminis kämpferisch.

»Macht, was Ihr wollt, aber ich werde erst Kathrina aus dem Turm befreien.«

Feminis murmelte etwas auf Italienisch, und es hörte sich nicht an wie eine Freundlichkeit. Daniel war es egal, der Teufel lief ihnen nicht davon, und solange er nicht mehr als ein Dutzend Anhänger hatte, die sich in eingebildeter Wollust auf der Gänsewiese wälzten … Kathrina war schon viel zu lange im Turm gefangen.

Der Italiener hatte sich die Lage der Gänsewiese beschreiben lassen und legte sich an diesem und den nächsten Abenden selbst auf die Lauer. Aber es wollte nicht klappen: Der Teufel und seine Buhlinnen ließen sich nicht blicken. Den Taler für das Aqua di Diàvolo trug er jede Nacht wieder in der Rocktasche nach Hause. Nichts als Gänsekot befleckte die Wiese, und ihm kam es vor, als verhöhnte ihn der Teufel.

Nachdem er einmal in einen tüchtigen Regenguss geraten war, gab er seine Bemühungen erst einmal wieder auf. Sehr zur Freude seiner Frau. Sophia aber war es, die ihn unbewusst auf eine neue Spur brachte, als sie sich über den noch fast vollen Mond beschwerte, der ins Zimmer schien und die Zwillinge in der Nacht nicht schlafen ließ. Bis er seiner Idee nachgehen konnte, musste allerdings ein Monat vergehen. Es war Vollmond gewesen, als der junge Mensing den Hexensabbat beobachtet hatte. Nur bei Vollmond versammelten sich die Hexen auf ihren Tanzplätzen und nur dann erschien der Teufel in ihrer Mitte. Wer immer die Kölner narrte, hielt sich an diese Regeln, und Feminis musste sich in Geduld üben.

KAPITEL 40

Ich sorge dafür, dass du rauskommst. Hab ein wenig Geduld.« Daniel wollte Kathrina noch viel mehr sagen, ihre Hände halten, ihre Lippen küssen, aber ein Turmwächter brachte sie zurück in ihre Zelle, zwei Stockwerke über diesem Raum. Er selbst musste darauf warten, dass ihn eine andere Wache nach unten brachte. Obwohl sie froh waren, einander sehen zu können, hatten sie sich nicht ungestört gefühlt. Jeden Augenblick hatte eine Wache hereinkommen können, um ihr Beisammensein für beendet zu erklären. Es hatte Daniel etliche Taler gekostet, dieses Beisammensein zu ermöglichen, und viel zu schnell war die vereinbarte halbe Stunde zu Ende gewesen.

Allerdings musste er eine ganze Weile warten, bis jemand kam, um ihn herauszulassen. Endlich streckte die Wache ihren Kopf zur Tür herein, die Kathrina seinen ersten Brief übergeben hatte und die ihm von allen am freundlichsten schien. Das runde Gesicht mit der Knollennase ließ den Mann aussehen, als sei ihm jeder Arg fremd. Kurzentschlossen winkte Daniel ihn zu sich herein.

»Da gibt es eine Sache, die wir miteinander besprechen müssen«, sagte er leise. »Es soll sein Schaden nicht sein.«

Ein Lächeln huschte über das runde Gesicht. »Ich bin gern behilflich.«

Leise erklärte Daniel, was er sich vorstellte.

Der Turmwächter legte seine Stirn in tiefe Falten und eine Hand ans Kinn. »Das wird nicht leicht. Außenstehende meinen ja immer, es sei leicht, jemanden aus dem Turm zu schmuggeln.« Seine Hand sackte herab. »Ich wüsste einen Weg, aber das wird Euch einiges kosten.«

»Das versteht sich von selbst.«

»Wenn das so ist. Es muss in tiefer Nacht geschehen. Ich werde ein Bündel mit der Kleidung eines Turmwächters bereitlegen. Außerdem brauche ich eine Anweisung, dass Eure Dame in den Beyenturm verlegt werden soll. Ich muss mich absichern. Ihr zieht die Uniform an und holt sie ab, mit gefesselten Händen, Unterschrift und allem, was dazugehört. Wohin Ihr dann mit Eurer Dame geht, interessiert mich nicht.«

»Das hört sich doch nach einem Plan an.« Daniel war nahe daran, dem Turmwächter auf die Schulter zu schlagen, so erleichtert war er. »Ich bin morgen Nacht bereit.«

»Da habe ich keinen Dienst. Mein nächster Nachtdienst ist erst wieder in der nächsten Woche von Montag auf Dienstag.«

Bis dahin waren es noch fünf Tage, die Kathrina im Turm ausharren müsste. Widerwillig nickte Daniel.

Sie beendeten das Gespräch, und der Turmwächter brachte Daniel nach draußen.

KAPITEL 41

Vom Dominikanerkloster in der Stolkgasse bis zum Frankenturm waren es nur ein paar Gehminuten. Bruder Martin führte die Gruppe an, natürlich war Bruder Alfons dabei, ebenso drei andere Mönche aus dem Kloster sowie der Priester von Klein St. Martin. An seiner Seite ging Fritz Haan – wie eigentlich immer – und eine Handvoll junger Männer folgte ihnen. Bruder Martins brennender Blick brachte alle Leute dazu, sich abzuwenden. Der Dominikaner ging mit gefalteten Händen und betete stumm, gefolgt von seinen Glaubensbrüdern. Der Priester trug ein hölzernes Kreuz, das die Menge überragte. Immer mehr Menschen schlossen sich ihnen an. Fritz Haan sah es mit Genugtuung: Je mehr sie waren, desto besser würde ihr Vorhaben gelingen.

Als ihre Gruppe so sehr gewachsen war, dass sie sich wie eine träge Schlange durch die Frankengasse wälzte, suchten die Menschen Zuflucht in den Häusern und verriegelten die Türen. Hinter sich hörte Fritz Haan aufgeregtes Getuschel und immer wieder die Frage, ob das eine Prozession sei.

Die Tür des Frankenturms war verschlossen. Bruder Martin stellte sich bescheiden an den Rand der Menschenmenge und setzte sein Gebet fort, Fritz Haan trat vor. Mit der Faust hämmerte er gegen das Holz. Den Schmerz in der Hand spürte er nicht, und als die

Tür geöffnet wurde, schlug er dem dahinterstehenden Turmwächter beinahe die Faust ins Gesicht.

»Was wollt Ihr?«, blaffte der Wächter.

»Gib uns die Gefangenen heraus«, verlangte Bruder Alfons mit sanfter Stimme. Die anderen drei Mönche standen neben Bruder Martin und dem Priester. Das Kreuz schwankte über ihnen.

»Hä?« Der Wächter wirkte unsicher. Er kratzte sich am Kopf und wusste nicht, was er sagen sollte. »Kommt Ihr vom Rat?«

»Wir kommen von Gott, Sohn.« Bruder Martin trat so dicht vor den verwirrten Mann, dass der einen halben Schritt zurückwich. »Lass uns durch.«

Hinter den ersten Wärter war ein zweiter getreten und beide versperrten sie den Durchgang zur Treppe. Sie waren von bulliger Gestalt und stiernackig standen sie mit vorgereckten Köpfen da.

Der zweite Wärter war offenbar etwas klüger als sein Kamerad, er erfasste die Lage. »Ihr habt kein Recht, hier zu sein«, bemerkte er.

»Wir haben jedes Recht, an den Platz zu gehen, an den Gott uns bestellt.« Das sagte Bruder Alfons. Er trat einen Schritt zurück und gab die Tür frei.

Fritz Haan zögerte nicht einen Moment. Er stürmte als Erster in den Turm, die anderen jungen Männer folgten ihm. Es gab ein kurzes Handgemenge, dann hatten sie die Wärter an die Wand gedrückt und rannten nacheinander die Wendeltreppe nach oben.

Der Turmmeister war in der Tür seines Arbeitszimmers erschienen. Bei ihm brauchte es nicht mehr als einen kräftigen Stoß vor die Brust, um ihn nach hinten taumeln zu lassen. Befriedigt schüttelte Fritz Haan noch einmal die Faust in seine Richtung.

Im Stockwerk über dem Raum des Turmmeisters erreichten sie die ersten Zellen, entriegelten sie und rissen die Gefangenen heraus. Es waren ausnahmslos Frauen, die in Decken und Umhänge gehüllt auf den Betten ihrer Zellen saßen. Alle blickten ängstlich zu den eindringenden Männern, die sie an den Armen packten und auf den Gang stießen. Die meisten Frauen blieben stumm, einige begannen zu kreischen. Nicht wenige Männer nutzten das Handgemenge, um ihre Hände auf gerundete Hinterteile oder weiche Brüste zu legen.

Fritz Haan rannte die Treppe weiter hinauf, einige Männer folgten ihm. Im nächsten Stockwerk gab es zwei gleiche Zellentüren wie in der Etage darunter. Der Weber riss sie auf: Drei Frauen drängten sich in einer Ecke zusammen und starrten den Eindringlingen mit großen Augen entgegen. Eine davon war Kathrina. Endlich war sie ihm ausgeliefert. Fritz Haan stürzte in den Raum, seine Lust auf diese Frau brach sich Bahn.

Die anderen beiden Weiber beachtete er nicht. Er warf sich auf Kathrina, zerrte an ihren Röcken, tastete mit der anderen Hand nach ihren Brüsten.

»Fritz! Fritz!« Sie schlug mit den Fäusten auf seine Oberarme und Schultern, aber genauso gut hätte sie auf Stein schlagen können. Sein hartes Glied drückte gegen ihren Oberschenkel.

Sie rief immer wieder seinen Namen und versuchte ihn wegzustoßen. Seine Hände hatten sich inzwischen durch ihre Röcke gewühlt und tasteten nach ihrem Geschlecht. Die Angst verlieh ihr ungeahnte Kräfte, und es gelang ihr, sich halb unter ihm hervorzurollen. Sie schlug und trat nach dem Weber, rief um Hilfe und bat Fritz im selben Atemzug, von ihr abzulassen.

Er wollte sie festhalten. Es gelang ihm jedoch nicht, sie zu greifen, sie wand sich immer mehr unter ihm hervor. Auf einmal keuchte Fritz Haan und krümmte sich zusammen. Sie hatte mit dem Ellenbogen auf seine gebrochene Nase geschlagen.

»Avschuum! Zaubersche! Himmelzackerment, elendes Weib!« Fritz Haan keuchte bei jedem Wort.

Kathrina befreite sich von ihm und stürmte zur Zellentür. Die anderen beiden Frauen waren verschwunden und die Tür stand offen.

Bevor es ihr jedoch gelang, den Turm zu verlassen, wurde sie erneut gepackt und von den Füßen gerissen. Sie fiel die Treppe hinunter, während schwere Schritte ihren Sturz begleiteten.

»Hier ist noch eine von den Hexen!«, sagte der Mann über ihr. »Das dürfte die Letzte gewesen sein.«

Kathrina wurde wieder auf die Füße gezogen und aus dem Turm gestoßen. Die anderen Frauen standen in einer verängstigten Gruppe davor und wurden von kräftigen jungen Männern bewacht. Kaum stand Kathrina bei ihnen, wurden sie wie Vieh angetrieben und durch die Gassen geführt. Die Menschen machten ihnen Platz und schauten zu Boden.

Fritz Haan hatte sich wieder dazugesellt, er betastete seine Nase während des Gehens. Kathrina achtete sorgsam darauf, dass er nicht in ihre Nähe kam.

Ihr Ziel war das Dominikanerkloster in der Stolkgasse. Von den Frauen schöpften einige Hoffnung, man werde sie freilassen, wenn man sie in ein Kloster brachte. Es war von einer Beichte die Rede und dass sie danach nach Hause gehen könnten. Kathrina wusste es besser. Von Bruder Martin war nur das Schlimmste zu erwarten.

Dass sie recht behalten würde, bestätigte sich, kaum dass alle den Klosterhof betreten hatten. Die Frauen wurden nicht zur Kapelle gebracht, sondern in eine düstere Ecke geführt. Die ganze Zeit über begleiteten sie dabei die Gebete der Mönche. Die waren nicht für einen Augenblick unterbrochen worden, seit man sie aus dem Frankenturm verschleppt hatte. Ein weiterer Dominikaner eilte herbei, in seiner Hand klapperte ein gewaltiges Schlüsselbund. Mit einem davon schloss er eine Tür auf, die im Schatten der Mauer kaum zu erkennen war. Die Tür war schwer und der Mönch hatte Mühe, sie zu öffnen.

Feuchte, kalte Luft schlug ihnen entgegen. Kathrina schauderte. Sie schaute sich um und ihr Blick kreuzte den Fritz Haans. Auf dessen Gesicht erschien ein Ausdruck solchen Triumphes, dass es sie schauderte.

Die Frauen wurden nacheinander durch die dunkle Tür gestoßen. Dahinter befand sich eine Treppe, die steil nach unten führte. Kathrina war eine der Letzten, die man in die Dunkelheit zwang. Sie drehte sich noch einmal um.

»Warum habt Ihr uns hergebracht?«, fragte sie und rechnete eigentlich nicht mit einer Antwort.

Aber Bruder Martin unterbrach sein Gebet. »Die Welt muss von euch Hexen befreit werden. Wir werden euch so behandeln, wie es sich für euresgleichen ziemt.«

»Dazu habt ihr kein Recht!«

»Wir haben jedes Recht, das Gott uns gibt.«

»Peinliche Befragung, danach der Scheiterhaufen«, ergänzte Fritz Haan und hörte sich an, als könne er es kaum abwarten.

Kathrina betrat die Dunkelheit. Hinter ihr wurde die Tür knarrend zugeschoben und verschlossen. Sie sah nicht einmal mehr die Hand vor Augen und tastete sich die Treppe hinunter. Unten wurde sie von den anderen Frauen in Empfang genommen. Viele von ihnen weinten, andere beteten.

Der Boden ihres neuen Verlieses bestand aus gestampftem Lehm. Es schien keinerlei Stroh oder Mobiliar in dem Raum zu geben. Die Feuchtigkeit kroch durch die dünnen Sohlen ihrer Schuhe. Um nicht ebenfalls in verzweifeltes Weinen auszubrechen, fiel Kathrina in das Gebet ein.

»Was ist das für ein Aufruhr?« Mit schnellen Schritten eilte der Prior Bruder Thaddäus über den Hof. Sein Gesicht war gerötet und sein weißer Haarkranz hob sich leuchtend davon ab. Die Kutte blähte sich im Wind. »Ich dulde nicht, dass in meinem Kloster …«

Weiter kam er nicht, denn Bruder Martin eilte auf ihn zu. Er fiel vor dem Prior auf die Knie und versuchte, dessen Hand zu küssen. Bruder Thaddäus entzog sie ihm.

»Wir haben getan, was nötig ist, um dem Teufel entgegenzutreten«, murmelte Bruder Martin.

»Was meinst du damit?«

»Wir sorgen dafür, dass die Hexen die ihnen angemessene Behandlung erfahren. Sie werden brennen.«

»Die Weiber sind bis dahin im Keller eingeschlossen«, ergänzte Bruder Alfons.

»Gott helfe Euch! Was habt Ihr getan? Sind die armen Frauen wirklich da unten?« Der Prior deutete auf die schwere Tür.

»Sie bekommen, was sie verdienen. Diese Weiber haben versucht, sogar uns zu teuflischen Handlungen zu verführen. Der Teufel ist in ihre Leiber gefahren und gibt ihnen eine böse Tat nach der anderen ein. Zum Glück haben die heilige Ursula und der heilige Dominikus ihre Hände über uns gehalten.«

»Das sind Frauen, keine Hexen!« Der Prior hob die Stimme. »Wir wissen alle, dass diese Frauen keine Hexen sind. Es ist nur dummer Aberglaube der Kölner, der sie dazu macht, aber wir wissen es besser. Wenn sie sich hinter unseren Mauern aufhalten, wollen wir sie wie Gäste behandeln. Für ihr Seelenheil sollen sie an unseren Messen teilnehmen.«

»Gäste, Seelenheil!«, höhnte Bruder Martin. »Wenn

ich dich reden höre, kommt mir der Gedanke, der Teufel hat womöglich dein Hirn vernebelt. Diese Weiber können nicht unsere Gäste sein!«

»Vielleicht kann er nicht länger unser Prior sein«, flüsterte jemand in der Menge um Bruder Martin so laut, dass es jedermann hörte.

Bruder Thaddäus musterte die Mönche mit finsterem Blick, aber es gelang ihm nicht, den Sprecher zu entdecken. Mehr als die Hälfte der zwei Dutzend Dominikaner hatten sich auf Bruder Martins Seite gestellt. Der Prior spürte Unnachgiebigkeit. Es wäre nicht leicht, sie zur Freilassung der Frauen zu überreden.

Innerlich seufzte er, während er die Hände faltete und mit sanfter Stimme sagte: »Wir wollen beten für diese armen Frauen. Wir bieten ihnen die Beichte an und sobald sie ihr Gewissen gereinigt haben, geleiten wir sie zu ihren Familien zurück.«

»Niemals!«, rief wieder dieselbe Stimme aus der Menge.

»Diese Hexen wurden bisher viel zu milde behandelt, wir geben ihnen, was sie verdienen. Was der *Hexenhammer* bestimmt. Du wirst die Gerechtigkeit nicht aufhalten, Prior!« Bruder Martins Stimme schwang sich zu ungeahnten Höhen auf und ein Speichelfaden lief ihm über das Kinn.

»Das ist keine Gerechtigkeit! Das ist ein Autodafé, das ihr plant.« Bruder Gerónimo hatte sich neben seinen Prior gestellt. »Lasst endlich wieder die Vernunft in euer Hirn. Wir sind Mönche, keine Inquisitoren.«

Sofort wandte sich Bruder Martin mit brennenden Augen dem Prior zu und zeigte mit einem zitternden Finger wie mit einem Knochen auf ihn. »Die heilige Inquisition lag immer in den Händen der Kirche. Mönche waren Inquisitoren, Männer unseres Ordens. Wir Dominikaner haben eine heilige Pflicht, die lassen wir uns nicht ausreden.«

Der Prior schüttelte den Kopf angesichts dieses Irrweges.

»Schließ dich uns an oder du kannst nicht länger unser Prior sein!«, rief jemand.

Diesmal erkannte Bruder Thaddäus den Sprecher. Es war Bruder Lukas. Ein gemütlich wirkender Mann, den er nie an der Seite des eifernden Bruder Martin gesehen hätte. Viel eher hätte er es Bruder Gerónimo zugetraut, der aber nun neben ihm stand. Wie leicht man sich täuschen konnte in seinem Urteil über einen Menschen.

Lukas' Worte wirkten wie ein Fanal. Andere griffen den Ruf auf und die Menge rückte vor. Auf einmal ging es nicht mehr um die Frauen im Keller, sondern um die Macht im Dominikanerkloster in der Stolkgasse.

»Seid vernünftig«, bat Bruder Thaddäus. »Es ist kein Jahr her, dass ihr mich zu eurem Prior gewählt habt.«

»Wir können dich auch wieder abwählen.«

»Jederzeit.«

»Jetzt.«

Die Worte prasselten auf ihn nieder wie Stockhiebe. Auf einmal war er von seinen Brüdern umringt, die ihn beschimpften und schmähten, als wären sie keine

Mönche, sondern Gassenjungen. Nur Bruder Gerónimo harrte neben dem Prior aus. Die wenigen Mönche, die sich nicht auf Bruder Martins Seite geschlagen hatten, und die Novizen hielten sich verborgen.

»Du kannst nicht länger unser Prior sein.« Das kam wieder von Bruder Lukas, dem es Freude zu machen schien, einen Höhergestellten zu demütigen.

Hände griffen nach Bruder Thaddäus' Kutte. Er wurde zu Boden gestoßen und getreten. Schließlich schleifte man ihn durch den Schmutz zum Tor und unversehens fand er sich auf der Gasse liegend wieder. Das Tor wurde mit einem Knall geschlossen und von innen ein Riegel vorgeschoben. Bruder Thaddäus wischte sich mit dem Kuttenärmel über das Gesicht und merkte dabei, dass seine Lippe blutete. Mit der Erkenntnis kam der Schmerz und die Lippe fühlte sich dick an wie nach einem Bienenstich. Er rappelte sich auf und klopfte den Schmutz von seiner Kutte. Auf dem hellen Stoff blieben braune Streifen zurück, und an einer Stelle entdeckte er einen Riss, so lang wie sein Unterarm. Von der Würde eines Priors war nichts geblieben und vom Amt auch nicht. Bruder Thaddäus senkte demütig den Kopf. Die Ordensregel verlangte es, hinzunehmen und das Wort Gottes zu verkündigen, aber es hatte noch nie in seinem Leben einen Moment gegeben, in dem es ihm so schwergefallen war wie in gerade diesem.

Unterschlupf konnte er einstweilen im Antoniterkloster finden. Er hoffte nur, dass sie Bruder Gerónimo nichts angetan hatten. Der war nun ganz alleine mit diesen Verblendeten. Mutlos machte sich der Prior auf den Weg zum Kloster in der Schildergasse.

KAPITEL 42

Im Keller war es inzwischen nicht mehr ganz so finster. Kathrinas Augen hatten sich an die Dunkelheit gewöhnt und jemand hatte eine Laterne gefunden. Es war ihnen auch gelungen, Steine gegeneinanderzuschlagen und einen Funken zu erzeugen, um die Kerze anzuzünden. Es handelte sich um eine Blendlaterne, aber auch bei vier aufgeblendeten Seiten spendete sie nur trübes Licht. Es reichte keinesfalls aus, den gesamten Keller zu erleuchten. Es war vielleicht auch besser, nicht zu sehen, was in den dunklen Ecken raschelte und quiekte.

Die Frauen drängten sich in der Mitte zusammen. Viele weinten, andere beteten. Kathrina hatte die Hände gefaltet und murmelte ein Gebet, um nicht von Verzweiflung übermannt zu werden. Ein lang gezogenes Stöhnen erregte ihre Aufmerksamkeit. Gleich darauf war ein Keuchen zu hören. Sie erkannte augenblicklich, was da vor sich ging und schaute sich im trüben Licht um. Zunächst entdeckte sie die Frau nicht, von der diese Geräusche kamen.

Einen Augenblick war nichts zu hören, außer das Schluchzen und die Gebete, aber dann begann das

Stöhnen von neuem. Kathrina sprang auf und kämpfte sich durch die dicht beieinander kauernden Frauen, bis sie vor einem jungen Ding stand, auf dessen Stirn der Schweiß glänzte. Das Mädchen hatte die Hände schützend auf einen leicht gerundeten Bauch gelegt. Neben ihr hockten zwei ältere Frauen, eine flüsterte beruhigend auf sie ein, die andere streichelte ihren Arm.

Kathrina drängte sich dazwischen und kniete sich hin. »Wie lange geht das so?«

Sie tastete den gewölbten und stark angespannten Bauch der Schwangeren ab. Die Rundung erschien ihr viel zu gering, als dass es Zeit für die Geburt sein konnte. Das Kind hatte sich jedoch bereits gesenkt. Selbst wenn sie alle ihre Hilfsmittel zur Verfügung gehabt hätte, sie hätte die Geburt nicht mehr aufhalten können. Der Muttermund war bestimmt schon eine halbe Fingerlänge geöffnet.

Eine der beiden älteren Frauen unterbrach ihre Litanei und musterte Kathrina abschätzend. »Sie wurde im Turm die Treppe heruntergestoßen, danach fing es an. Es ist zu früh, das Kind hätte erst um Michaelis geboren werden sollen.«

Die Wehen hatten also vor einer ganzen Weile begonnen, und die junge Frau war in diesem Keller sicherlich weitere Male gestoßen worden. Kathrina schürzte die Lippen. Nicht einmal auf eine Schwangere hatten diese gottlosen Mönche Rücksicht genommen.

»Ist sie eine Verwandte von dir?«, fragte sie eine der Frauen zunächst.

»Meine Nichte. Es ist ihr erstes Kind, sie hat erst vor einem Jahre geheiratet.«

Ein erneutes Stöhnen unterbrach das geflüsterte Gespräch. Der Leib der Schwangeren zog sich zusammen und entspannte sich wieder, als die Wehe abebbte.

»Ich bin Hebamme, ich kann versuchen, dir zur helfen«, bot Kathrina an und nannte ihren Namen.

»Helma Marie Schultheiß«, keuchte die Schwangere, denn die nächste Wehe machte sich bereits bemerkbar.

Einen Moment hatte die Miene der Tante erleichtert gewirkt, aber kaum hatte sie Kathrinas Namen gehört, verdüsterte sich ihr Gesichtsausdruck. »Du packst sie nicht an!«, sagte sie streng. »Du bist eine Protestantische. Das Kind kommt verkrüppelt oder tot zur Welt, wenn du es holst.«

»Ich bin genauso katholisch wie du und besuche jeden Sonntag die Heilige Messe. Zur Beichte gehe ich regelmäßig. Das habe ich nicht anders gehalten, als mein Mann noch lebte, obwohl er zu den Protestantischen gehört hat«, flüsterte Kathrina aufgebracht. »Hier unten sind wir alle gleich. Das Kleine wird so auf die Welt kommen, wie Gott es vorgesehen hat. Lass mich wenigstens schauen, wie weit der Muttermund geöffnet ist.« Sie wollte der werdenden Mutter unter die Röcke greifen.

Die andere Frau hatte das Gespräch stumm verfolgt und sich zurückgezogen, kaum dass das Wort Protestantische gefallen war.

»Pack sie nicht an, sonst sorge ich dafür, dass du auf den Scheiterhaufen kommst!«, giftete die Tante.

Die Frau war selbst unschuldig wegen Hexerei gefangen und drohte anderen ... Wäre die Lage der jungen Helma nicht so ernst gewesen, hätte Kathrina sich zurückgezogen und die Frauen ihrem Schicksal überlassen. Sie wollte sich nicht beschimpfen lassen, Helma zuliebe schluckte sie jedoch ihren Ärger hinunter.

»Heutzutage wird niemand mehr verbrannt. Die Zeiten sind länger vorbei, als du auf der Welt bist«, beschied sie die Tante. »Deine Nichte bekommt ein Kind – unter diesen Umständen und vor der Zeit, und da willst du auf die Hilfe einer Hebamme verzichten? Alles Unglück des armen Würmchens hast du dir in diesem Fall selbst zuzuschreiben.«

Die werdende Mutter hatte sich in einer neuen Wehe gekrümmt und kam gerade wieder zur Ruhe. »Ich will die Hebamme!«, rief sie. »Die Fruchtblase ist geplatzt. Es ist viel zu früh! Wird das Kleine überhaupt leben?«

»Wenn Gott es will, wird es leben. Aber viele Kinder, die vor der Zeit kommen, sind zu klein, um es zu schaffen. Das will ich dir nicht verschweigen«, sagte Kathrina ernst.

Die Tante machte widerwillig Platz, so dass Kathrina sich dicht neben Helma knien und die Öffnung des Muttermundes prüfen konnte. Wie sie vermutet hatte: ein halber Finger, inzwischen etwas mehr. Wenigstens lag das Kind richtig, sie fühlte deutlich den kleinen Kopf dicht über dem Geburtskanal. Kathrina schickte eine Frau nach oben an die Tür, um bei den Mönchen für die Schwangere zu bitten, damit sie in einem Gästeraum untergebracht wurde, bis das Kind geboren war. Oder wenigstens sollten sie eine Liege, saubere Decken, Tücher und heißes Wasser schicken.

Es verging nicht viel Zeit, bis die Frau zurückkam. Sie schüttelte den Kopf. Nichts des Erbetenen würden sie bekommen.

Kathrina presste die Lippen zusammen. Die Chancen des Kindes auf Leben waren dramatisch gesunken. Und sie ahnte bereits, wem die Schuld daran gegeben werden würde: der Hebamme. Nicht den Dominikanern. Es war zu spät, sich zurückzuziehen, deshalb half sie der jungen Helma, so gut sie konnte.

Nach einer sehr langen Zeit und kurz vor der totalen Erschöpfung brachte die junge Frau einen Knaben zur Welt. An ihm war alles dran, jeder Finger, jeder Zeh, aber er war deutlich kleiner als gewöhnliche Neugeborene. Kathrina reinigte die Mundhöhle des Kleinen mit dem Finger und hauchte Luft zwischen seine Lippen. Sie hielt den Knaben an den Füßen fest und gab ihm einen Klaps auf den Hintern. Als er nicht reagierte, galt es keine Zeit zu verlieren. Sie wusste, dass nur wenige Minuten blieben, wenn ein Neugeborenes nach der Geburt nicht mit dem Atmen beginnen wollte. Sie hauchte ihm noch einmal Luft ein und schlug ihn auf den Hintern. Die junge Mutter und die Tante beobachteten sie mit verzweifelten Blicken.

»Ich habe es doch gesagt … eine Protestantische …«, höhnte die Tante.

In diesem Moment stieß der kleine Junge den ersten

Schrei seines Lebens aus. Seine Mutter und die Großtante waren erleichtert, aber niemand konnte froher sein als Kathrina. Sie wäre am liebsten mit dem Kind im Arm durch das Verlies getanzt.

Weil sie kein Wasser hatten, rieb sie den Jungen mit einem Stück ihres Unterrocks ab. Als er trocken und sauber war, wickelte sie ihn in ein Umschlagtuch, das ihr eine der Frauen gegeben hatte. So reichte sie ihn seiner Mutter, damit die ihn an die Brust legte. Der Junge musste etwas trinken, sonst überstand er die erste Nacht nicht.

Helma schob ihm eine ihrer Brustwarzen in den Mund. Der Kleine machte ein paar Saugbewegungen, ließ aber sofort wieder davon ab. Sie versuchte es mit der anderen Brust und das Ergebnis war dasselbe.

»Ich habe keine Milch«, schluchzte sie. Sie versuchte immer wieder, dem Kleinen die Brust zu geben, aber nach wenigen Saugbewegungen ließ er sie jedes Mal fahren.

Der Junge war Wochen zu früh auf die Welt gekommen, es konnte gut sein, dass seine Mutter noch keine Milch für ihn hatte. Kathrina hatte das mehr als einmal erlebt, aber immer hatte eine Amme bereitgestanden und dem Neugeborenen die lebensnotwendige erste Milch gegeben. Sie schaute sich um.

»Ist unter euch eine Frau, die ein Kind genährt hat, bevor sie in den Turm gesperrt wurde?«, fragte Kathrina.

Es befanden sich etliche junge Frauen unter den Gefangenen, aber keine meldete sich, alle blickten nur betreten zu Boden.

»Der Kleine stirbt, und es ist deine Schuld! Weil du nichts machst, um ihm zu helfen!«, keifte die Tante.

»Ich kann nichts machen! Ich bin Hebamme, keine Amme. Ich kann deinen Neffen nicht nähren.«

»Wird er sterben?«, flüsterte die junge Mutter.

Kathrina sah keinen Sinn darin, die Frau in falscher Hoffnung zu wiegen. Der Schmerz wäre nachher nur umso größer, deshalb sagte sie schonungslos: »Bekommt er keine Milch zu trinken, wird er nicht überleben. So ein kleines Kind kann nicht längere Zeit ohne Nahrung auskommen.«

»Wie lange?«

»Ein paar Stunden vielleicht oder weniger. Er ist kein kräftiger Junge.«

»Kannst du ihn taufen?«

»Das kann ich für ihn tun, wenn du es willst.«

»Du bist eine Protestantische und hast genug Unglück angerichtet! Willst du ihn in die Hölle stoßen?«, fuhr die Tante dazwischen.

»Ich bin eine katholische Hebamme, und ich habe das Recht dazu, ein Kind zu taufen, das nicht überleben wird und wenn nicht auf einen Priester gewartet werden kann. Es soll nicht ungetauft diese Welt verlassen müssen.« Kathrina wandte sich wieder an die junge Mutter und fragte leise: »Wie soll dein Sohn heißen?«

»Paul Anton nach seinem Vater«, flüsterte diese. Ihren Sohn hielt sie dabei an die Brust gedrückt. Er hatte aufgehört zu weinen, hielt das Mündchen gespitzt und die Augen geschlossen. Vielleicht schlief er und träumte davon, an einer prallen Brust zu saugen. Seine Haut war faltig und grau, nicht rosig und glänzend wie sonst bei Neugeborenen.

Behutsam nahm Kathrina den Jungen aus den Armen seiner Mutter.

»Ich habe damit nichts zu tun«, schnaubte die Tante und zog sich mit verschränkten Armen zwei Schritte zurück.

Kathrina hielt den Jungen so, dass seine Mutter ihn sehen konnte. Sie hatte nicht einmal Wasser, um die Nottaufe zu vollziehen, deshalb tat sie nur so, als benetze sie seinen Kopf. Sie zeichnete ein Kreuz auf seine Stirn und sprach die Worte, die den Jungen in die Gemeinschaft der Christen aufnahmen.

»Ich taufe dich auf den Namen Paul Anton im Namen des Vaters, des Sohnes und des Heiligen Geistes. Amen.«

Etliche Frauen begannen das Glaubensbekenntnis zu sprechen, und als Kathrina den kleinen Paul Anton seiner Mutter zurückgab, beruhigte sich deren furchtsamer Blick. Der Junge hatte nicht lange zu leben, aber wenigstens wusste die Mutter, dass er nicht in der Hölle brennen, sondern im Paradies an der Seite des Herrn sitzen würde.

Die Frauen hockten auf der Erde und warteten. Sie hatten Helma und ihre Tante in die Mitte genommen. Kathrina war wieder an den Rand der Gruppe gedrängt worden. Sie saß in der Nähe des Aufgangs und wahrscheinlich lag es daran, dass sie aufhorchte, als oben die

Tür geöffnet wurde. Sie schaute hoch und erkannte ein bleiches Gesicht, das in der Öffnung erschienen war.

Kathrina kletterte die Treppe hinauf. Der Mönch am Eingang sah besorgt aus.

»Wir müssen schnell machen«, flüsterte der Mann. »Ich bin Bruder Gerónimo.«

»Werden wir freigelassen?«, wollte Kathrina wissen.

»Darüber darf ich nicht entscheiden. Sie hätten euch nie herbringen sollen. Ich weiß, dass ihr keine Hexen seid und es kein Duftwasser des Teufels gibt. Das ist dummer Aberglaube. Aber damit bin ich im Kloster in der Minderheit. Ich kann nur wenig für euch tun, und wenn sie mich erwischen ...« Er verstummte, wuchtete stattdessen ein schweres Bündel hinter sich hervor und gab es Kathrina.

Sie musste sich mit ihrem Körper dagegenstemmen, damit es nicht die Treppe herunterpolterte.

»Da sind Wasser, Essen und Decken für euch drin. Braucht ihr etwas Bestimmtes?«

»Wir benötigen dringend Milch. Es wurde ein Kind vor der Zeit geboren, und die Mutter hat nicht genügend für den Kleinen«, sagte Kathrina hastig.

»Ist dabei. Aber nur Ziegenmilch, ich konnte nichts anderes bekommen.«

»Das ist gut.« Kathrinas Erleichterung war grenzenlos.

»Ich bringe euch Essen, wann immer ich kann. Es wird vielleicht nicht jeden Tag werden, weil die anderen mir misstrauen«, flüsterte der Bruder.

»Du hast mehr für uns getan, als wir erwarten durften. Da wäre nur noch eine Sache …«

»Ja?«

»Ich habe als Hebamme den Kleinen notgetauft, aber mit der Milch wird er vielleicht überleben. Es würde der Mutter viel bedeuten, wenn er richtig getauft wird. Kannst du nicht kommen und ihn in die Gemeinschaft der Christen aufnehmen?«

Bruder Gerónimo schüttelte den Kopf. »Das wage ich nicht. Ich stehe schon viel zu lange hier. Wenn die anderen mich entdecken …« Er drehte sich um und eilte davon. Nach wenigen Schritten hatte ihn die Dunkelheit verschluckt. Die Tür zu verriegeln hatte er dennoch nicht vergessen.

Kathrina schleppte das schwere Bündel die Stufen hinunter und zeigte den Frauen, was sie erhalten hatten.

Es gab warme Decken, zumindest genügend, dass keine von ihnen auf dem blanken Boden liegen musste, und Tücher, um den kleinen Paul Anton zu wickeln. Außerdem fand sie mehrere flache altbackene Brote und einen Schlauch Wasser. Zuletzt hielt sie den größten Schatz von allen in den Händen: eine Flasche Ziegenmilch. Von der Menge in der Flasche konnte Paul Anton tagelang zehren. Sie mussten sie nur kühl halten, damit sie nicht schlecht wurde. Seine Mutter weinte und lachte vor Erleichterung. Den Zipfel eines sauberen Tuches tränkte sie immer wieder in der Milch und ließ ihren Sohn daran saugen, bis er satt und zufrieden einschlief.

KAPITEL 43

Auf den Rat der Stadt Köln wollten Daniel und Feminis sich nicht mehr verlassen. Nicht nachdem der es zugelassen hatte, dass die Frauen aus dem Frankenturm in das Dominikanerkloster entführt worden waren.

»Wie konnte das geschehen?«, fuhr Daniel seinen Onkel an. Kaum hatte er von der Untat erfahren, war er zu Johann Theisen geeilt.

»Was hätten wir tun sollen?«, fragte der zurück. »An die hundert Leute, meist junge und kräftige Männer haben die Mönche begleitet. Zwei Gewaltrichter und sechs Funken können da nichts ausrichten. Die Ältesten der Gaffeln und Ämter hatten längst die Gewalt über ihre Mitglieder verloren. Selbst wenn wir alle Turmmeister und Turmwächter hinzugenommen hätten, es wären zu wenige gewesen.«

»Heuert Truppen an!«

»Du willst Krieg führen gegen Mönche?«

»Ich will für eine gerechte Sache kämpfen.« Daniel schritt im Salon seines Onkels hin und her, die Hände auf dem Rücken verschränkt. Er war viel zu aufgewühlt, um sich zu setzen.

»Tatsächlich hat der Rat bereits gehandelt.« Johann Theisen stand ebenfalls. Er war ähnlich entsetzt gewesen wie Daniel, als er von der Tat der Dominikaner gehört hatte, aber im Gegensatz zu seinem Neffen trug er seine Gefühle nicht auf der Zunge. Deshalb sagte er nichts davon, dass er sich für ein hartes Vorgehen gegen die Mönche ausgesprochen hatte. Dieser Bruder Martin hatte den Boden seines Ordens offenbar längst verlassen und war selbst des Teufels. Er gehörte als Erster und Einziger auf den Scheiterhaufen.

»Einen Boten mit einer Protestnote zum Kloster geschickt, das ist alles, was der Rat getan hat«, höhnte Daniel.

Das hatte der Rat tatsächlich beschlossen. Aber der Bote hatte vor verschlossener Klosterpforte gestanden, das Schreiben nicht einmal übergeben können. Schließlich hatte er es über die Mauer in den Hof geworfen.

»Und wir haben in einer Note an den Generalmagister der Dominikaner scharf gegen dieses Vorgehen protestiert, damit der seine Kölner Ordensbrüder zur Ordnung ruft.«

»Wie lange sollen wir darauf warten? An den Kaiser hätte der Rat schreiben sollen!«

»Damit Kaiser Leopold mit seinem Heer kommt? Er befindet sich im Krieg mit Frankreich, Unrecht gegen ein paar Weiber in Köln kümmert ihn nicht.«

Dem konnte Daniel schwerlich widersprechen, deshalb war er – fest entschlossen, die Sache in die eigenen Hände zu nehmen – zu Feminis geeilt. In der Dämmerung hatten sie sich mit drei Männern im Hafen getroffen. Es waren alles Landsleute des Kramhändlers, und einer sprach so wenig Deutsch wie der andere.

Die Italiener hatten sich eine Weile wortreich unterhalten und dann führte Daniel sie zu den Schuppen, zwischen denen er den Teufel verloren hatte. Wenn der Mann noch hier war, würde er ihnen in dieser Nacht nicht entkommen. Sie waren nicht nur zu fünft, sondern hatten auch Feminis' geschulte Nase auf ihrer Seite. Eine Weile suchten sie, bis der Italiener sie zurückhielt.

»Es stinkt nach ungewaschenem Mensch«, flüsterte Feminis, als sie noch mehr als eine Mannlänge von einem Schuppen entfernt waren. »Schwefel rieche ich nicht.«

Sie hielten sich nicht mit Beobachten und Planen auf. Die jungen Männer traten die Tür aus den Angeln und drangen in den Schuppen ein. Einer mit Namen Gianluca hielt ein Messer in der Rechten, die anderen beiden trugen Knüppel. Daniel und der Kramhändler folgten.

Einen Augenblick herrschte Stille, dann erklang ein italienischer Fluch.

»Gebissen«, kommentierte Feminis.

Daniels Augen hatten sich an die Dunkelheit im Schuppen gewöhnt. Sie hatten tatsächlich Pitts Meister in seiner heruntergekommenen Behausung gefunden. Der Mann kämpfte wie ein tollwütiger Fuchs gegen die zwei Männer, die ihn festhielten, während der dritte seinen Knüppel unschlüssig erhoben hatte. Der Schuppen war eng, und er fand keine sichere Position zum Zuschlagen. Immer bestand die Gefahr, einen seiner Freunde zu treffen. Daniel kam nicht dazu, seinen Stockdegen zu ziehen. Der ganz und gar nicht kriegerisch veranlagte Feminis hielt sich zurück und wartete draußen.

Das Geräusch reißenden Stoffes war zu hören, als der Bärtige sich losriss und dann an Daniel vorbeischoss zur Tür. Die Italiener fluchten, und er selbst bekam den Teufel nicht zu fassen. Zu schnell war der Mann an ihm vorbei.

»Haltet ihn!«, rief er Feminis zu. Da hatte der Kerl den Kramhändler schon beiseitegestoßen und rannte zum Fluss. Die jungen Italiener fluchten immer noch, und einer ließ ein Stück ausgefransten Stoff fallen.

Fünf Männer! Gegen einen!

Daniel zog seinen Stockdegen und nahm die Verfolgung auf. Die Schritte und den Atem der Italiener hörte er hinter sich. Er ahnte den fliehenden Teufel mehr, als dass er ihn tatsächlich sah, da kaum Mondlicht durch die Wolkenschicht am Himmel drang.

Fünf Männer gegen einen! Die Wut ließ ihn so schnell rennen wie nie zuvor in seinem Leben. Er stolperte über ein leeres Fass, das auf einmal zwischen seine Füße geriet, und wäre beinahe gestürzt. Ihm war, als begleite ein dämonisches Lachen seinen Versuch, das Gleichgewicht nicht zu verlieren. Einer der Italiener stützte ihn, während die anderen beiden an ihm vorbeiliefen. Jemand rief etwas und zeigte mit der Hand nach rechts.

Daniel sah den Teufelsdiener am Kai entlanglaufen. Der Mann hinkte. Er konnte ihnen nicht entkommen. Zu seiner Linken das Wasser, und sie kreisten ihn von allen Seiten ein. Der Mann war stehen geblieben und blickte sich gehetzt um. Dann traf er eine Entscheidung, denn er stürmte auf Gianluca zu und prallte gegen ihn.

Die beiden rangen miteinander. Was genau passierte, konnte Daniel nicht erkennen; jedenfalls standen sie gefährlich nahe am Kaiende. Gleich darauf war ein Platschen zu hören. Gianluca schwankte, und einen bangen Moment lang sah es aus, als würde er ins Wasser stürzen, dann fing er sich ab. Die Übrigen erreichten ihn. Einer seiner Freunde zog ihn einige Schritte vom Fluss weg.

Daniel starrte in den schwarzen, träge dahinfließenden Rhein. Sie konnten nur ein bis zwei Mannlängen weit sehen. Er hatte nur erkannt, dass der Flüchtende untergegangen war wie ein Stein und danach nicht wieder aufgetaucht.

»Der ist hin«, bemerkte Feminis neben ihm. »Das Wasser ist noch kalt, und die Strömung zieht ihn vom Ufer weg, das überlebt der beste Schwimmer nicht. Was für ein Ende des Diàvolo! Morgen wird man seine Leiche am Ufer finden. Madonna Mia!« Er konnte nicht fassen, was passiert war, strich sich mit der Hand über das Gesicht und wollte nur nach Hause.

»Der Rhein kann ihn Meilen um Meilen mit sich fortnehmen, ehe er ihn ans Ufer spült.«

»Das überlebt erst recht keiner«, bekräftigte der Kramhändler noch einmal.

Die drei jungen Italiener flüsterten miteinander. Gianluca band einem ein Taschentuch um die Hand, und soweit in der Dunkelheit zu erkennen war, sahen sie erleichtert aus.

»Gehen wir heim, hier können wir nichts mehr tun«, sagte Daniel.

»Eine Sache gibt es noch«, widersprach Feminis. »Das Aqua di Diàvolo, wir müssen es suchen.«

Sie kehrten zurück in den Schuppen. Da sie nun nicht mehr leise und vorsichtig sein mussten, zündete Feminis eine mitgebrachte Kerze an. Ihr Schein beleuchtete einen trübseligen Unterschlupf.

Ein paar Decken lagen zusammengeknüllt in einer Ecke, ein umgedrehter Topf daneben. Es gab eine Feuerstelle gleicher Machart wie die in der Gartenhütte. Ein letzter Ascherest glimmte noch. Die Einzelteile einer Kiste lagen rechts vom Eingang an der Wand. Offenbar war sie bei der Auseinandersetzung zertrümmert worden. Darüber hing ein aus Zweigen zusammengebundenes Kreuz – verkehrt herum. Zwischen den Kistentrümmern entdeckten sie die gleichen blutverkrusteten Oblaten, die auch im Gartenhaus gelegen hatten.

Daniel schüttelte es innerlich. Von welchem kranken Geist war dieser Mann beseelt gewesen?

Zwischen den Lumpen fand Feminis endlich das Ersehnte: eine Rosole und eine kleinere Flasche Teufelswasser. Er schnupperte an dem Korken und verzog das Gesicht.

»Was ist?«, fragte Daniel.

»Wenn dieses Aqua di Diàvolo Männer und Weiber willenlos machen soll … Ein Wohlgeruch ist das nicht.«

Daniel roch auch an der Flasche. Er verstand nichts von Duftwässern und besaß nicht die feine Nase des Italieners, aber ihm kam es nicht schlecht vor. Es war ein frischer Duft wie ein Sommermorgen.

»Wir übergeben dem Rat die Flaschen. Das beweist nun endgültig, dass das Teufelswasser nichts weiter gewesen ist als das Machwerk eines Menschen.«

Feminis verneinte. »Wir lassen das Aqua di Diàvolo hier, damit die Gewaltrichter es finden. Wenn wir es ihnen geben, glauben sie am Ende, wir hätten es in der Stadt verteilt. Diese …«, er schüttelte die kleine Flasche sacht, »… nehme ich mit. Eine reicht für den Gewaltrichter.«

»Was wollt Ihr damit, wenn es so schlecht gemacht ist?«

»Herausfinden, wie es gemacht wurde. Es ist nicht alles schlecht daran.«

»Ihr werdet es schon wissen.«

KAPITEL 44

Giovanni Paolo Feminis saß in der Höhle hinter seinen Apparaturen. Mehrere Laternen brannten und hüllten alles in ein sanftes Licht. Die Kästen mit den ätherischen Ölen standen auf der Truhe neben der Waage und verschiedenen Glaskolben, darum herum lagen Pipetten.

Vor ihm stand der kleine Flakon aus dem Schuppen im Hafen, in dem sich das Aqua di Diàvolo befand.

Bei dem Flakon handelte es sich um billiges Glas, das etliche Lufteinschlüsse aufwies. Der Korken war von besserer Qualität. Er saß fest im Hals und verschloss die Öffnung zuverlässig. Nur ein leichter Geruch stieg auf, was bei einem Korken ohne Wachsversiegelung normal war. Der Italiener besah sich zunächst die Flasche genauer. Nichts an ihr verriet, woher sie stammte. Bei der Rosole, die er im Schuppen zurückgelassen hatte, war das nicht anders gewesen. Der menschliche Teufel machte es ihm nicht leicht. Er kannte alle Parfümeure in Köln – viele waren es nicht, die meisten beschäftigten sich eher als Apotheker denn als Parfümeur – und bei keinem konnte er sich vorstellen, dass er ein Aqua di Diàvolo nach den Prinzipien aus dem Rezept seines Großvaters anfertigen konnte. Dahinter verbarg sich ein Geheimnis, und er war fest entschlossen, es zu ergründen.

Endlich zog Feminis den Korken heraus. Gleich würde er wissen, was dran war am Aqua di Diàvolo. Langsam führte er den Flakon in einigem Abstand unter seiner Nase vorbei, nahm die Duftnote wahr, die ihm entströmte. Sein erster Eindruck hatte ihn nicht getäuscht, das Aqua di Diàvolo roch nicht so, dass es jemanden willenlos machen könnte. Die ätherischen Öle hatten nicht einmal den Geruch des Weingeistes völlig überdeckt. Da war kein begnadeter Parfümeur am Werk gewesen. Ansonsten roch es frisch. Zitronenöl war leicht zu erschnuppern und der herbe Geruch des Bergamotte-Öls. Beide Zutaten enthielt auch sein eigenes Aqua mirabilis.

Leise Enttäuschung machte sich in ihm breit. Aber es wäre zu einfach gewesen, bei einer ersten flüchtigen Geruchsprobe gleich auf die Lösung zu stoßen. Feminis tropfte eine winzige Menge des Duftwassers auf eine Glasscherbe und hielt sie sich dicht unter die Nase. Mit geschlossenen Augen sog er den Duft ein, ließ ihn sich in seiner Nase entfalten. Er suchte nach der Herz- und der Kopfnote.

Zitrone und Bergamotte waren vorherrschend, daran bestand kein Zweifel. Er erschnüffelte aber auch noch Lavendel und einen Hauch von Rosmarin. Alles keine Überraschung bei einem erfrischenden Duftwasser, doch tief verborgen unter den anderen Düften nahm er auch etwas Süßliches wahr in der Herznote. Es war kaum zu erspüren, aber er wusste, das Wasser würde seinen verlockenden Duft verlieren, fehlte diese Zutat. Waren es frische Jasminblüten?

Feminis legte die Glasscherbe auf der Truhe ab und stützte den Kopf in die Hände. Er fühlte sich erschöpft, als wäre er von Köln bis zur Höhle gerannt. Die Analyse des Aqua di Diàvolo war Schwerstarbeit für seine Nase, er brauchte eine Pause. Feminis schenkte sich einen Becher Wasser ein. Es schmeckte abgestanden, stammte noch von Kathrina Obladen. Er lehnte sich zurück, atmete langsam ein und aus. Obwohl er sich mehrere Armlängen von dem Duftwasser entfernt befand, nahm er dessen Geruch wahr. Er trank das Wasser aus und stand auf, lief in der Höhle umher. Dabei schwenkte er die Arme vor und zurück, um die verkrampften Schultern zu lockern. Er musste nach Hause gehen und am nächsten Tag wiederkommen und weitermachen, wenn sich seine Nase erholt hatte. So lange wollte er aber nicht warten, seine Gedanken vibrierten vor Spannung.

Er ging mehrmals in der Höhle auf und ab, vermied dabei den Blick zum Tisch, auf dem der Flakon lag.

Später setzte sich Feminis mit klarerem Kopf erneut vor die Truhe. Der Tropfen Aqua di Diàvolo schimmerte im Licht der Laternen. Er leckte die Scherbe ab. Neben dem Geruch ließ auch der Geschmack eine Menge Rückschlüsse auf die Ingredienzen zu. Feminis behielt das Duftwasser auf der Zunge, damit sich der Geschmack in der gesamten Mundhöhle ausbreiten konnte.

Er war überraschend bitter. Das hatte er nicht erwartet. Lag es am Rosmarin oder am Bergamotte-Öl? Beides konnte bitter schmecken. Der Italiener seufzte. Beim Geruchstest hatte er nichts davon herausgerochen, kein Wunder, denn es sollte auch nicht hervorstechen.

Feminis schwenkte den Flakon und führte einen Glasstab in die Öffnung ein. Es war nur noch wenig Aqua di Diàvolo in der kleinen Flasche enthalten, er musste sich also überlegen, wie viel er davon für die Analyse verbrauchen durfte. Er rührte kräftig um, beobachtete, ob sich die klare Färbung veränderte. Negativ. Das wäre ein Zeichen für eine unvollständige Destillation gewesen. Noch während er den Glasstab kreisen ließ, Glas auf Glas klirrte, näherte er seine Nase erneut der Öffnung. Veränderte sich der Duft? Ja, eindeutig! Nicht zu seinem Vorteil. Eine scharfe Unternote entwickelte sich, und Feminis fragte sich, worauf sie beruhte. Schlechte Destillation, minderwertiger Weingeist, gepanschte ätherische Öle? Alles war möglich.

An diesem Tag würde seine strapazierte Nase nichts mehr herausriechen. Eine Nase voll des Duftes genehmigte er sich noch, bevor er entschlossen den Korken auf die Flakonöffnung drückte, seine eigenen ätherischen Öle aufräumte und alle Laternen bis auf eine löschte. Er würde am nächsten Tag zurückkehren und die Analyse fortsetzen.

Feminis setzte den Plan in die Tat um, ohne sich um die besorgten Blicke seiner Frau zu kümmern. Er verließ die Stadt, kaum dass die Tore geöffnet waren. In einem Bündel auf dem Rücken trug er eine große Flasche Lampenöl und Kerzenstumpen.

Als er in der Höhle angekommen war, mischte er zuerst eine geringe Menge seines eigenen Duftwassers, um beide vergleichen zu können. Er breitete wieder einmal eine Abschrift seines geerbten Testaments vor sich aus und verglich die Zutaten mit denen, die er am Tag zuvor in dem Aqua di Diàvolo erschnüffelt hatte. Er roch einen deutlichen Unterschied in der Kopf- und der Herznote. Die schwierigste Aufgabe für seine Nase stand ihm nun bevor: Er musste versuchen, das Aqua di Diàvolo nachzuahmen, eine Kopie herzustellen, die sich vom Original nicht unterschied.

Feminis begann mit der Arbeit und notierte sich jede Unze der ätherischen Öle, die er verwendete. Dabei merkte er nicht, wie die Zeit verging. Erst das Verlöschen der Laternen brachte ihm die Welt außerhalb der Höhle wieder ins Bewusstsein.

Er streckte sich und lockerte die verkrampften Schultern. Seine Augen brannten, die Nase fühlte sich an, als hätte sie einen Faustschlag abbekommen, und die Zunge klebte ihm am Gaumen. Er stürzte eine ganze Kanne Wasser herunter, um den Durst zu löschen. Den Kopf in die Hände gestützt, schloss er die Augen.

Vor ihm in einem Flakon stand sein gemischtes Aqua mirabilis, daneben das Aqua di Diàvolo. Vor beiden lagen die Rezepte, die er angefertigt hatte. Es war ihm tatsächlich gelungen, das Aqua di Diàvolo zu kopieren. Müde fragte er sich, wohin ihn das führen mochte? Direkt auf den Scheiterhaufen? Er könnte niemanden davon überzeugen, nicht der Teufel zu sein.

Eine weitere Kerze, die er mit Wachs auf die Truhe geklebt hatte, war heruntergebrannt und erlosch. Ein Kerzenstumpf brannte noch. Es würde nicht mehr lange dauern, bis auch der erlosch, und Feminis völlig im Dunkeln saß. Er räumte eilig alles zusammen und verließ die Höhle. In der Dämmerung kehrte er nach Köln zurück.

Seine Frau erwartete ihn vor der Wohnungstür. Sie sah aus, als hätte sie den ganzen Tag dort gestanden.

»Wieso steht Ihr hier, meine Liebe?«, rutschte es ihm heraus.

»Wo soll ich sonst sein, wenn Ihr weggeht, während der Kramkarren in der Remise stehen bleibt?« Sophias Stimme wurde höher und sie sprach schneller. »Also blieb mir nichts anderes übrig, als mit dem Karren durch die Straßen zu ziehen. Ich habe keine schlechten Geschäfte gemacht.«

Den letzten Satz sagte sie stolz. Im Winter war sie schon einmal mit seinem Karren unterwegs gewesen, als er zu krank gewesen war, um sich durch die Straßen zu schleppen. Sie hatte in den beiden Tagen kaum weniger Geld verdient als er.

»Das habt Ihr …« Er wollte seine Frau loben für ihre Tüchtigkeit, aber sie ließ ihn nicht zu Wort kommen.

»Wir müssen reden über diesen Pitt. Der Junge kann nicht bei uns bleiben. Der frisst so viel wie wir anderen zusammen und gibt nichts als patzige Antworten. Der muss ins Waisenhaus. Sollen die doch sehen, wie sie mit ihm fertig werden.«

»Er hat lange Zeit kaum etwas zu essen bekommen.«

»Er benimmt sich schlimmer als ein Bauer vom Land. Er muss weg!«

Feminis fühlte sich Pitt verpflichtet. Ohne seine Hilfe hätten sie noch immer keine Ahnung, wo sie den Diàvolo hätten suchen sollen. Nur ihm war es zu verdanken, dass sie die Stadt von dem Mann befreien konnten und er das Aqua di Diàvolo in die Hand bekam.

»Ein paar Tage behalten wir ihn noch bei uns«, bestimmte er. »Er kennt in Köln niemanden, und es ist nicht seine Schuld, dass er alleine ist wie ein Waisenkind.«

»Unsere auch nicht.«

Sophias Mundwinkel zuckten auf einmal. Sie ließ sich gegen seine Brust sinken, und er schloss die Arme um sie.

»Ich weiß nicht, was mit mir los ist.« Ihre Stimme klang, als stände sie kurz davor, in Tränen auszubrechen.

»Sophia, meine Liebe …«

»Ich habe so viel Angst um Euch ausgestanden. Das hat meine Nerven angegriffen.«

Feminis streichelte ihren Rücken. »Pitt hat Schreckliches erlebt. Wir müssen nachsichtig mit ihm sein.«

»Das will ich auch, wenn er nur nicht immer reden würde, als spuke ein Dämon in seinem Kopf.«

»Weil ihn dieser Mann in seiner Gewalt hatte. Der hat ihm das in den Kopf gebrannt. Das geht an niemandem spurlos vorüber, am wenigsten an einem Kind.«

»Es ist, als ob nun wir den Teufel im Haus hätten. Ich habe Angst um unsere Kinder.«

»Das sind Eure angegriffenen Nerven, meine Liebe.« Feminis streichelte weiter ihren Rücken und redete beruhigend auf sie ein.

Pitt machte es ihnen wirklich nicht leicht und sie hatte mit ihm mehr zu tun als er. Der Junge besaß kein einnehmendes Wesen. Nun war es wohl zu viel geworden für seine Frau. Anders konnte er sich ihren Zusammenbruch nicht erklären.

Endlich schaute sie auf, zog ein Taschentuch aus ihrem Ärmel und betupfte damit ihre Augen. »Der Junge kann bei uns bleiben, bis seine Eltern gefunden werden.«

»So kenne ich meine Sophia.«

Beide schenkten einander ein vorsichtiges Lächeln.

KAPITEL 45

Ein weiteres Protestschreiben des Kölner Rates wurde im Kloster in der Stolkgasse abgegeben. Der Mönch an der Pforte brachte es zu Bruder Martin in die Kapelle. Es stand kein Name außen auf dem Schreiben, sondern nur, dass es an den Verantwortlichen im Kloster der Kölner Dominikaner gerichtet sei.

Ohne Zögern brach Bruder Martin das Kölner Stadtsiegel und überflog das Schreiben. Seine Miene wandelte sich von ungläubig zu empört. Er schmiss das schwere Papier auf den Fliesenboden. »Was bilden sich diese Ratsherren ein? Sie stellen mir Forderungen! Nur Gottes Willen bin ich verpflichtet.«

Bruder Alfons, der sich stets an seiner Seite aufhielt und sich gar nicht genug winden konnte, um ihm zu gefallen, eilte herbei und hob das Schreiben wieder auf. »Was fordern sie denn?«, wollte er wissen.

»Wir sollen die Frauen freilassen«, schnaubte Bruder Martin. Er rannte mit klappernden Sandalen aus der Kapelle, sein Adlatus hinterher. »Ruf alle im Refektorium zusammen«, befahl er im Laufen und nahm dem anderen Bruder das Schreiben wieder ab. Das erste Aufschäumen seiner gerechten Wut verrauchte so schnell, wie es ihn angesprungen hatte. Er befand sich wieder in vollkommener Einheit mit sich selbst, wie es auch der heilige Dominikus, der Ordensgründer, stets gewesen war.

Im Refektorium war es kalt und düster. Ein Großteil des Raumes wurde von dem langen, zerkratzten und vom Alter dunkel gewordenen Holztisch und den Bänken eingenommen. Auf der Bank an der Stirnseite des Tisches saß gewöhnlich der Prior. Bruder Martin blieb dahinter stehen, strich über das Holz. Glatt, von den Kutten vieler Hintern platt geschliffen.

Schritte vor dem Refektorium zeigten an, dass die ersten Brüder kamen. Schnell setzte sich Bruder Martin auf den Platz des Priors und legte das Schreiben vor sich auf den Tisch. Starr blickte er dem Hereintretenden entgegen. Es war ausgerechnet der aufsässige Gerónimo, der als Erster das Refektorium betrat. Er zog die Augenbrauen hoch, schien etwas sagen zu wollen. Ein vernichtender Blick ließ ihn verstummen, bevor er überhaupt zu reden begonnen hatte. Bruder Gerónimo setzte sich möglichst weit von ihm entfernt an den Tisch. Nach und nach kamen auch die anderen und nahmen ihre Plätze ein.

Nachdem sie alle gemeinsam ein Gebet gesprochen hatten, las Bruder Martin ihnen den Brief des Stadtrates vor. Die Dominikaner drückten wie erwartet ihre Empörung aus. Nur Bruder Gerónimo schwieg.

Alle bis auf ihn sprachen sich dafür aus, den Forderungen der Stadt nicht nachzukommen. Bruder Martin hatte nichts anderes erwartet. Er hielt eine Ecke des Schreibens in die Flamme einer Kerze, die jemand auf den Tisch gestellt hatte. Das Papier fing sofort Feuer. Es fraß sich voran, während Bruder Martin fasziniert die Flammen beobachtete, die seinen Fingern immer näher kamen. Erst als er die Hitze auf der Haut spürte, ließ er den letzten Papierrest fallen, zertrampelte ihn unter dem Absatz seiner Sandale.

»Das machen wir mit den Forderungen der Stadt«, sagte er dazu.

»Willst du mir einen Brief als Antwort diktieren?«, fragte Bruder Alfons eilfertig. »Ich habe Papier, Feder und Tinte mitgebracht.« Er zog das Genannte aus den weiten Ärmeln seiner Kutte.

»Unser Schweigen muss der Stadt Antwort genug sein. Das war alles, was ich mit euch besprechen wollte, meine lieben Brüder. Geht wieder an eure Arbeit.«

Bevor die Ersten aufstanden, hielt ein Räuspern sie zurück. Bruder Gerónimo hatte es ausgestoßen.

»Ich frage mich, warum du den Platz unseres Priors eingenommen hast. Ich kann mich nicht an deine Wahl erinnern.«

So etwas hatte er erwartet. Nacheinander blickte er seinen Mitbrüdern in die Augen. Sein Blick blieb schließlich auf der asketischen Gestalt Bruder Wenzels hängen. Er war aus Krakau zu ihnen gestoßen. Ein Kranz eisengrauer Haare stand wie Igelstacheln von seinem Kopf ab und darunter verbarg sich ein brillanter Geist. Der Bruder verwaltete ihre Klosterbibliothek und kannte jedes darin befindliche Buch auswendig. Er würde wissen, was in dieser Lage zu sagen sei. Bruder Martin könnte es auch selbst tun, aber er wollte die anderen fest hinter sich scharen und dazu gehörte es, ein Gefühl der Zusammengehörigkeit zu schaffen.

Bruder Wenzel legte die Fingerspitzen gegeneinander und schaute darüber hinweg auf Bruder Gerónimo. »Wir haben unseren Prior verloren und brauchen jemanden, der uns führt.« Seine Stimme mit dem polnischen Akzent klang sanft, als spräche er zu einem kranken Kind.

»Dazu gehört ein Kapitel mit Gebet, Aussprache und Wahl. Anschließend Bestätigung mit Einsetzung in einem feierlichen Gottesdienst. An nichts davon kann ich mich erinnern und dennoch sitzt Bruder Martin auf dem Platz des Priors.«

»Besondere Zeiten erfordern besondere Maßnahmen«, lautete die sanfte Antwort. »Niemand hat etwas dagegen, dass Bruder Martin uns als unser Prior führt. Er ist der Würdigste unter uns.«

Die anderen Brüder schlugen mit den Fingerknöcheln ihre Zustimmung auf die Tischplatte. Bruder Martin nickte zufrieden, derweil der aufsässige Gerónimo den Blick senkte. Diese Schlacht war gewonnen, aber er musste einen Weg finden, den Störenfried ebenso loszuwerden wie den früheren Prior.

»Geht wieder an eure Arbeit«, befahl Bruder Martin noch einmal.

Diesmal regte sich kein Widerstand. Die Brüder

schlurften hinaus, Gerónimo als Letzter. Bruder Martin blieb in der Tür zum Hof stehen und beobachtete genau, wohin der aufsässige Bruder ging. Er strebte der Kapelle zu. Der neue Prior der Dominikaner in der Stolkgasse schaute ihm hinterher, bis die Kapellentür ins Schloss fiel.

KAPITEL 46

Die Hexe wohnte angeblich in der Pfahlgasse. Bruder Martin hatte es so sicher gewusst, wie auf die Nacht der Tag folgte: Der Teufel ruhte nie – nicht an normalen Tagen und nicht am heiligen Pfingstsonntag. Denn genau an diesem Tag hatte eine Nachbarin der Hexe gesehen, wie diese vor Tau und Tag auf einem Misthaufen etwas vergrub. Die neugierige Nachbarin schaute nach und fand eine leere, kleine Glasflasche, der noch der Duft des Teufelswassers anhaftete. Brauchte es mehr Beweise?

Am Tag darauf meldete sie ihre Beobachtungen in der Stolkgasse, und sogleich schickte Bruder Martin den allzeit willigen Fritz Haan und zwei Dominikanermönche aus, um die Aussage zu überprüfen. Der ehemalige Weber musste nicht lange im Mist wühlen, bis er eine Flasche fand. Sie war von der Art, in der gewöhnlich Medizin aufbewahrt wurde, aber natürlich eignete sie sich auch zur Aufbewahrung des Teufelswassers.

Die Beschuldigte war eine Hebamme, ein altes verhutzeltes Weib mit Namen Gretche Weller. Sie sollte sich nicht nur als Hebamme, sondern auch als Kupplerin betätigen und war schon vor einiger Zeit in Verdacht geraten, junge Mädchen aus der Nachbarschaft mit dem Teufelsduft gefügig gemacht zu haben, sogar ihre eigene Tochter befände sich unter ihnen. Für Bruder Martin bestand kein Zweifel an der Wahrheit dieser Worte, nachdem er die leere Flasche gesehen hatte. Er versammelte zunächst die Mönche in der Kapelle, läuterte ihre Seelen mit Gebeten, bevor sie sich auf den Weg machten.

Er marschierte vorneweg, trug ein Holzkreuz, seine Mitbrüder folgten ihm singend. Der Weg führte sie durch die Gasse Unter Goldschmied und am Mensingschen Haus vorbei.

Daniel hatte sich bereiterklärt, seiner Mutter im Morgensalon eine Stunde Gesellschaft zu leisten. Deshalb saß er ihr in einem Sessel gegenüber, während sie ihm Gedichte vorlas. Der Inhalt rauschte an ihm vorbei, seine Gedanken waren bei Kathrina.

Von der Gasse drang auf einmal Gesang herein, er klang getragen und düster. Nichts, was man am Tag nach Pfingstsonntag erwartete. Daniel und Elisabeth Mensing sprangen auf und stellten sich ans Fenster. Daniel erkannte sofort den Dominikanermönch. Wenn der auf den Straßen war, konnte das nichts Gutes bedeuten.

Hastig verabschiedete sich der junge Mann von seiner Mutter. Er nahm sich nicht die Zeit, nach einer Magd zu rufen, damit sie ihm Mantel, Hut, Stock und Handschuhe reichte. Er nahm die Sachen selbst vom Haken und rannte aus dem Haus, als die Mönche schon ein ganzes Stück vorbeigegangen waren. Der Letzte verschwand eben um die Ecke in die Gasse Obermarspforten. Hinter den Dominikanern hatte sich eine beträchtliche Menschenmenge gebildet.

Der Weg führte sie in eines der ärmeren Kölner Viertel. Die dreistöckigen Häuser standen Wand an Wand, die Gasse war so eng, dass man sich aus den gegenüberliegenden Fenstern über sie hinweg die Hand geben konnte. Es gab weder einen Rinnstein noch Straßenpflaster, dafür waren in etlichen Fenstern die Scheiben gesprungen. Bei vielen Häusern war der Putz gerissen oder fehlte stellenweise. Jeder, der sich in der Gasse aufhielt, verschwand beim Anblick der Mönche schnell in einem der Häuser. Türen wurden verriegelt und Fensterläden zugeklappt.

Vor einem sehr schmalen Haus blieb Bruder Martin stehen. Die oberen Stockwerke ragten in die Gasse hinein, alle Fenster und Türen waren verrammelt. Es hatte den Eindruck, als ducke sich das Haus vor dem Ansturm der Menge.

Daniel hielt die Luft an, als Fritz Haan vortrat und mit der Faust gegen die Tür hämmerte. Das alte Holz erzitterte unter den Schlägen. Im Haus rührte sich nichts. Der ehemalige Weber trat gegen das Türschloss. Zwei Tritten hielt die Tür stand, und Fritz Haan wurde ungeduldig. Über die Breite der Gasse hinweg nahm er Anlauf. Diesmal gab die Tür nach und er stolperte ins Haus. Daniel zuckte zusammen. Gott sei den armen Bewohnern dieses Hauses gnädig, betete er stumm.

Über die Menschenmenge hinweg entdeckte er seinen Vater. Ihre Blicke begegneten einander, und Hermann Mensing nickte seinem Sohn zu.

Fritz Haan blieb verschwunden, ihm folgten Bruder Martin mit dem Kreuz und drei weitere Dominikaner. Alle anderen warteten schweigend, und es dauerte nicht lange, da wurde eine alte Frau mit grauem, strähnigem Haar unter einer schmutzigen Haube und mit einem abgetragenen braunen Kleid auf die Gasse gestoßen. Sie blutete an der Lippe. Ihr folgte eine jüngere Frau, die ihr wie aus dem Gesicht geschnitten war, mit einem Knaben auf dem Arm. Danach kamen drei weitere Kinder aus dem Haus, alle mit abgezehrten Gesichtern und mit vor Angst weit aufgerissenen Augen.

»Die Hexe und ihre Buhlschaft!«, rief Bruder Martin mit sich überschlagender Stimme. »Gott schütze uns!« Er hielt den Frauen das Kreuz entgegen.

Es ging offensichtlich gegen eine ganze Familie. Wut bemächtigte sich Daniels. Wieder einmal mussten unschuldige Frauen leiden, damit ein verblendeter Mönch triumphieren konnte.

»Ich bin keine Hexe! Das ist eine Verleumdung! Einige von euch kennen mich, ich bin Gretche Weller. Seit mehr als dreißig Jahren helfe ich, Kinder auf die Welt zu bringen.« Die alte Hebamme zeigte auf eine junge hübsche Frau in der Menschenmenge. »Dich habe ich auf die Welt geholt, und im letzten Jahr war ich bei der Geburt deines Sohnes dabei.« Sie zeigte noch auf zwei andere Frauen, bei denen sie Geburtshilfe geleistet hatte.

Sie war mutig, diese Hebamme, aber in Bruder Martins abschätziger Miene erkannte Daniel, dass die Frau für den Mönch schuldig war, egal, was sie sagte.

»Du willst also bestreiten, das Teufelswasser unschuldigen jungen Mädchen gegeben zu haben, um sie dem Teufel zuzuführen?«

»Ich weiß nicht, von was für einem Wasser Ihr redet, Herr Dominikaner.«

»Deiner eigenen Tochter hast du es gegeben!«

»Die ist keine junge Frau mehr, sondern verheiratet und hat selber vier Kinder.«

»Denen du auch das Teufelswasser gegeben hast!«

»Ich weiß nichts von diesem Wasser!« Gretche Weller stand aufrecht und mit hochgerecktem Kinn vor ihrem Haus. Ihre Tochter zupfte sie am Kleid und flüsterte ihr etwas zu.

»Nun ...« Bruder Martin sah sehr zufrieden aus. Er gab Fritz Haan einen Wink.

Der verschwand im Haus.

Da die Nachbarn inzwischen bemerkt hatten, dass es nicht gegen sie ging, öffneten sie ihre Fensterläden wieder. Die Mutigeren wagten sich sogar vor die Häuser. Auf der Gasse wurde es eng. Daniel suchte erneut den Blick seines Vaters. Der zuckte mit den Schultern.

Fritz Haan kam wieder aus dem Haus der Witwe

Weller. Er schwenkte ein Tonfläschchen. Noch ein Fläschchen – er hatte es gewusst. Bruder Martin verzog die schmalen Lippen zu einem Lächeln. Diese Frau war so schuldig wie der Teufel selbst.

»Das Deuvelswasser!«, brüllte der ehemalige Weber.

»Das kann nicht …« Der mutigen Witwe Weller fuhr der Schreck in die Glieder. Sie sackte in sich zusammen, ihre Unterlippe begann zu zittern.

»Willst du weiter deine Unschuld behaupten?«

»Ich weiß nichts von diesem Wasser! Das ist nicht meins, es hat mir einer untergeschoben. Die Flasche habe ich noch nie gesehen.« Die Hebamme klang verzagt.

»Genug geredet! Schafft sie weg!« Der Dominikaner klang wie ein Feldherr, der nach einer siegreichen Schlacht die Gefangenen inspiziert. Das Kreuz schwenkte er dabei wie ein Schwert.

»Bringt sie weg, die Hexen!«

»In den Kerker mit ihnen!«

»Das Wasser wollte sie meiner Tochter geben. Sie ist ein unschuldiges Mädchen von vierzehn Jahren.«

Das und einiges mehr wurde aus der Menge gerufen. Niemand sprach für die Witwe und ihre Familie. Die Dominikaner zogen Stricke aus ihren Kutten und banden den Gefangenen die Hände vor dem Leib zusammen.

»Warum kommen die Funken nicht und nehmen die Sache in die Hand?«, fragte Daniel einen neben ihm stehenden Mann in der Tracht der Schieferdecker.

Der schüttelte den Kopf. »Die haben damit nichts zu tun. Es geht gegen den Deuvel, da brauchen wir die Funken nicht.«

Die Mönche setzten sich mit ihren Gefangenen in Bewegung, und die Menge folgte ihnen. An der Spitze ging wieder Bruder Martin mit dem Kreuz. Ihm folgten singend die übrigen Dominikaner, in ihrer Mitte ging Fritz Haan und hielt die Stricke fest, mit denen die Frauen gefesselt waren. Er führte sie wie Hunde an der Leine. Neben Daniel marschierte eine alte Frau. Er fragte sie ebenfalls nach den Funken und erhielt die gleiche Antwort wie zuvor von dem Schieferdecker. Die Leute schauten einfach zu, wie ihre Nachbarn verschleppt wurden. In hundert Jahren hatte die Menschheit nichts dazugelernt; kratzte man ein wenig an der Oberfläche, kam ein katzbuckelnder Mensch zum Vorschein, der jedem Rattenfänger eifrig nachlief.

Es dauerte nicht lange, bis das Dominikanerkloster in der Stolkgasse erreicht war. Die Pforte wurde geöffnet und die beiden Frauen hindurchgeführt. Bruder Martin blieb auf der Gasse stehen und drehte sich zu der Menge um. Er reckte ihnen das Kreuz entgegen.

»Betet für die Seelen dieser Frauen, damit sie in den Schoß eines christlichen Lebens zurückfinden.«

Alle falteten die Hände und senkten gehorsam die Köpfe. Heuchelei, nichts als Heuchelei!, dachte Daniel mit zusammengebissenen Zähnen.

Er stellte sich vor den Mönch und blitzte die Menge an. »Das kann nicht euer Ernst sein! Ihr seht die Frauen nie wieder. Keine Einzige von denen, die diese gottlosen Mönche in ihren Keller gesperrt haben, werdet ihr noch einmal zu Gesicht bekommen. Dafür wird er sorgen.« Daniel zeigte hinter sich. Die Worte sprudelten beinahe schneller aus ihm heraus, als er sie aussprechen konnte. »Er lügt euch an und redet euch etwas ein, damit ihr Angst bekommt. Ihr kuscht vor ihm und vor einem Deuvel, für den ihr keinen anderen Beleg habt als sein Wort. Wo sind die Kölner, die Schneid haben und für ihre Rechte einstehen? Köln ist keine Freie Reichsstadt, weil ihre Bewohner sich geduckt haben! Jahrhundertelang haben Menschen wie ihr diese Stadt zu dem gemacht, was sie ist – eine Freie Reichsstadt!«

Er sprach weiter und weiter und rüttelte an das Gewissen der Kölner.

Bruder Martin wollte sich das nicht gefallen lassen und zog ihn zuerst am Mantel, doch Daniel schüttelte ihn ab. Danach schlug der Mönch ihn auf den Arm, und Daniel bemerkte die Schläge kaum, sie waren in seinem Zorn für ihn nicht mehr als Mückenstiche. Schließlich schlug Bruder Martin mit dem Kreuz nach dem lästigen Störenfried. Daniel entriss es ihm und warf es einfach fort, über die Mauer in den Klosterhof hinein. Man hörte deutlich das Krachen, mit dem das Holz auf den Boden aufschlug. Alle lauschten, und Daniel unterbrach seine Rede für einen Moment. Es passierte nichts! Gott schickte kein Feuer vom Himmel, die Erde tat sich nicht auf, niemand wurde verschlungen.

Zwei, drei, vier, fünf Personen stolperten die steile Treppe in den Keller hinunter. Drei davon waren Kinder, die weinten und sich aneinanderklammerten.

Kinder!, dachte Kathrina empört. Wir reichen dem Mönch nicht mehr. Er führt nun sogar Krieg gegen Kinder.

Bei den anderen beiden Gestalten handelte es sich um Frauen, und eine davon kannte sie: die Hebamme Gretche Weller. Dann musste die andere ihre Tochter sein.

Seit sie den kleinen Paul Anton auf die Welt geholt hatte, sahen die anderen Gefangenen in ihr so etwas wie ihre Anführerin. Sie teilte daher den Neuankömmlingen in dem ohnehin schon engen Keller einen Platz zu und sorgte dafür, dass ihnen jemand seine Decke abtrat. Mehr konnte sie für die fünf nicht tun.

Nahrungsmittel hatten sie keine mehr und vom Wasser schwappte nur noch ein kümmerlicher Rest in den Schweineblasen. Es war längst nicht mehr frisch. Niemand vermochte zu sagen, ob man besser vor Durst umkam oder sich an dem verdorbenen Wasser vergiftete.

Bruder Gerónimo war nach dem ersten Tag nicht wiedergekommen. Am schlimmsten traf es den kleinen Paul Anton. Er wurde schwächer und schwächer. Die Ziegenmilch in der Tonflasche war am zweiten Tag der Gefangenschaft schlecht geworden, Kathrina hatte sie ausgegossen. Die schlechte Ernährung war schuld daran, dass seine Mutter immer noch kaum Milch hatte. Der kleine Junge würde nicht überleben, davon war Kathrina überzeugt. Sie behielt es für sich.

Außer Paul Anton war auch eine der Frauen krank geworden. Sie hustete beinahe unentwegt und fieberte. Kathrina fürchtete um ihr Leben, wenn sie nicht bald aus dem feuchten Keller heraus und in die Wärme kam. Sie brauchte etwas zu essen und heißen Tee gegen den Husten.

Die Mönche warfen ihnen hin und wieder altbackenes Brot die Treppe hinunter, aber es war nie mehr als ein Brocken für jeden, und dazu stellten sie einen Eimer Wasser oben an die Treppe. Davon mussten an die zwanzig Frauen zehren und nun noch fünf mehr.

Kathrina saß in der Nähe der Hebamme Gretche Weller und versuchte, Schlaf zu finden, damit sie wenigstens für ein paar Stunden den nagenden Hunger in ihren Eingeweiden nicht spürte. Sie war kurz davor, einzuschlafen, als sie ein paar wütend geflüsterte Worte aufhorchen ließen.

»Das ist alles deine Schuld, dass wir hier sitzen! Weil du gottlos bist!«

Sie schaute auf, und ihr Blick kreuzte den der jungen Wellerin, die ihre Mutter anblitzte.

»Was redest du da? So spricht keine anständige Tochter mit ihrer Mutter«, entgegnete die alte Hebamme leise. Kathrina konnte sie trotz ihres Flüsterns verstehen. Sie wollte nicht lauschen, deshalb schloss sie die Augen wieder, aber der Schlaf wollte nun nicht mehr kommen.

»Die Wahrheit muss gesagt werden. Wer versündigt sich denn und verkauft den Schwangeren die gottlosen Mittel?«

»Ich bewahre die Frauen vor einem Leben in Elend, in das sie mit einem unehelichen Balg an der Brust stürzen würden! Schimpf lieber über die Männer, die den armen Dingern erst ein Kind anhängen und sich danach aus dem Staub machen.«

»Das entschuldigt deine Taten nicht! Denk an Hanni Kolbe, die gestorben ist, nachdem sie bei dir war.«

Nun war Kathrina hellwach, auch wenn sie die Augen weiterhin geschlossen hielt. Sie tat, als bewege sie sich im Schlaf und wandte sich den beiden Frauen zu, um besser hören zu können. Die alte Wellerin schwieg jedoch, und Kathrina gab die Hoffnung schon auf, je die Wahrheit über Hanni Kolbes Tod zu erfahren.

»Sie hat mir eben leidgetan«, wisperte die dann aber doch noch. »Sie hat so darum gebeten. Das arme Ding wäre in den Rhein gegangen, hätte ich ihr nichts gegeben. Schließlich war sie vorher bei einer anderen Hevvamm gewesen, aber deren Mittel hat gar nicht geholfen.«

»Damit hat alles angefangen«, schimpfte die junge Wellerin flüsternd. »Seit Hanni Kolbe tot ist, wird in Köln vom Teufel geredet. Und nun sitzen wir hier.« Sie verstummte, als hätte das Reden all ihre Kraft verbraucht.

Kathrina dagegen wäre am liebsten aufgesprungen und hätte die alte Wellerin umarmt; schließlich wusste sie nun genau, dass es nicht ihre Kräuter gewesen waren, die Hanni Kolbe den Tod gebracht hatten. Die Last einer großen Sünde war von ihrer Seele genommen, nicht einmal in der Beichte hätte sie dafür Vergebung erfahren können, weil ihre Tat unaussprechlich gewesen war. Und nun … Sie konnte wieder frei atmen und dem Leben mit erhobenem Kopf entgegenblicken, selbst wenn das nur noch ein paar Stunden oder Tage dauern sollte. Einzig bedauerte sie es, Daniel nicht noch einmal sehen zu können.

»Danke, Vater Unser im Himmel«, flüsterte sie.

KAPITEL 47

Die länger werdenden Tage und milden Abende lockten die Kölner aus ihren Häusern. Am Wochenende brachen die Wohlhabenden aufs Land auf und verbrachten den Tag bei einem Picknick. Die Frauen saßen im Gras, drehten ihre Sonnenschirme, ließen sich von den Herren Wein und Leckereien reichen. Ihr perlendes Lachen erfüllte die Luft, eine Frühlingsbrise spielte mit ihren Locken. Die weniger Wohlhabenden genossen die Frühlingstage in ihren Gärten und warteten auf das erste Aufblühen der Rosen. Wer keinen Garten besaß, konnte immer noch einen Stuhl in den Hof stellen, mit seinen Nachbarn schwatzen und dabei eine Kanne Dünnbier kreisen lassen.

Fröhlichkeit und Lachen, damit verschwendeten die Menschen ihre Zeit, statt sie im Gebet zu verbringen. Alles Hexen, Zauberer und Dämonen!

Bruder Martin lag in der kleinen Kapelle der Dominikaner lang ausgestreckt in der Form des Kreuzes, der harte Stein drückte auf sein Kinn. Er betete um innere Stärke gegen das Teufelspack. Wenn die Kölner nicht von ihrem unzüchtigen Tun ablassen wollten, musste zumindest er Stärke bewahren.

Während er ein Gebet nach dem anderen sprach, hörte er, wie die Kapellentür geöffnet und gleich darauf wieder geschlossen wurde. Leise Schritte hallten im Mittelgang. Jemand setzte sich in eine Bankreihe und räusperte sich leise. Fritz Haan. Einer von den guten Kölnern, einer der besten. Vor wenigen Tagen hatte er seine Kammern im Weberhof aufgegeben und war ganz in das Kloster gezogen. Er hatte den Wunsch geäußert, als Laienbruder in die Ordensgemeinschaft aufgenommen zu werden, um ganz der guten Sache zu dienen. Bruder Martin war geneigt, seinem Wunsch zu entsprechen. Fritz Haan war fleißig und anständig, es brauchte Menschen wie ihn im Kampf gegen den Teufel. Im Augenblick bewegte der junge Mann sich vorsichtig und schüchtern und wusste noch nicht recht, wo sein Platz war und welche Regeln es zu befolgen galt. So war ihm offenbar fremd, dass man den Prior nicht beim Beten in der Kapelle störte.

Bruder Martin beendete sein Gebet und stand auf, setzte sich auf der anderen Seite des Mittelgangs in eine Bankreihe und musterte seinen Adlatus. Ihn schmerzte der Rücken von der Handvoll Geißelschläge, die er sich jeden Abend verabreichte.

Im Kloster verzichtete er inzwischen auf Socken und Schuhwerk. Die Füße hatte er sich seit Monaten nicht mehr gewaschen, entsprechend angeschlagen und schmutzig sahen sie aus. Ihr Geruch mischte sich mit dem seiner Kutte, die er ebenfalls seit Monaten nicht gewechselt hatte. Die Kälte der Steinplatten spürte er längst nicht mehr.

»Du musst demütiger und geduldiger werden, statt mich in meinen Gebeten zu stören. Am Ende setzt der Teufel einen Fuß in dieses Kloster, weil nicht inbrünstig genug gebetet wurde.« Er sagte das mit einem scharfen Tadel in der Stimme, um dem anderen klarzumachen, welches dessen Platz war.

Fritz Haan sackte in sich zusammen. »Natürlich nicht, Meister. Mein Prior«, verbesserte er sich schnell.

»Was gibt es?«

»Die Menschen in der Stadt warten auf Euer Wort. Geht hinaus und sprecht zu ihnen. Auf Euch werden sie hören und innehalten in ihrem sündigen Tun. Der Deuvel wird keine Kraft mehr haben, wenn alle Euren Worten folgen.«

Bruder Martin überlegte. Sein Adlatus hatte sich tatsächlich Gedanken gemacht. Und je länger er dessen Worte überdachte, desto besser erschien ihm der Vorschlag. Er gehörte mitten hinein in die Schlacht. Bruder Martin sprang auf.

»Du hast recht. Ich werde zu den Menschen sprechen, um ihre Herzen zu erleuchten und die finsteren Pläne der Hexen bloßzustellen.«

Der Dominikaner verließ eilig die Kapelle. Auf dem Hof blinzelte er in eine strahlende Maisonne. Bruder Alfons und Fritz Haan schlossen sich ihm an. Er wandte sich zunächst dem Domplatz zu.

Auf der Domplatte schlenderten etliche Müßiggänger umher. Bruder Martin warf ihnen finstere Blicke zu, aber niemand ließ sich davon beeindrucken. Sie trugen alle den Teufel im Herzen. Im Dom wurde eine Messe gelesen, nur wenige Gläubige saßen in den Bänken, um dem Priester zu lauschen.

Gottloses Pack, dachte Bruder Martin, während er sich bekreuzigte und sich vor den Dreikönigsaltar kniete, um von dort der Messe zu lauschen. Bruder Alfons und Fritz Haan blieb nichts anderes übrig, als es ihm gleichzutun. Dem ehemaligen Weber taten auf dem Steinboden bald die Knie weh, aber die Mönche dachten nicht daran, sich zu erheben. Als die Messe mit einem letzten Gebet endete, erhob sich Fritz Haan steifbeinig. Er stakste hinter den Mönchen aus dem Dom.

Bruder Martin hatte sich offenbar vorgenommen, zunächst die Stadt zu inspizieren, denn ihr Weg führte sie kreuz und quer durch Köln. Der Dominikaner warf allen finstere Blicke zu, die sein Missfallen erregten. Und das waren nicht eben wenige. Es reichte aus, in bunten Kleidern beim Brunnen zu stehen und zu schwatzen. Gottlosen Müßiggang nannte er das.

Andere traten mit ihren Einkäufen unter dem Arm aus einem Gaddem und alles, was davon nicht zum täglichen Leben nötig war, war in seinen Augen eitler Putz.

Dazu gehörten so harmlose Dinge wie Schuhe oder Hüte. Verließ jemand gar den Laden eines Goldschmiedes, stellte das für Bruder Martin den Gipfel der Verworfenheit dar. Einzig dunkle Kleidung mit einem hellen Kragen und ein nach unten gesenkter Blick waren einem Christen angemessen. Gerade an einem sonnigen Dienstag im Mai begegneten ihm von dieser Sorte nur wenige, da mochte der Dominikaner noch so viel schnauben und finstere Blicke um sich werfen.

Auf vielen Umwegen erreichten sie den Altermarkt, auf dem das bunte Gedränge besonders eng war. Bruder Martin stieg auf eine Kiste und versuchte, die Aufmerksamkeit der Menschen zu erregen. Fritz Haan ging zwischen ihnen umher und scheuchte einige in Richtung des Mönchs.

Bruder Martin faltete die Hände zum Gebet und seine Zuhörer taten es ihm nach. Nach dem Gebet räusperte er sich. Er betrachtete die Menschen vor ihm mit strengem Blick.

»Ihr fühlt euch sicher!«, bellte er. Sogar Fritz Haan zuckte zusammen. »Ihr glaubt, den Hexen entgangen zu sein, noch einmal davongekommen zu sein. Vielleicht seid ihr das. Aber ist das euer eigenes Verdienst?«

Die Menschen hingen an seinen Lippen. So war es stets; kaum hatte er zu sprechen begonnen, spürte jeder die Kraft seiner Worte und konnte nicht anders, als ihm zu lauschen. Er sprach über das listige Wesen des Teufels, bei dem man sich nie sicher sein konnte, ob er nicht hinter der nächsten Ecke lauerte. Nur weil es Männer wie ihn gab, die sich zwischen die Gläubigen und den Leibhaftigen stellten, konnte man ruhig in seinem Bett schlafen. Der feste Glauben des Einzelnen war es jedenfalls nicht, der den Teufel im Zaum hielt. Daran ließen es die Kölner sträflich und leichtsinnig fehlen. Bruder Martin geißelte seine Zuhörer. Er warf ihnen mit Donnerstimme vor, sich nur um das eigene Wohl und das eigene Vergnügen zu sorgen.

Niemand ließ sich ein Wort entgehen, und je länger er sprach, desto mehr geriet Bruder Martin in Fahrt. Einzig die Stimme machte seiner Rede ein Ende. Mitten im Satz versagte sie ihm ihren Dienst.

Bruder Martin räusperte sich und versuchte es noch einmal. Außer einem Krächzen brachte er nichts heraus. Jemand reichte ihm einen Weinschlauch, aus dem der Dominikaner einen kräftigen Schluck trank. Das Ergebnis blieb dasselbe.

»Lasst uns beten«, stieß er kaum hörbar aus. Für das Gebet bewegte er nur die Lippen. Alles, was er noch hatte sagen wollen, vertraute er nun dem Herrn im Himmel an.

Fritz Haan trat von einem Fuß auf den anderen. Er bewunderte seinen Mentor, aber trotzdem könnte der zum Ende kommen. Was konnte schlimm daran sein, sich bei schönem Wetter ein wenig zu vergnügen?

»Amen!« Bruder Martin krächzte das Wort heraus, und die Menge wiederholte es voller Inbrunst.

Er ließ sich von Fritz Haan von der Kiste herunterhelfen. Die Menschen griffen nach seiner Hand mit dem schlichten Holzring, in den ein Kreuz eingeschnitten war, und drückten ihn an ihre Stirnen. Bruder Martin genoss die Verehrung der Menschen. Dies war der Platz, an den Gott ihn gestellt hatte.

»Lass uns zum Kloster zurückgehen«, raunte er Fritz Haan zu, als der Andrang langsam abebbte.

Er bahnte dem Mönch einen Weg durch die Menge auf dem Altermarkt. Bis zur Stolkgasse war es nicht weit, innerhalb weniger Minuten erreichten sie ihr Ziel.

»Ihr braucht einen Kamillenaufguss für die Stimme«, bemerkte der Webergeselle.

»Bist du unter die Ärzte gegangen?«, blaffte Bruder Martin.

»Ich dachte nur, es tut Eurer Stimme gut.«

»Mein fester Glaube tut meiner Stimme am besten. Es war gut, in der Stadt zu den Menschen zu sprechen. Sie bedürfen einer festen Hand, die sie auf dem rechten Pfad hält. Es war klug von dir, mir dazu zu raten.«

Diese Worte des Lobes versöhnten Fritz Haan mit allem Schimpf, den er sonst von Bruder Martin zu ertragen hatte. Mit sich und der Welt im Reinen strebte er dem Kloster zu, in dem Arbeit auf den zukünftigen Laienbruder wartete. Dabei warf er einen verstohlenen Blick zu der entlegenen Ecke des Hofes, wo sich der Eingang zum tiefen Keller befand. Von dort kam eben Bruder Gerónimo herbeigelaufen.

Fritz Haan war sofort alarmiert. Gerade diesem Bruder hatte sein Mentor streng verboten, auch nur in die

Nähe des Kellers zu gehen. Ihm, Fritz Haan, hatte er die Sorge für diese Hexen anvertraut. Der ehemalige Weber änderte die Richtung und beschleunigte seinen Schritt. Fritz Haan richtete es so ein, dass er mit dem Mönch an der Tür des Wohnhauses zusammentraf.

»Ich habe genau gesehen, woher du gekommen bist«, sagte er leise. Es freute ihn, den anderen zusammenzucken zu sehen.

»Du bist nur Laie in diesem Kloster und hast mir nichts zu sagen.«

»Ein Laie mit besonderen Aufgaben. Der Prior persönlich hat mich damit betraut. Die Hexen unterstehen meiner Aufsicht, und nur ich darf mich dem Keller nähern und die Tür öffnen.«

»Dann komme deiner Aufgabe nach! In dem Keller wurde vor einigen Tagen ein Kind geboren. Es braucht Milch, Decken und eine Wiege.«

»Die Hexen haben alles, was sie brauchen«, höhnte Fritz Haan. »Soll doch der Deuvel für sie sorgen.«

Bei der Erwähnung des Leibhaftigen schlug Bruder Gerónimo ein Kreuz und drängte sich an dem Weber vorbei ins Haus.

KAPITEL 48

Daniel hörte Bruder Martins Stimme auf dem Altermarkt. Eine Menschenmenge umringte den Dominikaner, der auf einer Kiste stand, und lauschte seiner Predigt. Nicht wenige zogen sich während der Ansprache die Ringe von den Fingern, rissen sich die Ketten vom Hals, um von nun an jeglicher Putzsucht zu entsagen. Der stets hilfsbereite Fritz Haan sammelte die Schmuckstücke in einem Beutel ein.

Aha, dachte Daniel. Auf diese Weise ließ sich auch ein Vermögen machen. Er konnte es nicht länger mit anhören. Ohne sich seiner Handlung wirklich bewusst zu sein, sprang er auf der anderen Seite des Altermarktes auf einen Mauervorsprung.

»Ihr guten Bürger Kölns!«, rief er. Einige Gesichter wandten sich ihm zu. »Köln ist eine Freie Reichsstadt geworden, weil ihre Bürger sich ihre Rechte erkämpft und sie eisern verteidigt haben. Das hat uns groß und stark gemacht. Stimmt ihr mir zu?«

Inzwischen umdrängten ihn mehrere Dutzend Leute, und Daniel schöpfte Mut. Die Kölner waren offenkundig nicht völlig in den Bann des Dominikaners geraten.

»Aber jetzt werden in unserer Stadt Frauen als Hexen bezeichnet, unschuldige Frauen! Die Dominikaner maßen sich an, über unsere Stadt zu herrschen. Sie haben die Frauen aus den Türmen in ihren Klosterkeller entführt. Sie halten sie dort gefangen ohne jedes Recht. Dabei haben sie selbst den gottgewollten Pfad verlassen und ihren Prior aus dem Kloster gejagt.«

»Sie schützen uns vor den Hexen und dem Teufel!«, rief eine schwarz gekleidete Frau, die weit vorne stand und die Hände in die Hüften gestemmt hatte.

Am liebsten hätte er ihr entgegengehalten, dass es keinen Teufel gebe und auch keine Hexen. Und dass das jedes Kind wisse. Aber er hielt sich zurück. Auf diese Weise würde er niemanden überzeugen, sondern nur ihre Aufmerksamkeit verlieren. Daniel leckte sich über die Lippen und sammelte seine Gedanken. Wie ließen sich die Menschen am besten überzeugen?

»Es gibt bewährte Verfahren, um eine Hexe zu entlarven. Seit hundert und mehr Jahren bestehen die. Sie sehen vor, Beweise zu sammeln, die Beschuldigte vor ein Gericht zu stellen; es gehört aber nicht dazu, die Beschuldigten in einem Klosterkeller elend verrecken zu lassen. Das lässt alle, die so etwas dulden, mitschuldig werden.«

»Es sind Hexen!«, kreischte dieselbe Frau.

»Deshalb gehören sie vor das Hohe Weltliche Gericht. Das muss die Beweise sichten und eine Entscheidung fällen. Das Hohe Weltliche Gericht ist von Gott eingesetzt für die Aburteilung der Hexen. Das ist das Recht, euer Recht! Das Recht der Stadt Köln. Wollt ihr euch das nehmen lassen? Ist Köln groß geworden, weil es für seine Rechte gekämpft hat oder weil es sie sich hat nehmen lassen?«

Daniel schaute in die Gesichter vor ihm. Die Menge war inzwischen weiter angewachsen und bedeckte den halben Altermarkt. Die schwarz gekleidete Frau schwieg, hatte aber trotzig das Kinn vorgereckt.

»Wir kämpfen!«, rief jemand. Verblüfft erkannte Daniel die Stimme seines Vaters.

»Ich sage, wir holen uns unser Recht zurück!«, griff er den Ruf auf.

»Für unser Recht!«, kam es wieder von seinem Vater.

»Die Frauen gehören uns! Das sind keine Hexen! Gehen wir! Für unser Recht!« So war es nun von allen Seiten zu hören.

Die Rufe wurden lauter und drängender. Und woran Daniel kaum zu glauben gewagt hatte, wurde wahr: Die Ersten setzten sich in Bewegung.

»Holt euch euer Recht in dieser Stadt zurück! Lasst euch nicht aufhalten!« Daniel reckte die Faust in die Höhe.

Andere Fäuste folgten. Zornige Rufe erfüllten die Luft. Bruder Martin auf der anderen Seite des Altermarktes wollte etwas sagen, wurde jedoch niedergeschrien. Daniel beeilte sich und setzte sich an die Spitze des Zuges zum Dominikanerkloster in der Stolkgasse. Er entdeckte in der Menschenmenge auch seinen Vater und daneben Otto Scheepers. Die beiden nickten ihm zu.

Bis zum Kloster war es nicht weit. Nach wenigen Minuten kam die Pforte in Sicht. In Bruder Martins Brust grollte Empörung, als er die Worte des jungen Mannes auf der anderen Seite des Altermarktes hörte. Er war erst auf sie aufmerksam geworden, als sich die Reihen seiner Zuhörer merklich lichteten. Als er begriff, wohin der Aufrührer die Menschen führte, folgte er ihnen eilig. Er und seine Anhänger versuchten, sich durch die Menge zu drängen, um als Erste bei der Klosterpforte zu sein, aber sie blieben auf halbem Wege stecken.

Die ersten Menschen drängten gegen die Pforte. Von irgendwoher tauchte ein Brecheisen auf, das nun an der Tür angesetzt wurde. Ein Mann mit Oberarmen, dick wie bei anderen die Oberschenkel, spuckte in die Hände und griff nach dem Eisen. Die Pforte knackte und knirschte.

Daniel stand am Rand der Menge, eingezwängt an der Klostermauer. Auf einmal bemerkte er Bruder Martin, der sich zum Rand der Menge durchgekämpft hatte und aussah, als ob er sich absetzen wollte. Er schubste Männer beiseite und schlängelte sich – dünn wie er war – durch die kleinsten Lücken. Niemand kümmerte sich um ihn, man schien ihn nicht einmal zu bemerken. Daniel arbeitete sich ebenfalls durch die Menschen und folgte dem Dominikaner. Er kam sich vor, als ginge er durch hüfthohes Wasser.

»Du wirst dich nicht davonmachen.« Er packte den Mönch von hinten am Hals. Papierdürr, er müsste nur einmal zudrücken und es hätte ein Ende mit diesem Mistkerl. Bruder Martin zappelte in seinem Griff. Er war nicht besonders kräftig, Daniel konnte ihn mühelos festhalten. Entschlossen zerrte er ihn zu seinem Vater, in dessen Gesellschaft sich Otto Scheepers befand. Die plötzliche Freundschaft der beiden sollte Daniel misstrauisch machen, aber jetzt war nicht der rechte Augenblick dafür. Beim Anblick des Mönchs verfärbte sich das Gesicht des Tuchverlegers zornesrot. Soeben eilte der Bürgermeister Johannes Mylius herbei. Die Kappe saß ihm schief auf dem Kopf, der weiße Kragen war fleckig und auf einer Seite die Spitze abgerissen. Er keuchte, als wäre er den kurzen Weg vom Rathaus in die Stolkgasse gerannt.

»Der wollte abhauen«, sagte Daniel verächtlich und stieß den Mönch den drei Männern in die Arme. »Passt gut auf ihn auf, der darf nicht davonkommen.«

Der Bürgermeister wich zurück, aber sein Vater und Otto Scheepers griffen beherzt zu.

»Meine Tochter hast du auf dem Gewissen! Ohne dein Gerede vom Teufel wäre sie noch bei mir statt in Aachen.« Der Tuchverleger zog den Mönch nahe zu sich heran und einen Augenblick sah es so aus, als wollte er ihm ins Gesicht spucken. Dann überlegte er es sich anders. »Der wird ganz bestimmt nicht abhauen.«

Daniel kämpfte sich zurück in die Menge und zur Klosterpforte. Die war inzwischen aufgebrochen und die zornigen Kölner quollen in den Klosterhof.

Dort drückten sich einige Mönche ängstlich in den Kreuzgang.

»Da sind die Frauen! Da drin im alten Keller!« Einer der Mönche zeigte auf eine dunkle Ecke.

Daniel stürmte los. Er war als Erster bei der Tür. Ein

starker, gut geölter Riegel verschloss sie. Er ließ sich leicht zurückziehen. Die Tür krachte gegen die Klostermauer. Von innen schlug ihm faulige Kälte, der Geruch nach Schweiß und anderen menschlichen Ausscheidungen entgegen.

»Kathrina! Kathrina!«

In dem dunklen Schlund bewegte sich etwas. Eine Gestalt wankte ins Tageslicht. Es war die Hebamme Wenzel, der ihre Tochter und deren Kinder folgten. Zwei Männer stürzten auf die Frauen zu, umarmten sie. Der Jüngere hob die zwei kleinsten Kinder hoch und drückte sie an sich. Sie gingen alle zusammen davon. Daniel wartete ungeduldig auf Kathrina, aber zunächst kamen andere Frauen die Treppe hinauf. Ihre Augen waren gerötet, die Haut blass und schmutzig, ihre Kleidung bestand aus Fetzen. Einer der Frauen fehlten Schuhe und Strümpfe, ihre Füße waren blutig. Sie sahen erschreckend abgezehrt aus und blinzelten, als hätten sie Monate in der Dunkelheit verbracht, dabei waren es nicht einmal ein Dutzend Tage gewesen.

Wütend ballte Daniel die Hände zu Fäusten. Das hatte Bruder Martin den unschuldigen Frauen angetan. »Geh nach Hause, du bist frei«, sagte er zu der Frau mit den blutigen Füßen, die gleich hinter der Tür verwirrt stehen geblieben war.

Sie sah ihn an, aber er war sich nicht sicher, ob sie ihn gehört und verstanden hatte. Schließlich humpelte sie weiter.

Wo blieb Kathrina? Ihr war hoffentlich nichts zugestoßen? Er rief ihren Namen erneut in den Schacht hinein. Diesmal glaubte er, eine schwache Antwort zu hören.

Von hinten drängte sich Fritz Haan durch die Leute. Er stieß Daniel gegen die Tür und packte ein junges Mädchen, das gerade den Keller verlassen wollte, an der Schulter, drehte sie herum und schubste sie wieder die Treppe hinunter.

»Du hast hier nichts zu suchen, Hexe! Zurück in die Dunkelheit, wo du hingehörst!«, schrie er dabei.

»Was soll das?«, fuhr Daniel auf. Er war mit dem Kopf gegen die Tür geknallt und einen Augenblick tanzte Schwärze vor seinen Augen, die er mühsam zurückdrängte. »Bei Frauen fühlst du dich groß. Bist du auch bei mir so mutig?« Er schoss eine gerade Rechte gegen den Weber ab und traf dessen Brust.

Fritz Haan taumelte und sah drein, als könne er nicht fassen, was gerade passierte. Ein weiterer Fausthieb trieb ihn einer Gruppe Männer entgegen, die sich nur zu gern seiner annahmen. Der Weber hatte sich in der letzten Zeit keine Freunde gemacht, nun wurde er von vielen Händen gepackt und herumgestoßen. Ein paar Schritte konnte er sich noch auf den Beinen halten, dann stolperte er und fiel. Mit Schlägen und Tritten trieb man ihn voran. Daniel fühlte kein Mitleid mit ihm.

Die junge Frau, die Fritz Haan in den Keller zurückgestoßen hatte, tauchte hinkend wieder auf. Gleich darauf erblickte er endlich Kathrinas kastanienfarbiges Haar. Sie kam neben einer jüngeren Frau die Treppe hinauf, hatte fürsorglich einen Arm um deren Schulter gelegt. Die andere trug ein in Lappen eingewickeltes Bündel an sich gepresst. Ihnen folgte eine ältere Frau und danach kam niemand mehr. Kathrina hatte ihn noch nicht gesehen, sie hatte nur Augen für die Frau mit dem Bündel im Arm.

»Du musst es gehen lassen«, sagte sie sanft. »Seine Seele ist schon im Paradies.«

»Mein Sohn«, wimmerte die Frau.

Die Ältere trat an deren andere Seite und legte ebenfalls den Arm um die junge Mutter. In diesem Moment entdeckte Kathrina ihn.

»Daniel!« Sie flog in seine Arme.

Dünn war sie immer gewesen, aber jetzt kam sie ihm wie Haut und Knochen vor. Die Schlüsselbeine stachen hervor, und auch die Schulterblätter waren so spitz, dass man an ihnen etwas aufhängen könnte. Das Haar trug sie zu einem unordentlichen Zopf geflochten. Sie roch nach Schweiß und Schmutz. Das blaue Kleid, das ihr immer so gut gestanden hatte, war nur noch ein Fetzen.

Ihm war das egal, die Hauptsache war, dass er sie im Arm halten konnte. Immer wieder flüsterte er ihren Namen und sie den seinen. Lange Zeit standen sie so. Der Klosterhof begann sich leeren, als sie sich voneinander lösten.

»Was war mit der Frau und dem Kind?«, wollte Daniel wissen.

»Tot, das Kind.«

»So ein kleines Ding. Wieso war es überhaupt … Ich dachte, sie hätten keine Kinder …«

»Der Junge kam im Keller zur Welt, Wochen vor der Zeit. Ich habe ihn geholt und auf den Namen Paul Anton notgetauft, aber er war zu schwach, es war zu kalt, und seine Mutter hatte zu wenig Milch. Vorgestern ist er gestorben.«

»Wären wir nur früher gekommen …« Daniel wollte auf etwas einschlagen, seine Wut hinausschreien.

Kathrina stand vor ihm, und in ihren Augen glänzten Tränen. Das brachte ihn zur Besinnung. Von ihnen beiden hatte sie die größere Last getragen.

»Es ist vorbei. Ich bringe dich nach Hause und kümmere mich um dich.«

Daniel gab ihr den Schlüssel, als sie vor der Tür des kleinen Hauses standen, in dem sie zunächst mit ihrer Tante, danach mit ihrem Mann und zuletzt allein gewohnt hatte. Mit zitternden Fingern steckte sie ihn ins Schloss.

Im Haus roch es nach abgestandener Luft, und auf allen Möbeln lag eine Staubschicht. Durch die Ritzen der geschlossenen Fensterläden schien Sonne, in deren Strahlen der Staub tanzte.

Sie liebten sich. In der Küche, auf der Treppe und dann in Kathrinas Schlafkammer. Daniel war sich sicher, nie wieder von dieser Frau lassen zu wollen. Er musste dazu nicht einmal das Versprechen brechen, das er seinem Onkel gegeben hatte. Kathrinas Befreiung war nicht dessen Werk gewesen – er und die Kölner Bürger hatten es bewerkstelligt.

Mit hinter dem Kopf verschränkten Händen schaute er zu, wie Kathrina in köstlicher Nacktheit vor dem Ofen kniete und ein Feuer entzündete, das die Feuchtigkeit aus dem Haus vertreiben sollte. Die schlanke Linie ihres Rückens und ihr darüber fließendes offenes Haar ließen in ihm gleich wieder wilde Gedanken aufkommen.

KAPITEL 49

Nach Pfingsten war in Köln der Rat zusammengetreten und hatte die notwendigen Beschlüsse gefasst, damit die beschuldigten Frauen nicht länger als Hexen galten. Das Teufelswasser war von einem Gewaltrichter nach einem anonymen Hinweis im Hafen in einem Schuppen gefunden worden. Die Gelehrten der Universität hatten Zitronen, Pomeranzen und Lavendelöl als seine Bestandteile ausgemacht und einige andere, über die Feminis den Kopf schüttelte. Das Wichtigste jedoch war, dass sie es als eindeutig menschlichen Ursprungs klassifiziert hatten.

Statt der Hexen saß nun Bruder Martin im Frankenturm ein. Der frühere Prior der Dominikaner war nicht nur in das Kloster in der Stolkgasse zurückgekehrt, sondern hatte auch sein früheres Amt wieder übernommen. Er erklärte sich damit einverstanden, den verwirrten Bruder Martin in die Obhut der Stadt zu geben, bis geistliche Gerichte über seine Taten befunden hatten. Er besuchte den Mitbruder jeden Tag und redete ihm ins Gewissen, um ihn von seinem Irrglauben abzubringen. Bisher vergeblich.

Schlechter war es Fritz Haan ergangen. Der ehemalige Weber war nach der Befreiung der Frauen von aufgebrachten Kölnern aus der Stadt geprügelt worden. Er solle sich nie wieder blicken lassen, sonst … In seine Richtung geschwungene Fäuste sprachen eine deutliche Sprache. Fritz Haan rappelte sich mühsam auf und wischte sich das aus seiner gebrochenen Nase hervorschießende Blut ab. Er schüttelte nun selbst die Faust gegen die vor ihm aufragende Stadtmauer und verwünschte Kathrina. Sie trug die gesamte Schuld an seinem Unglück.

Die Leiche des selbsternannten Teufels war nicht aufgetaucht. Sie war weder in Köln noch in Deutz auf der anderen Rheinseite ans Ufer gespült worden. Das war nicht weiter verwunderlich. Der Rhein suchte sich schnell ein Opfer, gab es aber nur selten wieder her. Eine Leiche konnte über viele Meilen vom Fluss mitgerissen werden, ehe er sie losließ. Dass der Mann den Sturz in das kalte Wasser nicht überlebt hatte, stand für Daniel außer Zweifel.

Der kleine Paul Anton wurde seiner Mutter nach der Befreiung aus den Armen genommen und einen Tag später auf dem Kirchhof von St. Alban beerdigt.

Sein Vater war dem kleinen, in ein Leintuch eingenähten Leichnam gefolgt und hatte Tränen an seinem Grab vergossen, während seine Mutter zu Hause auf einem Schemel saß und die Arme hielt, als trügen sie immer noch die Last ihres Kindes. Unaufhörlich summte sie ein Schlaflied.

Giovanni Paolo Feminis musste sein Aqua mirabilis nicht mehr verstecken. Die Tinte auf dem Ratsbeschluss über die Hexen war noch nicht trocken gewesen, da hatte er bereits seine Gerätschaften und seine ätherischen Öle aus der Höhle geholt. In seinem Sortiment führte er wieder das Ungarische Wasser, seine gute Stube glich mehr dem Laboratorium eines Alchemisten als dem Wohnraum einer Familie. Abend für Abend saß er dort, analysierte das Teufelswasser und forschte an seinem eigenen Aqua mirabilis.

Und es gab in Köln noch jemanden, in dessen Leben sich eine Wende vollzogen hatte: Das war der kleine Pitt, der nun bei Kathrina lebte. Als diese gehört hatte, dass die Stadt ihn in einem Waisenhaus unterbringen wollte, hatte sie erklärt, den Jungen bei sich aufnehmen und für ihn sorgen zu wollen. Pitt hatte schließlich mit seiner mutigen Tat zu ihrer Befreiung beigetragen. Dafür sollte er nicht im Waisenhaus leben müssen. Ihn zu seiner Familie zurückzubringen erwies sich weiterhin als schwierig, da er nicht mehr als den Namen des Einödhofes nennen konnte, auf dem seine Familie lebte. In Köln konnte niemand etwas damit anfangen.

»Der belügt uns, der Bengel!«, wetterte der Bürgermeister Mylius. »Der will auf unsere Kosten in der Stadt bleiben.«

Selbst wenn es so war, der Junge hatte es sich verdient, dachte Kathrina, als sie auf dem Rathaus die Verpflichtungserklärung unterzeichnete, in der sie versprach, fortan für Pitt sorgen zu wollen.

Obwohl sie und Daniel ihre Zuneigung nicht länger vor den Kölnern verbargen, hatten sie noch nicht über die Zukunft gesprochen. Kathrina schreckte davor zurück. Zu zerbrechlich erschien ihr die Gegenwart, als dass sie für die Zukunft Pläne schmieden wollte.

Dafür war sie nicht länger als die Protestantische in Verruf und wurde wieder zu Geburten gerufen. Seit der Befreiung hatte sie bereits dreimal geholfen, ein Kind auf die Welt zu bringen, und mehrere Schwangere hatten ihr das Vertrauen ausgesprochen.

Daniel hatte erfahren, was die plötzliche Freundschaft zwischen seinem Vater und Otto Scheepers zu bedeuten hatte, und war noch viel zu überwältigt von der Wende, die sein Leben genommen hatte, als dass er alles komplett erfassen konnte. Tag für Tag saß er in Otto Scheepers' Kontor und ließ sich in die Geheimnisse des Wollhandels und des Verlagsgewerbes einweisen. Er entdeckte Fritz Haans Namen auf einer Liste ehemaliger Weber, die wegen schlechter Arbeit keine Aufträge mehr bekommen sollten. Zwischen den vielen richtigen Entscheidungen Otto Scheepers' war das seine beste gewesen. Daniel hoffte inständig, dass ihm der Mann nie wieder unter die Augen geraten würde.

KAPITEL 50

Die Rosole lag auf dem Tisch und das Glas der Flasche spiegelte sich in der blank gescheuerten Tischplatte. Auf dem Lehnstuhl des Hausherrn hatte Giovanni Paolo Feminis Platz genommen. Seinen ältesten Sohn hielt er auf dem Schoß, die kleine Anna Maria spielte in einer Ecke des Raumes mit einem Holzscheit, und die Zwillinge schliefen in ihrem Korb.

Feminis und sein Ältester hatten ihre ganze Aufmerksamkeit auf die Rosole gerichtet.

»Das ist wirklich das Aqua mirabilis nach Urgroßvaters Rezept?«, fragte der Junge mit ehrfürchtiger Stimme.

»So ist es.« Feminis hätte singen mögen vor Stolz. Es fühlte sich an, als wäre die Luft in seiner Brust zu viel für seinen Körper.

Die Analyse des Teufelswassers hatte seine Nase auf die Ingredienz gebracht, die ihm bei der Zubereitung bisher immer gefehlt hatte. Eine, an die er bisher nicht einen Gedanken verschwendet hatte, die sich nicht einmal im Vorrat seiner ätherischen Öle befand. In Köln war das Öl nicht aufzutreiben gewesen, er hatte nach Mailand schreiben müssen, um es zu bekommen.

Sechzehn Tage war das nun her. Sechzehn Tage, in denen er zum Nichtstun verdammt gewesen war. Als ihn am gestrigen Tage die Nachricht erreicht hatte, er könne seine Sendung im Speditionshaus Mensing abholen, hatte er das Schreiben geküsst und sich auf den Weg gemacht.

Er hatte danach sofort mit der Arbeit begonnen und das ätherische Öl in die vorbereitete Rosole gefüllt. Tropfen für Tropfen, und nach dem vierten hatte sich der vollendete Duft verbreitet, und der Beweis war erbracht, dass das Rezept seines Großvaters mehr war als verwirrte Worte.

Carl Joseph streckte eine Hand aus und berührte mit der Fingerspitze das Glas. »Werden wir jetzt reich werden, mein Vater?«

»So wird es kommen.«

»Muss ich dann nicht mehr mit den Kleinen in einem Bett schlafen?«

»Ihr bekommt nicht nur jeder ein eigenes Bett, sondern auch jeder eine eigene Kammer.«

Der Siebenjährige machte große Augen. Eine eigene Kammer war in seiner Welt ein unbegreiflicher Luxus. Er betrachtete die Rosole.

Vater und Sohn waren in ihre angenehmen Gedanken über die Zukunft vertieft, so dass sie nicht bemerkten, wie Sophia Feminis mit einem Korb am Arm die Wohnung betrat. Sie wuchtete ihre Einkäufe auf den Tisch. Ihr Ehemann und Carl Joseph zuckten zusammen.

»Nur noch Verbrecher auf dem Markt! Vor Pfingsten machen sie alles teurer und danach bleibt es einfach so«, schimpfte sie. »Wenn das so weitergeht …«

Feminis streckte rasch die Hand nach der Rosole

aus. Die Erschütterung des Tisches durch den schweren Korb hatte sie ins Trudeln gebracht. Sie rutschte auf den Rand zu und außer Reichweite des Parfürmeurs. Doch Sophia griff blitzschnell zu und fing die Rosole im Fallen auf.

»Ist es das, was ich denke?« Sie drehte die Flasche in Händen. »Lasst Ihr es mich riechen?«

Feminis erfüllte ihr gern diesen Wunsch. Er entkorkte die Rosole und entnahm ihr mit einer Pipette ein paar Tropfen Aqua mirabilis. Er gab etwas auf Sophias Handrücken.

Sofort verbreitete sich der frische Duft wie ein Frühsommerwind. Nachdem Sophia den Tropfen auf der Haut verrieben hatte, wurde der Duft eine Nuance süßer und schwerer. Kopf- und Herznote harmonieren perfekt, dachte Feminis zufrieden.

Sophia strahlte. »Das riecht wunderbar! Wirkt es auch wie eine Medizin?«

»Das wäre von den gelehrten Herren Dottores der Universität zu untersuchen. Als Medizin können wir das Aqua mirabilis erst anpreisen, wenn sie ein Gutachten erstellt haben.«

»Es wird uns reich machen.« Carl Joseph, der bisher seine Eltern gespannt beobachtet hatte, konnte nicht länger an sich halten. »Ich werde ein eigenes Bett in einem eigenen Zimmer haben!«

»Figlio, Sohn«, ermahnte Feminis ihn.

»Das wirst du alles bekommen, wenn die Leute begriffen haben, dass es sich nicht um das Aqua di Diàvolo handelt«, sagte Sophia ernst. Sie wuschelte dem Jungen durch das Haar, aber das Strahlen war aus ihrer Miene verschwunden. Dafür begann sie, ihre Einkäufe auszupacken. Kohl, Käse, Brot und ein Klumpen Butter, ein Huhn sowie geröstete Kastanien. Zuletzt stellte sie eine Flasche Wein auf den Tisch. »Ich habe gedacht, wir gönnen uns etwas, weil das Aqua mirabilis fertig ist. Carlo, kümmere dich um deine Geschwister, ich habe mit deinem Vater zu reden.«

Carl Joseph zog einen Flunsch, widersprach jedoch nicht, sondern rutschte vom Schoß seines Vaters. Er nahm seiner Schwester den Holzscheit weg und brachte die Zwillinge in die Schlafkammer, die dreijährige Anna Maria folgte.

Kaum war das Ehepaar Feminis allein, griff Giovanni Paolo nach der Hand seiner Frau. »Ich werde sehr vorsichtig sein. Niemand weiß etwas von dieser Rosole.«

»Das riecht …« Sie schnüffelte an ihrem Handrücken. »Ich weiß nicht, wie ich es beschreiben soll. In der deutschen Sprache gibt es dafür keine Worte, so wundervoll riecht das.«

Sie strahlte ihn an, und Feminis wusste einmal mehr, warum er sie geheiratet hatte.

»Das habt Ihr wirklich nach dem Rezept Eures Großvaters hergestellt? Oder habt Ihr einfach zusammengemischt, was Eure Nase Euch befohlen hat?«

»Das eine und das andere.« Er fühlte sich glücklich wie ein Kind und konnte ein Grinsen nicht unterdrücken. »Die Duftwasserherstellung ist eine exakte Wissenschaft. Das ist nicht wie beim Kochen, wo einfach etwas zusammengerührt wird.«

»Ihr müsst mir eine kleine Menge abfüllen.«

»Obwohl es ein Aqua di Diàvolo ist?«

»Es ist ein Aqua mirabilis.« Wieder roch sie an ihrem Handrücken. »Werdet Ihr das tun? Ich will es jeden Tag auftragen.«

Statt einer Antwort holte Feminis einen Glasflakon und einen Metalltrichter. Er füllte die kleine Flasche und überreichte sie Sophia feierlich. »Für die schönste Frau in Köln.«

Sie stand lächelnd auf. Den Duftwasserflakon hielt sie dabei an ihren Busen gedrückt. »Wenn Ihr heute etwas Zusammengerührtes auf dem Tisch sehen wollt, muss ich mit dem Kochen anfangen.«

KAPITEL 51

Pitt war ein guter Junge, hatte es aber faustdick hinter den Ohren. Vor allen Dingen hatte er eigene Vorstellungen davon, wie er seine Tage verbringen wollte. Die deckten sich nicht mit Kathrinas, die ihn in der städtischen Lateinschule angemeldet hatte. Damit er nicht schwänzte, hatte sie sich angewöhnt, ihn morgens hinzubringen und abends wieder abzuholen.

»Was hast du heute gelernt?«, fragte Kathrina.

Pitt zuckte mit den Schultern und kickte einen Stein vor sich her.

»Du musst doch wissen, was du gelernt hast!«

»Sachen eben«, lautete seine Antwort.

»Was für Sachen?«

»Buchstaben«, antwortete Pitt nach einigem Nachdenken. »Die anderen Jungen lachen über mich, weil ich älter bin als sie und diese Staben im Buch nicht kenne.«

»Du hast dich hoffentlich nicht geprügelt?« Das war bereits einmal vorgekommen, und Kathrina hatte sich Vorhaltungen des Schulmeisters wegen Pitts schlechter Erziehung anhören müssen.

»Bestimmt nicht«, verneinte der entschieden. »Ich weiß, dass Ihr das nicht wollt. Ich will Euch keinen Ärger machen.« Er schaute sie treuherzig an.

In diesem Moment warf sich jemand von hinten auf den Jungen. Pitt stolperte und ging zu Boden.

»Habe ich dich!«, knurrte eine Stimme.

Pitt begann zu kreischen. Kathrina erkannte einen Mann in der einfachen Kleidung eines Tagelöhners. Das nackenlange Haar hing ihm strähnig ins bartlose Gesicht, aus dem brennende Augen blickten. Wie bei Bruder Martin!, schoss es ihr durch den Kopf. Und der Mann war ähnlich hager wie der Dominikaner.

»Meister Aurikus! Meister! Nein!«, schrie Pitt.

Da begriff Kathrina: Das musste der teuflische Mann sein, der Pitt einst geraubt und in der Stadt monatelang die Teufelshysterie geschürt hatte, der in den Rhein gestürzt war und als ertrunken galt. Daniel hatte es ihr versichert! Offenbar hatte er überlebt.

Sie konnte Pitts Stimme anhören, dass er vor dem Mann Todesangst hatte. Sie durfte auf keinen Fall zulassen, dass er wieder in die Hände des selbsternannten Teufels fiel. Kathrina zog am Kittel des Mannes, packte ihn am Hals und wollte ihn würgen. Er ließ von Pitt ab und wandte sich ihr zu. Sie erhielt einen schmerzhaften Fausthieb gegen die Schulter und taumelte zurück.

Lauf weg!, wollte sie Pitt zurufen, aber ein zweiter Hieb ins Gesicht ließ alles schwarz werden vor ihren Augen.

Pitt rannte und rannte, wollte möglichst viel Abstand zwischen sich und den Teufel bringen, bis ihn ein Gedanke innehalten ließ: Der Meister hatte Frau Kathrina geschnappt! Sie war gut zu ihm, obwohl sie ihn in die ungeliebte Schule zwang. Aber tief in seinem Herzen wusste er, dass es gut für ihn war, etwas zu lernen. Er durfte Frau Kathrina nicht im Stich lassen.

Er zwang sich, stehen zu bleiben und zu überlegen. Obwohl alles in ihm dagegen protestierte, ging er langsam zurück. An der Stelle des Überfalls war niemand mehr, nur ein paar Schleifspuren und ein Blutfleck verrieten Pitt, dass sich der Meister die bewusstlose Frau Kathrina über die Schulter geworfen und sich mit ihr davongemacht hatte. Er schaute sich die Umgebung genauer an. Vielleicht kannte er die Buchstaben nicht, aber die Spuren auf dem Boden konnte er lesen. Ein paar Blutstropfen wiesen ihm den Weg, dem er so mühelos folgen konnte, wie er früher zu Hause mit seinen Brüdern verletzte Tiere im Wald verfolgt hatte. Es war kaum jemand in den Gassen unterwegs, dafür roch es aus allen Fenstern nach Essen, und Pitt lief das Wasser im Mund zusammen. Die Tropfenspur war nicht zertrampelt, sondern gut zu erkennen.

Allmählich wurden die Tropfen kleiner und die Abstände größer, aber Pitt hatte längst erkannt, wohin die Spur führte. Die Unverfrorenheit seines früheren Meisters entlockte ihm einen ungläubigen Pfiff zwischen den auseinanderstehenden Schneidezähnen. Das entsprach genau dem dämonischen Wesen des Meisters.

Er musste Hilfe holen, und er kannte in Köln nur einen Ort, wo er sie bekommen konnte.

Daniel saß bei Feminis in der guten Stube. Sie tranken Wein aus Umbrien und besprachen Geschäftliches. Zwischen ihnen auf dem Tisch lag die Rosole mit dem Aqua mirabilis, außerdem standen dort eine Schale mit Oliven, eine mit Rosinen und eine ganz besondere Leckerei – in Honig eingelegte Feigen. Das Naschwerk hatten die Männer bisher nicht beachtet.

»Aqua di Colonia oder Eau de Cologne«, sagte Feminis gerade. »Zu Ehren der Stadt Köln, denn ohne die Ereignisse in der Stadt hätte es weitere Monate gedauert bis zu einem brauchbaren Ergebnis.«

»Das wird den Kölnern gefallen«, stimmte Daniel zu. »Was ist mit der Heilwirkung?«

Ein Klopfen an der Tür unterbrach ihr Gespräch. Sophia öffnete und schob Pitt herein. Der Junge sah verschwitzt aus und wirkte verstört. Seine Jacke war schmutzig, als hätte er sich in der Gosse gewälzt, ein Ärmel halb abgerissen.

»Helft … Frau Kathrina …! Schnell!«, stieß der Junge hervor.

»Langsam, langsam!«, mahnte Feminis. »Platzt man einfach so herein und unterbricht ein Gespräch Erwachsener?«

»Er hat sich nicht aufhalten lassen.« Seine Frau zog entschuldigend die Schultern hoch.

»Was ist mit Frau Kathrina?« Daniel war halb aufgestanden. Pitts Unruhe hatte ihn alarmiert.

»Der Meister …«

»Dein Meister ist tot und im Rhein ertrunken. Du musst keine Angst mehr vor ihm haben. Was ist mit Frau Kathrina?«

»Er ist nicht tot! Er hat Frau Kathrina und ich weiß, wohin er sie verschleppt hat. Ihr müsst helfen und dürft keine Zeit mit Reden verlieren.«

»Wo?« Daniel war vollends aufgesprungen, der Stuhl lag umgekippt hinter ihm. »Bring mich hin! Kommt, Feminis!«

»Ihr glaubt dem Bengel?«

»Pitt hat es faustdick hinter den Ohren, aber er ist kein Lügner. Ja, ich glaube ihm.«

Feminis ließ sich überzeugen und wenige Augenblicke später eilten sie durch Köln. Die Abendsonne warf lange

Schatten und tauchte alles in ein goldenes Licht. Daniel brauchte nicht lange, um zu erkennen, wohin ihr Weg sie führte. Das ließ ihn doch zweifeln.

»Bist du dir sicher, Junge?«, fragte er Pitt im Gehen. »Hast du sie gesehen?«

»Dort vermutet niemand den Meister und deshalb ist er genau da. Er denkt so. Ich habe die Blutspuren verfolgt.«

Die Tropfen waren auf dem Weg nicht mehr zu erkennen, das musste Pitt zugeben, aber er ließ sich nicht beirren. Stur beharrte er darauf, zu wissen, wohin der Meister Frau Kathrina gebracht hatte. Das Gartentor, das die Funken im Frühjahr zertreten hatten, hing zerstört in den Angeln. Daniel eilte den unkrautüberwucherten Weg entlang zur Gartenhütte. Bevor er sie erreichte, hörte er einen düsteren Gesang aus dem Inneren. Er riss die Tür auf und ihm bot sich ein Anblick, der an Abscheulichkeit nicht zu überbieten war.

Kathrina kniete gefesselt und mit bloßem Oberkörper in der Mitte der Hütte. Das gelöste Haar floss ihr lang den Rücken herunter, und ihre um sie herum ausgebreiteten Röcke waren blutbefleckt. Pitts Meister musste wohl um sie herumgeschritten sein, als Vorbereitung auf ein widernatürliches Ritual, jedenfalls verharrte er mitten im Schritt und starrte Daniel mit offenem Mund an. In der Hand hielt er eine kurze Peitsche. Den struppigen Bart gab es nicht mehr und das glattrasierte Gesicht offenbarte einen fein geschwungenen Mund und eine weibliche Kinnpartie. Der Mann öffnete den

Mund, um etwas zu sagen, aber Daniel kam ihm zuvor.

»Wenn du sie auch nur mit der Spitze berührt hast …«, fauchte er und stürzte sich auf den Mann.

»Ich bin Aurikus Flammae. Du kannst mir nichts anhaben. Verneige dich vor meiner Macht!«

»Wir werden sehen!« Aus Feminis' Haushalt hatte Daniel einen Dolch mitgebracht. Er hielt ihn in der erhobenen Hand und griff den Meister der Flammen an.

Kathrina schrie auf, als die beiden Männer aufeinanderprallten. Ihr Gesicht war blutverschmiert, was Daniels Wut noch verdoppelte. Der Dolch fuhr dem Flammenmeister in den Oberarm, die Spitze stieß gegen den Knochen und trat auf der anderen Seite wieder heraus. Daniel traf ein Peitschenschlag in die Seite, den er jedoch kaum spürte. Gleich darauf wand Feminis dem Flammenmeister die Peitsche aus der Hand.

»Bringt ihn nicht um! Er ist es nicht wert, dass Ihr Euch an ihm versündigt!«, rief der Italiener. Er war ebenfalls mit einem Messer bewaffnet und löste nun Kathrinas Fesseln.

In einem ersten Impuls hatte Daniel den am Boden liegenden Flammenmeister töten wollen, aber nun hielt er inne. Der Mann unter ihm bewegte sich, wollte nach seiner Wunde greifen und wieder auf die Füße kommen. Daniel stieß ihn zurück. Ein Knie drückte er ihm zwischen die Schulterblätter, das andere auf seinen verletzten Arm. Den freien Arm drehte er nach hinten. Der

Flammenmeister stöhnte und keuchte. Speichel lief ihm aus dem Mundwinkel.

»Du wirst mir ein paar Fragen beantworten«, zischte Daniel ihn an. »Die erste lautet: Hat deine verfluchte Peitsche die Haut dieser Frau berührt?«

»Er hat mich nicht geschlagen, Daniel, so hör auf!«, rief Kathrina.

Aus dem Augenwinkel bemerkte er, dass sie ihren Oberkörper wieder bedeckt hatte. Der Stecker auf ihrer Brust war ebenfalls mit Blut befleckt, das aus ihrer Nase zu stammen schien. Sie hatte die Arme um Pitt geschlungen und zitternd standen die beiden in einer Ecke.

»Bring den Jungen raus, das ist nichts für seine Augen.«

»Daniel!«, rief Kathrina wieder, zog Pitt dabei aber zur Tür.

»Mensing, versündigt Euch nicht«, warnte ihn auch Feminis und vergewisserte sich, dass sich Kathrina und Pitt einige Schritte von der Hütte entfernten.

»Ich will nur ein paar Antworten. Wer bist du?« Er packte den Flammenmeister am Haar und zog seinen Kopf nach hinten.

Als Antwort begann der Verletzte wieder mit seinem Gesang. Daniel stieß sein Gesicht auf den Boden und Blut schoss aus der Nase des Mannes.

»Wer bist du?«

»Aurikus Flammae«, war aus dem Gesang zu hören.

»Wem gehorchst du?«

Wieder musste Daniel für eine Antwort das Gesicht

des anderen auf den Boden schlagen. Diesmal verlor der Mann einen Zahn.

»Dem Herrn ...«, sang er.

»Dem bestimmt nicht.«

»Dem Herrn der Flammen, dem Meister der Hölle. Seine Macht ist unendlich. Er wird herrschen bis in alle Ewigkeit.«

Daniel reichte es. »Was wolltest du in Köln?«

»Der Meister der Hölle, seine Macht ist unendlich. Der Herr der Flammen.«

»Was du in Köln wolltest!«

Ein zweiter Zahn fiel zu Boden.

»Ihr werdet ihn umbringen!«, warf Feminis besorgt ein. Er stand neben der Tür und zeigte eine angewiderte Miene.

Daniel fühlte sich am Ende seiner Kräfte. Nie zuvor hatte er einen Menschen derart behandelt. Er wusste selbst nicht, woher er die Skrupellosigkeit nahm.

»Antworte mir!«

»Der Herr der Flammen. Seine Meisterin. Meine Aufgabe. Das Königreich der Hölle auf Erden.«

»Der redet völlig irre, aus dem bekommen wir nichts heraus. Soll sich der Rat mit ihm befassen. Los, bringen wir ihn in einen Turm!«, schlug der Italiener vor.

Daniel stimmte mit Feminis' Meinung nur zum Teil überein. Für einen Außenstehenden mochte sich die Rede des Flammenmeisters wirr anhören, aber er schien sich auf einer Mission zu befinden, die sich nicht darin erschöpfte, ein paar Anhänger zu zügelloser Wollust zu verführen. Was für ein Königreich sollte geschaffen werden? Das galt es, herauszufinden.

»Was ist das Königreich der Hölle? Was hast du damit zu schaffen?«

»Nicht du!« Die Stimme des Flammenmeisters hatte sich auf einmal in ungeahnte Höhen aufgeschwungen. Es tat in den Ohren weh. »Nicht du! Nicht würdig! Keiner würdig!«

»Hör auf damit!« Daniel drückte sein Knie fester auf den verletzten Arm. »Rede vernünftig! Wo hast du Pitt entführt?«

»Der Herr der Flammen. Seine Herrin. Nicht würdig.« Der Flammenmeister wiederholte diese Worte unaufhörlich. Er verfiel wieder in seinen Gesang.

»Fragt ihn nach dem Aqua di Diàvolo«, verlangte Feminis. »Wer hat es hergestellt? Was wollte er damit?«

Daniel hatte sich dem Italiener halb zugewandt und dabei sein Gewicht auf dem Flammenmeister gelockert. Der nutzte es sofort aus, um sich wie eine Schlange auf dem Boden zu drehen. Ehe Daniel reagieren konnte, riss der Mann seine Hand mit dem Dolch zu sich heran. Die Klinge senkte sich tief in seine Brust.

Der junge Kölner ließ den Dolch los und sprang entsetzt auf. Er starrte den Griff an, der aus der Brust des Flammenmeisters ragte. Blut lief aus dessen Mundwinkel, die Augenlider flatterten.

»Habt Ihr das gesehen?« Daniel konnte es nicht glauben. »Das kann doch kein Mensch …«

Ein Röcheln entrang sich dem Mund des Flammenmeisters, dann brachen seine Augen. Sein Leib hörte auf zu zittern und entspannte sich. Der Mann würde keine Frage mehr beantworten.

»Habe ich ihn nun …?« Daniel wischte sich die Hände an der Hose ab. Er konnte nicht genug reiben, und obwohl seine Hände sauber aussahen, hatte er das Gefühl, es klebe Blut an ihnen.

»Er hat Eure Hand benutzt und es selbst getan«, stellte Feminis tonlos fest. »Madonna Mia, das habe ich noch nie gesehen. Dass ein Mensch so etwas …«

»Was machen wir jetzt?« Daniel war bis zur Hüttenwand zurückgetaumelt und lehnte sich dagegen. Er hatte das Gefühl, sich sonst nicht aufrecht halten zu können. Keine einzige Stunde auf dem Fechtboden hatte ihn auf das hier vorbereitet.

»Wir melden es dem Rat.«

»Damit sie mich am Ende für den Mörder halten?«

»Ich werde aussagen, wie es sich wirklich zugetragen hat, und Frau Kathrina auch.«

»Kathrina hat gerade die Anschuldigung als Hexe überstanden, ich kann sie nicht wieder in etwas hineinziehen. Und Ihr seid ein Fremder. Nichts für ungut, aber so ist es nun mal.« Daniel versuchte sich an einem Lächeln. Es misslang.

»Dann zieht ihm den Dolch aus der Brust und wir begraben ihn.«

Sie konnten sich beide nicht überwinden, den Dolch oder den Toten zu berühren. Also ließen sie ihn liegen und wankten aus der Hütte. Draußen blickten ihnen Kathrina und Pitt ängstlich entgegen.

»Was ist?«, wollte die Hebamme wissen.

»Er ist tot. Diesmal wirklich. Er hat sich selbst gerichtet.«

»Ich muss …«

»Geht nicht rein und schaut es euch an!« Daniel griff nach Kathrinas Arm. »Wirklich nicht.«

»Hast du …?« Sie legte ihre Hand auf seine. »Hat er etwas gesagt? Wie konnte er dem Fluss entkommen?«

»Nur wirres Zeug hat er geredet. Nach dem Fluss konnte ich ihn nicht mehr fragen. Wir werden es nie erfahren.« Er streckte dem Jungen die andere Hand hin. »Komm her, Pitt. Dein Meister ist tot, diesmal wirklich. Ich schwöre es bei allen Heiligen. Du musst dich nie wieder vor ihm fürchten.«

Sie kehrten alle vier dem Garten den Rücken zu.

Der Tote wurde erst gefunden, als sich bereits Tiere an ihm gütlich getan hatten. Sein Name und seine Familie ließen sich nicht ermitteln, und so wurde er auf Kosten der Stadt Köln in einem Armengrab bestattet.

KAPITEL 52

Später in der Nacht, als Pitt in seiner Dachbodenkammer längst schlief, lagen Kathrina und Daniel ein Stockwerk darunter im Bett. Zunächst hatten sie sich nur stumm in den Armen gehalten, froh, einander wiederzuhaben. Erst allmählich begann Daniel, Kathrinas Haut mit zarten Küssen zu überschütten. Besonders behutsam berührte er ihr Gesicht, die Stelle, wo sie die Faust des Teufels getroffen hatte und wo ihre Nase rot und geschwollen war.

Ihre Leidenschaft erwachte, und sie liebten sich, als wollten sie sich mit Haut und Haar verschlingen. Einmal war nicht genug, auch zweimal schenkte ihnen noch nicht das Gefühl, dass sie nun wirklich und für immer zusammen sein konnten. Anschließend lagen sie wie in einem Nest nebeneinander, ohne sich zu berühren. Kathrina fühlte sich beschützt. Solange Daniel an ihrer Seite war, konnte ihr nichts passieren, weder der Teufel noch Menschen konnten ihr etwas anhaben. Sie tastete mit der Hand neben sich und fand seine Finger. Sie schlangen sich umeinander, und das sagte mehr, als alle Worte es vermochten.

»Ob Pitt uns gehört hat?«, fragte sie verlegen.

»Daran wird er sich gewöhnen müssen.«

Die Frage nach der Zukunft stand im Raum, obwohl Daniel sie nicht stellte. »Ich werde dich nie wieder aus den Augen lassen. Wir gehören zusammen.«

Sie antwortete immer noch nicht und Daniel wurde unsicher. Hatte er sie überrumpelt oder erwartete er am Ende zu viel?

»Kathrina, sag was. Ich frage dich, ob du die Meine werden willst, und du schweigst.«

Im Zimmer verbreitete nur eine Talgkerze schwaches Licht, und es reichte nicht aus, um ihre Gesichtszüge zu erkennen. Daniel nahm sein Herz in beide Hände. »Ich will dich vor Gott und den Menschen zu der Meinen machen. Klingt das so unvorstellbar für dich?«

Mit glänzenden Augen wandte Kathrina ihm ihr Gesicht zu und strich über seine Wange. »Das tut es nicht. Ich kann es nur kaum glauben.«

»Also willst du?«

»Ja!«

Ein schlichtes, einfaches Wort und es war passiert. Daniel konnte einen Augenblick weder denken noch atmen, noch fühlen. Dann überrollten ihn die unterschiedlichsten Gefühle. Er hatte einer Frau die Ehe versprochen! Eigentlich hieß es immer, dass damit die fröhliche Zeit vorbei sei und der Ernst des Lebens beginne – wenigstens hatte er das so von verheirateten Freunden gehört. Bei ihm fühlte es sich ganz anders an, als beginne in eben diesem Augenblick die Freude seines Lebens.

»Was wird aus Pitt?«, wollte Kathrina wissen.

»Er bekommt den Vater, den er dringend braucht.«

»Du hast also nichts dagegen, dass ich ihn aufgenommen habe?«

»Wie könnte ich, habe ich doch selbst überlegt, ihn im Hause meiner Eltern unterzubringen.«

»Dein Vater wird nicht mit mir einverstanden sein. Am Ende wirft er dich aus dem Geschäft, weil du unter deinem Stand heiratest.«

»Das wird er nicht. Ich habe längst mit ihm gesprochen.«

»Wann?«

»Vor einiger Zeit. Außerdem sind da noch Otto Scheepers' Geschäfte und ich habe meine eigenen Ideen.«

»Welche?«

»Das wirst du bald sehen.«

»Ich werde weiterhin als Hebamme arbeiten. Es wird deshalb Tage und Nächte geben, in denen ich bei einer Gebärenden bin.«

»Die Nächte werden schlimm werden.« Daniel seufzte. »Wie viele Bedenken willst du noch vorbringen?«

»Das war das letzte.« Kathrina rollte sich auf ihn, stützte ihre Hände rechts und links neben seinem Kopf ab und blickte in sein Gesicht. »Das ist nur, weil ich so glücklich bin. Ich muss reden und es immer wieder hören, dass du mich willst, damit ich es glauben kann.«

»Ich will dich. Jetzt und für alle Zukunft.«

Ihre Augen lachten und ihre Zähne blitzten zwischen geöffneten Lippen hervor. Diesem Lächeln konnte Daniel nicht widerstehen.

Die gesamte Familie Feminis hatte sich auf den Weg gemacht. Die Eltern trugen jeder einen Zwilling, Carl Joseph hielt seine kleine Schwester an der Hand; Feminis zog außerdem den Kramkarren hinter sich her.

»Wohin gehen wir?«, fragte Sophia zum wiederholten Male.

»Es ist nicht weit. Lasst Euch überraschen.« Der Italiener lächelte in sich hinein. Es fiel ihm schwer, nicht alles herauszusprudeln.

Schließlich erreichten sie in der Gasse Unter Goldschmied, unweit des Mensingschen Hauses eines mit einem vorgebauten Gaddem. Türen und Fensterläden im Erdgeschoss und im ersten Stock waren geschlossen und strahlten in einem frisch gestrichenen Weiß. Feminis zog einen Schlüssel aus der Tasche und reichte ihn Sophia.

»Was soll ich damit?«

»Aufschließen.« Er deutete auf die Tür.

Sophia sah ungläubig drein, gehorchte aber. Die Tür ließ sich tatsächlich mit dem Schlüssel öffnen. Feminis bedeutete der Familie einzutreten, reichte seiner Frau das Kleinkind und öffnete die Fensterläden.

Die Strahlen der Junisonne beleuchteten sauber gewischte und gewachste Regale und einen ebensolchen Tresen. Unter den Fenstern stand eine hübsche flache Kommode und lud dazu ein, einen Blumenstrauß auf sie zu stellen. Eine Tür führte in den hinteren Teil des Hauses und eine zweite in ein seitlich sich an den Laden anschließendes Kabinett.

Feminis flüsterte Carl Joseph etwas ins Ohr, bevor er seiner Frau die kleine Anna Maria wieder abnahm.

»Was sagt Ihr?«, wollte er wissen.

»Ich weiß nicht.« Sophia schaute sich um. Man sah ihr deutlich an, dass ihr gefiel, was ihre Augen erblickten. »Was machen wir hier?«

»Wir eröffnen gerade unser Geschäft: *Feminis' französisch Kram und Eau de Cologne.*«

Carl Joseph brachte von draußen einen ersten Kasten mit Knöpfen herein und stellte ihn auf den Tresen. Gleich darauf folgte ein zweiter. Die dreijährige Anna Maria half ihrem Bruder und legte eine Schachtel auf den Tresen. Sie musste sich dazu auf Zehenspitzen stellen, und vor lauter Konzentration schaute ihre Zungenspitze zwischen den Lippen hervor. Nachdem sie es geschafft hatte, stieß sie einen Jubelschrei aus und rannte aus dem Laden, um die nächste Schachtel zu holen.

»Hinter dem Gaddem und im ersten Stock befinden sich Lagerräume und unsere Wohnung. Hier …«, Feminis öffnete die seitliche Tür, »… werde ich mein Eau de Cologne herstellen.«

»Das können wir uns doch nicht leisten.«

Auf dem Tresen stapelten sich inzwischen die Kästen und Schachteln mit den Waren und immer noch huschten Carl Joseph und Anna Maria zwischen Gaddem und Kramkarren hin und her.

»Ich habe einen Partner gefunden, der an mein Eau de Cologne glaubt und investiert hat. Schaut doch!« Feminis zog seine Frau in das Kabinett.

Dort waren bereits alle Utensilien für die Duftwasserbereitung aufgebaut. In einer Ecke stand der Destillationsapparat, auf einem Tisch die Waage, Kolben und Pipetten. Die ätherischen Öle waren in einem extra angefertigten Regal aufgereiht, jedes beschriftet und an seinem Platz.

»Von welchem Investor habt Ihr Euch abhängig gemacht?« Sophia strich über das neue Holz. Sie konnte immer noch nicht glauben, dass sie so viel Glück haben sollten.

»Daniel Mensing und sein Vater. Sie haben auch das Geld vorgestreckt, um mich zur Gaffel zu qualifizieren. Ich habe es bereits im Rathaus eingezahlt.«

Das zauberte nun endlich ein befreites Lächeln auf ihr Gesicht. Der junge Mensing war ein Mann nach ihrem Geschmack. Mit ihm als Geschäftspartner konnten sie nur Erfolg haben.

»Sind wir nun reich?«, fragte Carl Joseph, der schon beinahe den ganzen Kramkarren ausgeladen hatte.

Sophia eilte zu ihrem Sohn und umschlang ihn mit dem freien Arm. »Noch nicht, aber bald werden wir es sein. Wenn wir alle fleißig arbeiten und zusammenstehen.

WORTERKLÄRUNGEN

Kölner Ausdrücke

Avschuum	Abschaum
Bangmächer	Schreckgestalt
Deuvel	Teufel
Doonhalfter	Spottname für Gartenbesitzer
Draut	Gertrud
Fettmännche	Kölner Münze
Gemötskoller	Melancholie
Hevvamm	Hebamme
Himmelzackerment	Fluch
Jöses, Marja, Josep	Jesus, Maria, Joseph
Kneebrecher	Kölner Biersorte
Kriemer, Kriemersch	Krämer, Krämerin
Latsch	schlampiges Frauenzimmer
Läufersche	umtriebige Frau; Frau außer Haus

Italienische Ausdrücke

Diàvolo	Teufel
figlio	Sohn
Madonna Mia	Heilige Jungfrau
Madre di Dio	Mutter Gottes
per amor di Dio	um Gottes Willen
prego	bitte
Signorina	Fräulein

Kölnisch Wasser – Ein Nachwort

Wer kennt ihn nicht, den frischen Duft, der landauf, landab als Kölnisch Wasser bekannt ist? Im 18. und 19. Jahrhundert wurde das Wasser rasch über Köln hinaus in Deutschland und Europa bekannt. Adelige, Fürsten und gekrönte Häupter, Kaufleute, Gelehrte und Künstler benutzten Kölnisch Wasser nicht nur des Duftes wegen, sondern schrieben ihm auch Heilwirkung zu. Ein paar Tropfen in Wein gelöst, sollten Geist und Seele stärken. Einen großen Anteil am Geschäft mit Kölnisch Wasser hat die 1709 gegründete Firma Johann Maria Farina gegenüber dem Jülichsplatz, die noch heute in Köln ansässig ist und Kölnisch Wasser noch immer nach dem Originalrezept der Firmengründer herstellt.

Die Anfänge des Kölnisch Wasser wollte ich aus dem Dunkel der Geschichte ziehen und stieß bei meinen Recherchen auf Giovanni Paolo Feminis, der durchweg als der Erste genannt wurde, der ein Duftwasser in Köln herstellte und vertrieb. Er ist ab 1695 in Köln belegt, qualifizierte sich in diesem Jahr zur Gaffel, was so zu verstehen ist, dass er begann, im Geschäftsleben der Domstadt Fuß zu fassen. Später bestanden freundschaftliche Beziehungen zwischen ihm und Farina. Dem Duftwasser des Giovanni Paolo Feminis war kein langes Leben beschieden, da er zwar eine Ehefrau und zahlreiche Kinder hatte (über die im Roman genannten hinaus, wurden in späteren Jahren noch weitere geboren), aber nur eine Tochter überlebte ihren Vater. Sie hatte den Schleier genommen und verbrachte ihr Leben im Kloster.

Besaß Giovanni Paolo Feminis ein Rezept für die Herstellung eines Duftwassers? Zu dieser Frage gibt es einige Legenden, nach denen er ein Rezept hatte, aber je nach Legende ist es auf unterschiedliche Weise in seine Hände gelangt. Aus diesen Legenden habe ich für den Roman meine eigene gestrickt und die Entwicklung seines Duftwassers in eine spannende Geschichte eingebettet. Die dunkle Seite des Kölnisch Wasser.

Die Geschichte um den Teufel und Bruder Martin, seinen ärgsten Gegner, der ihm doch so ähnlich ist, ist erfunden. Ende des 17. Jahrhunderts haben die Menschen noch an den Teufel geglaubt, die Zeit der Hexenverfolgung war noch nicht vorbei. Die Geschichte hätte sich so oder so ähnlich abgespielt haben können.

Die Gegebenheiten der Stadt Köln, ihre Gassen, Plätze, Bürgermeister und Ratsherren, die Bräuche des Handelns und Zusammenlebens habe ich so sorgfältig wie möglich recherchiert. Fehler gehen dabei auf jeden Fall auf mein Konto.

Ein Roman ist nie das Werk des Autors allein. Zahlreiche weitere Personen haben einen Beitrag geleistet, dass »Der Duft des Teufels« das Licht der Welt erblickte. Ihnen gebührt mein Dank.

Da ist als Erster mein Partner zu nennen, der nicht

nur den Text in einem frühen Stadium gegengelesen hat, sondern mich auch klaglos und ohne jede Eifersucht mit Daniel Mensing geteilt hat. Ich danke meinem Agenten Dirk R. Meynecke, der an den Roman geglaubt hat und mir immer zum Gedankenaustausch zu Verfügung stand. Und meiner Lektorin Anne Sudmann, ohne deren behutsames Arbeiten der Text nicht zu dem geworden wäre, den Sie in Händen halten. Mein Dank gilt auch Theresa Beyer und Anne-Catrin Jacob, den Mitgliedern meiner Schreibgruppe, die meine ersten und kritischsten Testleserinnen sind. Ihre Hinweise sind mir Gold wert. Meine Freundinnen Steffi Winkler und Beate Baum liehen mir ihr Ohr, wenn es mal schwierig wurde. Mit ihrer Hilfe gelang es mir, das Eigenleben meiner Romanfiguren zu verstehen und für die Geschichte zu nutzen. Dafür danke ich Euch.

Zuletzt will ich auch Ihnen danken, liebe Leser, die Sie meine Romane mögen. Ohne Sie wäre dieses Buch nicht veröffentlicht worden. Danke, dass Sie den Roman gelesen haben.

Dresden im Februar 2017
Birgit Jasmund

Birgit Jasmund
Luther und der Pesttote
Historischer Roman
432 Seiten
ISBN 978-3-7466-3189-9
Auch als E-Book erhältlich

Die Luther-Verschwörung

Wittenberg im Jahre 1517. Die Residenzstadt an der Elbe wird von der Pest heimgesucht. Alle nehmen an, dass auch der Student Tamme zu den Opfern gehört, obwohl seine Leiche nie auftaucht. Almuth, seine Verlobte, glaubt als Einzige an ein Komplott und schafft es, bei Martin Luther Gehör zu finden. Wenig später jedoch braucht der Geistliche selbst Almuths Hilfe. Denn nachdem seine 95 Thesen öffentlich wurden, fürchtet er um sein Leben.

Spannend und emotional: Eine Geschichte um Martin Luther zur Zeit der Reformation.

Regelmäßige Informationen erhalten Sie über unseren Newsletter. Jetzt anmelden unter: www.aufbau-verlag.de/newsletter

atb aufbau taschenbuch